Olga Kosmale

Nebelangst

Roman

PIPER

Mehr über unsere Autorinnen, Autoren und Bücher:
www.piper.de

Wenn Ihnen dieser Roman gefallen hat, schreiben Sie uns unter Nennung des Titels »Nebelangst« an *empfehlungen@piper.de*, und wir empfehlen Ihnen gerne vergleichbare Bücher.

Unser Versprechen für mehr Nachhaltigkeit
Klimaneutrales Produkt
FSC®-zertifiziertes Papier
Hergestellt in Europa

FSC
www.fsc.org
MIX
Papier aus verantwortungsvollen Quellen
FSC® C083411

ISBN 978-3-492-06239-8

Dieses Werk wurde vermittelt durch
die Michael Meller Literary Agency GmbH, München
Redaktion: Joscha Faralisch
Satz: Satz für Satz, Wangen im Allgäu
Gesetzt aus der Swift
Druck und Bindung: CPI Books GmbH, Leck
Printed in the EU

Für Chris

Prolog

Eine seltsame Stille liegt im Inneren des Hauses, als ich mir durch den Seiteneingang Zutritt verschaffe. Jedes Mal, wenn ich dieses Theater betrete, tauche ich in eine andere Sphäre ein. Eine Sphäre, in der Fiktion Wahrheit wird und in der eigene Gesetze gelten. Es ist der Abend vor der Premiere. Die Proben sind vorbei, und das Haus liegt in ungewohnter Stille. Doch etwas ist anders als sonst. Dunkler. Die Luft ist stickig und heiß, obwohl es draußen deutlich unter null Grad hat, und fühlt sich aufgeladen an. Ich streife meinen Mantel ab, und sofort schmilzt die hauchdünne Schicht Schnee auf dem Stoff. Immer wieder zieht es mich an diesen Ort, dem ich so oft den Rücken kehren wollte. Ein Teil von mir ahnt, dass dieses Theater eines Tages meine Verdammnis sein wird.

Ich durchquere die Eingangshalle, vorbei an Plakaten der laufenden Stücke. Meine Schritte hallen durch den Raum wie eine tickende Uhr. Tack, tack, tack. Es eilt.

Am Ende der Aula öffne ich die Pforte zum großen Theatersaal. Reihen unbesetzter, mit rotem Samt bezogener Stühle säumen den Weg zur Bühne. Die Kulisse liegt im Halbschatten. Dort, wo normalerweise gehetzte Theatermitarbeiter und Darsteller ihrer Arbeit nachgehen, liegt mein Werk nun nackt vor mir und präsentiert mir das, was mein Kopf hervorgebracht hat. Mein Innerstes.

Das Bühnenbild besteht aus Felsen, die aus dem Boden ragen, künstliche Wasserfolie wirft kaltes Licht auf die Landschaft. Auf dem höchsten Felsen, im Mittelpunkt der Szenerie, steht eine hölzerne Bank. Ich kann sie kaum ansehen. Mein Gedächtnis ergänzt wie von alleine die dazugehörige Geschichte. Ich sehe jahrzehntealte Schatten, die dort oben stehen und mich verfolgen. Obwohl sie nur in meinem Kopf existieren, bin ich in manchen Momenten nicht mehr sicher, was real ist und was nicht. Es ist meine Geschichte. Die Wahrheit. Sie ist hässlich, und dennoch ist sie mein, und es fühlt sich richtig an, sie endlich mit der Welt zu teilen. Die Sekunden vergehen, bis mir auffällt, was mich nervös macht. Etwas stimmt nicht. Die Kulisse ist beschädigt. Die Wasserfolie an mehreren Stellen zerrissen.

Einen Augenblick lang stehe ich da wie erstarrt, zupfe geistesabwesend an meiner Krawatte herum. Sie schnürt mir die Luft ab. Langsamen Schrittes betrete ich die Bühne, als könnte ich jeden Moment in eine Falle tappen. Mein Blick bleibt an einem Hocker hängen. Skriptblätter mit bunt markierten Passagen liegen zerrissen und wild verstreut um ihn herum. Auf dem zerknüllten Deckblatt steht mein Name.

Ich muss zu Lünov. Er muss die Wahrheit erfahren.

Plötzlich höre ich ein Geräusch hinter der Kulissenwand. Ich bin nicht allein. Meine Gedanken rasen. Was soll ich tun? Erneut blechernes Rumpeln.

»Hallo?«, durchbreche ich die Stille. Meine Stimme klingt weit entfernt, als würde ich durch eine verschlossene Tür sprechen. Niemand antwortet.

Ich lege mein Ohr an die Wand. Wir stehen Seite an Seite, nur getrennt durch die künstliche Mauer. Ich lege meine Hand auf die Kulisse. »Bist du es?«

Ich höre, wie ein metallener Gegenstand auf den Boden gestellt wird. Dann Schritte, die sich entfernen.

Ich zögere kurz, dann bahne ich mir einen Weg hinter die Kulissenwand. Ein beißender Gestank schlägt mir entgegen. Schwelender Rauch. Wie ein Flaschengeist kommt er aus der Ecke neben einer umgekippten Flasche und zieht sich die Holzwände hoch. Er färbt die Luft um mich herum langsam grau, zieht sich durch den Raum wie eine Schlange, die sich ruhig um ihr Opfer windet. Ich renne hin und versuche das Glimmen auszutreten. Hilflos trete ich nach den Flammen, während meine Sicht sich weiter verschlechtert, das Atmen schwieriger wird. Die aufkeimenden Feuersäulen springen von einem Gegenstand der Kulisse auf den anderen, als würden sie einem unsichtbaren Faden folgen. Die hölzernen Wände der Kulisse werden von den Flammen aufgefressen, der Bühnenvorhang fängt Feuer, und als ich mich umdrehe, gleicht der Hocker mit den herumliegenden Skriptblättern einer brennenden Blüte.

Das Zugseil zum Hauptvorhang brennt sich den Weg nach oben. Ist es schon zu spät?

Als ich mich zum Ausgang der Hinterbühne machen will, spüre ich einen berstenden Schmerz in der Seite. Erst als mein Kopf auf den Bühnenboden kracht und ich etwas Warmes im Mund verspüre, wird mir klar, dass ich am Boden liege. Nein, nein! Etwas Schweres liegt mit seinem ganzen Gewicht auf mir, sodass ich mich nicht umdrehen kann. Etwas kochend Heißes. Mit aller Kraft winde ich mich heraus und schaffe es aufzustehen. Ein Teil der

Kulissenwand ist heruntergefallen und hat meine Schulter getroffen. Mein Arm pocht und hängt bewegungslos herunter wie ein gebrochener Ast. Es riecht nach verbranntem Fleisch. Mir wird übel. Ich muss hier raus, so schnell es geht. Ich bahne mir einen Weg an dem Bühnenbild vorbei, als ein Grollen ertönt. Zwei eiserne Schiebetüren schließen sich langsam, aber unaufhaltsam. Der Eiserne Vorhang, ein Sicherheitsmechanismus der alten Theater. Als ich die Tore erreiche, erhasche ich nur noch einen dunklen Schlitz zwischen mir und der Hinterbühne, bevor die Stahltore zufallen. Ich schreie. Die Luft wird immer nebliger, und ich halte mir meinen linken Hemdsärmel vor Mund und Nase. Ich huste. Der Sauerstoff geht mir aus. Hastig renne ich wieder zurück Richtung Vorbühne. Doch auch dort höre ich das krächzende Geräusch. Als ich die vorderste Kulissenwand passiere, verschwindet auch der Zuschauerraum hinter Sicherheitstoren. Nein, nein, nein! Hilfe suchend blicke ich mich um. Es gibt noch seitliche Ausgangstüren auf der Bühne. Ich renne zur rechten Seite und werfe mich gegen die schwarze Tür, doch sie gibt nicht nach. Meine Schulter zuckt vor Schmerz. Meine letzte Hoffnung ist die Tür auf der gegenüberliegenden Seite. Als ich die Klinke herunterdrücke, bestätigt sich meine Befürchtung. Ich bin eingesperrt. Panisch blicke ich umher. Alles ist in ein nebeliges Grau getaucht. Das Feuer frisst sich nach oben.

»Bitte«, keuche ich, und ein fürchterlicher Husten ringt mich nieder. Meine Augen brennen, überall helle Flammen. Nach einem weiteren Hustenanfall falle ich auf die Knie. Die Luft ist zu schwarz, um sie einzuatmen. Die Tore bleiben verschlossen.

Tränen laufen mir übers Gesicht. Mir wird schwindelig.

Und plötzlich wird alles leichter. Der Raum verändert sich. Ich begreife, dass ich halluziniere. Die Wasserfolie scheint sich nun wellenartig zu bewegen. Die Bühne atmet. Ich sitze an einen der Felsen gelehnt und fühle mich wie damals. Draußen auf der Insel. Wo alles angefangen hat.

Was ein Mensch vor seinem Tod als Letztes sieht? Ich weiß es nun.

Lilja – Rückwärts

Der vertraute Geruch des Wassers umgab mich. Fast konnte man ihn auf der Zunge schmecken. Kristalle aus Salz. Mit einer leicht modrigen Note. Helsinkis Hafen umarmte mich wie ein alter Bekannter. Fest. Kalt. Ich stand an Deck der Finnlines-Fähre, meine Hände um das kalte Geländer gekrallt, und beobachtete, wie die Burgmauern von Suomenlinna langsam, aber stetig näher kamen. Unzählige Male hatte ich diese Inselgruppe mit der eindrucksvollen Festung als Kind besucht.

Ein Pulk Touristen stand am Aussichtspunkt der äußersten Mauern und genoss den Ausblick auf das dunkle Brackwasser. Ein Mädchen, inmitten der Traube bunter Regenjacken, hob lachend die Hände zum Gruß, und eine Sekunde lang war ich fast sicher, Edith zu sehen, ihre blonden Locken halb ins Gesicht geweht. Als würde ihr Winken nur mir gelten. Als würde sie sagen: »Ich habe dich gesehen. Nun kannst du nicht mehr weg.« Weil sie genau wusste, dass ich am liebsten von der Reling springen und in der kalten Dunkelheit verschwinden wollte.

Ich blinzelte die Müdigkeit weg. Nein, das war nicht Edith. Meine Schwester und ich hatten keinen Grund mehr, dort oben zu stehen. Mein Blick wanderte zum Wasser hinunter, das der Schiffsbug zerteilte wie eine Sense.

Ich hatte gehofft, nach all den Jahren würde sich ein Schleier der Gleichgültigkeit über meine Erinnerungen legen, doch schon jetzt wurde mir übel bei dem Gedanken, wieder an jenem Ort zu sein, dem ich einst entflohen bin.

Nachdem die Fähre angelegt hatte, betrat ich das Festland, während die Passagiere unter klackerndem Echo das Schiff über die Rampe verließen. Weit hinten in meinem Kopf meldete sich leise das bekannte Gefühl der Beklommenheit. Edith und ich am Steg, wie wir auf das Meer hinausblickten, während meine Eltern über den Markt schlenderten. Der Wind, der stets kalt war, egal zu welcher Jahreszeit, und einem wie ein Geist durch das Haar strich. Die Luft roch nach Regen, der ganz plötzlich kommen konnte. Früher hatte ich den Duft nach frischer Kühle und die Stille nach dem Regen geliebt – bis alles über mir eingestürzt war. Nun lag über allem ein Schatten.

Neidvoll betrachtete ich die Menschenmassen, die sich wie im Gleichtakt bewegten.

Möwen kreisten gackernd über den Ständen, in perfekter Symbiose mit dem Markttreiben am Boden. Als hätte alles seine Bedeutung, während ich mich unentwegt fragte, was ich hier bloß tat. Die Gespräche der Menschen, der Lärm der vorbeifahrenden Autos und das leise Plätschern des Wassers brauten sich zu einem immer lauter werdenden Surren zusammen und ließen mich innerlich zittern. Meine Hände kribbelten. Als würde mich etwas von innen kratzen. Als wäre ich allergisch auf diese Luft.

Teil I

Lilja – Der Reisende

Ich sah den Umriss eines Mannes. Es war nicht klar, ob er durch mich hindurchblickte – oder in mich hinein. Im einsamen Schein der vereinzelten Sterne erkannte ich seine Augen nicht. Obwohl auch sein Gesicht vom Schatten der Nacht bedeckt war, hatte ich das Gefühl, dass er mich anstarrte. Sein Hut und sein dunkler Mantel bewegten sich nicht. Seine Haltung war starr. Hinter ihm, in einiger Entfernung, erkannte ich ein Haus. Als wäre es der Schatten des Mannes, zeichneten sich die kantigen Umrisse des Gebäudes überdimensional hinter ihm am Himmel ab. War das sein Haus? Kam er von dort, oder war er auf dem Weg dorthin?

Neben dem Mann stand ein Koffer. Ein Reisekoffer, nicht groß genug für eine Weltreise, aber doch größer als ein Aktenkoffer. Aus altem Leder mit rissigen Kanten. Unförmig gewölbt, als wäre er prall gefüllt mit Geheimnissen.

Selbst als Licht auf die Komposition fiel, war das Gesicht des Mannes nicht zu erkennen. Seine Hand hob sich langsam. Den Zeigefinger am Mund, bedeutete er mir, still zu sein. Hätte er sich nicht bewegt – man hätte die Szene für ein Gemälde halten können.

Die Scheinwerfer über der Bühne schwenkten auf das

Haus im Hintergrund. Die Kulisse, obgleich nur auf eine Leinwand gemalt, schien so echt.

So perfekt waren die Farbnuancen, die einen immer tiefer in das Motiv hineinzogen. So gut der Übergang zwischen den Schattierungen. Wie durch ein Fenster schaute ich in eine andere Realität. Oder blickte der Mann durch sein Fenster in meine? Ich kannte ihn nicht, doch ich wusste: Das Böse war auf dem Weg.

Ich hielt ein zerknittertes Stück Papier in den Händen, einen Flyer, der den »Reisenden« bewarb. Geistesabwesend hatte ich ihn mit den Fingern bearbeitet. Ich versuchte mir ein Lächeln abzuringen. Obwohl ich mir geschworen hatte, niemals wieder ein Theater zu betreten und schon gar nicht *dieses* hier, war ich hergekommen. Ich konnte meinen Blick nicht von dem Schauspieler abwenden, der reglos auf der Bühne stand und mich anzustarren schien, als eine männliche Stimme mich aus der Szene riss.

»Juuso, gut gemacht. Probiert Stimmung 136, wir brauchen kühleres Licht!«, schrie ein Mann aus der ersten Zuschauerreihe. Von meinem Platz aus konnte ich sein Gesicht nicht erkennen, aber sein Tonfall klang so bestimmt wie der eines Regisseurs. Die Farbe der Beleuchtung auf der Bühne veränderte sich und wurde zunehmend blasser, bis er ein »O. k.« rief und sich wieder hinsetzte. Ich sah mich im Saal um. Die Zuschauersitze, mit rotem Samt bezogen, waren bis auf den vom schreienden Mann in der ersten Reihe und meinen unbesetzt. Ich war während der Proben angekommen, und man hatte mir angeboten zuzusehen, bis Edith fertig war. Es war Jahre her, dass ich das letzte Mal ein Theater von innen gesehen hatte. In einem anderen Leben. Einem fremden Leben. Bevor sich alles verändert hatte.

Mein Vater war Drehbuchautor. Meine ganze Kindheit hindurch sah ich ihn immer nur schreiben. Er lebte fürs Theater. Bis er beschlossen hatte, für gar nichts mehr zu leben.

Ich strich über den Samt. Wie fühlt sich der Stoff wohl verbrannt an? Ich bekämpfte den Impuls, zu flüchten. Der Gestank nach Rauch hatte sich in mein Gedächtnis gebrannt. Er war an allen Sachen meines Vaters, die den Brand überlebt hatten, für immer hängen geblieben. Und nun hatte ich denselben Geruch wieder in der Nase – oder war es Einbildung?

Als die Pause eingeläutet wurde, zwang ich mich aufzustehen. Ich bahnte mir einen Weg durch die Reihen und stieg an den seitlichen Stufen die Bühne hinauf, um hinter die Kulisse zu gelangen. Hinter dem Vorhang lichtete sich ein weiterer Raum, eine weitere Kulisse, die noch nicht aufgebaut war. Der Mann mit dem Koffer war verschwunden.

Ich drückte die Klinke einer schwarzen Tür hinunter und stand in einer riesigen Halle, neben mir Zugseile, die im Boden und in der Decke verschwanden; lange Stahlstangen weit über mir, an denen schwere Bühnenvorhänge herabhingen. Auf der anderen Seite überdimensional große Kulissenwände säuberlich nebeneinandergereiht.

Vor einer weiteren Kulisse, einem rudimentär eingerichteten Wohnzimmer, saß eine Frau, in ihr Skript vertieft. Sie zuppelte an ihren Lippen, während sie sich konzentrierte – so wie ich das immer tat.

Ein Mann saß dicht neben ihr und redete leise auf sie

ein, während sie nur immerzu nickte. Sie wirkten sehr vertraut miteinander. Etwas in mir zögerte, diesen intimen Moment zu stören.

Unvermittelt warf der Mann einen Blick nach hinten und sah mich durchdringend an. Er trug eine randlose Brille, seine klaren Gesichtszüge wirkten forschend und reserviert zugleich. Ich fühlte mich irgendwie ertappt, als sein Blick mich fixierte. Auch Edith drehte sich um. Ihr Ausdruck änderte sich sogleich, und ein Lächeln erschien auf ihren Lippen. »Lilja, du bist hier!«

Ihre Stimme klang unnatürlich fröhlich. Gar nicht so verunsichert wie bei unserem letzten Skype-Telefonat, in dem sie mich geradezu angefleht hatte herzukommen.

»Wie könnte ich anders?«, sagte ich und versuchte zu lächeln.

»Sieht sie mir nicht unglaublich ähnlich?«, fragte Edith vergnügt ihren Sitznachbarn. Seine schmalen Lippen formten sich zu einem Lächeln und erwärmten den kühlen Ausdruck in seinem Gesicht.

»Das stimmt«, erwiderte er. Seine Stimme hatte etwas Grollendes. »Sie passt perfekt.«

Wie meinte er das? Klar, unsere Ähnlichkeit war nicht zu leugnen. So fremd wir uns innerlich waren, so sehr glichen wir uns äußerlich. Ich betrachtete meine Schwester von der Seite und fühlte mich wie ihr glanzloses Ebenbild. Sie strahlte etwas Wildes und Verwegenes aus, mit ihrer roten Lockenpracht und den perfekten Sommersprossen, dem sonnengebräunten Teint und dem Körper einer Tänzerin, während meine Locken immer nur welk herunterhingen und das Rot meiner Haare in die Richtung eines rostig braunen Nagels ging. In Ediths Augen lag ein tanzendes Feuer, wenn sie jemanden von einer Idee überzeugen wollte, und für gewöhnlich schaffte sie es immer, alle in ihren Bann zu ziehen.

»Darf ich dir Pavel vorstellen? Er ist der Regisseur.« Mir entging Ediths bewundernder Blick nicht, als sie zu ihm herübersah.

Nach einem flüchtigen Händedruck rückte er seine Brille zurecht und warf einen Blick auf seine Armbanduhr. Die Situation schien ihm unbehaglich zu sein. »Dann lasse ich euch mal allein«, sagte er und verabschiedete sich mit einem angedeuteten Nicken.

Ediths glasiger Blick verlor augenblicklich an Glanz. »Gehen wir in meinen Umkleideraum.«

Sie hakte sie sich bei mir ein und grinste über beide Ohren. »Hast du gehört? Ich habe einen eigenen Umkleideraum. Da steht *mein* Name an der Tür.« Edith formte ihren Mund zu einem Pfeifen, während sie nicht aufhören konnte zu grinsen.

»Du hörst dich aber nicht mehr so besorgt an wie vor ein paar Tagen«, sagte ich, sobald wir die Tür zu ihrem Raum abgeschlossen hatten. Als sie keine Antwort gab, hielt ich ihr den Flyer vor die Nase. Auf dem Titelbild war Edith abgebildet, hinter ihr stand der Schauspieler, den ich auf der Bühne gesehen hatte, wie ein bedrohlicher Schatten. *Der Reisende.*

»Du hattest mir erzählt, es sei kein großes Ding.«

Sie lächelte, was mich nur noch mehr irritierte.

»Erst klingst du, als würde der Sensenmann persönlich hier sein Unwesen treiben, und nun bist du die Gelassenheit in Person. Was denn nun? Und warum, um alles in der Welt, bleibst du, wenn du Angst hast? Das ist doch irre. Das ganze Stück ist irre!«

»Das«, sie zeigte auf die Broschüre, »ist *die* Gelegenheit für mich. Ich dachte, du verstehst das.« Ihre Stimme klang jetzt noch überdrehter. »So eine Chance bekomme ich nicht noch einmal.«

»Meinst du nicht, dass du ohne die ganze Vorgeschichte bessere Chancen hättest? Bei unserem Namen bricht hier nicht gerade Begeisterung aus. Im Gegenteil.« Ich suchte in ihren Augen nach dem gleichen panischen Gefühl, das mich bei dem Gedanken an das Theaterstück überkam, doch ich suchte vergeblich. Stattdessen musterte sie mich skeptisch.

»Du siehst ... erschöpft aus.«

Ich nickte.

»Nur eine lange Reise und wenig Schlaf.«

Ich wollte gerade von Neuem ansetzen, als die Tür nach einem kurzen energischen Klopfen aufgerissen wurde und eine junge Frau mit schwarzen, streng zurückgebundenen Haaren ihren Kopf durch den Türspalt steckte.

»Oh, hi«, sagte sie überrascht in meine Richtung. Dann wandte sie sich Edith zu. »Du musst wieder auf die Bühne.«

»Wir reden nachher weiter«, sagte Edith kurz angebunden und überprüfte ihr Make-up im Spiegel. Als ich mich zum Gehen aufmachte, hielt sie mich dennoch zurück.

»Hier.« Sie drückte mir einen dicken Stapel Papier in die Hand. »Lies es. Es ist wirklich gut. Es ist, als könnte man seine Stimme noch hören.«

Als hätte sie mir eine Tarantel auf die Handflächen gesetzt, musste ich aufpassen, es nicht fallen zu lassen. *Der Reisende*, stand auf dem oberen Blatt und darunter der Name meines Vaters.

Es war das Letzte, was mein Vater hervorgebracht hatte, bevor er seinem Leben ein Ende setzte und alle um ihn herum ins Unglück stürzte.

Nachdem ich mich gesammelt hatte, ging ich zurück in den Saal. Meine Schwester stand gerade auf der Bühne. Ihre Locken spiegelten sich in den Fenstern des Innenraums wie ein Kaminflackern. Sie stand vor einem wandhohen Spiegel und betrachtete sich darin. Sie trug ein graues, unauffälliges Kleid, das verblichen an ihrem viel zu schlanken Körper herunterhing.

»Sorry für die Unterbrechung vorhin, aber Pavel duldet keine Verspätung, und ich will meinen Job behalten«, flüsterte mir die Frau ins Ohr, die vor ein paar Minuten unser Gespräch unterbrochen hatte. Sie stellte sich mir als Bernadette vor und schien von Natur aus nicht zu lächeln. Ihr Ausdruck war genauso streng wie ihr nach hinten gekämmter Zopf.

»Eure Ähnlichkeit ist wirklich bemerkenswert. Zwillinge seid ihr aber nicht?«

Ich verneinte. »Ich bin zwei Jahre älter.«

Sie nickte und blickte wieder zur Bühne.

»Ich fasse es nicht, dass das Theater wieder aufgebaut wurde. Wieso überhaupt nach all dieser Zeit?« Ich konnte mir die Frage nicht verkneifen. »Nach allem, was passiert ist …«

Sie hielt ihren Blick weiterhin auf die Bühne gerichtet. »Das ist zum größten Teil Lünov zu verdanken. Er hat sich für den Wiederaufbau eingesetzt, bis er den Stadtrat davon überzeugen konnte.« Sie lehnte sich verschwörerisch zu mir herüber. »Aber dass er dieses irre Stück wieder hervorholen würde, damit hatte niemand gerechnet. Er bestand darauf. Es scheint ihm ein persönliches Anliegen zu sein. Und genauso wichtig war es ihm, dass deine Schwester eine Rolle bekommt.«

Ich sah sie an. »Und wieso das?«

Sie zuckte mit den Schultern. »Klar, man sagt, dein Vater ...«, sie druckste herum, »also, das Stück sei verflucht, aber, hey ... jede Presse ist gute Presse. In diesen Zeiten. Und es ist wirklich ein tolles Stück. Findest du nicht?«

»Mhm«, murmelte ich, wenig überzeugt.

Während sie sprach, betrat der Mann mit Koffer die Szene, und sofort spürte ich wieder dieses Gefühl der Beklommenheit.

»Ich finde ihn unheimlich«, flüsterte ich. Bernadette entging mein Schaudern nicht. Sie lächelte. Es war das erste Mal, dass sich ihre grimmigen Züge entspannten. »Na ja, das ist auch seine Aufgabe. Er ist schließlich der Teufel.«

Juni 1981

Daniel – Unser Sommer

Die Sonnenstrahlen kämpften sich ihren Weg durch die mir zu große Sonnenbrille meines Bruders und kniffen mir in die Augen. Das Holzboot schaukelte sanft mit den Wellen, und ich verspürte pures Glück. Es war einer der schönsten Momente meines zwölfjährigen Lebens. Der ganze Sommer lag noch vor mir, und ich würde ihn mit Mikael verbringen. Mein Bruder saß mir gegenüber, ich beobachtete ihn im Schutz der dunklen Brillengläser. Wie jedes Jahr verbrachten wir die Ferien auf der Insel im Mökki, dem Sommerhaus meines Onkels, die er meinem Vater, Mikael und mir zur Verfügung stellte.

Die Hütte befand sich ganz im Süden der Insel. Mein Vater hatte mir früher erklärt, das Sommerhaus würde auf dem oberen Reißzahn eines Mauls sitzen, weil die Insel auf der Karte betrachtet wie der Umriss eines Hundekopfs aussah.

Mein Onkel Jeremias, den jeder nur Jere rief, übernachtete meist auf seiner Jacht oder im Haus in der Nähe seiner Firma am anderen Ende der Insel. Er sagte immer, die Hütte sei eine Bruchbude, und zog es vor, auf seinem Boot zu bleiben, aber ich fand es immer toll hier. So weitab vom Rest der Welt, mitten in den Wäldern, umgeben nur vom Wasser und den Felsen der Küste. Jere hatte eine hölzerne

Terrasse zwischen die Felsen vor dem Mökki bauen lassen, ursprünglich ein Luxus für meine Tante Milla, die es aber dennoch vorzog fernzubleiben. Stattdessen saßen nun wir Jungs oft bis spät in die Nacht auf den Dielen und spielten Karten. Manchmal beobachteten wir die Schiffe und Boote und gelegentlich die Küstenwache, wie sie an unserem Küstenabschnitt vorbeifuhr, bis die vereinzelten Lichter der Bojen das Wasser in der Dämmerung der Mitternachtssonne erleuchteten.

Unsere Gruppe war ein reiner Männerhaufen: mein Bruder, mein Vater und mein Onkel, gemeinsam mit Pejo, unserem Cousin. Meine Tante zog es vor, auf dem Festland zu bleiben. Sie sagte, es gäbe nicht genug Wasser im Meer, um den Fisch- und Biergestank von sich abzuwaschen. Vielleicht waren alle Frauen so, aber das konnte ich nicht beurteilen, weil unsere Mutter schon seit Jahren tot war. Ich konnte mich kaum an sie erinnern, weder an ihr Gesicht noch an ihre Stimme. Es war eher ein Gefühl, das ich mit ihr in Verbindung brachte. Dieses Gefühl, dass sie wunderschön war und Wärme verströmte. Der Funken einer Erinnerung, mehr nicht. Es machte mich traurig, andere Kinder mit ihren Eltern zu sehen. Mit Müttern, die ihre Hand wie selbstverständlich auf die Schulter ihres Kindes legen konnten und sie anlächelten. Fragten, wie ihr Tag war. In solchen Momenten spürte ich einen Riss in meiner Brust, vielmehr eine klaffende Wunde. Ich versuchte mir vorzustellen, wie meine Mutter mit mir sprach, doch es endete immer in hilfloser Wut, weil ich ihr Gesicht nur von Fotos kannte und nichts weiter hatte, an das ich mich klammern konnte. Deshalb war ich froh, mich zumindest im Sommer von diesem Gefühl der Unvollständigkeit ablenken zu können.

Gelegentlich angelten wir Fische und brieten sie abends am offenen Feuer. Mein Vater führte endlose, lautstarke Diskussionen mit Jere, bis beide nicht mehr nüchtern, jedoch bis zuletzt auf ihrem Standpunkt beharrend, zu ihren Schlafplätzen wankten. Der Duft der Kiefernwälder und des Wassers erfüllte mich jedes Jahr mit dem Gefühl der Sehnsucht und den endlosen Möglichkeiten eines ewigen Sommers, in dem die Sonne nie ganz unterging und die Nächte weiß waren. Die Abenddämmerung ging beinahe nahtlos in die Morgendämmerung über, und so schienen die Stunden länger, die Zeit dehnte sich merkwürdig in die Weite. Da es nie richtig dunkel wurde, waren wir Kinder ständig unterwegs und bis in die späten Stunden wach und uns selbst überlassen. Was uns nicht im Geringsten störte.

Obwohl unsere Wohnung in Pargas nur etwa eine Autostunde entfernt war, gab es dort keinen Vergleich zu dem Gefühl von Heimat, das ich hier verspürte. Vielleicht war Heimat das falsche Wort. *Freiheit*, ja, das traf es wohl eher. War ich hier, umhüllte mich das grenzenlose Gefühl, dass alles möglich war.

Mikael lag am anderen Ende des Bootes und beobachtete die sanften Wellen, während ich in meinem Buch las. Ich bemerkte seinen Blick und legte das Buch weg.

»Was liest du da schon wieder?«, fragte er so beiläufig, als würde ihn die Antwort sowieso nicht interessieren.

»*Der Fänger im Roggen*. Salinger.«

Er verdrehte die Augen. »Und so, und so, und so. Das Buch hat mich verrückt gemacht, als wir es in der Schule lesen mussten.«

Mikael war fünf Jahre älter, und ich spürte mittlerweile, dass ich ihn immer mehr langweilte. Er kam wie jedes Jahr mit, doch ein Teil von mir wusste, dass es womöglich unser letzter gemeinsamer Sommer war. Dass er sich bald weigern würde, Zeit mit Vater und mir zu verbringen.

Ich hing meinen Gedanken nach, als mein Blick einen Moment lang am Waldrand hängen blieb. Meine Augen huschten zu dem dunklen Rand, hinter dem die Welt zu verschwinden schien. War Hendrik dahinter verschwunden? Mich schauderte, als ich an letztes Jahr denken musste. Ob er irgendwo in den Wäldern umherstreifte? Oder hatte er sich wie in *Herr der Fliegen* mit den anderen verschwundenen Kindern zusammengetan? Waren sie einfach zusammen abgehauen? Eine schöne Erklärung. Wahrscheinlich zu schön. Mikaels Stimme riss mich aus meinen Gedanken.

»Komm, ich muss mich abkühlen. Es ist verdammt heiß.«

Ich blickte über den Rand des Bootes ins dunkle Wasser. Auch mir brannte die Sonne langsam auf die Haut, aber das Wasser war alles andere als verlockend. Im Schwimmbad blieb ich gern stundenlang im Pool, aber dieses dunkle, undurchsichtige Wasser voller Strömungen war mir nicht geheuer. Und erst die Algen. Wenn mein Fuß eine dieser schleimigen Schlingen berührte, hatte ich immer das Gefühl, etwas griff nach mir. Was ich natürlich niemals zugeben würde.

»Ne, ich bleib lieber hier«, sagte ich und spritzte mir ein bisschen Wasser über die Arme. Es war eisig kalt.

»Also, ich würde mitkommen«, ertönte eine Stimme hinter mir, und ich sah zu Pejo, der sich ungelenk im Boot erhob. Auch er war jeden Sommer dabei und hängte sich so oft wie möglich an uns dran. Ich mochte Pejo, auch wenn ich wusste, dass Mikael genervt von ihm war. Und das, obwohl Pejo immerhin zwei Jahre älter war als ich.

»Kannst du überhaupt schwimmen?«, fragte Mikael in gelangweiltem Tonfall.

»Musst du immer so bescheuert sein?«, giftete Pejo zurück. Ich empfand Bewunderung für Pejo und seine kläglichen Versuche, Mikael immer wieder die Stirn zu bieten – auch wenn er ihm trotzdem nachlief wie ein Hündchen. Und insgeheim vermutete ich, dass Mikael gar nichts gegen ihn hatte, sondern ihn hin und wieder einfach aus Spaß triezte. Trotzdem war es jedes Mal dasselbe. Sobald sie ein paar Tage miteinander verbrachten, gingen sie sich an die Gurgel. Sie erinnerten mich an die zwei Mäuse, die ich früher als Haustiere hatte. Die eine hat die andere irgendwann totgebissen.

Ich musste gestehen, dass Pejo mich auch manchmal mit seiner Klugscheißerei nervte. Er war ja auch ein ganz schöner Bücherwurm. Aber meistens genoss ich seine Gesellschaft, auch weil es hier schnell sehr langweilig werden konnte, wenn Mikael sich mal mit Gleichaltrigen traf.

Mikael erhob sich und ließ sich mit einem selbstbewussten Platscher ins Wasser fallen. Einen kurzen Moment später tauchte er auf und blickte grinsend zu uns hoch.

»Hoffentlich hast du nicht deine Hose verloren. Obwohl, da gibts eh nicht viel zu sehen.« Pejo sprang hinterher, nachdem er mir ein triumphierendes Grinsen zugeworfen hatte. Mir entfuhr ein Lacher. Für den Spruch wurde er gleich mit dem Kopf unter Wasser getaucht, aus dem er wenig später hustend auftauchte.

»Du Arsch ...«

Mikael tauchte Pejo erneut unter. Luftblasen erschienen an der Wasseroberfläche.

»Du kleiner Fettsack!«

»Bring ihn nicht um!«, rief ich. Endlich ließ er von ihm ab und hatte sich mit einem langen Schwimmzug bereits weit vom Boot entfernt, als Pejo prustend auftauchte. »Ich schwimm jetzt eine Runde«, rief Mikael. Kaum hatte Pejo sich die klatschnassen, lockigen Haare aus dem Gesicht gestrichen, hastete er bereits Mikael hinterher.

»Warte auf mich!« Seine Beine klatschten beim Schwimmen gegen die Wasseroberfläche und spritzten mich voll. Mit einem Augenrollen setzte ich mich wieder hin und zog meine verrutschte Sonnenbrille hoch. Mikael war ein Angeber, da konnte man nicht drumherumreden, aber er konnte es sich auch irgendwie leisten. Die Mädchen standen auf seine dunklen, immer gestylten Haare, und ich war mir sicher, dass es auch an der Lederjacke lag, die er sogar in der größten Hitze trug. Sie verlieh ihm etwas Rebellisches, auf das die Mädchen flogen. Jeden Sommer hatte er eine Neue am Start. Er sah ziemlich gut aus und hatte immer einen coolen Spruch parat. Neuerdings trainierte er sich sogar Muskeln an, indem er jeden Morgen in der Hütte Liegestütze machte. »Ein bisschen Sport würde dir auch nicht schaden«, hatte er mal gesagt, und sein schiefer Blick gefiel mir dabei gar nicht. Im Gegensatz zu ihm war ich spindeldürr, obwohl ich essen konnte wie ein Scheunendrescher. Mikael sagte oft, ich wäre ein dicker Kerl, gefangen im Körper eines dürren, rothaarigen Hänflings. Aber Sport interessierte mich nun mal nicht die Bohne. Schade, dass Bücher keine Muskeln stählten. Denn aufgrund meiner schmächtigen Statur war ich ein ideales

Opfer für alle Schläger der Schule. Erst kurz vor den Sommerferien hatte Mikael mich heulend vom Schulweg abgefangen.

»Du bist kein kleines Kind mehr«, hatte er gesagt und mir unbeholfen auf den Rücken geklopft. »Du darfst niemandem deine Schwächen zeigen, verstehst du? Sonst wirst du irgendwann noch von den drei Hornochsen verkloppt.«

Ich wusste genau, von wem er sprach. In jedem Jahrgang gab es mindestens ein armes Schwein, das von Tom Wolowski und seinen Freunden verdroschen wurde.

Wolowski wohnte im gleichen Vorort wie ich, und zu allem Überfluss hatte sein Vater sein Feriendomizil auch noch auf unserer Insel.

Jeden Sommer wohnte Wolowski mit seinem Alten auf der gegenüberliegenden Seite der Landzunge. Residierte, musste man eigentlich sagen, denn ihnen gehörte dort das schickste Mökki der Insel. Auch wenn die meisten Finnen ein Sommerhaus besaßen, stach das Haus der Wolowskis allein durch seine Größe deutlich hervor. Sein Vater war seit Kurzem Direktor an meiner Schule und ein einflussreicher Mann in unserer Stadt. Neben seinem Haus wirkte unsere Hütte wie eine schäbige Gartenlaube mit Plumpsklo. Was sie ja mehr oder minder auch war. Toms Vater war auch hier auf Koiran Saari ein angesehener Mann, erst im letzten Jahr hatte er die Renovierung des Hafenstegs mitfinanziert. Ich fragte mich, ob das mit der gebrochenen Nase zusammenhing, die Tom kurz zuvor einem der Kinder im Ort verpasst hatte. Denn nachdem sich Wolowski senior spendabel gezeigt hatte, war die kaputte Nase plötzlich vergessen.

Damit hatte Wolowski gewissermaßen einen Freifahrtschein für Grausamkeiten aller Art. Einmal hatte ich mit angesehen, wie er einen Jungen grundlos abgefangen und mit der Faust auf sein Gesicht eingeschlagen hatte, bis dieser ihn unter Tränen anflehte aufzuhören. Wolowski kannte aber kein Erbarmen, und hätte er mich damals heulend auf dem Schulweg abgefangen, wäre ich der Nächste auf seiner Prügelliste gewesen.

Ich drehte mich um, weg von meinen Erinnerungen, weg vom Wald, und beobachtete Mikael beim Schwimmen. Er war unterwegs zum nächsten Felsen, hatte ihn fast erreicht. Pejo war nirgends zu sehen. Das Wasser lag scheinbar unberührt unter mir. Irgendwas an dieser Stille gefiel mir nicht. Ich rief Pejos Namen, stolperte auf dem Boot umher und schaute nach, ob er sich nicht einen Spaß daraus machte, sich dahinter zu verstecken. Ich rief immer wieder seinen Namen, und als keine Reaktion kam, rief ich nach Mikael. Er ruderte weiter mit den Armen, zog seine Bahn, und sein Kopf verschwand in rhythmischer Bewegung im dunklen Wasser. Langsam wurde ich panisch. Nachdem ich seinen Namen ohne Unterlass schrie, hörte er auf zu kraulen und blickte sich orientierungslos um. Ich verstand mich selbst kaum noch, meine Worte überschlugen sich, also fuchtelte ich mit den Armen herum und zeigte auf die Stelle, an der ich Pejo zuletzt gesehen hatte. Wie konnte er lautlos von der Oberfläche verschwinden? Mikael schwamm wieder zurück, seine Bewegungen waren diesmal alles andere als galant, er versuchte immer wieder unterzutauchen und kam röchelnd wieder hoch. Am Ufer, etwa hundert Meter entfernt, sah ich meinen Onkel zusammen mit meinem Vater stehen. Sie riefen etwas, aber ich konnte sie nicht verstehen. Jere schmiss sich ins Wasser und schwamm los. Er war viel zu langsam und zu weit weg. Wie ein Eisbär auf seiner Scholle klammerte ich mich an die Enden des Bootes und blickte ins Wasser hinein. Ich suchte nach Pejos Lockenkopf, seiner blauen Badehose, aber ich sah nur mein eigenes Spiegelbild, das durch die Wellen immer wieder verzerrt wurde.

Lilja – Labyrinth

Berni, wie ich sie jetzt nennen durfte, schlug mir vor, mich im Theater herumzuführen. Ich nahm ihr Angebot sofort an, dankbar, hier nicht alleine mit dem Manuskript auf meinem Schoß dasitzen zu müssen, bis Edith mit der Probe fertig war. Wir traten aus dem Zuschauerrang an den Rand der Bühne und passierten die schwarze Tür zum hinteren Raum.

»Hier sind die Kulissenteile aufgestellt, aber das kennst du ja sicher schon von anderen Theatern.« Ich nickte.

»Edith hat mir ein bisschen was über eure Kindheit erzählt. Es muss aufregend gewesen sein, so viele Städte zu bereisen.«

»Ja, es war schon ... aufregend«, stimmte ich ihr flüchtig zu.

»Hinter der Hauptbühne haben wir die Kulisse für die zweite Szene, und dahinter erschließt sich die letzte, die Höhle. Die muss aber noch gebaut werden. Die Szene ist großartig, oder?«

»Finde ich auch«, murmelte ich. Ich wollte nicht zugeben, dass ich anscheinend die Einzige war, die bis vor ein paar Tagen nicht einmal von der Existenz des Skripts gewusst hatte.

»Es ist großartig. Ich kenne die anderen Arbeiten eures

Vaters nicht, aber dieses Stück ist wirklich speziell. Schon alleine wegen der Vorgeschichte.« Sie räusperte sich, als hätte sie es gar nicht laut aussprechen wollen. »Na ja, die Kulissenbauer haben auf jeden Fall alle Hände voll zu tun.«

Gerade als wir die hintere Bühne passierten, hörte ich ein Krachen, wenige Schritte neben mir. Als wir uns umdrehten, hob ein Mann voller Seile und Karabinerhaken am Gürtel entschuldigend die Hände. Seine Sicherheitsschuhe hatten beim Abseilen von der Decke den Boden erzittern lassen. Ohne uns weiter eines Blickes zu würdigen, sprach er etwas in sein Funkgerät.

»Darf ich vorstellen: Tammo, der Beleuchtungsmeister. Die hängen öfters da oben herum.«

Ich folgte Berni weiter durch die nächsten Räume. Teils aus Zeitungsartikeln und teilweise aus meinen Erinnerungen hatte ich die abgebrannten Grundmauern im Kopf, die verbrannten Überreste der Bühne. Mir schauderte, und ich versuchte die Gedanken zu verdrängen. Davon war hier nichts mehr zu erkennen.

Als wir die Bühne hinter uns gelassen hatten, passierten wir das Foyer, das durch eine dunkelgrüne Farbe mit ornamentalen Mustern an den Wänden eher an ein schummeriges höhlenartiges Gemäuer als an ein klassisches Theater erinnerte.

»Hast du den Intendanten eigentlich kennengelernt? Lünov?« Ich verneinte. Bildfetzen drängten sich ungebeten auf meine Netzhaut: wie er unsere Mutter besuchte. Wie er flüchtig zu uns herübersah, während er eindringlich auf sie einredete und sie nicht aufhören konnte zu weinen. Ob sich Edith noch daran erinnern konnte? Und wenn ja, wäre sie dann so scharf drauf gewesen, hierher zurückzukommen? Die Wunde aufzureißen, die er in unsere Familie geschnitten hatte? Oder kümmerte sie das alles wirklich nicht? Berni riss mich aus meinen Gedanken.

»Lünov hat hier vor zwei Jahren angefangen. Du hättest es vorher sehen sollen. Eine einzige Großbaustelle. Jetzt wirkt es endlich wieder wie ein Theater. Den Baustil muss man mögen, aber ich finde es zumindest erfüllender, als mir zum tausendsten Mal an einem klassischen Theater *Maria Stuart* antun zu müssen.«

Ich lächelte sie an. Ich verstand, was sie meinte.

Das Theater am Rande Helsinkis war ein dekoratives kleines Bauwerk. Die schweren, mit floralem Muster besetzten Eingangspforten eröffneten eine Welt aus illusorischem Licht, das durch die bunten Glasfenster fiel. Lünov hatte das unscheinbare alte Theater durch ein groteskes Kunstobjekt ersetzt. An den Wänden, den Decken und sogar dem Teppich in der Aula und dem Treppenhaus schlängelte sich ein feines Muster durch das Gebäude.

»Nach dem Brand hat sich Lünov vollkommen zurückgezogen. Er verbrachte einige Jahre im Ausland, soweit ich weiß. Dass er nach Helsinki zurückkehren und die Intendanz hier annehmen würde, war wie ein Paukenschlag in der Theaterwelt. Er war durchaus willkommen, trotz seines kontroversen Rufs. Oder sollte ich besser sagen, genau deshalb? Als ich die Baustelle zum ersten Mal gesehen habe, hätte ich jedenfalls nicht gedacht, dass hier überhaupt wieder eine Bühne entstehen würde. Es gibt noch unzählige Nebenräume. Was du gesehen hast, ist die Hauptbühne, aber man muss wirklich aufpassen, dass man sich nicht verirrt. Das kleine Café am Seiteneingang hast du schon gesehen? Wenn du willst, können wir uns einen Kaffee holen?«

Ich nickte. Den gewölbeartigen, dunkelgrün gestrichenen Raum mit dem riesigen Lüster hatte ich vorher schon bemerkt. Vielleicht würde ein Kaffee endlich diese bleierne Müdigkeit von mir nehmen, die sich auf mich gelegt hatte, seit ich meiner Schwester versprochen hatte zu kommen.

Wir passierten weitere schmale, höhlenähnliche Räume und Gänge, stiegen die Treppe zum ersten Rang hinauf. Ich stützte mich an das kalte Geländer. Die Sitze in der ersten Etage sahen viel bequemer und weicher aus als die Stühle im Saal. Von hier aus hatte man einen perfekten Blick über den ganzen Raum. Wir befanden uns in der Königsloge.

»Beeindruckend«, sagte ich.

»Wirklich? Es muss doch grotesk für dich sein?«, fragte Berni und musterte mich interessiert.

»Grotesk trifft es sehr gut.«

Sie nickte verständnisvoll, als ihr Funkgerät sich wieder meldete. Mit einem hastigen Blick sah sie auf ihre Armbanduhr, dann warf sie mir einen bedauernden Blick zu.

»Kein Problem. Geh ruhig«, kam ich ihr zuvor.

»Es tut mir leid. Hier läuft die Zeit anders ab als da draußen in der echten Welt. Du musst dir unbedingt noch den Schnürboden und die Unterbühne anschauen. Ich bringe dich jetzt wieder zurück zu Ediths Garderobe. Sie müsste sowieso bald fertig sein, und ihr könnt es sicher kaum erwarten, euch endlich in Ruhe zu unterhalten.«

Ich lächelte sie matt an. Sie hatte ja keine Ahnung ...

Wir gingen den Weg zum Zuschauerraum zurück und kamen wieder zum Gang mit den Umkleiden.

»Pavel legt sich wirklich ins Zeug für dieses Stück. Er

hat alle Geschütze aufgefahren. Warte, bis du die Schwarzlichtszene siehst.«

Ein Krächzen erklang aus ihrem Gürtel. Eine männliche Stimme rief ihren Namen und wollte sie sofort auf der Bühne sehen.

»Wenn man vom Teufel spricht. Er kann richtig nerven, aber ...« In diesem Moment rammte mich etwas heftig an der Schulter. Der Schlag traf mich so unvorbereitet, dass ich Berni direkt in die Arme fiel. Aus dem Augenwinkel sah ich eine schwarz gekleidete Gestalt hinter der Ecke des Ganges verschwinden.

»Hey, pass doch auf, du Trottel!«, schrie ihm Berni hinterher.

»Was war denn das?«, fragte ich irritiert.

»Keine Ahnung. Manchmal denke ich, hier haben doch irgendwie alle einen Knall ... Dahinten ist Ediths Garderobe. Du kannst sie nicht mehr verfehlen. Ich kann dich leider nicht mehr hinbringen, ich muss in die andere Richtung. Bis später«, waren ihre letzten Worte, bevor sie in dieselbe Richtung davonging, in welche die schwarze Gestalt gelaufen war. Alleine mit meinem Stapel Skriptblätter blieb ich im Gang zurück.

Als ich die Tür zu Ediths Garderobe öffnete, ließ ich vor Schreck beinah das Skript fallen. Als ich den Raum verlassen hatte, war er auf fast schon penible Weise aufgeräumt, nun sah er aus, als wäre ein Orkan hindurchgeweht. Blätter lagen wild verstreut auf dem Boden, Klamotten waren in allen Ecken verteilt. Eine Schneiderpuppe lag umgeworfen in der Mitte des Raumes. Ich setzte vorsichtig einen Fuß in den Raum und balancierte mich durch die Papierfetzen am Boden. Was zum Teufel war hier passiert? Hatte

Edith doch nicht übertrieben? Ich arbeitete mich zum Schminktisch vor. Die beiden Schubladen waren herausgerissen, sämtliche Schminkutensilien lagen wild verstreut auf dem Parkett. Die weiße Tischplatte war mit Lippenstift verschmiert. Als ich die Pinsel und Döschen vorsichtig zum Rand schob, konnte ich einen Schriftzug erkennen. *Miststück*

In diesem Moment erschien Edith im Türrahmen. Sie blieb wie erstarrt stehen und blickte mich entgeistert an. Mir fiel auf, wie das im ersten Moment aussehen musste.

»Ich war das nicht!«

»Fuck. Nicht schon wieder?!«, entfuhr es ihr. Ihre Stimme war zittrig und schrill. Ich kannte diesen Tonfall. Sie war kurz davor die Nerven zu verlieren. Ohne ein weiteres Wort fing sie hastig an, ihre Sachen vom Boden aufzuheben. Ich stellte mich vor den Tisch und verwischte unauffällig den Schriftzug. Ich wollte nicht, dass sie es sah. Dann beeilte ich mich, ihr beim Aufräumen zu helfen.

»Ist das schon öfter passiert? Wer kann das gewesen sein?«, fragte ich leise. Sie zuckte nur mit den Schultern. In ihren Augen konnte ich unterdrückte Tränen erkennen. Schnell drehte sie sich weg.

»Keine Ahnung. Wahrscheinlich irgendein Idiot, der eifersüchtig auf meine Garderobe ist.«

Ich musste an unser letztes Telefonat denken.

Irgendetwas stimmt hier nicht. Bitte komm heim.

Ich wollte sie mit Fragen löchern, aber an ihrem Zittern erkannte ich, dass es vielleicht nicht der beste Zeitpunkt war. Nachdem wir den größten Teil aufgeräumt hatten, schlug Edith müde vor: »Komm, lass uns abhauen. Hast du Hunger?«

Als würde mein Magen begeistert zustimmen, gab er ein lautes Knurren von sich. »Und wie.«

Wir gingen schweigend über das regennasse Kopfsteinpflaster, bis wir eine kleine Bar erreichten. Bereits beim Öffnen der Tür schallte uns Rockmusik entgegen. Es war ein Irish Pub mit schummrigem Licht und dunklem Mobiliar. Drinnen bahnten wir uns einen Weg durch einen engen Gang zwischen kleinen, voll besetzten Tischchen und setzten uns an die Bar, hinter der sich Dutzende Zapfsäulen mit verschiedenen Biersorten erstreckten. Das Publikum wirkte überwiegend jung und alternativ. Die Karte gab nicht viel her, also bestellte ich einen Cheeseburger, Pommes und ein Bier dazu. Als ich meine Bestellung aufgab, rümpfte Edith die Nase.

Noch immer drückte uns das Schweigen nieder, und es fiel mir schwer, ein Gespräch zu beginnen. Ob es sich für sie auch immer so verkrampft anfühlte?

»Ist das mit deiner Garderobe schon öfter vorgekommen?«, fragte ich schließlich geradeheraus.

Sie sah mich kurz an, dann wandte sie den Blick ab, als müsste sie erst darüber nachdenken, was sie mir erzählen konnte. Ihr Blick war ängstlich, ihre Finger rissen nervös an ihrer Serviette herum.

»Mal stand die Garderobentür einfach offen, dann fehlten Dinge im Zimmer. Aber so verwüstet war es noch nie. Ich habe Angst, Lilja.« Als sei das Gerüst aus gespielter Fröhlichkeit in sich zusammengefallen, erkannte ich nun die Besorgnis in ihren Augen.

»Hast du schon mit jemandem darüber gesprochen?«

Sie schüttelte den Kopf. »Mit wem sollte ich denn reden? Alle würden mich für übergeschnappt halten. Es ist ja nichts Schlimmes passiert. Und ich habe keine Beweise.

Am Ende fliege ich aus der Besetzung.« Die Serviette in ihren Händen war mittlerweile nicht viel mehr als ein zerrupfter Haufen Papier. Sie schaute mit großen Augen zu mir herüber. »Das Stück hat nun mal eine Vorgeschichte, die nicht jedem passt. Es gab Proteste gegen die Premiere. Ich halte es trotzdem für eine große Chance. Und die lass ich mir nicht versauen!«

Ich wollte etwas erwidern, aber sie sprach einfach weiter. Die Musik war so laut geworden, dass ihre Lippen sich geräuschlos zu bewegen schienen. Ich hielt mir die Hand ans Ohr, um sie besser zu verstehen.

»Ich bin einfach froh, dass du hier bist«, brüllte sie gegen den Geräuschpegel an.

»Es ist nicht mehr dasselbe, seit du weg bist. Vermisst du das hier nicht?« Sie präsentierte ihre Umgebung wie eine Werbe-TV-Verkäuferin, dann flaute ihr Lächeln langsam ab. »Vermisst du *mich* denn gar nicht?«

Ihre Worte versetzten mir einen Stich. Die altbekannten Schuldgefühle, die sie immer wieder in mir auslöste, kamen erneut hoch.

»Natürlich fehlst du mir. Tut mir leid. Wann besuchst du mich mal? Du könntest bleiben, solange du willst. Wir könnten mehr Zeit miteinander verbringen«, antwortete ich versöhnlich.

Aber ich wusste, dass sie es nicht tun würde. Sie war viel zu fest verwurzelt in dieser Stadt. Bei mir war es genau das Gegenteil. Das Gefühl von »zu Hause« stellte sich nirgendwo ein.

Ich musste an meine WG in Barcelona denken. Mein Studium plätscherte bedeutungslos vor sich hin, ich hielt mich mit Aushilfsjobs über Wasser. Aber immerhin war ich nicht hier gewesen. Bis jetzt.

»Ich habe dir gesagt, ich komme zurück, wenn du mich wirklich brauchst. Und hier bin ich.«

Das war unsere Abmachung. Als ich sie zurückgelassen hatte, gab ich ihr eine »Komm-nach-Hause-Karte«, die sie ziehen konnte, und das hatte sie hiermit nach drei Jahren endlich getan. Sie nickte stumm. Ein wissendes Lächeln umspielte ihren Mund. »Vielleicht komme ich dich ja wirklich mal besuchen ...«

Das Essen kam, und eine Weile waren wir nur damit beschäftigt. Edith stocherte in ihrem Salat herum. Sie tat alles, um ihre perfekte Erscheinung in jedem Detail aufrechtzuerhalten. Auch wenn das bedeutete, nur ein Salatblatt am Tag zu essen.

»Und wie steht es mit der Liebe?« Sie hob grinsend eine Augenbraue. Offensichtlich wollte sie das drückende Thema hinter sich lassen.

»Gerade nichts«, sagte ich und sah das enttäuschte Gesicht von Alex vor mir. Wie er den Kopf schüttelte und zum letzten Mal die Tür zuknallte, nachdem ich gesagt hatte, dass wir zwei nicht zusammenpassten. Manchmal war es besser, alleine zu sein.

»Und bei dir?«, spielte ich ihr den Ball zurück.

»Nichts Festes ...«, sagte sie und nahm einen großen Schluck aus ihrem Wasserglas. Ich musste an Pavel denken und den Blick, den sie ihm zugeworfen hatte. Er musste mindestens zwanzig Jahre älter sein als wir und sah für einen Regisseur ziemlich durchschnittlich aus.

»Apropos Pavel.« Ich zwinkerte ihr wissend zu.

»Ist das so offensichtlich?«

Ich grinste. »Hätte nicht gedacht, dass er dein Typ ist.«

Edith setzte ein schiefes, peinlich berührtes Lächeln auf.

»Er ist ein sehr gebildeter Mann. Ich könnte ihm stundenlang zuhören. Das kommt nicht so häufig vor«, murmelte sie leise in ihr Glas. Auf mich wirkte er nicht wie der gesprächige Typ, sondern eher undurchdringlich. Aber es war schwer, sich nicht ein Stück zu öffnen, wenn man gemeinsam an etwas so Persönlichem arbeitete.

»Was meinte Pavel eigentlich damit, dass ich *perfekt* sei, als du uns vorgestellt hast? Perfekt für was?«

»Ach so, ja, das ...« Sie atmete tief aus, als kostete es sie viel Überwindung, mit der Sprache herauszurücken. »Ich wollte dich um einen Riesengefallen bitten. Du darfst es mir nicht ausschlagen, bitte!«

Schon jetzt graute mir vor dem, was kommen würde.

»Es gibt ein paar Szenen, in denen ich eine Art Doppelgängerin brauche. Ein Spiegelbild, ein anderes Ich, das zeitgleich mit mir auf der Bühne steht. Eine winzige Statistenrolle, mehr nicht. Ich weiß nicht, ob du davon gehört hast, aber mein ursprüngliches Double ist gestürzt und fällt eine Weile aus. Ich stehe ohne da, und ich habe Pavel beiläufig erzählt, dass ich eine Schwester habe, die mir sehr ähnlich sieht ...«

Ich hob die Augenbrauen. »Oooohh nein. Das ist jetzt nicht dein Ernst.« Ich nahm einen großen Schluck Bier, aber das milderte den Schock nicht im Geringsten. Zu dem nervösen Gefühl in der Bauchgegend mischte sich eine altbekannte Wut. Von wegen, sie wollte, dass ich komme. Sie brauchte mich für ihre Zwecke. Wieder einmal hatte sie mich für ihre Pläne um den Finger gewickelt, wie jeden anderen auch.

»Das kannst du vergessen«, sagte ich und bestellte ein weiteres Bier. »Wie lange soll das gehen? Das Stück wird doch bestimmt die ganze Spielzeit aufgeführt! Wie stellst du dir das vor? Soll ich ein Jahr lang hier leben?!« Ich musste mich sehr beherrschen, damit sich meine Stimme nicht überschlug.

Edith winkte ab. »Natürlich nicht. Nur, bis wir einen passenden Ersatz gefunden haben. Und währenddessen können wir mehr Zeit miteinander verbringen. Ist das nichts wert?«

Ich wusste nicht, was ich darauf antworten konnte, ohne wie eine Egoistin zu klingen. Mir graute schon bei der Vorstellung, das Theater wieder betreten zu müssen. Es fühlte sich an wie eine Tatortbegehung. Ganz zu schweigen von der Tatsache, hier für mehrere Monate festzusitzen oder bei meiner Schwester wohnen zu müssen, mit der ich kaum ein vernünftiges Gespräch führen konnte. So etwas konnte sie nicht von mir verlangen.

»Bitte, Lilja.« Edith legte vorsichtig ihre Hand auf meine. »*Das* ist endlich eine richtige Chance für mich. Ich brauche dich jetzt.«

Ungläubig schüttelte ich den Kopf.

»Du willst nicht, dass das Stück aufgeführt wird«, sagte sie so unvermittelt, als hätte sie meine Gedanken gelesen. »Aber lass es auf dich wirken. Vergiss für einen Moment, wie und wann es entstanden ist. Es ist ein gutes Stück. Und du müsstest nicht viel machen als mein Edith-Double. Zwei, drei Szenen, in denen du nicht mal etwas sagen musst.«

»Ich will nichts davon wissen. Ich habe auch ein Leben«, antwortete ich, obwohl der letzte Satz nicht einmal mich selbst überzeugte. Edith verkniff sich einen Kommentar und presste die Lippen aufeinander. Ich wollte die Stimmung nicht verderben. Natürlich kannte ich das Stück nicht, aber wollte ich es kennen? Ganz gewiss nicht. Jede

Zelle meines Körpers wollte hier einfach weg und nichts mit dem Ganzen zu tun haben. Aber hatte ich überhaupt eine Wahl?

»Außerdem wärst du so ständig in meiner Nähe. Vielleicht fällt dir etwas Verdächtiges auf. Ich brauche dich«, sagte sie mit Nachdruck. So wie sie mich anschaute, schien sie wirklich froh zu sein, dass ich hier war. Ich musste an die Nachricht in ihrem Umkleideraum denken. Wer hegte einen derartigen Groll gegen sie? Hatte das die schwarze Gestalt verbrochen, die mich im Gang angerempelt hatte?

Ich wusste, dass dieses Stück tatsächlich eine echte Chance für sie war und ihr womöglich sogar die Tür zu einer großen Schauspielkarriere öffnen konnte. Aber zu welchem Preis? Ihre Naivität hatte mich schon immer auf die Palme gebracht. Und sie mein Pessimismus.

Ich hatte noch Tausende Fragen und war doch nicht fähig, auch nur eine weitere davon zu stellen. Zu zerbrechlich erschien mir unsere neu geknüpfte Beziehung. Ratlos zupfte ich das Etikett von der Bierflasche. Als Edith auf die Toilette verschwand, kramte ich eine Schachtel aus meiner Tasche. Ich riss eine Tablette aus der Schutzfolie und schluckte sie mit dem Gefühl der Erleichterung herunter.

»Tabletten mit Bier, das wirkt bestimmt doppelt gut.« Edith setzte sich wieder neben mich und sah mich bemutternd an. »Was ist das für ein Zeug?«

Ich steckte die Schachtel schnell zurück in meine Tasche. »Schmerzmittel. Ich bin einfach müde. Und mein Schädel bringt mich langsam um. Tabletten helfen bekanntlich gegen so etwas.«

»Bekanntlich«, sie winkte den Kellner zu sich und fragte nach der Rechnung, »hilft gegen so etwas am besten Schlaf. Lass uns gehen.« Ich lächelte sie matt an. Als würde man einem Alkoholiker sagen, er müsste einfach weniger trinken.

Kurz vor Mitternacht kamen wir in ihrer Wohnung an. Edith wohnte direkt in der Innenstadt, sodass wir nicht weit laufen mussten. Gähnend klappte sie die Schlafcouch im Wohnzimmer auseinander. Dann verabschiedete sie sich auch schon und verschwand in ihrem Schlafzimmer. Ein winziger Schreibtisch war im gemütlichen Erker aufgestellt. Darauf stapelten sich Manuskriptblätter. Ich musste unaufhörlich an unseren Vater denken. Ich hoffte, dass sein künstlerisches Talent das Einzige war, was er ihr vererbt hatte.

Lilja – Das gemalte Haus

Als ich am nächsten Tag aufwachte, war die Wohnung still. Ich fühlte mich gerädert. Die Nacht war wieder schlecht gewesen, so wie immer in den letzten Wochen, seit ich wusste, dass ich herkommen würde, und meine Augenringe waren dunkle Zeugen. Edith hatte mir eine Nachricht auf dem Küchentisch hinterlassen, um mich nicht zu wecken. Sie war verabredet und danach im Theater. Ich sollte mich am Kühlschrank bedienen und, wenn ich wollte, später dazukommen.

Ich ließ mir Zeit, genehmigte mir eine Dusche und studierte ihre Wohnung. Alles war farblich aufeinander abgestimmt, mit Sorgfalt gestaltet und in einem *Shabby Chic* gehalten. An einer Pinnwand im Flur hingen Bilder von ihren Freunden, Fotos von Bühnenauftritten und ihrem strahlenden Gesicht im Scheinwerferlicht. Ich durchforstete ihr Bücherregal, das nach Farben sortiert war. Überwiegend Liebesromane, Frauenliteratur, Biografien von Tänzern und Schauspielern. Die meisten kannte ich nicht. Diese Welt aus zartem Altrosa, in die sie sich einhüllte, hatte für mich nie existiert. Und doch wusste ich nicht, wessen Welt besser war.

Als ich am späten Vormittag vor den eisernen Toren des Theaters stand, traf mich der Schlag. Jemand hatte die Fassade des Theaters mit Farbbomben beschmissen. Ich blickte mich um. Auf der gegenüberliegenden Straßenseite standen ein paar Menschen herum und blickten zum Theater herüber. Reporter? Ich verschwand schnell hinter den Toren. Drinnen sah es nicht besser aus: Abgerissene Plakate hingen wie tote Hautfetzen von den Wänden. Am Boden lagen Teile der zerknüllten Überreste. Ich konnte es den Leuten nicht mal verdenken. Jedes Mal, wenn ich hier reinkam, fühlte ich, wie sich ein Wurm aus Angst und Wut in meinen Magen bohrte. Wie musste es sich erst für die Angehörigen anfühlen?

Ich näherte mich der Doppelflügeltür zum Zuschauerraum und blieb kurz davor stehen. Durch das Milchglas der Tür waren zwei dunkle Umrisse zu erkennen, die sich energisch unterhielten. Es klang wie ein Streit. Eine aufgeregte Frauenstimme zischte etwas, das ich nicht verstand. Ihr Gegenüber hielt beschwichtigend die Hände hoch, um sie zu beruhigen. Als die Tür mit einem lauten Krachen aufgeschlagen wurde, zuckte ich zur Seite. Es war die Frau, die nun hastig zum Ausgang lief, ohne mich zu beachten. In ihrer Hand zerknüllte sie eines der abgerissenen Plakate. Ich blieb reglos stehen. Die Erinnerung traf mich unvermittelt und brachte mich innerlich ins Wanken. Die Gesichter der Menschen, die er mit sich in den Tod gerissen hatte, tauchten vor mir auf. Eine weinende Frau, die an einem Taschentuch herumzerrte. Sie stand vor unserer Tür und schrie meine Mutter an. Es war die Witwe des Tontechnikers, die eben an mir vorbeigerauscht war.

Ich beobachtete den Schatten der Person hinter der Tür, bis dieser verschwand. Dann drückte ich die Tür langsam auf. Ich erhaschte gerade noch den Rücken eines Mannes. Im nächsten Moment war er schon durch einen der Seitengänge verschwunden.

Auf der Bühne selbst war es alles andere als leise. Keiner schien Notiz von dem Streit genommen zu haben. Wie Ameisen tummelten sich die Theatermitarbeiter in einem scheinbar chaotischen Haufen und transportierten Paletten mit Leinwänden und Holzplatten auf die Bühne. Das Haus von gestern war verschwunden. Mein Vater hatte scheinbar für jede Szene eine andere Umgebung gewählt. Einer der Kulissenbauer trug eine riesige Kugel auf den Schultern, es sah aus wie ein großer grauer Styroporball. Er setzte ihn auf dem Boden ab. Langsam erkannte ich, was sie da aufbauten. Es sah aus wie ein Felsen. Gebannt blieb ich im Hintergrund stehen und sah zu. Eine Landschaft aus Felsen und Bäumen entstand.

Zwei Männer trugen eine Leinwand hinter die Steine, und als ich das Motiv erkannte, zog sich etwas in meinem Inneren zusammen. Es war eine Felswand, in die der Umriss eines Hauses geritzt war. Es hatte die Größe einer Fischerhütte, und aus der Ferne hätte man es auf den ersten Blick für ein richtiges Haus halten können, obwohl die Fassade gewollt laienhaft aufgemalt war. Wie von einem Kind. Ich sah mich als Mädchen davorstehen, mit demselben rasenden Herzschlag. Tief in meiner Erinnerung wusste ich, dass es dieses Haus wirklich gab. Das gemalte Haus.

Ich starrte noch immer wie gebannt auf das Haus, als das Licht gedimmt wurde. Jetzt erst bemerkte ich, dass sich die Bühne mit Schauspielern gefüllt hatte. Die Proben hatten begonnen. Gerade als ich mich unauffällig hinausschleichen wollte, trat Edith auf die Bühne. Sie hatte mich bemerkt und winkte mir lächelnd zu, als sei sie überrascht, mich zu sehen. Ich winkte zurück und ließ mich auf einen der hinteren Sitze fallen. Wenn ich jetzt gehen würde, wäre sie bestimmt gekränkt. Das Licht wechselte die Farbstimmung, der Regisseur gab mit einer Handbewegung den Start der Szene frei.

Auf der Bühne sah ich spielende Kinder. Zwei Jungen und ein Mädchen. Sie tanzten um einen Baumstamm herum und lachten, bis sie vor einem großen Felsen ankamen, gesäumt von herabhängenden Birkenästen, die wie ein Vorhang einen Eingang bedeckten. Sonnenlicht, das durch die Baumwipfel hindurchschimmerte, tanzte über ihre faszinierten Gesichter. Sie hatten den Eingang der Höhle entdeckt.

»Was ist das?«, fragte das Mädchen, etwa zwölf Jahre alt. Ihre blonden Locken hingen ihr ins Gesicht, sodass sie sie immer wieder hinter die Ohren streichen musste. Sie schoben die Äste zurück und entblößten neben dem Eingang der Höhle die Verzierungen auf dem Felsen.

»Wow«, riefen die Kinder fasziniert. Alles in mir sträubte sich gegen dieses Bild.

»Ich will da nicht reingehen«, rief das Mädchen, als einer der Jungen sich dem Eingang näherte.

»Sei kein Frosch«, entgegnete der Junge und wollte gerade den Kopf hineinstecken, als ein Geräusch ihn zurückfahren ließ. Es war ein Knacken, eher ein lautes Schnalzen. Die Kinder blieben vorsichtig vor dem Eingang stehen. Das Mädchen hielt sich an einem der Birkenstämme fest, als wollte sie sich verstecken. Fast hätte ich den Kindern zugerufen, dass sie weglaufen sollten, aber ich war wie erstarrt.

Plötzlich war eine kaum merkliche Bewegung aus dem Inneren der Höhle erkennbar. Ein Flattern. Wie ein kleiner Lichtkegel tanzte etwas aus dem Felsspalt heraus.

»Wow«, entfuhr es den Kindern erneut, wie aus einem Mund, und das Mädchen trat aus dem Schatten des Baumes hervor, um das Geschehnis von Nahem zu betrachten. Immer mehr Lichtkegel tanzten aus der Höhle heraus, in ein bläuliches Licht getaucht. Es waren Schmetterlinge. Obwohl ich wusste, dass es eine Projektion war, fiel es mir schwer, sie nicht für echt zu halten. Immer mehr Schmetterlinge flogen aus dem Dunkel heraus, bis die Luft um die Kinder herum in blaues Schimmern getaucht war. Es war wunderschön, und doch erstarrte mein Körper, vor Angst in den roten Zuschauersitz gepresst.

Als die Falter sich in der Umgebung verteilten, teilweise auf den Händen der vor Freude quietschenden Kindern landeten, gingen sie in die Höhle hinein.

Daniel – Rettung

Pejo schnappte hustend nach Luft, während er schlaff im Griff meines Bruders hing. Er hustete sich die Lunge aus dem Leib, und Rotz hing ihm aus der Nase. Ich hatte mich noch nie so sehr gefreut, ihn zu sehen.

»Du Fettwanst, was machst du für einen Scheiß!«, schrie Mikael und mühte sich ab, ihn und sich zum Boot zu bringen.

»Hilf gefälligst mit, sonst gehen wir beide unter.« Seine Stimme war nur noch ein Keuchen. Sie befanden sich auf der anderen Seite vom Boot, sodass die Erwachsenen an Land sie nicht sehen konnten. Jere schwamm immer noch in unsere Richtung. Ich versuchte ihm ein Zeichen der Entwarnung zu geben. Mikael und Pejo klammerten sich an den Rand des Bootes. Ich versuchte Pejo über die Reling zu hieven, und er fiel wie ein nasser, hustender Sack an Deck. Mein Bruder stieß sich trotz der Anstrengung gewohnt kraftvoll über den Rand und besah sich Pejos Zustand.

Ich klopfte Pejo auf den Rücken, und allmählich beruhigte sich sein Atem. Vor lauter Aufregung pochte mir das Herz laut in den Ohren.

»Das war echt knapp. Ich dachte schon, du hättest das Zeitliche gesegnet«, stieß ich hervor. Pejos Blick verriet mir, dass er noch nicht darüber lachen konnte. Mikael beugte sich über ihn. Er flüsterte. Nur bruchstückhaft konnte ich seine Worte hören: »... rumheulst, bin ich wieder schuld ...« Dann riss Mikael Pejo am Arm hoch, bis beide aufrecht standen.

»Alles o.k.«, rief er unserem Onkel zu. Jere hatte das Boot schon beinah erreicht. Er klammerte sich schwer atmend an die Seitenwand, sodass unsere kleine Nussschale ins Wanken geriet.

»Verdammt noch mal, was treibt ihr da?«, schrie er atemlos. »Pejo, ist alles in Ordnung?« Mühsam zog er sich über die Reling. Mikael stieß Pejo gegen die Seite. Ich hatte kein gutes Gefühl bei der Sache. Was war bloß in ihn gefahren?

»Es war nur ein Spaß«, nuschelte Pejo leise. Er blickte zu Boden und wischte sich den restlichen Rotz aus dem Gesicht. »Mikael, du sollst doch auf die beiden aufpassen. Bist du einfach weggeschwommen?«, blaffte Jere ihn an, ohne den Blick von seinem Sohn abzuwenden. Mikael betrachtete die Szene ungerührt und fixierte Pejo mit seinem Blick.

»Ich bin nicht weggeschwommen. Hör doch, was er sagt. Wir sind zusammen ins Wasser. Der kleine Stinker hier hat angefangen rumzualbern und dann gleich Panik gekriegt. Wieso kriege *ich* jetzt dafür Ärger?«

Mein Onkel blickte unschlüssig von einem zum anderen. Dann sah er zu mir herüber. »Stimmt das?«

Ich warf Mikael einen vorsichtigen Blick zu. Er starrte mich durchdringend an. Ich nickte langsam.

»Einer für alle, alle für einen, was?«, kommentierte Jere meine schweigende Zustimmung.

»Bitte, mach keine große Sache daraus«, stieß Mikael

hervor und blickte Richtung Hütte, wo unser Vater bestimmt schon ungeduldig wartete. »Du weißt, was dann los ist.«

Er blickte starr auf den Horizont, sein Mund nicht mehr als ein dünner Strich in seinem Gesicht. »Verdammt noch mal.« Er schien mit sich zu ringen. Dann fuhr er sich mit der Hand durch das nasse Haar.

»Ist gut, Junge. Aber dass mir so was ja nicht noch mal passiert.« Jere sah an sich herunter. »Dann habe ich jetzt wenigstens ein bisschen Sport gemacht.«

Sein Polohemd klebte ihm klatschnass am Körper, und seine schicke Hose hatte sich mit Wasser vollgesogen und hing wie ein nasser Lappen an seinen Beinen herunter.

»Sorry, ich bring uns an Land.« Mikael startete den Motor und wendete unser Boot. Der Motor übertönte die angespannte Stille, und ich war heilfroh, gleich wieder festen Boden unter den Füßen zu spüren. Je näher wir dem Steg kamen, desto deutlicher konnte ich den ernsten Ausdruck meines Vaters erkennen. Es lag keine Sorge, sondern nur Wut hinter den dunklen Augen und dem eingefallenen Gesicht. Ein Gedanke kroch in meinen Kopf und ließ sich nicht wieder ersticken. *Er* war nicht ins Wasser gesprungen.

Lilja – Hausbesuch

Ich fragte mich noch immer, wie sie es geschafft hatte, mich zu überreden, als ich aus dem Fenster ihres Volvos in die graue Regenlandschaft hinausblickte. Je weiter wir Helsinki hinter uns ließen, desto kleiner wurden die Siedlungen, bis wir schließlich über vereinsamte Landstraßen und an einzelnen verwaisten Häusern vorbeifuhren. Noch immer wünschte ich mich fort von hier.

Im Wagen hatte sich erneut eine ungemütliche Stille ausgebreitet, und ich hoffte inständig, dass sie mich nicht nach einer Entscheidung bezüglich ihres Double-Vorschlags fragen würde. Ich wollte ja nicht einmal hier sein, geschweige denn in diesem Stück mitspielen. In meinem Kopf spielte ich sämtliche Optionen durch, wie ich mich von hier verdrücken konnte, aber in allen Versionen sah ich Ediths enttäuschten Blick und mich in der Rolle der grauenvollen, egoistischen Schwester.

»Du weißt, dass du sie besuchen musst. Sie fragt ständig nach dir.« Der Vorwurf in ihrer Stimme war kaum zu überhören.

»Wieso fragt sie mich dann nicht selbst? Sie hat doch meine Nummer.«

Statt zu antworten, hielt Edith den Blick starr auf die Fahrbahn gerichtet. Es dämmerte, die Tage wurden langsam kürzer und kälter, der September war schon fast vorüber. Als wir auf das Lossie auffuhren, ging die Sonne langsam unter. Etwas über drei Jahre war es her, dass ich das letzte Mal hier war. Jede Faser in mir sträubte sich gegen die Begegnung mit unserer Mutter.

»Hat sie sich verändert?«, fragte ich unbeholfen, um mich auf das Treffen vorzubereiten. In dem Wissen, dass man sich darauf nicht vorbereiten konnte.

»Es ist schlimmer geworden, wenn du das meinst.« Ediths Augen waren leer. Sie blickte mich fest an. »Es ist nicht leicht, da jedes Mal alleine hinzufahren. Also beschwer dich nicht, wenn du nach drei Jahren zum ersten Mal mitmusst.«

Sie hatte recht. Ich hatte trotzdem Magenschmerzen. Das Lossie erreichte die Anlegestelle. Die Stahlbrücken legten mit einem Donnern an, und die Ampel schaltete auf Grün. Langsam passierten wir die Straßen, die immer unebener wurden, Richtung Küste. Es dauerte eine halbe Stunde, für mich eine Ewigkeit, bis wir auf den Feldweg einbogen, der zu ihrem Haus führte. Zu *seinem* Haus, besser gesagt. Sie versteckte sich nur darin. Oder wurde versteckt – mittlerweile. Der Weg wurde rauer, holpriger, als wir die Häuser und die davor aufgestellten Briefkästen am Straßenrand hinter uns ließen. Ihr Haus lag am Ende des Weges. Ich kannte keinen dieser Nachbarn, obwohl ich Jahre hier gelebt hatte. Wer hierherzog, wollte niemanden kennen.

Die Einfahrt war sauber, asphaltiert und abgezäunt. Der Kubus, der sich wie ein Störbild mitten in der wilden Natur eingegraben zum Himmel emporstreckte, war genauso kalt wie in meiner Erinnerung. Ich hatte ihn schon immer gehasst. Gunter, ihr neuer Mann, hatte diesen Bunker entworfen. Er war der ganze Stolz des erfolgreichen Architekten, der er nach wie vor zu sein vorgab, auch wenn seine besten Zeiten längst hinter ihm lagen. Wir parkten in der Einfahrt.

»Sei nett«, flüsterte Edith mir zu. Aber auch ihr Blick richtete sich angespannt auf die Betonkrankheit vor uns. In Gedanken sah ich mein zwanzigjähriges Ich wütend herausstürmen. Anstatt mich zurückzuholen, hatte sie die Tür hinter mir zugedonnert, während ich meine Tränen nicht mehr zurückhalten konnte. Das war mein endgültiger Abgang gewesen, und ich hatte es niemals bereut. Und nun, mit dreiundzwanzig, stand ich wieder hier.

Als wir aus dem Auto stiegen, war die Haustür bereits einen Spalt geöffnet, doch ich konnte niemanden erkennen. Wir beeilten uns, schnell durch den Regen zu kommen, und ich folgte Edith zur Tür.

»Willkommen«, hallte die grelle Stimme meiner Mutter durch den Eingangsbereich. Sie stand hinter der Tür, die sie in diesem Moment schloss. Ihr Gesicht erschreckte mich. Es war viel schlimmer, als ich befürchtet hatte. Der strenge Blick meiner Schwester erinnerte mich daran, meinen Schrecken zu überspielen. Ich umarmte sie. Ihr Körper, kleiner als meiner, fühlte sich zerbrechlich an, und ich hörte ein leises Schluchzen, während sie mir über den Rücken streichelte.

»Ich bin so froh, dass ihr mich besucht«, hauchte sie, während ich in ihrer Parfümwolke versank.

»Kommt, gebt mir eure Jacken. Das Essen wartet schon.«

Als ich mich aus der Umarmung löste, musterte ich sie aus den Augenwinkeln. Ihr Gesicht glich einer Maske, aufgedunsen und gleichzeitig eingefallen. Ihr Mund war zu einem konstanten Lächeln gestrafft. Sie sah aus wie ein grässlicher Clown, obwohl sie gar nicht zu lachen schien. Sie hatte sich selbst verloren. Tief in meinem Inneren wollte ich um sie weinen, aber ich konnte nicht. Um mir nichts anmerken zu lassen, schaute ich mich im Haus um. Die Treppe im Eingangsbereich erstreckte sich nach oben zu einer offenen Galerie, das Geländer aus schwerem dunklem Holz. Nach vorne hinaus befand sich ein enger Gang mit hohen Decken, der zum Wohnzimmer führte. Die Seitenwände waren aus Kirschholz, die Türen eingefasst und auf den ersten Blick nicht als solche erkennbar, bis man den automatischen Schließmechanismus bemerkte. Gunters ganzer Stolz. Ein moderner Kerker. Die Dunkelheit des Ganges ließen wir zurück, als wir das Wohnzimmer mit der Glasfront betraten. Ein Ausblick, der die Kälte des restlichen Hauses fast wettzumachen schien. Eine Terrasse, dahinter der Garten am Hang und ein Steg, der zum Wasser führte. Seine Jacht war nirgendwo zu sehen. Meine Mutter hatte meinen Blick bemerkt.

»Gunter ist nicht da. Er wurde leider dringend zu einem Projekt gerufen. Ihr kennt ihn ja«, sagte sie, während sie an uns Richtung Küche vorbeirauschte. Ich stand noch immer am Fenster, als sie mir ein Glas in die Hand drückte. Champagner. Was sonst? Ich hasste das Prickelgesöff, und das wusste sie, aber ich wusste ebenso gut, dass es ihr egal war. Sie hob ihr Glas hoch und entblößte ihre strahlend weißen Zähne. Wir stießen an. Ein hohles Geräusch.

»Auf die Familie«, hauchte sie, und ich spürte, wie meine Finger sich fester um den Stiel des Champagnerglases klammerten. Als wäre ich in einem Spiegelkabinett, lachte mich das gleiche Grinsen direkt hinter meiner Mutter von der Wand aus an. Ihre Porträts, überdimensional auf Leinwände gespannt, zeigten sie in den besten Jahren ihrer nicht allzu langen Schauspielkarriere und zierten die restlichen freien Wände des Raumes. Sie hatte kaum mehr Ähnlichkeit mit ihrem früheren Ich.

Der gläserne Tisch im Esszimmer war bereits gedeckt. Gebratene Ente, gegrilltes Gemüse und verschiedene Salate standen darauf. Über die Schüsseln war Folie gespannt. Wahrscheinlich war das Essen erst vor Kurzem angeliefert worden. Ich konnte mich nicht erinnern, wann sie jemals für uns gekocht hätte. Ich schluckte den Champagner hinunter und setzte mich an den Tisch. Im Hintergrund war leise Klaviermusik zu hören.

»Es hat sich hier einiges getan«, stammelte ich, während ich etwas Gemüse auf meinen Teller lud. Meine Mutter bleckte ihr eisernes Grinsen.

»Natürlich, du hast es ja auch jahrelang nicht gesehen.« Falsches Thema.

»Wie läuft es im Theater, meine Liebe? Behandeln sie dich, wie man eine Hauptdarstellerin behandeln sollte?«, fragte sie Edith. Die blickte vom Teller auf und lächelte peinlich berührt.

»Es läuft ganz gut, Mama. Alle geben sich Mühe.«

Meine Mutter lehnte sich umständlich über den Tisch und drückte Ediths Hand. »Das ist gut. Ich kann es kaum erwarten, zur Premiere zu erscheinen. Sag Lünov, er soll uns die besten Plätze reservieren.«

»Du weißt also, was das für ein Theaterstück ist? Dass es sein Skript ist?«, platzte es aus mir heraus. Ich kam mir vor, als hätte ich gerade laut gerülpst, so entgeistert starrten die beiden mich an, aber es war mir völlig egal. »Und es macht dir wirklich nichts aus?«

Statt zu antworten, erhob sie sich wie eine Grande Dame und holte etwas vom Beistelltisch neben dem braunen Ledersofa. Es war eine Zeitung.

»Du siehst wunderbar aus, Schätzchen. Sieht sie nicht toll aus?« Sie legte den Zeitungsartikel in die Mitte des Esstisches. Ich drehte ihn zu mir hin. Das Foto meiner Schwester bei einer Probe auf der Bühne. Ihr Gesicht war in dramatisches Licht getaucht, und sie sah wirklich aus, als sei sie eine berühmte Schauspielerin. »Wiederauferstehung eines Mörders.«

Mit trockenem Mund überflog ich den Artikel. Der Name Nygård, das Unglück, die Menschenleben, für die er verantwortlich gemacht wurde. Ich konnte nicht glauben, dass meine Mutter derart gelassen, ja sogar erfreut über diesen reißerischen Mist zu sein schien.

»Das kann nicht euer Ernst sein.« Ich blickte abwechselnd zu meiner Mutter und zu Edith. Meine Schwester starrte in ihr Champagnerglas.

»Du solltest lieber stolz auf deine Schwester sein. Es braucht nur einen, der an sie glaubt, und das ist Lünov.«

»Ich glaube, es liegt viel mehr an ihrem Namen als an ihrem Talent, dass er sie im Stück haben will«, sagte ich wütend. Meine Hände krallten sich in die Serviette auf dem Tisch.

»Also bitte ...«, fing Edith an, aber ich fiel ihr ins Wort.

»›Wiederauferstehung eines Mörders.‹ ... Lünov will doch nur den Medienrummel. Dass er dieses Stück ausgräbt, ist eine Unverschämtheit.«

»Da siehst du es«, unterbrach mich meine Mutter und zeigte mit ihren knöchrigen Fingern demonstrativ auf mich, während sie Edith zulächelte. »Theater ist immer Empörung. Sonst wäre es Fernsehen.« Sie nahm einen

Schluck aus ihrem Glas und blickte mich dabei ausdruckslos an. »Wir werden sehen, wohin das führt. Und bis dahin, stehst du deiner Schwester bei. Das ist sehr lieb von dir«, sagte sie. In meinem Kopf meldete sich wieder der nervige Piepston, der sich stets ankündigte, wenn ich in Stress verfiel. Am liebsten hätte ich ihr das Champagnerglas aus den Händen geschlagen. Ich fragte mich, ob meine Empörung überhaupt zu ihr durchgedrungen war. Denn sie wechselte einfach das Thema und fing an, von ihrer letzten Kreuzfahrt auf die Malediven zu erzählen. »Der Champagner war furchtbar abgestanden, aber alles andere hätte mich auch gewundert. Wir hätten niemals die FS Gabriella nehmen sollen.«

Edith schien dankbar für den Themenwechsel zu sein und befragte unsere Mutter zu ihrem Aufenthalt auf dem Kreuzfahrtschiff. Die See war das Einzige, was meine Mutter und Gunter zu verbinden schien – und der Drang, vermeintlichen Glanz nach außen zu tragen.

Das Geplänkel ging schier endlos weiter. Ich stopfte unterdessen frustriert Gemüse in mich hinein, bis es mir zu viel wurde. Ich wollte alleine sein, zumindest für einen kurzen Moment. »Ich muss mal.«

Hätte sie ihren Mund noch bewegen können, hätte meine Mutter ihn zu einer verächtlichen Linie gekräuselt.

»Du weißt ja, wo sich das Gästebad befindet.«

Ich durchquerte den Raum und hatte das Gefühl, dass er mit jedem Schritt enger wurde. Ich musste mich zusammenreißen, um mir nicht ein Taxi zu rufen und abzuhauen. Mit wenigen Klicks einen Flug buchen, und weg wäre ich. Es wäre so einfach gewesen. An der Treppe blieb ich stehen. Was sie wohl aus meinem Zimmer gemacht hatte? Gerade als ich die Tür zur Gästetoilette im Flur öffnen wollte, hörte ich von oben ein leises Klicken. Eine Tür war zugegangen. War jemand da oben? Sie sagte doch, Gunter sei außer Haus. Ich versuchte, so leise wie möglich nach oben zu schleichen. Im ersten Stock erstreckte sich der gleiche dunkle, kalte Gang mit schmalen Türen an den Seiten. Man konnte meinen, dahinter befänden sich kleine Abstellräume, aber die Zimmer waren erstaunlich geräumig und die oberen zwei Bäder purer Luxus. Der Gang war leer.

»Hallo?«, flüsterte ich, aber wie erwartet antwortete mir niemand. Ich drückte sanft gegen die Tür links am Ende des Gangs. Ein leises Klicken, dann gab sie nach. Ich schaltete das Licht an. Mein altes Zimmer. Es war nie wirklich meins gewesen. In der eingefassten Regalwand standen noch immer meine Bücher, ein leerer Schreibtisch, ein paar Bilder. Die meisten aus dem Theater. Meine Schwester und ich auf der Bühne. Sie und ich mit den Hauptdarstellern eines Musicals. Auf einem der Fotos saßen wir in einem riesigen Propellerflugzeug, das während des Stückes von der Bühnendecke abgeseilt wurde. Das waren die einzigen Erinnerungsstücke, die sie von uns aufbewahrt zu haben schien. Ansonsten glich der ganze Raum einer Rumpelkammer. Überall Kartons. Meine Bilder waren von den Wänden abgenommen worden. Ich klappte einen Karton auf und spähte hinein. Eine Kiste mit Theaterrequisiten, einer Federboa und einigen Hüten. Ein weiterer Karton mit Büchern. Ich griff tief hinein und spürte einen jähen Schmerz. Schnell zog ich die Hand wieder heraus. Ein dünnes Rinnsal Blut bedeckte meine Fingerkuppe. Ich kramte die Bücher beiseite und entdeckte den Übeltäter. Es war ein zerbrochener Bilderrahmen. Ein Spinnennetz aus Glas bedeckte die Fotografie darin. Man konnte das

Motiv nicht mehr erkennen, also öffnete ich den Rahmen und zog das Foto vorsichtig heraus. Ein Mann mit einem kleinen Kind auf dem Arm. Mein Vater und ich. Mein Vater lächelte in die Kamera. Er sah so jung aus mit seinen rotbraunen lockigen Haaren und haselnussbraunen Augen, die ihm eine gewisse Traurigkeit verliehen. Im Hintergrund befand sich ein Holzhaus. Ich hatte dieses Bild noch nie gesehen. Ich legte den Rahmen wieder in den Karton und steckte die Fotografie ein. Dabei hatte ich das Gefühl, beobachtet zu werden. Ich spürte eine Wärme im Rücken, so als stünde jemand hinter mir.

»Was machst du da oben?«, drang eine Stimme aus der Eingangshalle. Schnell verließ ich das Zimmer und ging durch den Gang zurück zur Treppe. Meine Mutter stand da wie eine Statue und starrte mich an. Ihr Tonfall brachte mich in Verlegenheit. Als hätte ich etwas Verbotenes getan. Dann meldete sich die altbekannte Wut. War dies nicht schließlich auch mein Zuhause? Oder hätte es zumindest sein sollen?

»Ich wollte nur mein altes Zimmer sehen. Außerdem dachte ich, ich hätte etwas gehört.«

»Was redest du da?«

»Eine Tür ist gerade zugefallen. Ich dachte, da sei jemand gewesen.«

»Das war sicher die Katze.« Meine Mutter blickte mich starr an. Dann lächelte sie. »Du warst schon lange nicht mehr hier. Du kennst die Geräusche des Hauses nicht. Komm mit runter.«

Auf der Rückfahrt saßen wir schweigend nebeneinander. Der Regen prasselte gegen die Scheibe, und wir hörten den Scheibenwischern zu. Als wir die Straße zum Lossie hinunterfuhren, sahen wir, wie das Schiff gerade ablegte. Kein einziges Auto war mehr auf der Straße. Die Ampeln waren bereits auf Rot geschaltet.

»Mist. Gib mir mal den Fährplan. Liegt im Handschuhfach.« Ich öffnete das Fach und griff nach dem Plan. Dabei fiel eine Schachtel Zigaretten heraus.

»Du rauchst? Wusste ich gar nicht.«

»Nur bei Stress.« Edith wandte ihren Blick nicht vom Wasser ab. In Gedanken schien sie meilenweit entfernt zu sein.

»Na toll«, sagte ich, während ich mit dem Finger auf dem Plan entlangfuhr. »Die nächste Fähre kommt erst in einer Dreiviertelstunde.«

Edith zuckte mit den Schultern, und dann sagte sie, was sie vermutlich die ganze Fahrt über bereits gedacht hatte. »Weißt du, es macht mich jedes Mal traurig, sie so zu sehen. Warum macht es dich *wütend*?«

Ich konnte ihr die Frage nicht beantworten. In meiner Hosentasche fühlte ich das Foto, das ich vorhin eingesteckt hatte.

»Vielleicht macht es mich einfach jedes Mal wütend zu sehen, wie alles gekommen ist.«

»Warum bist du wütend auf sie statt auf ihn? Schließlich hat er uns verlassen und dieses Chaos hier angerichtet. Er hat *sie* kaputt gemacht.«

Das Piepsen, das sich während des Abends wieder beruhigt hatte, flammte erneut auf.

»Sie hätten sich vielleicht mehr um ihre Kinder kümmern sollen, nicht nur um ihre künstlerische Selbstverwirklichung. Sieh, wohin sie das gebracht hat. Deshalb bin ich auf beide wütend. Können wir das Thema wechseln?« Ich rieb mir die Augen. Am liebsten hätte ich sie gar nicht mehr aufgemacht. Ich war so müde. Ich wollte nicht mehr nachdenken. Edith strafte mich mit vorwurfsvoller Stille und einem Blick, in dem ich unsere Mutter erkannte.

Der Regen ließ nach. Neben der Hafenabsperrung stand ein kleiner Kiosk, die Beleuchtung war noch an.

»Sollen wir uns was zu trinken holen?«, fragte ich, weil ich endlich raus aus diesem Auto musste. Ich ertrug keine Dreiviertelstunde geladenes Schweigen voller unausgesprochener Fragen, auf die es sowieso keine Antwort gab.

»Von mir aus«, sagte Edith und schaltete den Motor ab. »Ich brauche sowieso frische Luft.«

Wir gingen über die Straße. Dem Häuschen gegenüber war eine Sitzgruppe aufgestellt. Wir stellten uns an. Vor uns stand ein Mann im Regenmantel. Er bezahlte, und als ich sein Gesicht sah, krampften sich meine Eingeweide zusammen. Es war zerfurcht, eine schreckliche Grimasse. Graues, filziges Haar hing ihm in Strähnen aus der Kapuze und klebte ihm an der Stirn. Seine Augen schauten uns verwirrt an, blickten durch uns hindurch, als würde er uns gar nicht wahrnehmen. In der Hand hielt er eine Flasche Gin, die er vermutlich gerade gekauft hatte. Seine Augenlider zuckten kurz, als würde er uns jetzt erst wahrnehmen, und verschwanden dann wieder unter seiner Kapuze.

»Ich glaube, ich will doch nichts trinken«, sagte ich mit einem Schaudern.

»Ja, das verstehe ich«, sagte meine Schwester, kräuselte angewidert den Mund und deutete in Richtung des Alten, dem wir gerade begegnet waren.

»Kennst du ihn etwa?«, fragte sie, als sie meinen entgeisterten Blick bemerkte.

Bilder schossen mir durch den Kopf. Verdrängte Erinnerungen. Ich hätte ihn fast nicht wiedererkannt.

»Wir nannten ihn den Reptilienmann«, sagte ich leise.

»Den was?« Meine Schwester war damals noch zu jung gewesen.

Wir beobachteten, wie er die Straße überquerte und zum Ufer auf die andere Seite hinüberkletterte. Wenige Augenblicke später ertönte ein Bootsmotor.

»Ich kann mich gar nicht an ihn erinnern.«

Der Reptilienmann. Der Schrecken unserer Kindheit. Nur, dass er in meiner Erinnerung nicht so ergraut und dermaßen gealtert war. Ich sah uns als Kinder, wie wir in unserem Sommerhaus am Wasser immer auf das Nachbarufer zeigten. *Da wohnt der Reptilienmann!*

Das Ufer war durch eine Brücke befahrbar, aber keiner nutzte sie, weil auf der anderen Seite nur sein altes Haus stand. Schon damals war es heruntergekommen, die schwarze Farbe ausgeblichen und vom Holz abgeplatzt. Die Kinder erzählten sich damals unzählige Geschichten über ihn. Man nannte ihn den Reptilienmann, weil er auf seinem Grundstück alle möglichen Tiere in Käfigen, Gehegen und Schaukästen beherbergt hatte. Nicht nur Reptilien, auch Kriechtiere, Spinnen und Insekten. Eines Tages waren die Viecher ausgebrochen, und die Polizei musste die ganze Gegend nach giftigen Schlangen und Spinnen durchsuchen. Wir Kinder machten uns damals ein Vergnügen daraus, uns Mutproben auszudenken. Wer traute sich bis zu seinem Haus? Derjenige, der seine Hand für fünf Sekunden an die Haustür halten konnte, ohne wegzulaufen, hatte gewonnen. Ich war nicht mal bis zum Ufer gekommen. Ich hatte eine Heidenangst vor ihm. Er tauchte sogar in meinen Albträumen auf.

»Mein treuester Kunde seit über zwanzig Jahren«, ertönte eine rauchige Stimme hinter uns. Die Kioskfrau hatte ihre besten Tage längst hinter sich. Sie rauchte eine Zigarette und beobachtete den Regen von ihrem Laden aus. Sie musste uns wohl gehört haben.

»Ist das ...«, fing Edith an.

»... der Reptilienmann, so nennt man ihn hinter seinem Rücken. Armer Kerl. War nicht immer so ein Wrack.« Die Frau fing an zu lachen, und das Lachen ging in einen schleimigen Husten über.

»Komm, lass uns gehen«, flüsterte ich zu Edith. Mir war das Mustern der Frau unangenehm. Doch Edith ließ sich davon nicht beirren. Musterungen hatten sie noch nie gestört.

»Was ist mit ihm passiert?«

Die Frau blickte Edith eindringlich an.

»Hat sein Kind verloren. Das ist passiert.« Ihr Tonfall hatte sich schlagartig geändert. Mit einem tiefen Schmatzer spuckte sie seitlich aus. Ich registrierte Ediths angewiderten Blick.

»Und den Verstand gleich mit. Manchmal sucht er ihn, den Jungen. Vergisst, dass er tot ist. Wenn ich ihn längere Zeit nicht sehe, bin ich jedes Mal sicher, dass er in seiner Hütte verwest, der arme Teufel, und dann steht er doch wieder vor mir. Keiner will ihm mehr was verkaufen, deshalb fährt er bis hierher raus. Ich mein, wenn das das Einzige ist, das dem armen Schwein hilft, bin ich niemand, der den ersten Stein wirft. Wollt ihr zwei eigentlich was kaufen? Oder nur quatschen?«, wurde sie plötzlich wieder abweisend. Wir kauften also zwei Dosen Cola und verabschiedeten uns. Mittlerweile hielten bereits mehrere Autos hinter unserem und warteten auf die letzte Fähre.

»Ich erinnere mich doch an etwas, glaube ich«, sagte Edith plötzlich, nachdem wir wieder ins Auto gestiegen waren, und nahm einen Schluck Cola.

»An was denn?«

»Wie wir damals vor ihm weggelaufen sind. Als er dich angeschrien hat. Weißt du noch?« Langsam schüttelte ich den Kopf.

»Ich war noch ganz klein, und ihr habt mich nie mitspielen lassen. Aber ich bin mir ganz sicher, dass er dir etwas zugerufen hat. Hat deinen Arm festgehalten und dich geschüttelt.«

»Das kann nicht sein. Ich war nie auf seiner Seite. Ich habe mich nie rübergetraut«, entgegnete ich und kramte in meiner Erinnerung vergeblich nach einem solchen Vorfall.

»Es war auch nicht auf seiner Seite der Insel.« Sie musterte mich kopfschüttelnd. »Aber ich weiß es nicht mehr genau. Es ist alles verschwommen.«

»Ich erinnere mich jedenfalls nicht daran. Vielleicht auch besser so«, sagte ich. Trotzdem ging mir sein Gesicht nicht mehr aus dem Kopf.

Edith sah mich an.

»Es ist wirklich schön, dass du da bist, Lilja. Auch wenn du noch immer einen Schlag hast.«

»Das liegt wohl in der Familie«, antwortete ich. Und dann: »Ich tue es.« Waren diese Worte aus meinem Mund gekommen?

»Einen Schlag haben? Jawoll, das tust du«, lachte sie.

»Nein, ich meine, ich bleibe hier. Am Theater. Ich pass auf dich auf. Und ich werde dich spielen, deine Doppelgängerin. Wenn dir das hilft.« Ich atmete tief aus. Es fühlte sich gut an.

»Es ist dein Traum, also tue ich es für dich. Und nur für dich.«

Sie lächelte mich an, ihr Blick wurde wässrig, und ich hasste diese Gefühlsduseligkeit jetzt schon. Ich war einfach nicht gut darin. Zumindest nicht mehr.

»Beruhig dich wieder. Und blamier dein Double nicht.«

Ich blickte sie mit gespielter Strenge an. Sie nickte nur und drückte meine Hand, die neben meinem Schoß auf dem Beifahrersitz ruhte. »Danke!«

Das Lossie erreichte gerade den Kai auf unserer Seite und ließ mit einem mechanischen Rumpeln die Autobrücke herunter. Edith startete den Motor, und wir fuhren auf die Fähre.

Daniel – Hendrik

Die Sonne stand tief über dem Horizont, als Mikael, Pejo und ich um unsere Feuerstelle herumsaßen. Eigentlich war mein Magen schon voll, aber für ein letztes Stockbrot, das ich ins Feuer hielt, würde der Platz sicherlich noch reichen. Ich hatte einen Riesenstreit erwartet, nachdem wir das Ufer erreicht hatten, aber der gute Jere, ein friedliebender Mann, hatte unseren Vater beschwichtigt, und Mikael ging ihm den restlichen Abend über lieber aus dem Weg. Ich fragte mich, warum Jere und mein Vater als Brüder so verschieden waren. Ich bewunderte Jere. Er hatte ein warmes, kluges Lächeln, war mit seinen ein Meter neunzig aber gleichzeitig eine Respektsperson. Insgeheim wünschte ich mir oft, er wäre mein Vater gewesen. Mikael sagte immer, das habe mit dem Geld zu tun, das einen ruhiger und gelassener machte. Mein Onkel besaß eine eigene Firma, ein Sägewerk mit mehreren Hundert Mitarbeitern, was ihm ein schickes Leben mit Jacht und einem großen Haus erlaubte. Mein Vater hingegen hatte nicht viel zu bieten außer einer kleinen Wohnung, einem Bürojob, den ihm Jere großzügigerweise in seiner Firma angeboten hatte, und ständig schlechter Laune. Nachdem unsere Mutter verstorben war, hatte mein Vater, so erklärte es uns zumindest Jere, angefangen, nach innen und nur noch für sich zu leben. Er habe unsere Mutter so sehr geliebt, so Jere, dass er nicht über ihren Tod hinweggekommen sei und den Rest der Welt nun mit seinem Griesgram strafte. Mikael sagte, unser Vater sei einfach ein Arschloch. Ich war geneigt, meinem Bruder zu glauben, aber hütete mich davor, dies laut auszusprechen. Während eines Streits hatte Mikael unseren Vater einmal als »beschissenen Vater und Egoisten« bezeichnet. Daraufhin hatte er Mikael so hart ins Gesicht geschlagen, dass der über das halbe Gesicht blutete und bis heute eine Narbe an seiner Schläfe hatte. Danach war das Band zwischen Mikael und unserem Vater endgültig zerschnitten, sofern es jemals vorhanden war.

Jere und mein Vater waren gerade im Haus, und ich war froh, dass wir drei unter uns waren. Ich lauschte mit einem Ohr der Diskussion zwischen Pejo und Mikael. Eine Zeit lang unterhielten sie sich über die neuesten Actionfilme, aber wie üblich schweiften sie schnell zu den Horrorfilmen ab. Und wie jedes Mal fühlte ich mich dabei wie das Baby der Truppe. Obwohl Pejo nur zwei Jahre älter war, hatte er ein unglaubliches Filmwissen, bei dem ich unmöglich mithalten konnte. Wir konnten immer heimlich bei Pejo die neuesten Filme schauen, weil er einen eigenen Fernseher und Videorekorder im Zimmer hatte und sein Vater ihm alle Freiheiten der Welt ließ. Am allergruseligsten – aber ich wäre eher gestorben, als das zuzugeben – war der Streich, den mir Mikael vor ein paar Wochen gespielt hatte: Er bestand darauf, diesen bescheuerten *Exorzist* zu schauen, und ich tat an den gruseligen Stellen, in denen das kleine Mädchen ihr ekelhaftes Gesicht zeigte, so, als müsste ich dringend aufs Klo. Als ich schließlich wieder das Zimmer betrat, hatte er den Film genau in dem Moment abgespielt, als sie losschrie und mir die Fratze in voller Lautstärke entgegenkreischte. Mikael konnte sich kaum einkriegen vor Lachen, während ich schreiend aus dem Raum gelaufen war. Seitdem verkniff ich mir, bei einem seiner geliebten Horrorfilme aus dem Zimmer zu schleichen, und versuchte einfach in den unangenehmen Momenten auf einen anderen Punkt zu starren, sodass er nichts merkte. Pejo schien überraschenderweise nichts zu schockieren. Vielleicht machte ihm deswegen auch die Sache mit den verschwundenen Kindern keine Angst, während ich so oft an Hendrik und die anderen denken musste, dass ich mir schon blöd vorkam. Während sich die beiden gerade damit übertrumpften, welcher Film der beste Schocker war, und ich versunken in die Flammen vor uns schaute, ertönte hinter uns ein lautes Knacken. Wir drehten uns alle gleichzeitig um.

»Was war das?«, fragte ich, aber keiner rührte sich. Stille.

»Vielleicht das, was Hendrik geholt hat.« Mikael grinste höhnisch, und die Flammen des Feuers verliehen ihm etwas Diabolisches.

»Wisst ihr, was mir Jakob erzählt hat?« Pejo blickte in die Runde, während sein Blick immer wieder den Waldrand hinter uns streifte. »Sein Vater arbeitet doch bei der Reederei am Hafen, und er behauptet, während einer seiner Nachtschichten auf dem Boot hier vor der Insel Schreie gehört zu haben. Er sei ganz sicher, es wären die eines Kindes gewesen. Oder eines verletzten Tieres. Es muss kurz nach seinem Verschwinden gewesen sein.«

Bei der Vorstellung schauderte mir.

»Erzähl nicht so einen Mist.«

Mikael sah mich durchdringend an. »Hat man seine Leiche denn jemals gefunden? Oder die der anderen?«

Ich schüttelte langsam den Kopf.

»Na also. Wie kann man dann so sicher sein, dass er tot ist? Dieser Junge, Hendrik, meine ich.«

Im Laufe der Jahre waren auf der Insel mehrere Kinder verschwunden oder hatten auf unnatürliche Weise den Tod gefunden. Ich kannte nur die Schauergeschichten, die man sich erzählte, und war oft nicht sicher, was stimmte und was nicht. Manche waren vielleicht ertrunken oder durch einen Unfall umgekommen. Aber es gab eben ein paar Kinder, die niemals gefunden worden sind. Und Hendrik war eines davon. Ich war zu jung, um mich an die anderen zu erinnern. Aber Hendrik hatte ich gekannt. Deshalb fühlte es sich bei ihm anders an. Nicht wie ein schauriges Märchen. Es gab ein Gesicht zu dieser Geschichte. Und das machte das Ganze so schlimm.

Ich hatte kaum etwas mit ihm zu tun gehabt, obwohl er auf die gleiche Schule ging wie ich. Da seine Großeltern einen Laden hier auf der Insel hatten, verbrachte auch seine Familie den Sommer oft in ihrem Mökki. Erst nachdem ich einen der vielen Vermisstenzettel gesehen hatte, wurde mir klar, dass er wirklich verschwunden war. Ich hatte ihn öfter in der Bibliothek gesehen, ein stiller Kerl mit einer runden Nickelbrille und mausartigem Gesicht. So einer verbrachte bestimmt nicht freiwillig seine Zeit im Wald und verlief sich schon gar nicht erst.

»Ihn hat etwas geholt und in die Wälder verschleppt, das weiß doch jeder.«

Ich konnte mich noch lebhaft an letzten Sommer erinnern. Die vielen Polizisten mit ihren Spürhunden und die freiwilligen Helfer, die die Wälder durchstreiften. Verirrte Lichtkegel, die durch die Bäume hindurchschienen. Die Insel war eigentlich nicht groß. Es gab einen Stadtkern, ein Fischerdorf mit kleinen Läden, Restaurants und einem Hafen. Abseits gab es ein paar Bauernhöfe und alleinstehende Häuser, verwaiste Landstraßen, Felder und Waldstücke. Es hieß, Hendrik sei einfach nicht nach Hause gekommen. Man suchte sogar die Küstengebiete ab, weil man vermutete, irgendwo seine aufgedunsene Leiche im Wasser zu finden. Die Vorstellung ließ Gänsehaut über meinen Rücken laufen. Das Gesicht des Exorzisten-Mädchens flammte vor meinem inneren Auge auf, und ich schüttelte mich unfreiwillig.

Hendrik blieb unauffindbar. Trotz der vielen Freiwilligen, die bei der Suche halfen, blieb er verschwunden. Irgendwann gab einer nach dem anderen auf. Die Zettel, anfangs noch an jeder Ampel und Häuserwand, wurden nach und nach abgehängt, und Hendrik verblasste schließlich zu einer jener Gruselgeschichten, die man sich am Lagerfeuer erzählte. Seine Großeltern waren irgendwann von einem Tag auf den anderen aus dem Dorf weggezogen. Vor allem jetzt im Sommer, wo die Insel und das Fischerdorf ein beliebter Touristenort waren, fiel der Feinkostladen mehr denn je auf. Die Familie hatte wie als Mahnmal die Schaufenster mit den Zeitungsartikeln des verschwundenen Hendriks abgeklebt, sodass der Laden einem Gesicht mit leeren Augenhöhlen glich.

»Wahrscheinlich hat er sich verlaufen und ist verhungert.«

Mikael zuckte mit den Schultern.

»Verdurstet«, sagte Pejo. »Man verdurstet doch, bevor man verhungert.«

»Klugscheißer.«

Lilja – die Maske

»Einfach ganz ruhig weiteratmen«, redete eine tiefe, männliche Stimme auf mich ein, während ich versuchte, nicht zu kollabieren. Meine Nasenlöcher waren der einzige Teil meines Gesichts, der nicht von einer schlammigen Konsistenz bedeckt war, die jede Pore meiner Haut verstopfte. Als wäre meine Haut unter Erde vergraben und ich nicht fähig, mich zu bewegen. Am liebsten hätte ich mir ins Gesicht gelangt und alles von mir gerissen, aber dann hätten wir die Prozedur wahrscheinlich wiederholen müssen.

»Ich hab das auch schon mal machen müssen. Als würde man im Schlamm ertrinken, oder?« Ediths Stimme kam von der rechten Seite, höchstens ein paar Meter entfernt. Sie saß auf einem Stuhl und amüsierte sich, ihrem unterdrückten Glucksen nach zu urteilen, köstlich über meinen Anblick, während ich in der Maske saß und mir von Johann, dem Maskenbildner, Schlamm ins Gesicht schmieren ließ. Bereits jetzt bereute ich meine gestrige Entscheidung zutiefst.

»Wow, schau dir das mal an!«

Wieder ein dümmliches Kichern.

»Wenn du so weitermachst, kannst du dich selbst doubeln«, grummelte ich so deutlich wie möglich, ohne meine

Lippen zu bewegen. Ich verstand meine genuschelten Worte selbst kaum.

»Was meinst du? Du willst einen Looping machen?« Edith lachte sich schlapp. Auch den Maskenbildner, einen Mann ungefähr Mitte dreißig mit Halbglatze und freundlichen Augen, hörte ich leise lachen.

»Bring dich lieber in Sicherheit«, presste ich aus meinen Mundwinkeln hervor.

»Johann, das machst du wirklich super. Sie hat noch nie so schön ausgesehen.«

»Ich tue mein Bestes«, entgegnete er.

»Danke, dass du einspringst, Schwesterherz.« Edith gab sich alle Mühe, ernst zu klingen, aber ihr Grunzen war kaum zu überhören. »Aber ich muss wie gesagt gleich auf die Bühne. Pavel scheucht uns heute besonders gern herum.«

Ich hielt meinen Mittelfinger in die Richtung, aus der ihre Stimme kam.

»O. k., bis später dann!«

Schritte entfernten sich, und ein Klicken verriet mir, dass die Tür zur Maske geschlossen wurde. Ich war allein mit Johann, begraben unter einer Tonne Schlamm im Gesicht.

»Gehts dir gut?«

Ich nickte langsam, er konnte mir ja sowieso nicht helfen.

»Du musst nicht mehr lange durchhalten, in ein paar Minuten kann sie runter.«

Ich grummelte vor mich hin. Jede Sekunde darunter fühlte sich wie eine Ewigkeit an.

»Hier im Haus sorgt das Stück für ganz schön viel Gesprächsstoff, wie du sicher schon bemerkt hast.«

Stille. Ihm musste bewusst geworden sein, dass ich mich nicht großartig dazu äußern konnte, und so redete er weiter.

»Weißt du, euer Vater konnte die Magie aus seinem Kopf immer zu Papier bringen, das fand ich faszinierend. Auch wenn die Stücke nie direkt Sinn zu ergeben schienen, er konnte einen immer verzaubern. Dass er am Ende aber alles zerstörte, was er geschaffen hatte, das hätte ich ihm einfach nie zugetraut. Dass er nicht an euch gedacht hat, an die anderen Menschen. Es wird mir für immer ein Rätsel bleiben ...«

Ich konnte nicht anders, als ihm zuzuhören. Er sprach gedankenverloren, mehr zu sich selbst als mit mir. Am liebsten hätte ich das Thema gewechselt, aber dann hätte ich vermutlich einen ganzen Happen voll flüssigem Latex im Mund gehabt. Also schwieg ich und ließ ihn widerwillig weiterreden.

»Du musst wissen, dass nicht alle davon begeistert waren, als sie erfuhren, welches Stück Lünov aus der Schublade geholt hat. Und das in diesem Theater. Manche haben sich sogar richtig aufgeregt. Du hast es ja bestimmt gelesen.«

Ich musste an den Zeitungsbericht denken. Nach dem Besuch bei meiner Mutter hatte ich im Internet recherchiert und mehrere Artikel dazu gefunden. Das Mörderstück. Das war das Einzige, worin sie sich unterschieden. Mal hieß es Mörder, dann wieder nur Selbstmörder. In meinem Inneren fing es an zu brodeln.

»Es heißt, das Stück sei verflucht. Böses Karma und so. Aber die Leute reden eben gern. Und dass ihr beiden – seine Töchter – nun auf der Bühne steht, das sorgt natürlich erst recht für Gesprächsstoff. Na ja, das kann Lünov ja nur recht sein ... So, wir sind jetzt fertig. Ich ziehe dir langsam die Schicht ab.«

Unendlich dankbar, die Prozedur und auch seinen Monolog gleich hinter mir zu haben, spürte ich, wie mir meine zweite Haut vom Gesicht gezogen wurde. Leichtes Ziepen, als wäre ich beim Facewaxing, ließ mich zusammenzucken. Endlich konnte ich die Augen wieder öffnen. Das Licht der Spiegelkommode blendete mich. Nur nach und nach erkannte ich die Umgebung um mich herum wieder. Johanns Gesicht zeichnete sich langsam vor dem Hintergrund ab. Seine ruhige Stimme passte zu seinem Aussehen. Sein dunkler Bart mit vereinzelten rötlich schimmernden Stoppeln am Kinn. Seine bleiche Haut. Seine wachen Augen, die mich nun ganz genau musterten, mit einer Schärfe, die etwas in sich Versunkenes ausstrahlte. Als würde er sich jeden Winkel meines Gesichts einprägen wollen. Er hielt die Gummimasse, die exakt die Wölbungen meines Gesichts zeigte, in seinen Händen.

»Faszinierend, oder? Ich gebe dir gleich was, um die Reste abzuwaschen. Danach müssen wir noch ein paar Perücken testen, in Ordnung?«

Gerade als er sich umdrehte, hörten wir ein ohrenbetäubendes Krachen hinter der Tür. Ein gellender Frauenschrei durchschnitt die Stille. Johann und ich starrten einander regungslos an.

»Was, zum Teufel, war das?«, fragte er, aber ich hörte nicht mehr zu. Der Schrei kam von Edith. Ihre Stimme würde ich überall erkennen.

Ich rannte den Gang entlang und stolperte beinahe über die Stufen der Treppe zur Probebühne im unteren Stockwerk. Johann folgte mir, und wir erreichten gleichzeitig den Theaterraum. Als ich auf die Probebühne trat, wäre ich beinahe in eine Wand aus Menschenrücken gerannt.

Wie eine Mauer hatte sich ein Pulk aus Mitarbeitern und Schauspielern um etwas versammelt, das ich nicht sehen konnte. Einige kramten ihr Handy hervor, jemand schrie etwas von einem Krankenwagen. Ich zwängte mich an der Menschenmenge vorbei nach vorne. Edith stand mit dem Rücken zu mir, gekrümmt und eingesunken. Sie bebte. Ich rannte zu ihr. Ihr Gesicht war verheult, sie blickte durch mich hindurch.

»Edith, was ist passiert? Geht es dir gut?«, fragte ich sie, und sie sah mich an, als würde sie durch dichten Nebel sehen. Ohne ihren Blick abzuwenden, flüsterte sie: »Sie war gerade noch hinter mir, ich wollte doch nur ...«

Ich sah mich verständnislos um. Die einzelnen Paletten der Kulissenwand lagen kreuz und quer auf dem Boden. Die Eisenstangen des Gerüsts, durch das sie zusammengehalten wurden, waren wie Mikado-Stäbchen wild auf der Bühne verteilt, und unter den Paletten bahnte sich ein rotes Rinnsal seinen Weg direkt vor unsere Füße. Es war Blut. Einige Mitarbeiter versuchten unter angsterfüllten Schreien bereits die oberen Paletten wegzutragen.

Als die erste Platte weggehoben wurde, erkannte ich die Sohle eines Schuhs unter den Trümmern. Und dann ein Bein. Mir wurde übel.

»Ich bin doch noch vorgelaufen«, stammelte Edith geistesabwesend. »Und dann hörte ich direkt hinter mir diesen Krach. Ich konnte nicht mal etwas erkennen, ich bin einfach losgerannt.« Tränen liefen ihr über die Wangen.

»Wer ist das, Edith?«, fragte ich leise, während ich ihr beruhigend über den Rücken strich. Sie blickte mich noch immer fassungslos an.

»Es ist Berni. O Gott ...«

Ein eiskalter Schauer durchströmte meinen Körper, und ich spürte etwas Saures meine Kehle hochsteigen. Im Hintergrund waren bereits die Sirenen des Krankenwagens zu hören.

Sobald die Feuerwehr und die Sanitäter das Theater erreicht hatten, mussten alle die Bühne verlassen. Überall war leises Schluchzen und Tuscheln zu hören. Aus dem Tumult kristallisierte sich Pavels Stimme heraus.

»Bitte, geht jetzt am besten nach Hause. Wir werden alles Nötige für Berni tun. Die Sanitäter werden ihr helfen.«

»Wie konnte so ein Scheiß überhaupt passieren?«, schrie jemand aus den hinteren Reihen. Ich drehte mich um und blickte gleich in mehrere wütende Gesichter.

»In diesem verdammten Drecksladen bleibt nicht mal mehr die Kulisse stehen«, schob ein anderer hinterher.

»Ich versuche hier alles unter Kontrolle zu halten, aber wenn du nicht gleich die Schnauze hältst, kannst du gerne gehen!« Überrascht sah ich die Wut in Pavels sonst so beherrschtem Gesicht.

Ein Gerangel entstand, und ich wurde zur Seite geschubst. Der Mann, der sich soeben beschwert hatte, drängte sich durch die Menge.

»Alles für die Kunst, nicht wahr, Pavel! Komm doch her!« Seine Kollegen hielten den Mann zurück. Pavel würdigte den Rebellen keines Blickes mehr.

»Wie gesagt: Ich bitte euch, Ruhe zu bewahren. Die Proben fallen für heute aus. Ich halte euch auf dem Laufenden.« Mit diesen Worten marschierte er entschlossen Richtung Bühne zu den Rettungshelfern und ließ uns ratlos zurück. Als er an uns vorbeiging, warf er Edith einen finsteren Blick zu.

Viele waren bereits gegangen, als ich zwei Stunden später auf der Bühne stand. Ich wischte das Blut weg, das sich teilweise in das Holz eingesogen und einen dunklen Fleck auf den Dielen gebildet hatte. Edith war glücklicherweise in dem Moment, als man Berni schließlich rausgezogen hatte, in ihrem Umkleideraum gewesen und hatte den schrecklichen Anblick nicht ertragen müssen. Ich hingegen war zu dem Zeitpunkt gerade hinter der Bühne gewesen und konnte sehen, wie ihr blutiger Körper auf eine Trage gehievt wurde, nachdem die letzten Kulissenwände weggehoben worden waren. Mittlerweile war auch die Polizei eingetroffen, und einer von ihnen, ein blonder Mann, der eindeutig am Anfang seiner Karriere stand, schrieb mit nervöser Miene etwas auf seinen Block. Ich fühlte mich hinter dem schwarzen Bühnenvorhang wie ein Voyeur, aber ich konnte nicht anders, als hinzuschauen. Als Berni auf der Trage weggebracht wurde, war ihr Nacken in einer Halterung fixiert und ihr Körper in eine Decke gehüllt. Es glich einem Wunder, aber sie lebte noch. Das Chaos lichtete sich, und einige Mitarbeiter halfen die Paletten wegzubringen. Die Feuerwehr war bereits abgezogen. Ich nahm alle Lappen und Papiertücher, die ich finden konnte, und legte sie über die Blutspur. Es herrschte Schweigen, und ich versuchte verzweifelt an etwas anderes zu denken.

Hinter mir stand Tammo, der Beleuchtungsmeister, und unterhielt sich leise mit einem Kollegen. Sie hatten die Eisenstangen des Palettenträgers zusammengesammelt und untersuchten die einzelnen Halterungen.

Tammo hielt einem Kollegen ein Metallteil vor die Nase. Beide schüttelten den Kopf. »... kann doch gar nicht sein«, vernahm ich sein Zischen, obwohl er es scheinbar am liebsten vor Wut laut rausgeschrien hätte. Als sie sich zu mir umdrehten, wandte ich mich schnell ab und wischte weiter den Boden. Ich hatte ein ungutes Gefühl. In diesem Moment trat Edith auf die Bühne. Ihr Gesicht hatte rote Flecken vom Heulen. Sie hielt einen Eimer Wasser und einen Lappen in der Hand.

»Damit kriegen wir es hoffentlich weg.«

Ich packte die Tücher in einen blauen Plastikmüllsack. Der dunkle Fleck war mittlerweile heller geworden. Als Edith mit dem wassergetränkten Lappen darüberwischte, verfärbte sich das Holz zu einer dunklen Lache.

»Lass uns nach Hause gehen«, sagte ich, nachdem wir den halben Boden gewischt hatten. Edith blickte mich an.

»Ich habe versucht, Pavel zu erreichen. Aber er geht nicht ans Telefon.«

»Er wird sich bestimmt melden, sobald er mehr weiß.«

Sie nickte zögerlich.

»Wie konnte das überhaupt passieren?«, fragte sie mehr sich selbst, als jemand von hinten auf ihre Frage antwortete. »Ein Unfall war das bestimmt nicht.«

Tammo war vorgetreten und hielt uns die Windung, die er dem Kollegen gezeigt hatte, vor die Nase. Es befanden sich keine Schrauben darin.

»Wir haben die Schrauben nirgendwo finden können. Es war nur eine Frage der Zeit, bis das Ding zusammenstürzt.«

»Könnte sie jemand vergessen haben?«, warf ich ein.

»So was kann man nicht vergessen. Das hat jemand bewusst getan.«

»Das müssen wir der Polizei sagen. Weiß Pavel schon davon?« Tammo ließ ein abwertendes Grunzen verlauten.

»Dem ist doch alles scheißegal. Hauptsache, er kann sich im Applaus baden. Das ist doch das Einzige, was ihn interessiert. Der kümmert sich doch einen Dreck um seine Leute. Wenn jemand ausfällt, wird er einfach ersetzt. Wie beim letzten Mal eben.«

»Wie meinst du das?«

»Hat dir denn niemand erzählt, was mit der ursprünglichen Statistin passiert ist?«

Ich blickte skeptisch zwischen ihm und Edith hin und her.

»Das war doch ein Unfall«, sagte Edith leise und blickte dabei betreten auf den Blutfleck am Boden.

»Wie viel muss denn noch passieren, bis Pavel es versteht? Irgendwas stimmt hier einfach nicht.«

»Was zum Teufel ist denn mit dem Double passiert? Kann mich bitte jemand aufklären?«, funkte ich dazwischen.

»Sie ist gestürzt und hat sich das Bein gebrochen.«

»Sie lag im Krankenhaus, mit Prellungen und einer Gehirnerschütterung«, ergänzte Tammo wütend. »Und vergiss nicht, was sie gesagt hat: Jemand hätte sie gestoßen.«

Edith blickte hilflos zu mir herüber.

»Warum hast du mir das nicht erzählt, verdammt? Von wegen nur ein ›unbestimmtes Gefühl‹! Wo bin ich hier eigentlich hineingeraten? Ist das ein Irrenhaus?«, blaffte ich sie an. »Und was war das in deiner Umklei...«

»Das waren alles Unfälle. Das mit deiner Vorgängerin war ein Unfall, also beruhigt euch mal alle. Verbreite keine Panik, Tammo.«

Dieser schüttelte nur den Kopf. Die Stimmung war am Boden.

»Erzähl das doch einfach Berni, sollte sie jemals wieder aufwachen!« Mit diesen Worten drückte er ihr die Metallwindung in die Hand und stapfte davon.

Edith eilte in ihre Garderobe, aber ich ließ mich nicht abwimmeln. Diesmal nicht.

»Was, zum Teufel, ist hier los?«, fauchte ich und versuchte mit ihr Schritt zu halten. »Klär mich auf, sonst bin ich weg.«

Sie hielt inne, ohne sich umzudrehen.

»Ich weiß es doch selbst nicht, Lilja. Ich habe dir doch geschrieben, dass hier etwas nicht stimmt. Was soll ich dir noch erzählen?«

»Zum Beispiel die ganzen Dinge, die du bisher ausgelassen hast. Wie wärs damit?«

»Ich muss jetzt allein sein. Sorry, ich erzähle dir später alles, was du wissen willst, o. k.?«

»Nein, du schuldest mir eine Antwort! Jetzt! Ich tue das hier nur für dich!«, schrie ich sie an. Meine Stimme überschlug sich, und ein Pochen wummerte in meinen Ohren. Sie drehte sich um, und ihr wutverzerrtes Gesicht zeigte eine Mischung aus Schmerz und Frust.

»Typisch. Nie bist du da, aber schon jetzt schulde ich dir was. Weißt du, was du mir schuldest? Jahre, in denen du mich vollkommen alleingelassen hast! Jahre, in denen ich mich alleine um unsere Mutter gekümmert habe, ihren Geisteszustand ertragen musste, alles, wovor DU abgehauen bist! Aber ja, ICH schulde dir was.« Tränen liefen ihr übers Gesicht, und sie atmete schwer. Selten hatte ich solch einen Wutausbruch bei ihr erlebt, und umso stiller wurde ich nun. So etwas hatte sie mir noch nie an den Kopf geknallt, auch wenn ich immer gewusst hatte, dass sie so fühlte. Sie schüttelte den Kopf und zog ihren Schlüsselbund aus ihrer Jackentasche.

»Hier«, blaffte sie und warf mir ihre Schlüssel entgegen.

»Ich komme heute nicht nach Hause. Warte nicht auf mich.« Ohne ein weiteres Wort lief sie in die Garderobe und knallte die Tür zu.

Ich verließ alleine das Theater. Im Foyer blickte mir das Gesicht meiner Schwester von mehreren Plakaten entgegen. Sie waren heute Mittag vor dem Unfall neu aufgehängt worden. Ihr Ausdruck war ernst, und hinter ihr stand der Mann mit Koffer als Silhouette wie ein Schatten, der hinter ihr lauerte.

In weniger als einem Monat sollte die Premiere sein. Der Gedanke bereitete mir ein flaues Gefühl im Magen. Irgendwas stimmte hier tatsächlich nicht. Von Anfang an. Und niemand wollte reden. Ich beschloss, zur Wohnung meiner Schwester zu fahren und mir endlich das Manuskript vorzunehmen. In meinen Augen hatte mein Vater damit etwas geschaffen, an dem er zerbrochen war. An dem er verrückt geworden war. Er hatte mit dieser Geschichte unser aller Schicksal besiegelt, nein, zerstört. Noch immer sträubte sich alles in mir dagegen, auch nur einen einzigen Satz daraus zu lesen. Aber ich hatte es versprochen und wollte nun Antworten auf meine Fragen.

Als ich Ediths Wohnung betrat, lag eine friedliche Stille in den Räumen, die ich nur schwer ertrug. Ich streunte umher, von Zimmer zu Zimmer, warf immer wieder einen prüfenden Blick zur Haustür in der Hoffnung, Edith würde doch heimkommen, aber die Tür blieb geschlossen. Ich durchsuchte die Regale nach einer Flasche Wein, fand dankbar einen verstaubten Rotwein im hintersten Fach von Ediths Küchenschrank. Schließlich setzte ich mich mit einem gut gefüllten Glas und dem Skript auf das Stoffsofa im Wohnzimmer. Wie konnte ein Stapel Papier einem zentnerschwer erscheinen?

Nervös leerte ich das Glas in einem Zug und schenkte nach.

Ich lehnte mich zurück und sah mich um. Nun betrachtete ich die Kerzen, den kitschigen Dekokram und die mit Kissen bedeckte Couch mit anderen Augen. Mein schlechtes Gewissen plagte mich. Hatte sie sich diese Höhle gebaut, um das Alleinsein besser ertragen zu können? Hatte ich sie wirklich im Stich gelassen? Ein egoistischer Teil von mir wollte auch jetzt noch weg. Ich sah mich schon wieder mit meinen Bekannten in einer Tapas-Bar in Barcelona sitzen.

Ja, ich hatte Edith alleine zurückgelassen. Aber ich konnte auch nicht ewig für jemand anders leben und leiden. Es war so schwer, jemanden mit durchs Leben tragen zu müssen, der sich mit vollem Gewicht auf einen stützte. Tief in meinem Herzen wusste ich, dass ich es nicht länger ignorieren konnte. Die Aufführung konnte ich sowieso nicht verhindern. Ich musste es lesen, ob ich wollte oder nicht. Ich strich das erste Blatt glatt. Fuhr über seinen Namen, der darauf mit großen Lettern geschrieben stand. Es brauchte all meine Überwindung und noch einiges an Wein, um es aufzudecken. Ich blätterte durch die Seiten und begann schließlich zu lesen. Die ersten Szenen überraschten mich. Obwohl ich mich bei jedem Wort fürchtete, darauf wie auf dünnem Eis einzubrechen, zog mich der Text sofort in seinen Bann.

Es ging um den Reisenden, einen Dämon, der gekommen war, um sich die Seelen der Menschen in einem Küstenort zu holen. Besonders die der Kinder, so unschuldig und rein, wie sie waren. Er lebte in einer geheimen Höhle im Inneren eines Felsens. Bis eine Gruppe von Kindern sein Versteck entdeckte.

In detaillierten Beschreibungen erweckte mein Vater gewohnt eindringlich die Landschaft zum Leben. Die Kulissen, die sich alle um eine Insel und ein schäbiges Holzhaus drehten, kamen mir bekannt vor, und ich fragte mich erneut, ob es sein altes Sommerhaus war, von dem er erzählte. Seit ich hier war, machte das Theaterstück etwas mit mir. Es pflanzte mir Bilder in den Kopf, die ich nicht einordnen konnte. Erinnerungen, die mein Unterbewusstsein tief vergraben hatte und nun nicht mehr geordnet herausrücken wollte. Hatte er etwas freigesetzt, wovor wir beide uns fürchteten?

Als ich die letzte Seite zu Ende las, überkam mich ein Gefühl des freien Falls. Als hätte ich das, was mir von meinen Vater noch geblieben war und an das ich mich geklammert hatte, losgelassen und wäre nun allein in der Dunkelheit. Insgeheim hatte ich die Hoffnung gehabt, seine Geschichte würde mir endlich eine Erkenntnis bringen, das *Warum* beantworten. Aber sie ließ mich genauso verloren und ratlos zurück. Keine Erleuchtung, keine Antworten.

Ich sah seine Augen vor mir, sah, wie sie leuchteten, wenn er mir aus einem seiner Stücke vorlas. Der Raum roch plötzlich nach süßlich-rauchigem Holz, nach ihm. Für einen Moment hörte ich ihn lachen. Warm. Als würde alles gut. Dabei wurde alles nur unendlich leer.

Mörder. M-ö-r-d-e-r.

Das Bild des Selbstmörders, des Mörders, und meine Erinnerungen an ihn klafften so weit auseinander. Hatte er es geschafft, mich zu manipulieren? Immer wieder quälte mich die Frage: Warum waren wir ihm nicht wichtig genug? Mit voller Kraft schmiss ich den Stapel durch das Zimmer. Die einzelnen Seiten flogen quer durch den Raum und bedeckten den Fußboden. Ich sah zu, wie sie sich im Zimmer verteilten, während mein stoßender Atem meinen Körper erzittern ließ. Auf dem Couchtisch vor mir stand eine zum Kotzen perfekte Schale mit dekorativen Rattankugeln. Ich trat mit voller Wucht dagegen, sodass das Ensemble auf dem Boden landete und die Kugeln sich in alle Ecken verteilten.

Da saß ich, wie eine Verrückte, die mit Dingen um sich warf. Kindisch, hätte meine Mutter mich genannt und die Nase gerümpft. Und sie hätte recht. Ich nahm die Tabletten aus meinem Rucksack und spülte ein paar von ihnen mit dem restlichen Wein aus dem Glas hinunter.

Lilja – Auf dem Wasser

Ich wartete darauf, dass sich mein Herz beruhigte, doch stattdessen schlug es mir bis zum Hals. Meine Umgebung verschwamm hinter meinen Tränen, bis um mich herum nur noch Wasser war. Ich blinzelte erschöpft. Das Wasser war unruhig und stieß das Boot ständig hin und her wie eine Nussschale. Er wartete am Ufer, und ich musste weg von ihm, mich in Sicherheit bringen. Ich konnte sein Gesicht nicht erkennen, es war im Schatten verborgen, aber ich wusste, dass er das Böse zu uns bringen würde.

Ich blickte nach vorne. Ein Haus lag auf einem Hügel nicht weit entfernt. Meine Rettung. Ich lief und stolperte mehrmals über die kleinen Steine und Wurzeln am Boden und konnte fast die eiskalte Hand auf meiner Schulter spüren. Ich war zu langsam. Aus Richtung des Hauses hörte ich plötzlich Schreie. Ich erstarrte. Es war Ediths Stimme. Ich versuchte noch weiterzulaufen und erreichte kurz darauf atemlos das Haus. Es war eine dunkel gestrichene Holzhütte, zweistöckig mit Stufen, die über eine große Veranda ins Innere führten. Die Tür stand offen. Dahinter – Schwärze.

»Edith«, schrie ich. Als ich mich umdrehte, schritt der Mann immer noch langsam in meine Richtung, gemächlich und sorgfältig stieg er über jeden Stein, als wäre er sicher, mich ohnehin einzuholen, egal, wie lange er dafür brauchen würde. Meine Angst wurde größer. Ich lief ins Hausinnere und verschloss die Tür.

Der Flur war leer. Eine schwarze Holztreppe führte nach oben, rechts erkannte ich ein dunkles Zimmer. Irgendwo tickte eine Wanduhr. Ein weiterer Schrei. Er kam von unten. Ich lief an der Treppe vorbei und öffnete die Tür zum Keller. Er war ebenso dunkel. Hinter mir hörte ich, wie jemand an der Türklinke hantierte. Panik erfasste mich. Entweder in den Keller runter oder ihm in die Arme laufen. Er würde kommen.

So leise wie möglich stellte ich mich auf die erste Treppenstufe und schloss die Tür hinter mir. Nun stand ich in völliger Dunkelheit. Ich stieg die Treppen hinunter.

Stufe für Stufe tastete ich mich an den Wänden entlang, bis ich den Kellerboden erreichte.

»Edith?«, flüsterte ich und versuchte das Hämmern in meinen Ohren zu ignorieren. Niemand antwortete. Dann ein Lachen. Ich konnte nichts sehen, ich war nicht sicher, aus welcher Richtung es kam. Es musste einige Meter von mir entfernt sein. Wie aus einem benachbarten Zimmer. Dumpf. Ich hielt den Atem an. Bewegte mich nicht. Dann hörte ich es erneut. Wieder dieses krächzende Lachen, undefinierbar – nur eins wusste ich gewiss: Diesmal war es direkt vor mir.

Ich wimmerte und trat einen Schritt zurück. Dann noch einen. Meine Ferse stieß gegen die Treppenstufe. Da war sie! Als ein weiteres Lachen ertönte, grausam und unmenschlich, drehte ich mich um und stolperte die Treppen hoch. Blindlings ruderte ich mit den Armen nach allen Seiten, um mich zu orientieren, bis ich fast gegen die Kellertür rannte. Atemlos stieß ich sie auf, und Licht blendete mich. Ich wollte rennen, nur weg hier, als etwas mich am Arm griff. Meine Augen waren zugekniffen, und ich versuchte mich loszureißen, als eine Stimme mich anschrie: »Weißt du, wo der Schmetterling ist? Hast du ihn gesehen? Den Schmetterling!«

Mein schmächtiger Körper wurde durchgeschüttelt, meine Oberarme, an denen ich festgehalten wurde, schmerzten in einem eisernen Griff. Meine Augen gewöhnten sich langsam an das Licht, und ich erkannte eine Fratze vor mir, ein entstelltes Gesicht, von Wut und Falten zerfurcht, die Haare wirr abstehend und die Augen trüb. Es war der Reptilienmann. Ich fing an zu schreien.

Ich schreckte hoch, halb bedeckt von losen Blättern des Manuskripts, die wild zerstreut überall auf der Couch und dem Boden vor mir herumlagen. Mein Atem ging schnell und flach, ich sah mich im Zimmer um, sicher, dass der Reptilienmann mich aus einer Ecke heraus beobachtete. Ich konnte noch immer seine Fingernägel spüren, die sich tief in meine Haut bohrten. *Der Reptilienmann.* Hatten mich die Begegnung mit ihm und die letzten Tage so aufgewühlt? Doch es kam mir nicht bloß wie ein Albtraum vor. Die Details des Hauses. Der Keller. War ich dort gewesen? Es fühlte sich so an. Das Gesicht, die Schreie. Wie eine verlorene Erinnerung.

»Ist da jemand?«, krächzte ich leise, ohne zu wissen, ob ich schon vollständig erwacht war.

Niemand antwortete.

Daniel – die Insel

Die Mine meines Bleistiftes brach mit einem Knacken aus der Holzfassung und kullerte über das Papier. Ich sah auf. Noch immer trommelte der Regen gegen die Fensterscheibe, konnte das Geschrei aus dem Haupthaus aber nicht übertönen.

Auf dem Grundstück standen nämlich zwei Hütten. Im Haupthaus schlief mein Vater. Am großen Esstisch vor der Fensterfront, die den Blick auf das Wasser freilegte, spielten wir oft Karten und aßen dort bei schlechtem Wetter, während der Ofen uns wärmte. Einige Meter entfernt stand ein weiteres kleines Häuschen, das Mikael und ich in Beschlag nahmen. Der Duft, den das aufgeheizte Holz im Sommer verströmte, weckte jedes Mal ein Gefühl von zu Hause in mir. Es standen zwei Betten darin sowie ein Schrank, den wir vor zwei Jahren selbst aus Kiefernplatten gebaut hatten. Er war schief und krumm, die Türen schlossen nicht ganz, aber wir waren damals trotzdem mächtig stolz auf unsere Arbeit gewesen. In einer Ecke befand sich unsere Schatztruhe, vollgestopft mit Brettspielen, sowie ein kleiner Schreibtisch, den wir uns teilten. Wobei nur ich den Platz nutzte, um zu zeichnen, während Mikael sich von seinen Lernsachen und allem, was mit Schule zu tun hatte, tunlichst fernhielt. Meistens zeichnete ich aber auf meinem Bett, an die Holzwand gelehnt, und betrachtete zwischendurch die Skizzen, die ich über dem Schreibtisch aufgehängt hatte. Unser Vater sah es nicht gerne, mein Mädchen-Hobby, aber das war mir egal. Solange er nichts sagte, war mir das recht.

An diesem Abend saß ich alleine in unserer Hütte. Mikael war drüben bei unserem Vater, und ich konnte dessen donnernde Worte deutlich hören. Sie stritten. Mal wieder. Jere hatte sich nicht an die Abmachung gehalten und Tante Milla von dem Vorfall erzählt. Meine Tante hatte uns die Hölle heißgemacht, und nun kassierte Mikael den ganzen Ärger. Wieso er als Ältester nicht auf ihren heiß geliebten Sohn aufpassen konnte? Sie betüdelte Pejo unentwegt, was ihm selbst peinlich war. Ich schämte mich. Anstatt mich hier zu verstecken wie ein Feigling, hätte ich meinen Bruder in Schutz nehmen können. Er hatte doch nichts getan. Oder doch? Mir ging nicht aus dem Kopf, wie er auf Pejo eingeredet hatte. Leise, sodass ich seine Worte kaum verstehen konnte, doch sein Gesichtsausdruck hatte Bände gesprochen. Voller Hass. Angespannt. Als hätte er Pejo bedroht.

So kannte ich ihn eigentlich nicht. Aber ich hatte seit Kurzem ohnehin das Gefühl, ihn immer weniger zu kennen.

Die Stimmen wurden nun lauter. Ein dumpfer Knall ließ mich kerzengerade aufsetzen. Vor meinem inneren Auge sah ich die Faust meines Vaters auf die Tischplatte donnern.

»Du hörst mir, verdammt noch mal, zu, wenn ich mit dir rede!« Die Stimme meines Vaters war vom Alkohol getränkt. Seine Worte klangen wie ein einziges, lang gezogenes Wort, das er mühevoll durch seine Lippen presste.

Unter meine Angst mischte sich ein Gefühl, das ich immer häufiger empfand. Verachtung. Auch wenn ich noch zu jung war, um die Bedeutung dieses Wortes zu verstehen.

Ein weiteres Krachen ertönte, die Tür wurde zugeknallt, und Schritte hallten auf der hölzernen Treppe wider. Jemand war auf dem Weg hierher. Aus dem Haupthaus ertönte viel zu laut eine nervige TV-Stimme, Geklatsche, Publikumslachen. Immer dasselbe. Nach einem Streit wurde die Glotze angestellt und so getan, als wäre nichts gewesen.

Bevor ich mir wünschen konnte, dass es nicht unser Vater war, öffnete sich die Tür, und ich blickte in das wutverzerrte Gesicht meines Bruders. Seine dunklen Haare standen wirr vom Kopf ab.

Im ersten Moment spürte ich Erleichterung. Doch Mikael sah mich mit keinem Blick an. Er kramte Stifte und ein Heft auf seinem Schreibtisch zusammen und steckte beides in seinen Rucksack, der noch auf dem Stuhl lag.

»Was machst du da?«, fragte ich ängstlich. Er antwortete nicht. »Mikael!«, zischte ich, ohne laut zu werden. Am allerwenigsten wollte ich, dass unser Vater hier herüberkam. Doch Mikael ließ sich nicht abhalten und verrutschte Bücher vom Regal, bis er eine metallene Box herauszog. Dass er hier ein Versteck hatte, von dem ich nichts wusste, versetzte mir einen Stich in die Brust. Beim Öffnen der Box erkannte ich eine zerknüllte Zigarettenschachtel und ein Feuerzeug.

»Wenn du hier drinnen rauchst, wird er ...«

Ohne mich zu beachten, warf Mikael beides in den Rucksack. »Ich haue ab. Das merkt der Alte sowieso nicht.«

»Wo willst du hin? Lass mich nicht allein mit ihm!«

Zum ersten Mal sah er zu mir hoch. Sein Gesicht war

ganz fleckig vor Wut. »Ich halte es hier nicht mehr aus. Ich will nur hier weg, egal, wohin.«

Panik ergriff mich. Ich wollte hier nicht alleine bleiben, und genauso wenig wollte ich unserem Vater beim nächsten Ausraster gegenüberstehen, wenn er merkte, dass Mikael weg war – und nur noch ich übrig wäre. Mein Gesicht war wohl ein offenes Buch, denn im nächsten Moment ließ Mikael den Rucksack von seiner Schulter sinken.

»Willst du mitkommen?«

Als Mikael die Tür öffnete, achteten wir darauf, dass unsere Schritte auf den Treppenstufen möglichst wenig Knarzer von sich gaben. Ein paar kleine Laternen erhellten den Pfad zum Wasser, das von der Mitternachtssonne orangerot gefärbt worden war. Ich folgte Mikael, ohne zu wissen, wo er überhaupt hinwollte. Er schritt voran, hinter das Haus in Richtung Wasser. Dort angekommen, schmiss er den Rucksack auf das Boot, das am Ufer vertäut war; dasselbe Holzboot, in dem ich heute Mittag um das Leben von Pejo gebangt hatte.

»Wo zum Teufel willst du hin? Wenn er uns erwischt ...«

»Beruhig dich, und halt die Klappe. Oder geh zurück, ist mir egal. Ich muss hier weg.« Er hob das Boot am hinteren Ende hoch und ließ es langsam ins Wasser hinab. Es glitt auf einem Teppich aus Algen sanft über das Ufer, und Mikael bedeutete mir hinüberzuspringen.

»Wir sind tot, wenn er was merkt!«, flüsterte ich aufgeregt.

»Ach, was soll er schon machen? Mir sagen, was für eine Enttäuschung ich bin? Zum hundertsten Mal?«

Ich war drauf und dran, den Rückweg anzutreten. Aber

was würde ich tun, wenn er mich alleine vorfand? Und schlimmer noch: Was, wenn Mikael nicht wiederkommen würde?

Ich zog also mit klopfendem Herzen meine Schuhe aus, watete durch die schwarz schimmernden Algen und sprang aufs Boot, wobei ich fast auf dem glatten Boden ausrutschte. Mikael sprang hinterher. Energisch ließ er die Ruder durch das Wasser gleiten, so als würde ihm das helfen, seine Wut herauszulassen. Ich ließ ihn in Ruhe und blickte auf das Wasser vor mir. Es war tiefschwarz und strömte eine Kälte aus, die man sogar vom Boot aus spüren konnte. Mikael ruderte das Boot vorsichtig an den Felsen entlang, außer Sichtweite des Haupthauses. Ich hoffte immer noch, dass er sich nach ein paar Minuten beruhigen und wieder auf den Rückweg machen würde. Irgendwann musste ihm ja die Puste ausgehen. Doch stattdessen ruderte er immer weiter, als würde es ihn kaum Anstrengung kosten.

Mittlerweile war unser Steg nicht mehr zu sehen, wir waren längst hinter dem Felsen, der die Bucht zu unserem Grundstück freigab, verschwunden. Das Boot wechselte den Kurs, und einen kurzen Moment dachte ich, Mikael könnte das Boot nicht mehr steuern.

»Ist die Strömung zu stark?«, fragte ich leise und drehte mich um. Wir steuerten auf das offene Meer zu.

»Du musst umdrehen, die Strömung!«

»Halt die Klappe. Ich weiß, was ich tue.« Mit einem Nicken deutete er hinter mich. Ich drehte mich wieder zum Bug des Bootes und sah einen schwarzen Fleck in mehreren Metern Entfernung.

»Was ist das?«, fragte ich und kniff die Augen zusammen. Es sah aus wie ein flacher Felsen oder etwas, das das Wasser verschluckte.

»Das nennt man Insel, du Vollidiot.« Mikael lachte auf.

»Eine Insel? Was für eine Insel?«

»Die sieht man von unserem Grundstück aus nicht. Sie ist zu klein. Ich wollte da schon ewig mal rüber.«

Der schwarze Fleck vor mir entpuppte sich langsam, aber sicher als ein kleiner, von Büschen und Bäumen bedeckter Felsen. Ich hatte noch immer Angst, dass uns die Strömung wegziehen und aufs offene Meer hinaustreiben würde, aber wie durch ein Wunder war das Wasser ganz still, und unser Boot glitt widerstandslos auf die Insel zu. Nach etwa einer halben Stunde hatten wir es erreicht.

»Ich habe die Insel mal vom Aussichtspunkt aus gesehen. Aber von hier aus wirkt sie viel größer.«

Mikaels Wut schien Abenteuerlust Platz gemacht zu haben. Als wir nahe genug dran waren, manövrierte er das Boot an den kleineren Felsen vorbei zu einem schilfigen Ufer.

Er hatte recht. Von Weitem sah es aus wie eine winzige Felsengruppe, umsäumt von ein paar Bäumen und Gestrüpp. Doch nun, da wir anlegten, erschloss sich eine größere Waldfläche vor uns. Ich lauschte der unheimlichen Stille, die nur durch das vorsichtige Rudern der Paddel durchbrochen wurde. Wir hielten uns an den Sträuchern fest und zogen uns daran weiter, bis der Unterboden des Bootes auf flachen Grund stieß. Mikael sprang aus dem Wasser. Auch er hatte keine Schuhe an. Ich blieb im Boot sitzen, während er das Tau an einem Stein festmachte.

»Los jetzt, worauf wartest du?«

»Was ist das hier für eine blöde Insel? Ich will wieder zurück«, stammelte ich, ohne mir anmerken zu lassen, dass mir das Dickicht Angst machte. Mikael kramte in seinem Rucksack herum, und im nächsten Moment erleuchtete eine Lichtkugel unsere Umgebung.

»Komm schon, du Schisser, sonst holen dich die Alligatoren.« Er lachte auf. Natürlich gab es hier keine Alligatoren, aber vielleicht irgendwelche anderen Viecher. Ich war jedenfalls nicht scharf drauf, hier alleine hocken zu bleiben. Widerwillig hängte ich meine Füße ins eisige Wasser und watete aufs Ufer zu. Der Lichtschein seiner Taschenlampe hüpfte über den Boden. Kies und Felsen, von Moos bedeckt, erstreckten sich über das Ufer.

»Hier lang«, sagte Mikael und deutete auf eine Lücke im Geäst, das sich vor uns ausbreitete.

»Bist du sicher, dass hier keine wilden Tiere sind oder so was?«, fragte ich zögerlich.

»Was sollte hier schon sein, es ist eine winzige Insel ... Bleib einfach hier, bis ich wieder da bin.« Seine Schritte entfernten sich bereits, als ich ihm hastig folgte. Ich hatte kein gutes Gefühl dabei, herauszufinden, was sich hinter dem Dickicht verbarg.

»Mikael, warte!« Meine Worte wurden vom Gestrüpp erstickt, das mir den Weg versperrte. Ich konnte den Lichtkegel der Taschenlampe kaum noch erkennen, und seine Schritte wurden immer leiser.

»Wo bist du?« Ich arbeitete mich blind durch das Geäst, während dornige Sträucher meine Arme zerkratzten. Kalte Tropfen trafen mich. Es fing an zu nieseln. Ich beschleunigte meinen Gang, und mein Herz schlug schneller bei dem fürchterlichen Gedanken, hier verloren zu gehen. Ich hörte nur noch meinen Atem und wäre beinahe in Mikael reingerannt. Er war stehen geblieben und leuchtete einen Felsen an.

»Was ist das?« Ich kniff die Augen zusammen, um besser sehen zu können. Hinter dem riesigen, glatten Steinfelsen entdeckten wir einen Spalt, kaum einen halben Meter breit. Dahinter erschloss sich etwas, das einem Gang glich.

»Ist das eine Höhle?«

»Lass uns nachsehen.«

»Nein, nicht!« Ich zog an seinem T-Shirt wie ein Baby. Selbst im Dunkel der Bäume konnte ich seinen amüsierten Blick erkennen.

»Was soll da schon drin sein? Ein Bär passt da bestimmt nicht durch. Jetzt mach dir nicht ins Hemd.«

Mit diesen Worten riss er sich los und ging langsam vorwärts. Er stellte sich mit dem Rücken an den inneren Felsen und schob sich langsam seitlich daran vorbei, wobei er seinen Kopf zur Seite drehen musste, um hindurchzupassen. Das Letzte, was ich sah, war sein Haarschopf und das tanzende Licht, welches schließlich hinter dem Stein verschwand. Der Nieselregen ließ mich frösteln. Ein leichter Wind ließ die Bäume hinter mir gespenstisch rascheln. Ich drehte mich um, aber der Wald schien leer.

»Wenn du stecken bleibst, lasse ich dich hier!«, rief ich nervös. Ich erhielt keine Antwort. Nach schier endlosen Sekunden der Ungewissheit hörte ich endlich ein Echo hinter dem Felsen.

»Das musst du dir ansehen!«

Ich blickte zurück. Hinter mir erstreckte sich immer noch nur die Dunkelheit der Bäume, die das Dämmerlicht der Sommernacht schluckten und deren Äste wie Klauen in die Luft ragten. Ich atmete aus und begann mich durch die Felsspalte zu zwängen. Meine Hände tasteten sich am kalten Stein entlang, und ich hatte Angst, jeden Moment etwas Haariges zu berühren. Gab es nicht auch riesige Spinnen, die unter solchen Steinen lebten? Bei diesem Gedanken verzog ich angewidert den Mund und wünschte mich zum tausendsten Mal in mein Bett zurück.

Der Fels machte in der Mitte einen Knick, sodass man sich in die entgegengesetzte Richtung bewegen musste, wie bei einem Slalomlauf. Plötzlich weiteten sich die Felswände, und wir standen in einem matt erleuchteten Raum. Die Wände waren gewölbt und erschlossen sich zu einem tiefen Gang, der in die Dunkelheit führte. Ich wollte nicht herausfinden, wie tief es dort hineinging. Mikael leuchtete in den Eingang, das Innere verschluckte jegliches Licht.

»Weiter gehe ich nicht, das kannst du vergessen!«, maulte ich und schüttelte den Kopf. »Ohne mich. Ganz klar.«

Mikael stöhnte auf. »Jetzt beruhig dich. Da sind bestimmt nur ein Haufen Fledermäuse drin.« Er ließ den Rucksack von seiner Schulter gleiten und kramte die Zigarettenschachtel hervor. »Tut verdammt gut, hier zu sein.«

»Was soll dieses *Hier* denn sein?«, fragte ich, um ihn zu provozieren. Sein Gesicht flackerte kurz auf, als er seine Zigarette mit einem Feuerzeug anzündete.

»Nicht bei ihm«, flüsterte er, während er mir fest in die Augen blickte. Das Licht erlosch, und ich konnte seinen ernsten Gesichtsausdruck noch immer erkennen. Wir setzten uns auf den kalten Boden, und er klemmte die Taschenlampe zwischen zwei Steine, sodass sie wie eine Leuchte nach oben strahlte. Draußen prasselte mittlerweile Regen auf das Gestein.

»Ich find's sogar irgendwie ganz kuschelig hier.« Mikael grinste. »Willst du auch mal ziehen?« Er hielt mir die glimmende Zigarette vor die Nase.

»Klar«, sagte ich. Der Geruch widerte mich an, aber die Neugier überwog den Ekel. Ich nahm einen tiefen Zug, und das Echo meiner Husterei hallte durch die Höhle, während Mikael sich köstlich amüsierte. Der zweite Zug war schon weniger schlimm, aber ich beließ es dabei. Mir war übel.

»Ich wünschte, wir müssten nicht zurück«, seufzte Mikael. Ich erwiderte nichts. Was sollte ich dazu sagen? Er konnte ja schlecht in dieser Höhle einziehen. Ich stellte mir vor, wie ich ihm heimlich Essen brachte und täglich zur Insel rüberschwamm, während mein Bruder jedes Mal ausgemergelt am Ufer auf mich wartete.

»Ich muss dir etwas sagen.« Seine Stimme war ernst. Er blies den Rauch in einem dünnen Strahl in die Luft. »Ich werde spätestens nach meinem Geburtstag dieses Jahr abhauen. Für immer.«

In diesem Moment war mir, als hätte mich Wolowskis Faust mitten in den Magen getroffen. »Du wirst was?« Mikael mied meinen Blick.

»Du kennst doch diesen Typen vom Hafen. Luka.«

Ich erinnerte mich an einen schlaksigen Kerl mit Aknenarben im Gesicht. Ich hatte ihn ein paarmal hier auf der Insel gesehen, er hing meist mit den älteren Jugendlichen ab oder lungerte am Hafen herum.

»Er hilft immer zum Ende des Sommers auf der *Olivia* aus. Diesem Touristenkreuzer, der in Helsinki startet. Er sagt, er könnte mich dort in der Küche unterbringen.«

»In der Küche? Aber du bist doch kein Koch!«, antwortete ich patzig.

»Nicht als Koch. Einfach als Aushilfe. Dann könnte ich ein bisschen Geld machen.«

»Und dann? Dann haust du einfach ab und lässt mich allein?«

Meine Stimme überschlug sich beinahe, und mein Hals schnürte sich zu, als würde eine unsichtbare Faust sie zusammendrücken. Mikael sah mich mit einem traurigen Gesichtsausdruck an.

»Ich weiß, es wird erst mal hart, aber dann kann ich dich rausholen. Wir könnten in ein paar Jahren zusammen in Helsinki wohnen. Wir brauchen nur Startkapital, verstehst du?«

Ich verstand nur, dass er hier wegwollte. Und wenn er sich etwas vorgenommen hatte, würde es unmöglich werden, ihn umzustimmen. So saßen wir eine Zeit lang schweigend da und blickten resigniert auf die Höhlenwand.

Nach einer Weile stieß er mich leicht mit dem Ellbogen in die Seite. »Kann ich dir was erzählen?«

Ich wusste, dass er mich durch die Dunkelheit ansah.

»Was denn noch?«

Er atmete tief aus. »Manchmal habe ich schlimme Träume.«

»Was denn für Träume?« Ich fand es seltsam, dass mein Bruder mir von seinen Träumen erzählen wollte. Das sah ihm nicht ähnlich, wo er doch normalerweise zu cool für so was war.

»Ich tue Menschen weh. Meistens unserem Vater.« Er nahm einen weiteren kräftigen Zug und pustete den Rauch langsam aus. »Manchmal erschlage ich ihn mit dem Bootsruder. Oder ich ertränke ihn im Wasser und schaue zu, wie er untergeht.«

Die Bilder, die vor meinen Augen entstanden, machten mir Angst. Ich sah, wie er Pejo festhielt und auf ihn einredete. *Er* machte mir Angst.

»Das sind doch bloß Träume. Manchmal träume ich, dass ich die hässliche Eevi auf dem Pausenhof küsse, und alle sehen uns. Ich sag dir, das macht *mir* Angst.«

Er lachte nicht.

»Manchmal bist es auch du, den ich umbringe.«

Ich blickte erschrocken in sein Gesicht.

»Aber so was würde ich nie tun! Das glaubst du mir doch, oder?«

Ich nickte langsam, ohne zu wissen, ob ich es wirklich glaubte.

»Das Schlimmste ist, dass es mir im Traum Spaß macht. Ich mache es gerne. Manchmal wache ich von meinem eigenen Lachen auf. Als wäre ich von irgendetwas besessen.« Er schüttelte den Kopf. »Das ist doch nicht normal. Aber ich habe so oft eine Wut in mir. Ich könnte alles kaputt machen, verstehst du?«

Ich zuckte mit den Schultern. Ich hatte das Gefühl, er wollte eine Erklärung von mir hören, aber ich konnte ihm beim besten Willen keine liefern. Vielleicht hatte es mit dem Tod unserer Mutter zu tun. Ich musste an die hilflose Wut denken, die ich bei der Erinnerung an sie oder beim Anblick richtiger Familien empfand, und fragte mich, ob es ihm genauso ging. Wir sprachen nie über sie. Mich nicht an sie zu erinnern, so dachte ich, würde mich nicht dazu berechtigen, über sie sprechen zu können. Und wie sollte man überhaupt über jemanden sprechen, an den man sich nicht erinnerte? Jedes Mal überkam mich eine Scham. Welches Kind erinnerte sich nicht an seine eigene Mutter? Ich betrachtete ihn von der Seite. Er erinnerte sich an alles, und das war vielleicht sogar noch schlimmer.

»Manchmal denke ich, ich muss hier weg, damit das aufhört. Weg von allem. Das kann doch nicht alles gewesen sein.«

Alles, was bei mir ankam, war, dass er wegwollte. *Von allem.* Auch von mir.

»Du musst mir zwei Sachen versprechen«, fuhr er fort, bevor ich etwas erwidern konnte. »Weck mich auf, wenn du nachts etwas hörst, o.k.? Wenn ich im Schlaf herumlaufe oder sonst was. Weck mich auf, o.k.?«

»O.k., das mache ich. Und was ist das zweite Versprechen?«

Er starrte zu Boden. »Sollte ich etwas Schlimmes tun wollen«, flüsterte er, und sein Blick wurde glasig, seine Augen starrten mich voller Angst an, »dann versprich mir, mich aufzuhalten.«

Lilja – Klinik

Ediths Gesicht war beinahe gänzlich von einem riesigen Blumenstrauß verdeckt, als wir uns vor dem Eingang des Zentralklinikums trafen.

»Hättest du nicht irgendwas Passenderes aussuchen können?«, fragte ich und betrachtete skeptisch die Farbexplosion in ihren Händen.

»Was hast du gegen die Blumen?«

Wir betrachteten beide den bunten Strauß, der keine Farbe ausgelassen hatte. Sogar eine große, blaue Hortensie war dabei.

»Hast du nach einem Discostrauß verlangt?«

»Es sollte eben was Fröhliches sein, keine Trauerblumen. Also krieg dich wieder ein.«

»Berni ist wahrscheinlich im Moment völlig egal, welche Blumen sie bekommt«, ertönte hinter uns eine männliche Stimme. Ich drehte mich um und sah Pavel, wie er durch die automatische Doppeltür ins Freie trat. Er trug Jeans, einen grauen Sweater und dazu passend dunkelgraue Schatten unter den Augen.

»Wie geht es ihr?«, fragte Edith, als er neben ihr zum Stehen kam. Etwas zu nah, wie ich fand. Wahrscheinlich hatte sie bei ihm geschlafen, denn sie war tatsächlich die ganze Nacht nicht nach Hause gekommen.

»Sie hat gebrochene Rippen, eine Nasenfraktur, ein zertrümmertes Bein und eine Gehirnerschütterung. Sie wurde gestern operiert und hat es gut überstanden. Herrgott, sie sieht aus wie eine zerbrochene Vase«, sagte er und kramte eine Packung Zigaretten aus der Hosentasche. Nachdem er sich eine Zigarette angezündet und einen tiefen Zug genommen hatte, pustete er den Rauch in die Luft und schüttelte den Kopf.

»Ein Wunder, dass nicht mehr passiert ist. Sie liegt in Zimmer 208.«

»Weiß man denn schon, was genau passiert ist?«, warf ich ein. Pavels Blick wurde sofort strenger.

»Ein Unfall. Oder worauf willst du hinaus?«

»Passieren solche Unfälle öfter bei euch im Theater?« Seine ignorante Art machte mich rasend. Er lächelte, aber seine Augen funkelten vor Zorn.

»Wohl kaum.«

Wir sahen zu Edith hinüber. Sie wich unseren Blicken aus.

»Zimmer 208 hast du gesagt? Komm, lass es uns schnell hinter uns bringen«, sagte sie und schritt an uns vorbei durch die Eingangspforten des Krankenhauses. Ich ließ Pavel wortlos stehen und folgte Edith durch den langen Gang, den farbigen Markierungen nach bis zu der Station, auf der Bernadette lag.

Das Zimmer, ein Zweibettraum, in dem momentan nur Berni lag, roch stickig. Die Wände waren in hellem Braun und Beige gehalten, in der Ecke stand trostlos ein kahler Tisch mit zwei Stühlen. Berni lag am Ende des Raumes am Fenster, welches durch veraltete, blau gestreifte Vorhänge verdeckt wurde. Ein blasses Bild mit einem Blumenmotiv hing leicht schief an der Seitenwand.

Ich trat an Bernis Bett. Sie war kaum wiederzuerkennen. Ihr rechtes Bein war eingegipst und mit Stahlröhren fixiert, ihr Gesicht um die Nase herum bandagiert. Um ihre Augenpartie leuchteten violette Flecken. Tatsächlich wie Ediths Blumenstrauß, musste ich unpassenderweise denken. Ihre Augen waren offen und beobachteten mich stumm. Dort, wo das Weiße sein sollte, war nur unterlaufenes Rot zu sehen, als hätte sie zu viel Zeit unter Wasser verbracht.

»Hey Berni«, sagte Edith mit übertrieben sanfter Stimme. Sie zögerte, sich ihr zu nähern, und blieb einige Meter von ihr entfernt. »Wie geht es dir? Wir haben uns solche Sorgen gemacht.«

Berni blickte von ihr zu mir und versuchte etwas zu sagen, aber man sah ihr bei jeder Bewegung förmlich die Schmerzen an.

»Du musst jetzt nicht reden«, unterbrach Edith ihren Versuch. »Du musst dich ausruhen, damit du schnell wieder auf die ...« Sie blickte zu ihrem Bein und räusperte sich. »Hauptsache, du wirst wieder gesund. Du hast uns einen ganz schönen Schrecken eingejagt!«

Ich nickte im Hintergrund und fragte mich, ob es eine gute Idee war, hierhergekommen zu sein. Ich fühlte mich irgendwie schuldig. Edith erzählte vom Theater; dass sich alle Sorgen machten und sie besuchen würden. Berni legte ihre Hand auf Ediths und versuchte etwas zu sagen.

»Was meinst du?« Edith beugte sich näher an ihr Gesicht heran, um sie besser zu verstehen.

»Wasser ...«, krächzte Berni.

»O ja, natürlich. Du Arme.«

Die Wasserkaraffe auf ihrem Beistelltisch war leer, in

einem Wasserglas steckte ein Strohhalm im halb leeren Glas. Es war bestimmt nicht mehr frisch.

»Ich hole dir Wasser und bringe gleich eine Vase für die Blumen mit«, rief Edith, froh, etwas zu tun zu haben, und eilte davon. Ich blickte ihr nach und fing Bernadettes Blick ein, der verloren in den Raum starrte. Ich schob einen Stuhl an ihre Seite und setzte mich neben sie, bemüht, nicht die ganzen Schläuche und Verbände anzustarren.

»Berni, darf ich dich was fragen?«, flüsterte ich und warf einen kurzen Blick zur Tür. Ich wollte vermeiden, dass Edith unser Gespräch mitbekam, damit es nicht wieder Streit gab. Berni blickte mich ausdruckslos an. Ich interpretierte es als ein Ja.

»Kannst du dich erinnern, was genau passiert ist? Ich meine ... hast du vielleicht etwas gesehen oder irgendjemanden bemerkt?«, stammelte ich vor mich hin.

»Nein«, krächzte sie durch ihre trockenen Lippen.

»O.k.« Ich versuchte, mir die Enttäuschung in der Stimme nicht anmerken zu lassen. Insgeheim hatte ich erwartet, sie würde sich an das, was passiert war, erinnern oder könnte mir zumindest erklären, was in diesem Theater vor sich ging.

»Tut mir leid. Ich sollte mal nach Edith schauen«, sagte ich verlegen, als sie plötzlich mit ihrer Hand nach meiner griff. Sie war eiskalt, wie die einer Toten.

»Da ist etwas ...«

»Etwas?«

»Etwas ... nicht in Ordnung«, stammelte sie. Dann wurde ihre brüchige Stimme von einem trockenen Husten durchgeschüttelt, was ihr Gesicht schmerzerfüllt wirken ließ. Jede Bewegung musste ihr höllische Schmerzen bereiten.

»Was meinst du?«, fragte ich, doch sie schien nur noch in ihrem Schmerz zu existieren, und Tränen rannen ihr die Wangen bis zu den Mullbinden hinunter.

»Soll ich jemanden holen?«

Ihr Griff war noch immer fest um meine Hand geklammert. »Sie ... alle lügen ... sie lügt«, hustete sie, als die Tür aufging und Edith in Begleitung einer Krankenschwester den Raum betrat. Edith hielt eine Karaffe Wasser sowie eine Vase in den Händen, und die Schwester drängte sich vor mich.

»Haben Sie wieder Schmerzen?«, frage sie und drückte eine Taste auf dem Monitor.

»Sie müssen jetzt gehen«, sagte sie karg in unsere Richtung, und ich erhob mich vom Stuhl.

»Was ist denn passiert?«, flüsterte mir Edith besorgt zu.

»Ich weiß nicht. Ein Hustenanfall. Lass uns lieber gehen. Sie braucht Ruhe.«

Ich warf Berni einen letzten Blick zu, aber ihr Gesicht war hinter der Schwester verborgen. Schweigend verließen wir das Krankenhaus. Auf dem Rückweg gingen mir ihre Worte nicht aus dem Kopf. *Alle lügen.*

Auf der Fahrt zum Theater sprachen wir kaum miteinander. Ich wollte einen neuen Streit vermeiden und Edith augenscheinlich überhaupt nicht mehr mit mir reden. Wann hatten wir uns eigentlich das letzte Mal so richtig gut verstanden? Ich wollte ihr unbedingt erzählen, was Bernadette mir im Krankenhaus zugeflüstert hatte, aber wo würde das enden? Wahrscheinlich in einem neuen Streit. Sie wollte bestimmt nicht hören, dass ihre Karrierechance ein Fehler war. Sobald wir den Hintereingang des Theaters betreten hatten, ging sie wortlos in ihre Umkleidekabine, während ich von einem Mädchen um die achtzehn mit Headset und einem Stapel Papieren im Arm abgefangen wurde. Sie war wohl kurzerhand als Ersatz für Berni eingestellt worden. Ihre Jeans waren eng und der Ausschnitt ihres Pullis viel zu tief.

»Bist du Lilja?«, fragte sie, während ein Kaugummi zwischen ihren Zähnen aufblitzte. Ich nickte nur.

»Du sollst in die Maske. Heute proben sie den Teil mit dem Tanz.«

»Mit dem Tanz?« Meine Nervosität stieg.

Sie zeigte bloß auf die Treppe.

»Wo die Maske ist, weißt du aber schon, oder?«

Eine Stimme drang durch ihr Headset, und sie hielt sich den Finger genervt an einen der Kopfhörer.

»Ja doch, ich komme, verdammt.« Mit diesen Worten ließ sie mich stehen. Ich wünschte mir Berni wieder zurück. Mit der Neuen würde ich bestimmt keinen Kaffee trinken gehen.

Ich lief durch den Zuschauerbereich an der Bühne vorbei, hoch zur Maske, wo ich das letzte Mal mit Johann gesessen hatte, während das alte Ich meiner Schwester angefertigt wurde. Als ich an der Tür klopfte, arbeitete er gerade an einer Perücke mit langem schwarzem Haar.

»Ist die für das Stück?«, fragte ich, um ihn nicht zu erschrecken.

»Oh, hey, willkommen zurück. Du willst sicher deine Maske abholen«, antwortete er, ohne auf meine Frage einzugehen. An seinem Arbeitstisch standen mehrere Puppenköpfe mit künstlich lachenden Gesichtern und den unterschiedlichsten Frisuren.

»Wow, hast du die alle gemacht?«, fragte ich ehrlich beeindruckt und besah einen Kopf mit Irokesenhaarschnitt.

»O nein, das sind Übungsköpfe für meine Schüler. Ich leite einen Ausbildungskurs. Komm, hier ist dein Gesicht.«

Er zog einen weiteren Kopf aus einem der Metallschränke im hinteren Eck des Zimmers heraus und setzte ihn auf dem Tisch ab. Ich besah das Gesicht und staunte nicht schlecht. Die Augen waren ausgespart, aber ansonsten glich es ganz meiner Schwester, abgesehen von den vielen Falten, von denen sie mit ihren zarten einundzwanzig Jahren noch verschont blieb. Die Ähnlichkeit war verblüffend.

»Möchtest du sie aufsetzen?«, fragte Johann. Der Stolz in seiner Stimme war deutlich herauszuhören.

»Gern. Wie genau ...«

Wortlos setzte er am Hals der Puppe an und löste die Gummihaut vorsichtig von der Puppe. Langsam schälte sich das zweite Gesicht ab.

»Du musst deine Haare nach hinten streichen, zu einem Zopf, und dieses Haarnetz aufsetzen.« Er deutete mit dem Kopf auf den Tisch, auf dem neben den Masken ein feines schwarzes Haarnetz lag. »Ich habe hier eine vorübergehende Perücke. Reicht zum Proben.«

Ich band meine Haare zu einem strengen Zopf nach hinten und strich die wenigen abstehenden Haare glatt. »So?«

»Perfekt.« Er stellte sich vor mich und blickte mir ins Gesicht. »Darf ich?«

Ich nickte, und er strich mir mit seiner Hand vorsichtig ein paar Strähnen zurück. Ich kam nicht umhin, seine Gesichtszüge zu betrachten. Er hatte meinen Blick bemerkt und lächelte kaum merklich. »Ist irgendwas?«

Ich überlegte einen Moment, ob ich es lassen sollte. Aber wann hatte ich jemals etwas sein lassen?

»Sag mal, wie lange arbeitest du schon für Lünov?«

Johann schaute kurz in die Luft, als würde er die Jahre zählen. »Fast acht Jahre schon. Mein Gott, jetzt fühle ich mich alt. Warum fragst du?«

»Weil mir das alles hier falsch vorkommt. Diese Geschichte mit Berni. Ich bin nur deshalb hier, weil meine Schwester mir geschrieben hat, dass hier etwas Seltsames vor sich geht, dass sie Angst hat. Meinst du, Edith hat Feinde?«

»Edith? Nein, höchstens Neider. Und sie hat etwas mit dem Regisseur, was vor allem seiner Tochter nicht gefallen dürfte.«

»Seiner Tochter?«

»Das Früchtchen, das die Ersatz-Assistenz übernimmt. Ich glaube, dass sie alles mitbekommt.«

Ich musste an das junge Ding denken, das mich zu Johann hochgeschickt hatte. Jetzt ergab ihre unfreundliche Art natürlich Sinn.

»Das hätten wir«, sagte Johann und legte die Maske an. Sie schmiegte sich an mein Gesicht wie eine zweite Haut, nur dass diese Haut eisig kalt war. Unwillkürlich musste ich an Bernadettes Hand denken. Ich schauderte.

»Ganz schön ungewohnt, nicht wahr? Aber das Gefühl vergeht. Manche Schauspieler tragen auch sehr gerne Masken. So können sie leichter jemand anders sein. Zum Beispiel jemand ohne Lampenfieber.«

Ich ließ die Augen geschlossen, während er an meinem Gesicht herumdrückte. Als Letztes zog er die Perücke über meinen Kopf. Ich spürte, wie die Locken meinen Hals kitzelten.

»O.k.«, sagte Johann. »Du kannst es dir ansehen.«

Ich tat wie geheißen und blickte in ein mir fremdes

und gleichzeitig vertrautes Gesicht. Meine Hände wanderten automatisch hoch und berührten meine Wangen. Die künstliche Haut war faltig und blass, doch ich erkannte die schönen Gesichtszüge meiner Schwester. Es war, als würde ich wortwörtlich in ihrer Haut stecken.

»Wow, das ist wirklich faszinierend.«

»Nicht wahr?«, pflichtete Johann mir bei. »Du musst jetzt runter, glaube ich.«

Ich löste mich endlich von meinem neuen Anblick und verließ den Raum. »Bis später«, verabschiedete ich mich, doch Johann hatte sich schon längst wieder seinen Puppen zugewandt.

Als ich die Hauptbühne betrat, stand ich erneut in jener Kulisse, die ich vorher schon bei den Proben gesehen hatte. Es war das karge Wohnzimmer des kleinen Hauses, in dem ich anfangs gestanden hatte. Es wirkte vom Zuschauerraum aus dreidimensional, war jedoch von der Bühne aus betrachtet ein Triptychon aus drei Wandfassaden, hinter denen ich durch ein Fenster hereinschauen sollte. Die übel gelaunte Assistentin, die ich kurz zuvor kennengelernt hatte, stand gerade bei Pavel und schien eine hitzige Diskussion mit ihm zu führen. Als er mich sah, ließ er sie stehen und steuerte geradewegs auf mich zu.

»Hallo, Lilja, sehr gut. Wir brauchen dich für die nächste Szene.«

Bevor ich etwas erwidern konnte, stellte sich mein Ebenbild direkt vor mich.

»Wow. So sehe ich also aus, wenn ich alt bin.«

Meine Schwester betrachtete jeden Winkel meines Gesichts mit einem neugierigen Ausdruck.

»Edith.« Ich packte sie am Handgelenk und zog sie ein

Stück abseits. »Ich dachte, ich muss nur ein paar kleine Szenen mitspielen. Vom Tanzen verstehe ich nicht viel, das weißt du!«

Sie lachte. »Du musst doch nur eine kleine Walzerpartie mit dem Teufel tanzen, wir lösen uns nach ein paar Sekunden ab.«

Ich rollte mit den Augen und atmete tief durch. Während Ediths Studium musste ich oft als Übungspartner herhalten. Einen Walzer würde ich vielleicht gerade noch schaffen. Während die Bühnenarbeiter die letzten Requisiten abstellten, wies mich Edith in die Szene ein. Es schien nicht sonderlich schwer zu sein. Wenn man ausblendete, dass ein paar Dutzend Augenpaare jeden meiner Schritte beobachteten.

»O.k., alle auf ihre Plätze bitte.« Das war die Stimme des Regisseurs. Edith setzte sich wieder auf ihren Stuhl. Die restlichen Schauspieler machten sich bereit. Ich ging wie angewiesen zu meinem Platz hinter dem Fenster. Die Szene begann.

Daniel – die Höhle

Als ich aufwachte, kam mir die letzte Nacht wie ein Traum vor. Ich hatte unruhig geschlafen. In meinen Träumen war ich von einer dunklen Gestalt verfolgt worden und kam nicht von der Insel herunter. Das Letzte, woran ich mich erinnerte, war, wie ich versucht hatte, von der Insel mit unserem Boot wegzurudern, aber die Ruder waren viel zu schwer, wie aus Blei gegossene Fesseln, die im Meer verschwanden. Ich versuchte sie durchs Wasser zu führen, bis das Boot schwankte und plötzlich eine grauenhafte Gestalt mit im Boot saß, die gekommen war, um mich zu holen.

Mit einem Schweißfilm auf der Stirn war ich hochgeschreckt und hatte mich im Zimmer umgesehen. Waren wir wirklich zur Insel gerudert? Und gab es die Höhle wirklich, oder war auch das nur ein Albtraum gewesen? Ich öffnete langsam die Augen und blinzelte von der Sonne, die durch das Fenster unseres Häuschens fiel. Mikaels leises Atmen war zu hören, und ich konnte erkennen, wie sich sein Körper unter der Decke seines Bettes in gleichmäßigen Bewegungen hob und senkte.

Ich erhob mich leise und setzte mich an den Schreibtisch. Die Uhr zeigte kurz nach acht Uhr, und ich beschloss, mit dem Frühstück noch zu warten, bis Mikael wach war. Also kramte ich ein Blatt Papier und meine Bleistifte aus der Schublade, fing gedankenlos an zu kritzeln und versuchte die schreckliche Fratze aus dem Traum aus meinen Gedanken zu verbannen.

Nach einer Weile durchbrach ein lautes Gähnen das monotone Kratzen der Mine auf Papier. Mikael schien viel besser gelaunt zu sein als letzte Nacht. Er rieb sich die Augen.

»Hey, Schlafmütze. Gut geschlafen?«

»Tief und fest«, gähnte er. »Wie spät ist es?«

Ich blickte erneut auf die Uhr und erschrak. »Schon fast zehn.« Ich verspürte einen mächtigen Hunger. »Lass uns frühstücken gehen.«

Mikael blickte aus dem Fenster zum Haupthaus, in dem sich auch die kleine Küche befand.

»Hast du ihn heute Morgen schon gesehen?«, fragte Mikael vorsichtig. Ich schüttelte den Kopf.

»Schläft wahrscheinlich noch den Schlaf der Besoffenen aus. Hoffentlich platzt ihm der Schädel.« Mit diesen Worten stand er auf und warf einen Blick auf meine Skizzen, die eine Felsengruppe und Wasser zeigten. In festen Schraffurstrichen, die das Papier fast vollständig durchschnitten, als hätte ich die Mine viel zu fest aufs Papier gedrückt.

»Wow, ist das unsere Insel? Wir müssen so bald wie möglich wieder hin.«

»Du willst da wieder hin?« Meine Stimme überschlug sich fast.

»Na, willst du das Ganze nicht bei Tageslicht sehen? Vielleicht finden wir was Spannendes. Bist du gar nicht neugierig?«

Das Einzige, was wir dort finden würden, war eine

Horde Fledermäuse und Spinnen, die sich in meinen Haaren verfingen, davon war ich überzeugt. »Nein.«

Meine Antwort schien ihn nicht zu kümmern. Er zog sich an und ging aus dem Haus.

Ich beeilte mich, ihm zu folgen. Als wir die Tür leise öffneten, konnten wir das Geschnarche unseres Vaters hören. Es roch nach Schweiß und abgestandenem Alkohol in der Hütte, die nicht größer als zwanzig Quadratmeter sein durfte. Auf dem Couchtisch standen offene Flaschen. Leise schlichen wir zur Küche und öffneten den Kühlschrank. Gewohnheitsmäßig würde er mittags aufwachen und so tun, als sei nichts gewesen. Als hätten Mikael und er nie gestritten. Ich wollte mir keine Gedanken machen und griff nach Wurst und Käse, um sie draußen auf den Verandatisch zu stellen. Während ich mir die Hände vollud, drehte ich mich zu Mikael um. Gerade als ich ihm zuflüstern wollte, dass er mit anpacken soll, sah ich, wie er über dem Stuhl neben Vaters Bett gebeugt stand.

»Hey, was machst du da?«, flüsterte ich. Mikael drehte sich zu mir. Ein schiefes Grinsen im Gesicht. Er hielt einen Schein in der Hand, den er aus der Jeans unseres Vaters gefischt hatte. Ich öffnete den Mund, aber er bedeutete mir, still zu sein. Ich sah ihn empört an, aber er zwinkerte mir nur zu. Ich blickte zu unserem Vater hinüber. Der Alte, wie Mikael ihn immer nur nannte, schnarchte noch immer laut vor sich hin. Wenn er Mikael erwischte, bekäme dieser die Dresche seines Lebens. Aber vermutlich würde er es ohnehin nicht bemerken. Kopfschüttelnd trug ich die Lebensmittel nach draußen.

Als wir in der Sonne unsere Brote schmierten, sagte Mikael: »Wir müssen warten, bis er wegfährt, dann rudern wir rüber. Wollte er nicht heute in die Stadt fahren?«

Ich runzelte die Stirn. »Keine Ahnung. Im Moment sieht es jedenfalls nicht so aus, als würde er heute irgendwohin gehen.«

In diesem Moment knarzte die Tür hinter uns. Unser Vater stand im Türrahmen und kniff die Augen vor der Sonne zusammen. »Schon wach?«, fragte er und schlenderte rüber zum Klohäuschen. Mikael und ich blickten uns an. Auf Mikaels Gesicht stand wieder dasselbe Grinsen wie zuvor.

Es dauerte zwei weitere Stunden, bis unser Vater tatsächlich in die Stadt aufbrach. Er traf sich dort mit irgendwem, es war uns auch egal. Wir hatten nur noch die Insel im Kopf. Tatsächlich überwog mittlerweile auch bei mir die Neugier, und ich stellte mir vor, wie wir uns dort ein Geheimlager bauen könnten. Niemand kannte die Insel, es war etwas, das meinen Bruder und mich verband, und ich konnte es kaum erwarten, Pejo davon zu berichten. Seine Eltern und er waren vor zwei Tagen zu Freunden weggefahren, aber sie würden heute Abend wiederkommen.

Wir brachen auf, sobald unser Vater weg war. Diesmal kam mir der Weg nicht so weit wie gestern Nacht und auch nicht so gruselig. Die Erwachsenen warnten einen immer vor der Strömung, doch Mikael ruderte wild entschlossen um die Inselgruppe herum, bis er das schilfige Ufer erreichte. Die Mittagssonne stand mittlerweile direkt über uns und brannte auf unsere Köpfe herunter. Wir sprangen gleichzeitig ins Wasser, teils um uns abzukühlen und teils um das Boot an einem Stein festzumachen.

Vom Ufer aus erschien die Insel seltsamerweise viel größer als vom Wasser. Das Dickicht ragte zwischen den Felsen vor uns auf.

»Dort ging's lang, oder?« Mikael zeigte mitten in die Büsche, wo eine kleine Schneise durch das Geäst führte.

»Ich glaub schon. Verlaufen können wir uns ja schlecht.«

Nach einem kurzen Marsch erreichten wir schließlich die Höhle, die wir in der Nacht zuvor entdeckt hatten. Der Eingang, das hatte ich in der Dämmerung nicht erkannt, sah aus wie eine kantige Glasscherbe, die in den Himmel ragte. Ganz anders als die vom Meer abgeschliffenen Felsen am Ufer. Wir quetschten uns durch den Spalt. Der Schlund der Höhle tat sich vor uns auf wie der Rachen eines Wals.

»Hier«, sagte Mikael und drückte mir etwas Kaltes in die Hand. Es war eine Taschenlampe.

Diesmal hatte er für mich auch eine mitgenommen.

Zögernd folgte ich Mikaels Schritten, die von den Wänden widerhallten. Wir kamen zu der Stelle, an der sich die einzelnen Gänge labyrinthartig verzweigten, und folgten einem Weg geradeaus. Dabei mussten uns wir ständig ducken, um uns an hervorstehenden Steinbrocken durchzuzwängen. Die Höhle erinnerte mich an einen Eisberg, der über der Oberfläche winzig wirkte und unter dem Meeresspiegel erst seine ganze Größe offenbarte. Ich fühlte mich wie in einer anderen Wirklichkeit. Wir liefen eine ganze Weile geradeaus, als Mikael mir mit dem Arm heftig gegen die Brust stieß.

»Aua!« Ich sah ihn wütend an, als er mit dem Kinn nach vorne auf den Boden deutete. Der Weg vor uns endete in einem Abgrund.

»Wie tief geht es wohl da runter?«

»Ich hab keine Ahnung.«

Wir beide starrten wie hypnotisiert in die Schwärze, in der Hoffnung, irgendetwas erkennen zu können, doch die dünnen Lichtstrahlen unserer Taschenlampen wurden von der Dunkelheit vollständig verschluckt.

»Ob hier vor uns schon jemand war?«

»Das wüsste ich auch gern. Theoretisch könnte jeder hier rüberschwimmen. Vom Festland aus kann man die Insel ja sogar sehen. Andererseits wirkt sie von Weitem vollkommen unspektakulär. Niemand würde hier so eine große Höhle erwarten.«

Es war das Unheimlichste und Aufregendste, was ich jemals erlebt hatte. Meine Fantasie spielte verrückt.

»Was, wenn da ein riesiger Schatz versteckt ist? Wenn jemand etwas vor den Nazis oder Russen versteckt hat oder sonst was?«

Mikael sah mich ernst an. »Und was, wenn da eine Leiche drinliegt?«

Ich erstarrte. Ein klammes Gefühl durchzog meine Magengegend.

»Wir müssen da auf jeden Fall hinunterklettern!«

So schnell, wie Mikael sich an den Rand kniete, konnte ich gar nicht gucken.

»Willst du etwa unbedingt eine Leiche finden?!« Meine Stimme klang so schrill wie die eines Mädchens, und ich versuchte vergeblich, meine Beherrschung wiederzuerlangen.

»Ich meine«, sagte ich mit bemüht tiefer Stimme, »willst du da faulige Knochen ausgraben? Ist doch ekelhaft.«

Aber Mikael hörte mir überhaupt nicht zu. Er nahm einen kleinen Stein und warf ihn in den Abgrund. Ich zählte nicht mal zwei Sekunden, als wir den Stein mit einem Hall aufschlagen hörten.

»Na siehst du, es ist überhaupt nicht tief. Ein paar Meter vielleicht.« Er grinste. »Wir brauchen ein Seil.«

Lilja – Der Tanz

Die Augen des Teufels fixierten mich, während er mich fest an der Hüfte gepackt hielt. Der Reisende tanzte mit mir, während sich die Kulisse vom skelettartigen Wohnzimmer in einen prunkvollen Ballsaal verwandelte. Das Stück war ein Spiel aus Illusion und traumhaftem Wahn, vermutlich genau der Zustand, in dem sich mein Vater zuletzt befunden hatte.

Wir tanzten im grellen Schein des Kulissenlichts, während die Musik laut in meinen Ohren dröhnte. Die Scheinwerfer waren so grell, dass ich ihre Wärme auf meiner Haut spüren konnte. Der Reisende führte den Tanz an. Es war das erste Mal, dass ich ihn von Nahem sah. Er war ein Mann mittleren Alters, der seine Augen fest auf mich gerichtet hielt, und während er sein einstudiertes, gellendes Lachen lachte, bekam ich eine Gänsehaut.

Als ich nach wenigen Sekunden aus dem Lichtschein rückte, um Platz für den Part von Edith zu machen, rauschte das Adrenalin noch immer in meinen Ohren. Alles in meinem Körper vibrierte. Ich fühlte mich wie berauscht, als die beiden den Tanz fortführten. Edith tanzte mit dem Teufel, und die Kulisse veränderte sich. Ich merkte kaum, wie die Bühnenarbeiter die Wände wegtrugen und der goldene Vorhang mit der Installation des Ballsaals erschien. Die Bewegungen meiner kleinen Schwester waren viel besser als meine, aber so war es wohl gedacht, da ich ihr altes, verbrauchtes Ich spielen sollte. Ihr Tanz bildete eine Einheit, ihr Lachen war perfekt. In diesem Moment wurde mir klar, wie sehr sie es liebte, auf der Bühne zu stehen. Und dass sie ein angeborenes Talent dafür besaß. Ich merkte erst, dass die Probe zu Ende war, als das Licht anging. Das Gewusel auf der Bühne setzte wieder ein, und Edith riss sich vom Darsteller des Reisenden los, um sich zu mir zu stellen.

»Na, wie fandest du es?«, fragte sie noch ganz außer Atem mit einem breiten Grinsen im Gesicht.

»Es war ... sehr intensiv«, antwortete ich und versuchte meine Begeisterung zu verbergen. Trotz allem, was war, hatte mich die Szene in ihren Bann gezogen.

»Wer spielt eigentlich den Reisenden?«

Wir blickten zu dem Schauspieler hinüber.

»Das ist Juuso. Er hat schon am Nationaltheater in Helsinki gespielt. Und in ein paar Kommerzfilmen.«

Er hatte wohl gemerkt, dass wir ihn beobachteten, und warf uns einen finsteren Blick zu.

»Kein sehr geselliger Kerl, wie es scheint.«

Edith zuckte mit den Schultern, als Juuso sich schließlich von der Bühne Richtung Umkleide aufmachte. Ich sah mich um. Die Kulisse mit dem Haus wurde gerade wieder aufgebaut. Wenige Minuten später stand ich erneut am Rand des Wohnzimmers. Es war das erste Mal, dass ich das Zimmer genauer betrachten konnte. Alles war im Stil der Siebziger eingerichtet und gleichzeitig urig wie in einer Jagdhütte. An dunklen Holzwänden hing eine Kuckucksuhr, so wie wir sie im Haus hängen hatten. Auf dem Esstisch stand geblümtes Porzellan. Daneben lag eine Zeitung. Eine fiktive Regionalzeitung, wahrscheinlich von einer Grafikagentur entworfen. Das Datum zeigte den 15. Juli 1981. Wieso spielte das Stück bloß genau in diesem Jahr?

»Ich glaube, das ist unser altes Sommerhaus. Ich meine das von Vater.« Ich holte das Foto von Vater und mir hervor. Sie nahm es in die Hand und betrachtete es eine Weile stumm.

»Es könnte das Sommerhaus sein. Ich kann mich kaum noch daran erinnern, wie es innen ausgesehen hat.« Sie gab mir das Foto wieder. Ein seltsamer Ausdruck lag auf ihrem Gesicht. Der Hauch eines traurigen Lächelns umspielte ihre Lippen. »Woher hast du das Bild? Ich habe es noch nie gesehen.«

»Ich habe es aus einer Kiste gezogen, als wir Mutter besucht haben.«

»Wieso spielt das Stück in diesem Jahr? Was war besonders an dieser Zeit? Irgendetwas muss damals passiert sein.«

Edith zuckte nur mit den Schultern. »Ich weiß es, ehrlich gesagt, nicht. Es sind eben seine Erinnerungen, aus denen er das Stück geschaffen hat. Wie alt muss er damals gewesen sein?«

»Zwölf.«

Sie nickte nur. Ich wollte ihr erzählen, was Bernadette mir gesagt hatte, aber einer der Techniker verwickelte sie in ein Gespräch, und sie wandte sich ab. Ich blickte mich erneut um. Der Zuschauerraum war leer. In der oberen Etage erhaschte ich im Augenwinkel eine Bewegung. Es sah aus, als würde jemand in der Königsloge sitzen. Eine Person, die sich im Dunkeln verbarg. Ich konnte die Umrandungen eines Oberkörpers sehen, der sich im Schatten der Loge abzeichnete und direkt zu uns heruntersah. Als ich Edith antippen wollte, drehte ich mich erneut um, aber die Gestalt war bereits verschwunden.

Wir probten bis in den Abend hinein. Ich hatte keine Ahnung, wie spät es war, weil es im Saal keine Fenster gab. Als ich auf mein Handy schaute, war es bereits nach acht.

»O.k., jetzt das fünfte Bild!«, rief Pavel. Sofort setzte ein heftiges Getrampel ein. Ich hörte das unterdrückte Gemurmel der Techniker, die sich über den Regisseur beschwerten, aber dieser schien sie gar nicht wahrzunehmen.

Noch vor ein paar Tagen hätten sie sich beinahe die Köpfe eingeschlagen; nun arbeiteten alle weiter, als sei nichts gewesen. Ich musste an Berni denken und wie es ihr jetzt wohl gehen mochte. In meiner Vorstellung sah ich sie noch immer zusammengekauert vor Schmerzen und hilflos in diesem Bett liegen.

Ich verließ die Bühne, um den Bühnenarbeitern Platz zu machen. Sie schleppten die Styroporsteine an, die ich bereits in grobem Zustand gesehen hatte. Sie stellten sie wieder auf, und als die Steine wie Lego ineinandergesteckt waren, ergab sich das Bild vom gemalten Haus. Dem Haus, das mir aus irgendeinem Grund bekannt vorkam. Eine bläulich glänzende Folie wurde über den Bühnenboden gelegt. Und ein Boot darauf platziert. Ein hölzernes Ruderboot, das unten abgesägt war, sodass man es gerade auf die Plane stellen konnte. Vom Zuschauerraum aus musste es aussehen wie ein richtiges Boot, das auf eine Felseninsel zusteuerte. In diesem Augenblick schossen mir Bilder durch den Kopf. Ein Haus, gemalt aus Kreide, meine Hand fest in der eines Fremden. Ich konnte das Schaukeln des

Bootes spüren, das uns durch die Nacht zu der Insel führte. Was sah ich da? War das eine Erinnerung?

»Wo ist der Schmetterling?«, hörte ich den Reptilienmann schreien. »Wo ist er? Hast du ihn gestohlen?«

In diesem Moment berührte mich etwas am Arm. Ich schrie laut auf.

»Ich wollte dich nicht erschrecken.« Es war Edith. Ich hatte nicht bemerkt, wie sie sich zu mir gesetzt hatte. Ein paar der Leute auf der Bühne schauten skeptisch zu uns herüber.

»Sorry. Ich war in Gedanken«, sagte ich zerstreut.

»Das sehe ich. Woran denkst du?«

»Daran, dass mir das Ganze so bekannt vorkommt.«

»Ach wirklich? Du kennst die Szene?«

»Nein. Ich meine, ja. Ich habe die Kulisse schon einmal gesehen. Irgendwie kommt es mir fast so vor, als sei ich schon einmal dort gewesen. Als hätte ich es in Wirklichkeit gesehen. Das Haus.«

Edith runzelte die Stirn und betrachtete die Bühne vor uns. »Vielleicht erinnert es dich wirklich an das Sommerhaus. Und an den Reptilienmaaaann.« Die letzten Worte sprach sie aus wie das Heulen eines Gespenstes.

»Das ist nicht witzig. Du warst einfach zu klein, aber er war wirklich gruselig.« Es hörte sich nach einer Ausrede an, aber ich konnte den Schrecken bei seinem Anblick immer noch spüren.

Daniel – Das Moor

Unverrichteter Dinge verließen Mikael und ich wenig später unseren neuen Geheimort. Seine Versuche, ohne ein Seil hinunterzukommen, waren kläglich gescheitert. Und irgendwann wurde ich nervös bei dem Gedanken, dass unser Vater längst wieder zurück sein und das fehlende Boot bemerken könnte. Er hasste es, wenn wir es ungefragt ausliehen. Also machten wir uns auf den Rückweg.

Zurück an Land, hatten Mikael und ich in unserem Schuppen nur alte, rissige Seile gefunden, die für den Abstieg in die Höhle gänzlich ungeeignet schienen. Ich schlug vor, Pejo von der Höhle zu erzählen und ihn nach einem Seil zu fragen. Sein Vater hätte bestimmt eins parat. Aber Mikael sprach sich dagegen aus.

»Der kann doch nichts für sich behalten. Außerdem geht er mir auf den Keks.«

»Hast du eine bessere Idee, wo wir ein gutes Seil herbekommen?«, fragte ich genervt. Auf den Moment, beim Klettern an ein gerissenes Seil klammernd in die Tiefe zu stürzen, konnte ich gerne verzichten.

Mikael zuckte mit den Schultern. »Wie viel Kohle hast du?«

Ich schüttelte den Kopf. »Bestimmt nicht genug, um ein passendes zu kaufen.«

Enttäuscht und ratlos setzten wir uns ans Ufer. Ich sah hoch zu den Wolken über dem Horizont. Die See war verdächtig ruhig, aber weiter vorne verdunkelte sich der Himmel bereits. Es würde heute noch regnen.

»Wir brauchen unbedingt ein Seil«, murmelte Mikael mehr zu sich selbst als zu mir. Um das Thema zu wechseln, schlug ich ihm vor, später zum Angeln rauszufahren, aber er verneinte.

»Ich fahre nachher in die Stadt. Bin abends wieder da.«

Er wollte sich bestimmt mit den älteren Jungs im Ort treffen. Oder mit irgendwelchen Mädchen. Ich konnte wie so oft in letzter Zeit das Gefühl nicht abschütteln, ihm nicht zu genügen. Ein kleiner Stich der Eifersucht meldete sich in meinem Inneren. Mikael fragte nicht, ob ich mitkommen wollte.

»Du erzählst aber nichts von der Insel, oder?«, fragte ich mürrisch. Er drehte sich um, und ein gewinnendes Lächeln umspielte seine Lippen.

»Spinnst du? Das ist unser Ding!«

Das genügte mir.

Als er loszog, hatte der Himmel ein müdes Grau angenommen. Die Wolken hingen wie faule Schafe am Himmel und vermiesten einem das Badewetter. Ich versuchte mir die Einsamkeit mit Zeichnen zu vertreiben, aber nichts wollte mir so richtig gelingen, und so beschloss ich irgendwann zu Pejo zu radeln. Schnell würde das nicht gehen, Jeres Hütte stand genau auf der anderen Seite der Insel in der Nähe seines Sägewerks, aber ich hatte sowieso nichts Besseres zu tun. Außerdem konnte es ganz schön öde werden, so ganz alleine hier. Ich öffnete vorsichtig das neu entdeckte Versteck meines Bruders und zog zwei

Zigaretten aus der gebunkerten halb leeren Camel-Packung.

Der Weg führte von unserem Grundstück über verwilderte Pfade und abgefahrene Straßen ohne Namen an mehreren kleinen Bauernhöfen vorbei. Das erste Haus, das ich passierte, gehörte den Manninen, einem älteren Paar, das Schafe auf seinem Grundstück züchtete und das wir früher immer Äpfel geklaut hatten. Sie waren schon in Ordnung, auch wenn mich die Frau immer in ein Gespräch verwickeln wollte, sobald sie mich sah. Deshalb radelte ich in hastigem Tempo an ihrem Zaun vorbei, mit konzentriertem Blick auf den Weg, in der Hoffnung, sie nicht meinen Namen rufen zu hören. Als ich in Sicherheit war, bog ich auf den Weg ein, der Richtung Zentrum ging. Er führte durch ein weites Feld, das dem Bauern Lehto gehörte. Ich kannte seinen Vornamen gar nicht, alle nannten ihn nur den alten Lehto. Ein schrulliger Kerl, der mit seinen Kühen redete. Aber ansonsten war er immer nett, verteilte manchmal Süßigkeiten, und einmal hatte er uns sogar heimlich ein Stämpchen Schnaps gegeben, als Mikael und ich ihm mal beim Anbringen seines Holzzaunes ausgeholfen hatten.

Der Feldweg führte zu seinem Kuhgatter, das man am einen Ende öffnen und am anderen Ende seines Grundstücks wieder schließen musste, um weiterfahren zu können. Seine geliebten Viecher blickten mich gelangweilt vom Feld aus an. Eine Kuh stand direkt vor dem Gatter, von meiner Anwesenheit gänzlich unbeeindruckt. Manche von ihnen waren richtig gewitzt im Ausbüxen, also scheuchte ich sie mit meiner Klingel davon, bevor ich das Gatter aufschloss.

Der Himmel verfinsterte sich zusehends, sodass ich

einen Zahn zulegte, als ich wieder in die Pedale trat. Nun folgte das ödeste Stück, der lange Feldweg bis zur Hauptstraße. Ein einsamer Kiesweg, links und rechts nichts als Feld, über das heute nicht mal ein paar Rehe hüpften. Hin und wieder konnte man hier im angrenzenden Wald eine Elchfamilie beobachten, wenn auch sicherheitshalber nur aus der Ferne. Die Elchkuh hatte letztes Jahr Junge gekriegt, und tatsächlich stand hinter einer abschüssigen Lichtung kurz vor der Waldgrenze die ganze Familie. Es waren zwei Jungtiere, die nah bei der Mutter grasten. Immer wieder war ich fasziniert von ihrer Größe. Der Elchbulle stand weiter hinten und riss Blätter von einem Baumzweig. Mein Vater hatte früher an Elchjagden teilgenommen, aber ich war heilfroh, dass er kein Gewehr mehr besaß. Mikael hatte erzählt, dass er es bei einem Kartenspiel an einen Arbeitskollegen verloren hatte.

Nachdem ich ordentlich in die Pedale getreten hatte, erreichte ich endlich die Hauptstraße, die zum Fischerort führte. Hin und wieder fuhr ein Auto an mir vorbei Richtung Hafen. Je weiter ich mich dem Ort näherte, desto mehr wichen Stille und Verlassenheit dem Trubel des Inselinneren. An der Ortseinfahrt schließlich passierte ich den Wegweiser mit den handgeschriebenen Schildchen. Wie Kakteenstachel zeigten sie in bunten Farben den Weg zum Hafen, der Bibliothek, dem Supermarkt und ein paar kleinen Läden wie Helgas Backstube, einer netten Dame, die die besten Piroggen mit Eibutter der Insel verkaufte, an denen ich mich schon letzten Sommer maßlos überfressen hatte.

Ich verließ die Straße und bog in den angrenzenden Waldweg ein. Es war ein lichter Wald, gesäumt von bemoosten Felsengruppen, der immer mehr einem offenen

Feld wich, bis man in die Nähe eines verlassenen Dorfs kam. Früher lebten dort ein paar Bauernfamilien, aber der Boden war zu sumpfig, als dass man dort etwas hätte anbauen können. Nur noch die Grundmauern einiger Häuser ragten aus dem Boden heraus und schienen schon mit der Natur verwachsen zu sein. Nachdem es auf der Insel wenig Abwechslung für uns Kinder gab, hatten ein paar Jugendliche Stege und Bretter auf die unwegsamen Pfade gelegt, wie eine Art wilden Parcours. Denn wenn man den Fuß auf eine falsche Stelle setzte, lief man Gefahr, in eines der sumpfigen Löcher zu treten, und es war verdammt schwer, aus der kalten Masse herauszukommen. Einmal war ich mit einem Bein drin stecken geblieben, und es hatte zwei Leute gebraucht, um mich wieder herauszuziehen. Tückisch war, dass der feste Boden an manchen Stellen kaum von den Moorteichen zu unterscheiden war. Für eine kurze Zeit war dieser Ort ein beliebter, da verbotener Treff für Jugendliche gewesen – bis Tom dieses Gebiet für sich entdeckte. Ich wusste, dass Wolowski hier mit seinem Alten Schießübungen machte und jagen ging.

Deshalb fuhr ich den letzten Abschnitt in Richtung Jeres Haus, so schnell ich konnte.

Lilja – Minus vier

Um zehn Uhr abends war der kleine Saal gefüllt mit Theatermitarbeitern und sämtlichen Schauspielern des Stücks. Außer Edith. Sie hatte mich überredet zu kommen, aber nun war sie selbst nirgendwo zu sehen. Also genehmigte ich mir ein Bier und lehnte mich alleine an eine Wand. Von hier aus konnte ich ungestört das Geschehen beobachten. Die meisten hatten ein Bier in der Hand und futterten ein paar Snacks, während das ausgelassene Gemurmel von Indierock-Klängen begleitet wurde. Ich wollte lieber nicht auffallen. Trotz meiner Schwester fühlte ich mich hier als Außenseiterin. Ständig erhaschte ich die Seitenblicke der anderen, die mich noch immer neugierig beäugten.

Ich hatte das Bier in meiner Hand fast leer getrunken, als mir jemand eine volle Flasche vor die Nase hielt.

Es war Tammo aus der Beleuchtungsabteilung.

»Hier, für dich. Als Entschuldigung.« Er lächelte durch seinen blonden Vollbart, und erst jetzt fielen mir seine sympathischen Lachfalten auf. Ich war es nicht gewohnt, ihn lächeln zu sehen, wo ich ihn bisher doch nur streitlustig und wütend kennengelernt hatte.

»Wieso das?«, fragte ich und stellte meine leere Flasche beiseite.

»Weil ich so hitzig war vor ein paar Tagen. War einfach angespannt. Arme Bernadette. Habe gehört, ihr hättet sie besucht. Wie geht es ihr?«

Ich zuckte mit den Schultern.

»Den Umständen entsprechend. Ich denke, sie kommt wieder auf die Beine.«

Tammo nickte und ließ seinen Blick in die Runde schweifen. »Und wie geht es *dir*?«

Zuerst verstand ich seine Frage nicht, bis er fortfuhr: »Na ja, es muss doch ziemlich seltsam für dich sein. Du wirkst auf jeden Fall nicht so, als wärst du gerne hier.«

Ich wusste nicht genau, warum, aber ich hatte keine Lust, ihm etwas vorzuspielen. »Da hast du verdammt recht. Am liebsten würde ich wieder abhauen.«

Er nickte verständnisvoll. »Warum tust du's nicht?«

Ich warf einen Blick durch den Raum, konnte Edith jedoch nirgendwo entdecken. »Wegen meiner Schwester. Ich habe ihr versprochen zurückzukommen, falls sie mich wirklich braucht.«

»Wenn du mich fragst: Ich würde das hier alles abblasen. Sich am Leid einer Familie bereichern ... das tun sie alle, sonst nichts. Um die Kunst deines Vaters geht es jedenfalls bestimmt nicht.«

»Ich weiß. Aber ich kann nichts dagegen tun.«

Vielleicht wusste Tammo ja mehr über die seltsamen Geschehnisse, als er zugeben wollte.

»Hast du eigentlich mit jemandem wegen der fehlenden Schrauben gesprochen?«, fragte ich so beiläufig wie möglich.

»Mit Pavel. Sonst mit niemandem.«

»Was ist mit dem jungen Polizisten, der nach dem Unfall da war?«

Tammo nahm einen tiefen Schluck aus seiner Flasche und beugte sich zu mir herüber. »Pavel hat mir ganz deutlich zu verstehen gegeben, dass ich mir was Neues suchen darf, wenn ich das an die große Glocke hänge. Das käme von ganz oben.«

»Was meinst du, von oben?«

Wieder beugte er sich näher zu mir heran. »Na, vom Intendanten«, sagte er so leise wie möglich. »Lünov will dieses Stück unbedingt aufführen. Koste es, was es wolle. Wenn rauskommt, dass das womöglich kein Unfall war, dann werden sie das gründlich untersuchen. Und dann bin ich einer der Ersten, die gehen dürfen.«

Ich sah die Beunruhigung in seinem Blick. Als müsste er seine Hilflosigkeit ertränken, kippte er den letzten Rest seines Biers herunter. »Ich muss dann mal los. Meine Frau mag es nicht, wenn ich länger als nötig in diesem Irrenhaus bin.« Er verdrehte die Augen.

Ich wünschte ihm einen schönen Abend und sah, wie er im Vorbeigehen ein paar Leuten zum Abschied kurz zunickte.

Ich würde mit Pavel reden müssen. Am besten noch heute. Als ich mich umblickte, konnte ich ihn jedoch nirgends sehen. Auch von Edith nach wie vor keine Spur. Ich verließ den Raum und lief durch den Gang. Im Nebensaal stand eine Gruppe von Leuten, die sich vom Rest abgekapselt hatten. Sie diskutierten laut über Kunstnebel. Auch hier waren weder Pavel noch Edith dabei. Waren sie vielleicht sogar zusammen gegangen? Verärgert machte ich mich auf, in ihrer Umkleide meine Sachen zu holen.

Nun spürte ich auch das Bier. Der Alkohol machte mich noch müder als ohnehin schon. Ich verließ den Korridor, um zu den Umkleideräumen zu gelangen. Die Garderoben der Künstler lagen im hinteren Bereich der Probebühnen. Gerade als ich die Tür zu Ediths Raum öffnen wollte, vernahm ich ein Geräusch. Ein Lachen hinter der Tür. Edith schien sich über irgendetwas köstlich zu amüsieren. Ich drückte die Türklinke herunter, als ich innehielt. Eine männliche Stimme mischte sich unter das Lachen meiner Schwester. Sie war nicht allein. Eigentlich hätte ich gehen sollen. Ich wusste, es war falsch, hier vor der Tür zu stehen und zu lauschen. Ich hatte die Stimme sofort erkannt. Ich öffnete die Tür einen Spalt breit, gerade so, dass ich hindurchschauen konnte. Meine Befürchtung wurde bestätigt. Es war der Regisseur, der sie im Arm hielt und ihr den Hals küsste. Nun wusste ich zumindest auch, wo Pavel war, allerdings war ich wenig scharf drauf, das Stelldichein zu stören. Wieder lachte meine Schwester ein Lachen, das nur Männer anziehend finden konnten.

Bevor ich die Tür wieder schließen konnte, hörte ich ein Geräusch hinter mir. Ich drehte mich um und sah die dunklen Umrisse einer Gestalt hinter dem Korridor verschwinden.

»Hey«, flüsterte ich und schloss die Tür, so leise es nur ging. Ich hastete durch den Flur und bog um die Ecke.

Der Gang war leer. Unweit entfernt, hörte ich eine Tür zufallen. Ohne zu überlegen, hastete ich um die Ecke in Richtung des Geräusches und stoppte vor einer Aufzugtür. Der Lastenaufzug. Die LED-Anzeige über der Tür zeigte Minus vier. Die Gestalt war in den Aufzug gestiegen und nach unten gefahren. Dort war ich noch nie gewesen.

Ich sah mich um und entdeckte neben dem Aufzug eine Tür, die zum Treppenhaus führte. Beim Hinuntereilen war ich mir nicht sicher, in welchem Stockwerk ich war, bis ich schließlich eine lackierte Ziffer neben der Tür sah.

Minus vier. Zögernd öffnete ich langsam die Tür.

Fahles Licht erhellte den Raum. Ich stand vor einer riesigen Lagerhalle und fand mich umgeben von nackten Schaufensterpuppen, die mich mit ihren toten Augen zu beobachten schienen. Sie standen inmitten von einem Wust aus Garderoben, Gewändern, alten Schränken und einem bis oben hin vollgestellten Regal. In einem Fach standen alte Pokale und Kelche, in dem darüber stapelten sich alte Bücher mit goldverziertem Lederband. Es war, als befände ich mich in einem Trödelladen.

Plötzlich hörte ich Schritte hinter dem Regal. Jemand lief weg. Ich musste auf die andere Seite gelangen, um zu sehen, wer es war. Also lief ich um das Regal herum, wobei ich gegen einen alten Globus stieß und ihn fast umwarf. Gerade so konnte ich ihn noch auffangen. In fester Umarmung hielt ich ihn wie einen übergroßen Ballon.

»Scheiße!«, fluchte ich und stellte ihn wieder zurück. Ich hastete am Regal vorbei und gelangte in das nächste Labyrinth. Eine Armee voller abstrahierter Kunstbäume, aus Holz gefräst, bildeten einen toten Wald. Jeder Baum war um die zwei Meter hoch – groß genug, um jemandem dahinter ein Versteck zu bieten.

Ich durchquerte den Wald ohne Erfolg. Die Gestalt schien verschwunden zu sein. Langsam ging ich zurück. Als ich wieder beim Regal ankam, hörte ich ein Knacken. Schritte. Ich atmete tief durch. Dann sprang ich mit einem Satz vors Regal. Mir entfuhr ein Schrei. Vor mir stand der Reisende.

Juuso hatte sich vor mir aufgebaut, wie auf der Bühne in Mantel und Hut gekleidet, und starrte mich wütend an.

»Was soll denn das?« Seine Stimme war vielmehr ein Donnern, sodass ich vor Schreck zusammenzuckte.

»Ich ... ich habe jemanden gesucht«, stammelte ich hilflos.

Er schien mit dieser Antwort nicht gerade zufrieden.

»In der Requisite? Wen hast du gesucht? Wie kommst du überhaupt hierher?«

»Durch das Treppenhaus. Hier ist noch jemand. Und was machst du überhaupt hier, wenn man fragen darf?«

Er beäugte mich kritisch. Plötzlich kam ich mir vor wie ein trotziges kleines Mädchen.

»Ich probe. Das hier ist der einzige Raum, in dem man noch seine Ruhe hat.« Er zeigte mit seinem knochigen Zeigefinger an die Decke. Ich verstand. Er war nur vor den Feierwütigen geflohen.

»Es tut mir leid. Ich wollte hier nicht so hereinplatzen.«

Seine Gesichtszüge blieben hart.

»O.k.«, sagte ich, als ich keine Antwort bekam, und machte ein paar Schritte rückwärts. »Ich gehe dann mal wieder.«

»Dort ist der Ausgang.« Er zeigte in Richtung der gruseligen Schaufensterpuppen. Seinen bohrenden Blick im Nacken spürend, machte ich mich auf den Rückweg.

Sobald ich im Treppenhaus angekommen war, atmete ich erst einmal tief aus. Ich konnte mein Herz deutlich schlagen hören. Er hatte mir wirklich einen riesigen Schrecken eingejagt. Und was mich noch viel mehr beunruhigte, war die Frage, ob er es überhaupt gewesen war, den ich verfolgt hatte.

Auf dem Weg zurück zur Feier stieß ich fast mit Edith zusammen. Sie war zu meinem Erstaunen sogar etwas angeheitert und grinste über beide Ohren, bis sie mich sah.

»Hey Schwesterherz. Wow …« Ihr Lächeln gefror. »Was ist dir denn über den Weg gelaufen?«

Ich hätte gern die Wahrheit gesagt, aber sie würde ja doch nichts davon hören wollen. »Ich möchte heim«, sagte ich.

»Ach komm, bleib doch noch ein bisschen.« Sie packte mich grob am Ellbogen.

»Edith«, zischte ich. »Ich will jetzt verdammt noch mal heim. Ich habe diesen Scheiß so was von satt. Man sollte den ganzen Laden wieder abreißen!«

»Ist ja gut! Dann *geh* doch.« Sie ließ mich los und sah sich nervös um. Ich folgte ihrem Blick und bemerkte, dass ein paar der Darsteller unsere Szene interessiert beobachten.

»Würde ich gern, aber ich habe meine Sachen in deiner Garderobe.«

Sie musterte mich kurz und wich dann meinem Blick aus.

»Ich muss sowieso heim. Ich brauche meinen Schönheitsschlaf.«

»Hast du zufällig Pavel gesehen?« Ich musterte sie von der Seite, während sie nach dem Schlüssel für ihren Umkleideraum in ihrer Tasche suchte.

»Ähm, nein. Der musste früh weg. Eifersüchtige Ehefrau daheim, wenn du verstehst.«

Es war offensichtlich, dass sie log. Sie konnte mich ja nicht einmal direkt anschauen. Bernis Worte hallten in meinem Kopf. *Sie lügt.* War damit etwa Edith gemeint?

Mir wurde übel und ich war sicher, dass es nicht am Bier lag. Ich wollte einfach nur ins Bett fallen. Oder zumindest auf Ediths Couch. Als wir das Theater verließen, waren wir unter den Letzten. Nur noch ein paar wenige unterhielten sich auf einer Bierbank sitzend. Juuso sah ich nirgendwo. Vielleicht war er noch in der Requisite. Ein Schaudern durchfuhr meinen Körper, als ich an seinen Blick dachte. Wir fuhren mit dem Nachtbus bis in Ediths Straße. Auf dem Weg zu ihrem Haus sah ich mich noch einige Male um, die Anwesenheit eines Unbekannten im Rücken spürend.

Am nächsten Tag erwachte ich mit einem Schädel, der sich wie zerschmettert anfühlte. In der Wohnung war es wie immer absolut still. Ich taumelte in die kleine Küche und fand einen Zettel von Edith auf dem Küchentisch. Sie war wieder im Theater. Wo sonst?

Ich erinnerte mich an meine Begegnung mit Juuso. Jetzt, in nüchternem Zustand, kam es mir noch unwahrscheinlicher vor, dass er dort in der Requisite wirklich geprobt hatte. Warum war er nicht nach Hause oder in sein Hotel gegangen, sondern ist ausgerechnet dort aufgetaucht, wohin ich dem Unbekannten gefolgt war? Vielleicht war er ja derjenige, den ich verfolgt hatte. Aber wieso sollte er Edith bedrohen oder das Stück sabotieren? Er hatte doch selbst eine der Hauptrollen ergattert, und soviel ich mitbekommen hatte, war er ein renommierter Schauspieler.

Gerädert stieg ich unter die Dusche und ließ das heiße Wasser an mir herunterprasseln. Meine Gedanken waren ein einziges Wirrwarr. Alles drehte sich in meinem Kopf, begleitet von dem nervigen Piepen, das sich wieder einzustellen drohte. Nichts erfassen zu können, immer halb wach, halb schlafend. Ich lehnte meinen Kopf gegen die nassen Fliesen und spürte, wie das Wasser an meinem Gesicht herunterlief. Ich durfte mir nicht erlauben, wieder durchzudrehen, und versuchte die Gesichter auszublenden, die mich im Geiste permanent verfolgten. Das vorwurfsvolle Gesicht meiner Mutter; Edith, die förmlich an mir zerrte. Und ihn, sein lächelndes Gesicht, das zu mir herunterblickte und mir Geschichten vorlas. Ein heulender Laut entwich meiner Kehle, wie ein Dämon, der in mir aufstieg. Mit einem Ruck drehte ich den Wasserhahn auf Kalt und schrie, als das eisige Wasser meine Haut berührte.

Nachdem ich mich halbwegs in einen Menschen zurückverwandelt hatte, machte ich mich auf zum Theater. Ich betrat die leere Pforte und ging durch den Haupteingang. Meine Schritte hallten durch das leere Foyer, als ich ein Stimmengewirr im Aufführungssaal vernahm. Hier war es anscheinend niemals still. Ich betrat den Zuschauerraum und blieb wie angewurzelt stehen. Die Bühne glich einem Massaker.

»Was zum ...«, war das Einzige, was ich flüstern konnte, als sich Dutzende wütende Gesichter zu mir umdrehten. Die halbe Belegschaft stand versammelt vor der Hauptbühne und begutachtete entsetzt die Katastrophe. Sämtliche Kunststeine waren wie mit einem Beil zerhackt worden. Auf der blauen Wasserfolie war rote Farbe verschmiert. Das Holzboot war nicht mehr als eine explodierte Masse von Holzplatten. Und auf dem blauen Vorhang, der den dunklen Nachthimmel simulieren sollte, prangte in hastig gepinselten Buchstaben eine deutliche Botschaft:

IHR WERDET BRENNEN

»Wer war das?« Ich schaute in die Menge, bekam jedoch keine Antwort. Verächtliche Blicke streiften mich. Ein paar Arbeiter schüttelten den Kopf und wandten sich ab. Ich stürmte an der Bühne vorbei in Richtung Garderobe.

Anscheinend hatten es bereits alle gesehen. Und wo verdammt noch mal war Edith? Wieso hatte sie mir nicht geschrieben? Vor ihrer Garderobe angekommen, riss ich ohne zu klopfen ihre Tür auf. Sie saß vor ihrem Schminktisch, ihr Rücken bebte, und als sie sich schließlich zu mir umdrehte, war ihre Schminke wild verschmiert. Ihr Gesicht war wutverzerrt.

»Das freut dich bestimmt, oder?«, fragte sie mich mit zittriger Stimme.

»Wie bitte?« Ich hatte das Gefühl, in einen Abgrund zu fallen. »Spinnst du jetzt etwa total?«

Sie wischte sich die Tränen aus dem Gesicht.

»Du wolltest doch von Anfang an nicht, dass das Stück aufgeführt wird. Wahrscheinlich wird es jetzt abgeblasen.«

Ich schüttelte nur angewidert den Kopf.

»O ja, ich hoffe wirklich, dass es abgeblasen wird. Und du endlich aus deinem Traumland aufwachst. Du wirst durch dieses Stück keine ...« Die Worte waren aus mir herausgeschossen, bevor ich realisiert hatte, was ich da sagte.

»Keine *was*?«, zischte sie. »Keine Karriere machen? Keine Berühmtheit werden? Wenigstens mache ich was aus meinem Leben und bin kein Wrack wie du.« Sie wischte sich die Tränen weg. Unsere Worte hatten die Mauer aus Glas, die schon so lange zwischen uns stand, eingeschlagen. Die Scherben waren noch schlimmer. Es war zu viel. Ich machte auf dem Absatz kehrt und knallte die Tür hinter mir zu. Bevor ich jedoch einen Schritt weitergehen konnte, blickte ich in das Gesicht von Pavel. Er stand ein paar Meter entfernt am Ende des Flurs. Neben ihm stand Juuso, der auf ihn einzureden schien. Dieses Mal in schwarzem Pulli und ohne Hut. Ich hatte noch nie bemerkt, dass er keine Haare hatte. Mit seinem kahl rasierten Schädel und dem finsteren Blick sah er wahrhaftig aus wie der Tod. Ich ging langsam auf die beiden zu.

»Wir müssen reden«, sagte Pavel mit ernster Miene.

»Das müssen wir in der Tat.«

Er bedeutete mir mit dem Kopf, ihm den Flur entlang zu folgen. Ich ging am Reisenden vorbei, der mich mit seinen kalten Augen musterte. War da etwa ein kleines Lächeln, das seine Mundwinkel umspielte? Wortlos gingen wir den Flur entlang, bis wir um die Ecke bogen und vor einer kleinen Fahrstuhltür standen. Es war ein anderer Aufzug, als ich ihn gestern gesehen hatte. Die Türen gingen langsam auf, und wir stiegen in die kleine Kabine, in der nicht mehr als zwei Leute Platz hatten. Er drückte auf den Knopf mit der Ziffer Eins. Während der Fahrt sprach er kein Wort. Als die Tür sich wieder öffnete, gelangten wir wieder in einen Gang, der gesäumt war von dunkel gestrichenen Türen. Der Gang hätte auch aus einem Behördengebäude stammen können. Ich folgte ihm den Flur entlang. Vor Zimmer 101 blieb er stehen und schloss die Tür auf. Dahinter eröffnete sich ein kleiner Raum mit einem Metalltisch und einem Stuhl davor. Auf dem Tisch stand ein altmodisches, schwarzes Telefon mit einer Wählscheibe. Der Raum verströmte eine ungemütliche Kälte, wie eine abgeranzte Bahnstation.

»Das ist doch ein Witz, oder?« Ich kam mir vor, als würde ich George Orwells Zimmer der Angst betreten. Pavel blickte mich nur fragend an und deutete auf den Stuhl.

Er setzte sich ebenfalls und lehnte sich nachdenklich zurück.

»Juuso sagt, er hätte dich in der Requisite erwischt, während du etwas gesucht hast.«

Seine Direktheit erstaunte mich. »Nicht etwas. Jemanden.«

»Und wen, wenn man fragen darf?«

»Ach, hat dir deine Freundin nicht erzählt, dass jemand ihr Zimmer verwüstet hat?«

»Wovon sprichst du?«

Tat er nur so, oder wusste er wirklich nicht, worum es ging?

»Ihr steht euch doch nahe, Edith und du«, feuerte ich hinterher. Die Situation schien ihm unangenehm zu sein, er wand sich in seinem Stuhl, als würde er keine bequeme Position finden. Dann räusperte er sich.

»Irgendjemand hat die Bühne zerstört, wie du bestimmt schon bemerkt hast. Und mehrere aus der Belegschaft haben gehört, wie du dich gestern abfällig über das Theater geäußert hast.« Er kniff die Augen zusammen, als wartete er auf ein Geständnis oder eine verängstigte Reaktion meinerseits. Ich schnaubte.

»Das habe ich doch nur im Ärger gesagt. Ich hatte Streit mit Edith. Hat man dir das auch gesagt? Aber wenn es nach mir ginge, hätte ich das Stück tatsächlich nicht wieder aufgenommen. Ich finde es geschmacklos. Und da bin ich sicher nicht die Einzige.«

Er lächelte wieder sein undurchschaubares Lächeln und strich sich mit der Hand durch seine Haare.

»Wir machen deinen Vater unvergesslich.«

»Das ist er leider bereits. Und ihr benutzt unseren Namen nur, um Profit aus seiner Geschichte zu schlagen.«

»Warum bist du dann hier? Wir finden leicht einen Ersatz für ein mittelmäßiges Double.«

Das saß. Ich spürte die Hitze in mein Gesicht aufsteigen.

»Noch eins? Wie viele Mitarbeiter wollt ihr bis zur Premiere noch ersetzen? Ich glaube, jemand hat gewaltig etwas dagegen, dass das Stück meines Vaters aufgeführt wird. Und er schreckt vor nichts zurück. Aber *ich* war es nicht.«

Gerade als er etwas sagen wollte, klingelte der prähistorische Knochen auf seinem Tisch. Er nahm wortlos den Hörer ab und hielt ihn sich ans Ohr. Dann legte er auf. Ich kam mir vor wie in einem Film noir.

»Wir sind dann hier fertig. Er will dich persönlich sprechen.«

»Wer? David Lynch?«

»Lünov. Er hat sein Büro unterm Dach. Fünfter Stock.«

Wortlos stand ich auf und verließ sein Büro. Das alles kam mir vor wie eine Farce.

Im Aufzug drückte ich auf den Knopf über der Ziffer vier. Es stand keine Nummer darauf. Oben angekommen, betrat ich einen kurzen fensterlosen Gang, der zu einer einzigen, geschlossenen Tür führte. Ich klopfte an und hörte, wie mich eine männliche Stimme hereinbat. Als ich den Raum betrat, lag mir durch die riesigen Fenster ganz Helsinki zu Füßen. Für einen kurzen Moment war ich überwältigt von diesem Ausblick. Hausdächer erstreckten sich wie Miniaturen vor mir, durchschnitten von den Wasserkanälen der Stadt. Boote und Jachten schaukelten wie Spielzeug am Stadthafen.

»Danke, dass du gekommen bist.«

Ich drehte mich zur Seite und erblickte den Intendanten, der hinter seinem Schreibtisch aufgestanden war. Es war das erste Mal seit meiner Rückkehr, dass ich ihm persönlich gegenüberstand. Es erschien mir wie ein Jahrhundert her, dass wir einander begegnet waren. Oder besser gesagt, dass ich ihn dabei beobachtet hatte, wie er auf meine Mutter einredete. Seine Haare waren ergraut und die Gesichtszüge müde, aber die Augen in den tiefen Höhlen blickten wach und stechend durch mich hindurch. Statt mich einem Verhör zu unterziehen, schob er ein weißes Blatt Papier zu meiner Seite des Tisches. Auf diesem standen die Worte, die ich unten auf der Bühne gelesen hatte.

»Was soll das?«

Er reichte mir einen Kugelschreiber, den er aus der Seitentasche seines Jacketts gezogen hatte.

»Schreib die Worte nach. Bitte.« Das Wort *Bitte* hätte man dem Ton nach auch durch ein *Sofort* ersetzen können.

»Einen Scheiß werde …« Lünovs Faust landete mit einem lauten Knall auf der Tischplatte. »Schreib. Es. Nach. *Bitte.*«

Mein Blick blieb an seiner Hand haften. Brandnarben zogen sich bis zum Ärmel hoch über seine Haut. Er hatte damals versucht, meinen Vater zu retten, doch er konnte ihm nicht mehr helfen. Er bemerkte meinen Blick und zog die Hand zurück. Ich schüttelte verächtlich den Kopf.

»Das macht überhaupt keinen Sinn. Die Botschaft wurde auf einen Vorhang gepinselt. Und nicht auf ein kleines Stück Papier geschrieben.«

Als er nichts erwiderte, nahm ich den Kugelschreiber und schrieb die Worte nach, die auf dem Blatt standen. IHR WERDET BRENNEN. Beim letzten Wort zitterte meine Hand vor Wut, und ich versuchte meine aufkommenden Tränen zu unterdrücken.

Er nahm mir das Blatt weg und begutachtete das Ergebnis. Die beiden Schriftzüge glichen einander überhaupt nicht.

»Danke. Und es tut mir leid. Ich wollte es nicht mit der Botschaft auf dem Vorhang vergleichen, sondern hiermit.«

Er kramte in der Seitenschublade seines Schreibtisches herum und holte ein weiteres Blatt Papier heraus. Wortlos schob er es mir hin. Während meine Augen über die Zeilen flimmerten, fing der Raum an zu schwanken.

Solltest du es aufführen, wirst du eine Premiere erleben, die die Welt nicht vergessen wird.

»Was ... ist das?«

Die Luft war plötzlich stickig und schwer wie vor einem Gewitter, sodass ich die Worte kaum herausbekam. Er zog ein weiteres Blatt hervor. Wieder in derselben Schrift.

Ihr werdet alle brennen.

Lünov holte einen kleinen Stapel heraus und legte ihn neben die restlichen Blätter. Es war jedes Mal dieselbe Handschrift. Übelkeit stieg in mir auf. Meine Hände wanderten von einem Blatt Papier zum anderen, während meine Finger zitternd die Buchstaben nachfuhren. Ich kannte jede Krümmung jedes Buchstabens aus der Feder meines Vaters auswendig. Ich hatte sie unzählige Male vor mir gehabt, denn auch ich hatte einen Brief von ihm bekommen.

Ich war sechs Jahre alt, als mein Vater sich vor der Premiere seines Stücks das Leben nahm. Er hinterließ mir eine Nachricht. Keinen richtigen Abschiedsbrief, vielmehr einen Notizzettel. In derselben Handschrift, zwar hastig geschrieben, aber dennoch unverkennbar dieselbe, die hier vor mir lag, hinterließ er mir in seinen letzten Stunden eine Botschaft, die er unter mein Kopfkissen legte. Auch deswegen wusste ich insgeheim, dass der Brand kein Unfall war. Er wusste, was er tat. Die Zeilen kannte ich auswendig, und sie schwirrten oft wie Motten im Licht in meinem Kopf herum:

Lilja,
manchmal beherrscht die Nacht das Leben. Man kann versuchen, daraus zu erwachen, aber eines Tages erkennt man, dass ein einziges Leben dafür nicht ausreicht.
Es tut mir leid.

Den Brief hatte ich in den frühen Morgenstunden gefunden, als ich schon längst wach im Bett saß und meine Mutter im Wohnzimmer unten weinen hörte.

Seine letzten Worte versteckte ich unter meinem Puppenhaus, in ein Tuch gewickelt. Ich war zu jung, um alles zu verstehen, aber dass er nicht mehr wiederkommen würde, verstand ich sogar als Sechsjährige. Die Buchstaben konnte ich schon früh entziffern, die Bedeutung allerdings wurde mir erst nach und nach bewusst. Und ich wollte nicht, dass meine Mutter, die Polizei oder irgendjemand mir das Letzte aus den Händen riss, was mir von ihm geblieben war.

Man erklärt mir, dass mein Vater manisch-depressiv gewesen sei. Er hatte Tage voller Inspiration und Kreativität, an denen die Geschichten nur so aus ihm herausflossen. An denen er mit uns durch den Wald spazierte und wir gemeinsam Geschichten über Waldfeen erfanden, die in den Baumwipfeln lebten. Diese Tage waren selten, aber es gab sie. In seinen finsteren Tagen verschloss er sich in seinem Arbeitszimmer und war für uns nicht zu sprechen.

Mama sagte immer, er erschaffe Welten und könne gerade nicht mit uns spielen. Meine Schwester war vier. Sie verstand das alles noch weniger als ich.

Dann setzte der Verfolgungswahn ein. Meine Mutter erklärte mir, dass er in ständiger Angst lebte – aber nicht erklären konnte, vor was. Im Laufe der Jahre hatte ich begriffen, dass er uns vermutlich nicht mit seinem Wahn, seiner Paranoia belasten wollte. Und seine Liebe am Ende einfach nicht ausgereicht hatte. Mein Vater hatte aber nicht nur sich selbst getötet, er hatte auch andere mit sich in den Tod gerissen. Er dachte wahrscheinlich, das Theater sei leer. Doch neben ihm fanden auch ein Schauspieler und Tontechniker den Tod in den Flammen. Von ihnen fand man nur noch verbrannte Überreste zwischen den Trümmern. Die Angehörigen, ja die ganze Stadt gab uns die Schuld. So stürzte unser Vater, Daniel Nygård, seine ganze Familie ins Verderben.

»Die habe ich alle seit Beginn der Proben erhalten.« Lünov riss mich aus meiner Starre. Ungläubig starrte ich auf die Blätter.

»Das kann einfach nicht sein.«

Mein Vater ist tot, wollte ich schreien, aber ich fühlte mich wie erstickt. Lünov schüttelte langsam den Kopf.

»Ich weiß nun, dass du das nicht geschrieben hast. Ich musste einfach sichergehen. Ich hoffe, du verstehst das.«

Ich betrachtete sein sorgenvolles Gesicht. Ich überlegte kurz, ihm meinen Brief zu zeigen, verwarf den Gedanken jedoch sofort. Er war ein Fremder für mich, und ich konnte ihm nicht trauen. Unwillkürlich musste ich an Tammos Worte denken. *Es kommt von ganz oben.*

»Haben Sie die schon der Polizei gezeigt?«

Er sammelte die Zettel wieder zusammen. »Nein. Die könnten auch nichts machen.«

»Aber die Unfälle«, meine Stimme wurde lauter. »Das ist doch der Beleg dafür, dass es keine Zufälle gewesen sein können. Jemand ist dafür verantwortlich!«

»Ich weiß.«

Seine Ruhe brachte mich fast um den Verstand. Wie konnte dieser Mann einfach in seinem Sessel sitzen und beobachten, wie ein Psychopath die Menschen in seinem Theater gefährdete? *Jemand, der die Handschrift meines toten Vaters trug.*

»Das sind offensichtliche Drohungen. Die bereits wahr gemacht werden. Ich kann nicht zulassen, dass Sie meine Schwester oder irgendjemand sonst weiter gefährden.«

Er legte die Blätter sorgfältig zusammen. Bevor ich begriff, was er tat, steckte er sie in den Reißwolf neben seinem Schreibtisch. Mit einem lauten Knirschen zerriss die Maschine alle Beweise in klitzekleine Fetzen.

»Nein! Warum tun Sie das?«

Er blickte mich noch immer resigniert an. »Dieses Stück wird aufgeführt. Ich habe zu viel investiert. Und ich tue es für deinen Vater.«

»Ist es Ihnen denn egal, wenn etwas noch Schlimmeres passiert? *Ihr werdet brennen* ... Macht Ihnen das keine Angst?«

Ich konnte nicht glauben, was gerade passiert war.

Er schüttelte den Kopf. »Es ist mir keineswegs egal. Aber ich kann deinen Vater nicht einfach aufgeben. Sein Werk. Und deshalb ist es sehr wichtig, dass du mir sagst, ob du einen Verdacht hast, wer das geschrieben haben könnte.«

Es sind die Zeilen meines Vaters. Mein Vater, der Mörder.

»Ich habe keine Ahnung«, stammelte ich. »Die Dame,

die vor ein paar Tagen die Plakate abgerissen hat, dürfte doch zum Bespiel einen Grund haben oder? Das ist die Witwe des Tontechnikers, oder nicht?« Es hatte eine Weile gebraucht, aber ich hatte ihr Gesicht erkannt.

»Ich denke nicht, dass sie es war.«

»Menschen sind zu einigem imstande, wenn man sie verletzt.« Wir schauten uns nachdenklich an.

»Weiß sonst irgendjemand Bescheid?«

»Nein. Und ich bitte dich, es vorerst für dich zu behalten. Ich muss nachdenken.«

Unschlüssig fuhr ich mir durchs Haar. »Ich muss auch darüber nachdenken. Aber ich kann meine Schwester nicht in Gefahr bringen.« Ich stand auf und öffnete die Tür, als er mich erneut aufhielt.

»Wen oder was hast du in der Requisite gesucht?«

Ich zögerte.

»Ich möchte dir helfen. Sag es mir.«

Der Aufzug setzte sich mit einem Ruck in Bewegung. Als er nach unten fuhr, spürte ich ein nervöses Grummeln in der Magengegend. Ich wusste nicht, was ich ihm zeigen wollte. Oder ob wir überhaupt etwas finden würden. Dennoch erzählte ich ihm, dass ich eine Gestalt gesehen hatte, die womöglich mit den Unfällen und dem zerstörten Bühnenbild zusammenhängen könnte. Dass die Gestalt Ediths Zimmer aufsuchte und ich sie mit Pavel erwischt hatte, ließ ich aus. Ich wollte sie nicht in Schwierigkeiten bringen. Der Aufzug verlangsamte sich, als wir auf der vierten Etage ankamen.

»Das Gebäude ist ziemlich verschachtelt. In der ersten Zeit habe ich mich selbst oft verlaufen.«

Wir betraten den Requisitenraum. Er war immer noch

vollgestellt, aber diesmal alles andere als verlassen. Überall wuselten Theatermitarbeiter herum. Einige bauten an ihren Modellen, andere suchten Kostüme zusammen. Das Hämmern und Sägen im Raum schwoll zu einem brummenden Schmerz in meinem Kopf an.

»Weiter hinten ist die Schreinerwerkstatt, eine Ebene höher«, sagte Lünov, als wir durch den Saal schritten. Die Mitarbeiter warfen uns verstohlene Blicke zu. Der Intendant ließ sich offenbar selten in den Arbeitsräumen blicken. Oder galten die Blicke mir?

»Hier bin ich auf Juuso gestoßen.« Ich zeigte auf die Regalwand. »Und dort habe ich die Spur verloren.«

Dann gingen wir zu dem künstlichen Wald. Ein paar der hölzernen Platten waren inzwischen bemalt worden.

»Es gibt eigentlich keinen anderen Ausgang als nach hinten zu den Aufzügen. Die Person hätte an euch vorbeilaufen müssen.«

»Ich weiß. Aber ich habe hinter den Bäumen nachgesehen. Er oder sie war einfach weg.«

»Moment.« Lünov schritt an den Baumattrappen vorbei bis ans andere Ende des Raumes. Hinter einem an die Wand gelehnten Stapel Kulissenwände kam eine kleine, schmale Tür zum Vorschein.

»Wo führt die hin?«, fragte ich. Aufregung stieg in mir hoch.

»Es gibt noch eine Ebene. Minus Fünf.« Er holte einen dicken Schlüsselbund aus seinem Jackett. Schließlich hielt er einen dunklen, unscheinbaren Schlüssel in die Höhe und wollte ihn gerade ins Schloss stecken, als die Tür nachgab.

»Die sollte eigentlich immer verschlossen sein.«

Eine schmale Treppe führte uns in ein dürftig erleuchtetes Treppenhaus. Ich folgte Lünov wortlos die Stufen hinunter. Unten angekommen, erwartete uns eine weitere Stahltür.

»Was befindet sich dahinter?«

»Die Sprinkleranlage im Fall eines Brandes und das Heizungssystem.« Er öffnete die Tür und schaltete das Licht an. Unzählige sich windende Rohre liefen wie Adern an den Wänden des Raumes entlang. Als wir hindurchgingen, musste ich mehrmals meinen Kopf senken, um nicht gegen eines davon zu laufen. »Das ist der Heizkeller. Dahinter befindet sich die Sprinkleranlage.«

In dem Raum war es heiß. Ich streifte aus Versehen eine Rohrleitung und zog meinen Arm sofort zurück.

»Au!« Meine Haut brannte und war rot, dort, wo ich sie berührt hatte.

»Vorsichtig. Die Heizung läuft gerade auf Hochtouren.«

Wir gingen weiter und erreichten die letzte Tür. Als wir sie öffneten, stutzten wir beide. Hinter dem riesigen Kessel der Sprinkleranlage lag etwas. Ich konnte es im fahlen Licht der alten Deckenlampe nicht erkennen.

»Was ist das?«

Lünov ging direkt darauf zu und berührte es mit dem Fuß. Dann ging er in die Knie. »Eine Decke.«

Ich ging zu ihm hinüber und erkannte eine graue Wolldecke und ein Stück Stoff, das zu einem Kissen zusammengerollt war.

»Es sieht aus, als hätte hier jemand geschlafen.«

»Es gibt nur wenige Personen, die den Schlüssel für diese Räume haben, aber es sind zu viele, um sie alle zu beschuldigen. Alle Abteilungsleiter haben Zugang, der Hausmeister ebenso. Und ich.«

»Warum sollte sich ausgerechnet hier jemand verstecken?«, fragte ich. Ich sah mich um. Der Raum hatte kein Fenster, es war stickig und dunkel. Wie in einer dunklen Höhle.

»Es muss sich hier jemand versteckt haben. Womöglich jemand, der im Theater arbeitet. Damit es den Anschein erweckt, als würde er wie jeder normale Mitarbeiter morgens das Theater betreten und abends nach Hause gehen. In Wahrheit aber«, er zeigte erneut auf den Boden, »versteckt er sich hier und kann nachts im ganzen Haus umherstreifen.«

»Dann hat dieser Jemand wahrscheinlich gewartet, bis gestern Nacht alle weg waren, und ist dann rausgekommen.«

»Hast du denn eine Ahnung, was die Person wollte, als sie vor dir weggelaufen ist?«

Ich musste wieder an Ediths Garderobe denken. *Miststück.*

»Nein«, log ich. »Keine Ahnung.«

Als ich aus dem Aufzug ausstieg, drehte ich mich um. Der Intendant blieb stehen und drückte auf die Taste des obersten Stockwerks.

»Ich muss über ein paar Dinge nachdenken.« Er legte eine Hand auf die Türöffnung, damit der Aufzug nicht weiterfahren konnte. Ich versuchte, meinen Blick nicht von seinem Gesicht abzuwenden.

»Das heißt, Sie glauben auch, dass mein Vater es nicht gewesen sein kann? Dass es kein Mord oder Selbstmord gewesen ist?« Ich blickte ihn erwartungsvoll an. Und er nickte.

»Bitte behalte das Ganze erst einmal für dich. Ich werde auf dich zukommen, sobald ich mehr weiß.« Damit ließ er los, und ich beobachtete, wie sein Gesicht hinter der Aufzugtür verschwand. Ohnmacht stieg in mir auf. Was sollte ich mit all den Informationen anfangen? Ich hatte das Gefühl, vor lauter Geheimnissen zu platzen. Der Brief meines Vaters. Die Drohbriefe, die Lünov erhalten und einfach vernichtet hatte. Ich musste raus. Weg aus dem Theater. In dieser fensterlosen Welt ohne Tageslicht hatte man wahrscheinlich zwangsläufig das Gefühl, verrückt zu werden. Ich bahnte mir einen Weg an der Bühne vorbei und beobachtete, wie das Chaos langsam, aber sicher wieder in Ordnung gebracht wurde. Da sah ich Tammo, der sich das Ganze vom Zuschauerraum aus ansah. Er nickte mir zu.

»Na, wenigstens haben die nicht die Leuchten zerschmettert. Was für ein Glück.« Die Ironie in seiner Stimme war kaum zu überhören, und mir kam der Gedanke, dass wahrscheinlich jeder hier mittlerweile einen Groll gegen das Stück hegen musste. Oder gegen Pavel. Oder gegen Edith und mich. Ich musste an die Streitereien der Mitarbeiter denken, die losen Schrauben. Jemand hatte seine ganze Wut an der Kulisse ausgelassen. Was hatte denjenigen nur so wütend gemacht? Und wieso versuchte dieser Jemand so verzweifelt, das Stück vor der Premiere zu sabotieren? In Gedanken versunken, zuckte ich zusammen, als ich einen Druck auf der Schulter spürte. Erschrocken drehte ich mich um und sah ins verheulte Gesicht meiner Schwester.

»Es tut mir leid«, schluchzte sie mit erstickter Stimme und fiel mir um den Hals. Ihre Umarmung erdrückte mich fast, aber nach einigen Sekunden erwiderte ich sie und strich ihr sanft über den Rücken.

»Ich will nicht, dass so etwas geschieht«, flüsterte ich ihr leise ins Ohr, damit es kein anderer hören konnte.

»Ich weiß«, heulte sie, und ich tätschelte ihren Kopf.

»Bitte, beruhig dich. Wir müssen etwas besprechen.«

Sie löste sich aus unserer Umarmung und wischte sich die Tränen weg.

»Ja, lass uns in meine Garderobe gehen. Da können wir reden.«

»Nein«, entgegnete ich. Ich fühlte mich dort nicht mehr sicher. Wer weiß, wie viele Verstecke es hier in diesem Gebäude noch gab.

»Lass uns lieber heute Abend bei dir reden. Dort sind wir ungestört.«

Ich deutete mit dem Kopf auf ein paar Theatermitarbeiter, die sich nun offensichtlich zu uns umgedreht hatten und uns unverhohlen beobachteten.

»In Ordnung«, sagte Edith nickend. »Du hast recht. Trotzdem, es tut mir leid.«

»Ist schon gut. Wir sehen uns heute Abend.«

Daniel – Das Geheimnis der drei

Bei Jere angekommen, entschlossen Pejo und ich, im Wald Beeren sammeln zu gehen, und machten wie sonst auch einen Wettkampf darum, wer seinen Eimer schneller gefüllt hatte.

Vorsichtig setzte ich einen Fuß vor den anderen. Ich war heute schon mehrmals unachtsam gewesen und meine Schuhe bereits voller Dreck, weil ich in sumpfigen Matsch getreten war. Pejo stand einige Meter neben mir.

»Was machst du denn? Da wächst doch nichts. *Hier* ist das Gold!« Er schwang stolz seinen weißen Plastikeimer, der fast vor Blaubeeren, Himbeeren und Walderdbeeren überquoll. Auch wenn wir auf moorigem Boden suchten, Lakkabeeren hatten wir bisher nicht gefunden, obwohl die bestimmt das meiste Geld gebracht hätten.

»Angeber«, murmelte ich, schlug jedoch seine Richtung ein.

Die Beeren gaben wir regelmäßig bei Tante Helga in ihrem Hofladen ab. Dafür kassierten wir ein gutes Taschengeld und Zimtschnecken, so viel wir essen konnten.

»Dein Bruder kann mich nicht leiden.« Pejo sah nicht vom Boden auf, während er die Sträucher absuchte.

»Ach Quatsch, er spielt sich nur auf«, sagte ich und hoffte, dass ihn das aufmuntern würde. Eigentlich war ich mir sicher, dass er recht hatte, aber das konnte ich ihm unmöglich sagen. Ich wusste, dass es sein sehnlichster Wunsch war, von Mikael akzeptiert zu werden. Er bewunderte, nein verehrte ihn beinahe. Deshalb ertrug er auch geduldig Mikaels schnippische Kommentare.

»Wenn ich dir etwas erzähle, versprichst du dann bei deinem Leben, es nicht weiterzutratschen? Sonst bringt uns Mikael um.«

»Na logo.«

Ich sah ein hoffnungsvolles Leuchten in Pejos Augen. Ich konnte nicht anders, als Pejo einzuweihen. Den ganzen Tag hatte es mir schon unter den Nägeln gebrannt, ihm alles haarklein zu erzählen, obwohl Mikael und ich einander versprochen hatten, es für uns zu behalten. Aber ohne Grund würde Pejo nicht mit einem Seil aus dem Boot seines Vaters rausrücken.

»Du musst uns einen Gefallen tun. Danach stehst du bei Mikael auf jeden Fall gut da.«

Pejo war sofort Feuer und Flamme. Er wollte unbedingt beim Abstieg dabei sein und machte das auch gleich zur Bedingung für seine Hilfe, obwohl Mikael meinte, ein so festes Seil gäbe es wohl kaum. Er war dagegen gewesen, aber auch er hatte keine bessere Idee, wo wir sonst ein so langes Seil herbekommen könnten als von Jeres Jacht. Sie gingen oft zum Fischen und hatten immer das beste und teuerste Material. Darunter ein langes Seil und ein Fischernetz, das, miteinander verknotet, ausreichen würde, um uns wie an einem Spinnennetz hinunter zu lassen.

Am nächsten Tag warteten wir wieder ab, bis Vater zusammen mit unserem Onkel in die Stadt fuhr, und sprangen dann sofort ins Boot.

»O. k.«, sagte Mikael schließlich, als wir kurz vor der Insel waren. »Niemand sagt ein Wort. Zu *keinem*. Das bleibt alles zwischen uns dreien. Wie ein Pakt.«

Pejo wären fast die Tränen gekommen, so sehr freute er sich, einen Pakt mit meinem Bruder zu schließen.

Als wir im Schilf ankamen, trabte Pejo mit offenem Mund hinter uns her. »Das ist *unsere* Insel, Jungs. Wisst ihr eigentlich, was ihr für ein Juwel gefunden habt?«

Mikael und ich blickten uns grinsend an. Ja, das wussten wir. Als wir bei der Höhle ankamen, sollte sich Mikaels Befürchtung in Bezug auf Pejos Gewicht beinahe bestätigen, allerdings war nicht das Seil das Problem, sondern bereits der Eingang zur Höhle. Ich folgte meinem Bruder, der sich als Erster durch den schmalen Spalt quetschte, nur um dann wieder zurückzukehren und Pejo reinzuziehen. Er traute sich zu Recht nicht. Seine Wampe blieb direkt in der ersten Abbiegung stecken.

»O verdammt, ich schaff's nicht!«, jammerte er. »Hab heute zu viel gegessen.«

»Klar doch«, sagte ich beschwichtigend, während ich aus dem Inneren der Höhle Mikaels lautes Lachen hörte. Ich sah mir das Debakel an. Pejo steckte mitten im Eingang fest. Direkt auf Höhe seines Bauches war die Höhle am engsten. Wäre er größer gewesen, hätte er vermutlich keine Probleme gehabt, denn weiter oben wurde der Abstand zwischen den beiden Felsen deutlich größer.

»O. k., warte mal«, sagte ich und ging zurück in die Höhle. »Hey, lass mich nicht hier zurück«, hörte ich ihn jammern, wobei seine Stimme bis ins Innere des Gewölbes hineinhallte. Mikael blickte mich nur fragend an.

»Und, lassen wir ihn da stecken?« Er grinste bis über beide Ohren.

Ich schüttelte vorwurfsvoll den Kopf, musste mir aber selbst ein Lachen verkneifen.

»Dann können wir das Seil aber auch vergessen. Jetzt hilf mir lieber beim Tragen.« Ich deutete mit dem Zeigefinger auf einen fußballgroßen Stein in der Ecke. Würden wir ihn an der engen Stelle platzieren, könnte Pejo sich daraufstellen und sich oberhalb des Schlitzes durch den Durchgang zwängen. Mikael schien zu verstehen und verdrehte die Augen. Da er jedoch einsah, dass wir keine Alternative hatten, packte er schließlich mit an. Laut keuchend, erreichten wir Pejo, wobei wir den Stein die letzten Zentimeter mit den Füßen nach vorne stoßen mussten. Am Ende ging der Plan auf.

»Na endlich«, sagte Mikael, als wir zu dritt im Eingang standen. Pejo strich sich den Staub von seinem T-Shirt.

»Hab doch gesagt, dass ich durchpasse«, murmelte er beleidigt in sich hinein.

»Schluss jetzt. Lasst uns endlich weitergehen.« Ich nahm Pejo das Seil und das Fischernetz aus der Hand und ging entschlossen durch die Höhle in Richtung des Abgrundes. Ich wollte es endlich hinter mich bringen, und auch mich hatte die Neugier gepackt. Ich fragte mich die ganze Zeit, was wir dort unten finden würden. Das Ganze war das bisher größte Abenteuer meines Lebens. Und ich erlebte es mit Mikael.

Am Abgrund angekommen, hallten Pejos Worte in die Tiefe. »Wooah ... wie tief geht es da runter?«

»Nicht sehr«, sagte ich, ohne meinen eigenen Worten zu

vertrauen. Pejo sah mich ängstlich an. Ich zuckte mit den Schultern.

»Du kannst auch wieder zurückgehen«, hörte ich Mikaels Stimme im Hintergrund, während er das Seil an einem spitzen Steinbrocken festmachte. Er beherrschte sämtliche Seemannsknoten. Das hatte er von Jere gelernt. Er warf das Seil an uns vorbei, und wir beobachteten, wie es in die Tiefe fiel. Pejo und ich machten Mikael Platz, der als Erster zum Abgrund ging und sich an die Kante neben das Seil setzte. In der Hand hielt er eine Taschenlampe.

»Haltet das Seil, falls es sich doch lockern sollte.«

Er klemmte sich die Lampe zwischen die Zähne und ließ seine Beine in die Dunkelheit baumeln. Dann ließ er sich, das Seil fest umklammernd, in die Tiefe fallen. Vor Schreck rief ich seinen Namen, hörte aber nur einen Schrei, der aus der Dunkelheit kam. Dann nichts. Ich rannte zum Seil, das noch immer fest um den Felsbrocken gebunden war.

»Mik! Lebst du noch?!«, rief Pejo in die Dunkelheit.

»Wuhu, das ist echt cool hier! Kommt runter.«

Wir blickten den Abgrund hinunter und sahen einen kleinen runden Lichtschein umherwandern.

»Und, hast du etwas entdeckt?«, fragte Pejo.

»Quatscht nicht, und kommt herunter.«

Jetzt, wo ich an der Reihe war, war ich nicht mehr unbedingt scharf drauf, doch ich riss mich am Riemen. Das Seil fest umklammernd, rutschte ich langsam ins Dunkel.

»Das machst du gut, du bist gleich unten«, rief mir mein Bruder zu, und ich beschleunigte meinen Abstieg. Die Wand war halbwegs gerade, hier und da konnte man seine Zehen an einem abstehenden Stein abstützen. Je tiefer ich kam, desto kälter wurde die Luft. Meine Taschenlampe klemmte zwischen meinen Zähnen. Gerade als ich mich in Sicherheit wägte, fiel der Lichtschein auf einen schwarzen Punkt an der Wand vor mir, der sich plötzlich ruckartig bewegte. Eine schwarze, haarige Spinne streckte mir ihre Beine entgegen. Mit einem Kreischen rutschte ich ungebremst am Seil herunter. Es dauerte wenige Sekunden, bis ein heftiger Ruck zuerst meine Füße und dann meinen Hintern durchfuhr. Trotz des stechenden Schmerzes sprang ich sofort wieder auf die Beine und wich nach hinten in Mikaels Richtung aus.

»Was, bitte, war das?«, fragte er, als ich mit einem zitterten Licht meiner Taschenlampe auf die Wand deutete. Die Spinne saß noch immer dort, als würde sie ihr zukünftiges Mahl bestaunen.

»Ach das. Ja, davon hab ich schon ein paar gesehen. Hoffentlich sind die nicht giftig«, lachte er.

»Lebt ihr noch da unten?«, lenkte uns Pejos Stimme von oben ab. Wir blickten zu ihm hinauf und riefen gleichzeitig »Ja! Komm endlich!«

Zu meinem Erstaunen kam Pejo ziemlich flink herunter. Ich leuchtete ihn an und konnte selbst in der Dunkelheit rote Flecken in seinem Gesicht erkennen.

»Hast du die fette Spinne gesehen?«, fragte er mit stockender Stimme. Ich nickte und versuchte, möglichst unbeeindruckt auszusehen. Wir ließen die Lichter unserer Taschenlampen durch den Raum schweifen. Die Wände um uns herum warfen gespenstische Schatten. Der Boden bestand aus Gesteinsbrocken, vermutlich Geröll, das von oben heruntergefallen war. Sonst nichts. Ich war erleichtert. Aber auch ein wenig enttäuscht.

»Hey, schaut mal her«, hörte ich Mikael hinter uns und folgte dem Strahl der Taschenlampe, die auf etwas Helles gerichtet war. Einen fürchterlichen Moment lang dachte ich, der Lichtschein zeigte auf einen nackten Körper, denn die Struktur glich der Haut eines Menschen. Dann aber leuchtete Mikael eine Stelle an, die wie ein Griff aussah. Wir gingen langsam näher heran. Jetzt konnte ich erkennen, was es war. Ein lederner Koffer.

Lilja – Geständnisse

Als das Schloss umgedreht wurde, fuhr ich hoch und spürte ein Ziehen am Hals. Ich war auf der Couch eingenickt, mein Nacken ganz steif von der krummen Haltung. Die Dämmerung hatte bereits nachmittags begonnen, und die untergehende Sonne tauchte das Zimmer in ein warmes Orange. Edith streckte ihren Kopf nun durch die Wohnzimmertür.

»Hey, sorry, ich konnte nicht früher raus«, sagte sie und zog ihren Mantel aus.

»Kein Problem«, antwortete ich und rieb mir die Augen.

Sie ließ sich mit einem Seufzer neben mich fallen und blickte mich mit großen Augen an.

»Wolltest du nicht etwas mit mir besprechen?«

Ich atmete tief durch und nickte. Dann holte ich den Abschiedsbrief unseres Vaters aus meiner Tasche. Ich schob ihr das vergilbte Papier, das ich in den letzten Jahren bestimmt Tausende Male gelesen hatte, entgegen und beobachtete, wie ihre Augen über die Zeilen sprangen. Sie hielt den Zettel so vorsichtig, als könnte er jeden Augenblick zu Staub zerfallen.

»Ist das etwa …?«, fragte sie leise mit einem erschrockenen Ausdruck im Gesicht.

»Das«, antwortete ich behutsam, »ist eine Nachricht, die mir Papa vor seinem Tod hinterlassen hat.«

Sie kniff die Augen zusammen. »Wie?«

»Der Zettel lag unter meinem Kopfkissen. Ich habe ihn bis heute niemandem gezeigt.«

Einige Sekunden herrschte angespannte Stille. Ich sah ihr an, dass sie mit dieser neuen Erkenntnis rang. Ihr hatte er keinen Brief hinterlassen.

»Warum zeigst du mir das jetzt?«

»Ich bin mir nicht mehr sicher, ob das wirklich unser Vater geschrieben hat.«

Edith musterte mich skeptisch. »Wer sollte es denn sonst geschrieben haben?«

»Ich weiß es nicht. Mir kommt das alles einfach falsch vor. Wieso sollte er sich umbringen? Und, was für ein Zufall: Kaum wird das Stück herausgekramt, tut jemand sein Bestes, um es zu verhindern. Was, wenn es doch nicht Papa war, sondern bereits damals jemand verhindern wollte, dass das Stück aufgeführt wird?«

Ihr Blick wurde starr. Vielleicht war ich doch zu ihr durchgedrungen. »Wie kannst du dir da sicher sein, dass es *nicht* seine Schrift ist?«

»Was ist, wenn ich recht habe?«

»Warum sollte jemand so etwas tun?«

»Weil ...«, überlegte ich, »na, weil die Geschichte vielleicht nicht bloß eine Geschichte ist. Hast du daran schon einmal gedacht? Vielleicht hat er darin eine Botschaft versteckt.« Edith atmete tief durch und strich sich durchs Haar.

»Puh, das ist ein ganz schönes Paket.«

Ich nickte.

Wenigstens war sie nicht wieder aus dem Raum geflüchtet, aber es war ihr deutlich anzusehen, wie die unterschiedlichsten Gefühle in ihr stritten.

»Hast du schon jemandem davon erzählt?« Sie musterte mich angespannt.

»Wieso?«

»Lilja, wir müssen vorsichtig sein. Wenn du recht hast, verändert das einfach alles, verstehst du nicht?«, sagte sie energisch. Ich nickte langsam. Sie hatte recht.

»Bitte, tu das nicht«, sagte sie dann plötzlich leise.

»Was meinst du?« Hitze stieg in mir auf.

»Ich glaube, du interpretierst da zu viel hinein.«

Das Leuchten war aus ihren Augen verschwunden. Sie blickte mich nur noch traurig und ausdruckslos an.

»Du würdest nur wieder alte Wunden aufreißen. Mama hat uns doch erzählt, wie er war.« Sie seufzte. »Er war nicht normal. Zu diesem Zeitpunkt jedenfalls nicht mehr.«

Ich sah sie verständnislos an.

»*Du* selbst hast mich doch herbestellt! Glaubst du wirklich immer noch, dass das alles Unfälle waren, am Set? Dass Bernadette zufällig fast erschlagen wurde? Die zerstörte Kulisse? Und dann deine Garderobe?« Ich war kurz davor, ihr von den Drohbriefen zu erzählen, die Lünov mir gezeigt hatte, aber selbst dafür würde sie wahrscheinlich eine Erklärung finden, die in ihr Denkschema passte. Die den Traum von ihrer zukünftigen Karriere nicht störte.

»Das mit Berni war ein Unfall, davon bin ich immer noch überzeugt. Und die Schmiererei stammt ganz sicher von einem Techniker, der Pavel eins auswischen wollte.«

»Sag mal, hat dir Pavel das Gehirn vernebelt?« Ich blickte sie voller Abscheu an. War sie wirklich so naiv?

»Du kannst mich mal!«

»Warum ist Berni so vor dir zurückgeschreckt, als wir sie besucht haben?«

Die Frage blieb wie eine Blase zwischen uns hängen. Edith wich meinem Blick aus. Es war offensichtlich, dass etwas nicht stimmte. Ich kannte diesen Blick. So hatte sie schon als Kind geschaut, wenn sie mir etwas weggenommen oder verschwiegen hatte. Wir haben uns vielleicht entfremdet, aber ihre Mimik war nach so vielen Jahren noch immer ein offenes Buch für mich.

»Ich weiß nicht, was du meinst.«

»Sie hat mir etwas erzählt, als du nicht im Raum warst. Es schien fast, als wollte sie, dass nur ich es höre.«

Edith sah mich forschend an.

Ich legte nach. »Ich habe eine Information von ihr erhalten. Und ich überlege, wie ich damit weiter verfahren soll. Aber verdammt noch mal ich werde nicht davor zurückschrecken, hier einen Riesenskandal offenzulegen, wenn es sein muss.«

Ihre Augen weiteten sich, dann füllten sie sich mit Tränen. Einen Moment lang war ich sicher, dass sie mich gleich anschreien würde, doch dann stützte sie die Ellbogen auf dem Tisch ab und verbarg ihr Gesicht in den Händen.

»Ich wollte es nicht. Verstehst du? Es war ein Unfall. Im Affekt. Ich ... ich wollte dich einfach bei mir haben.«

»Wovon sprichst du?«

»Deine Vorgängerin. Ich ...« Sie rang um Fassung.

Ich begriff nur langsam. »*Was* hast du getan?«

Ihr ganzer Körper bebte. Mit zittriger Stimme fuhr sie fort. »Du musst dir meine Situation vorstellen. Ich wurde hier behandelt wie eine Aussätzige. Als sei ich ein Freak, nur weil er mein Vater war. Ständig diese Lästereien hinter meinem Rücken. Es war unerträglich. Ich wollte doch nur eine Chance haben, und Lünov hat sie mir gegeben. Ich weiß, es hört sich an, als sei ich irre.«

Ich brachte kein Wort heraus und ließ sie weiterreden.

»Ich fühlte mich so allein, Lilja. Dass du so weit weg warst, habe ich nicht ertragen. Ich wollte dich immer bei mir haben. In der Stadt und im Theater. Aber ich brauchte einen Grund ... An diesem Abend, da hatte ich was getrunken. Mit Pavel. Aber wir haben uns gestritten, und mir wurde alles zu viel. Und diese Schnepfe, die mich gedoubelt hat ... sie war einfach zur falschen Zeit am falschen Ort.«

»Was zur Hölle hast du getan, Edith?« Ich wusste es längst. Bernis Worte hallten in meinen Ohren wider: »Sie lügt.« Aber ich musste es aus ihrem Mund hören.

»Ich habe sie geschubst. Es war im Affekt. Pavel hat alles geregelt. Und mit Bernadette geredet, damit sie den Mund hält. Er ... er hat mir da rausgeholfen.«

Ich schüttelte nur langsam den Kopf. Mehr und mehr begriff ich, wie intrigant diese Welt ist, in die ich da hineingeraten war.

»Warst du es? Hast du Berni das angetan?«

»Nein! Wieso sollte ich? Jetzt bist du ja da. Das war ich nicht. Genauso wenig wie die Kulisse ... Ich will das Stück nicht sabotieren. Was hätte ich davon?«

»Und was war das mit deiner Garderobe? Wer könnte das gewesen sein?«

Nun senkte sie erneut den Kopf. »Ich dachte, du fährst gleich wieder ab, wenn dir hier alles normal erscheint.«

Ich war sprachlos. »Du selbst hast dein Zimmer so zugerichtet?«

»Ich wollte, dass du bleibst ... Ich weiß, ich höre mich an

wie eine Verrückte.« Dicke Tränen kullerten ihre Wangen hinunter.

Das war doch alles Wahnsinn! Nach einer kurzen Pause fuhr ich fort. Langsam und ruhig.

»Lass uns von hier weggehen. Das ist doch ein Irrenhaus. Du bist hier nicht sicher!«

Sie lachte trocken auf. »Nein, dafür ist es definitiv zu spät. Hast du schon mal darüber nachgedacht, wie Lünov an das Manuskript gekommen ist?«

Mit dieser Frage hatte ich wahrlich nicht gerechnet.

»Ich erspare dir das Ratespiel«, sagte sie in einem bitterem Ton, den ich gar nicht von ihr kannte. »Unsere Mutter hat es ihm verkauft. Für sehr viel Geld. Denn bis auf das tolle Haus bleibt ihr nicht viel. Es ist alles weg, um genau zu sein.«

»Wovon sprichst du überhaupt?«

»Sie ist pleite. Ich musste einen Kredit aufnehmen, um ihr zu helfen. Ich kann nicht einfach so abhauen wie du.«

»Was ist mit Gunter? Er kann ihr doch helfen.«

Sie schüttelte den Kopf. »Nein, das kann er nicht. Er hat sie verlassen. Das Einzige, was er ihr gelassen hat, ist das Wohnrecht fürs Haus. Aber das kann sich auch bald ändern. Also sind wir abhängig von dem verdammten Stück. Lünov hat sogar vorgeschlagen, noch mal extra etwas draufzulegen, wenn ich es schaffen würde, dich von dem Stück zu überzeugen, und wir beide darin mitspielen. Und das habe ich.«

Mir schwirrte der Kopf. Es war zu viel, um es zu begreifen. Alles wegen Geld? Meine Mutter steckte dahinter? Das Ganze klang völlig verrückt.

»Du wirst mir nicht wieder alles kaputt machen«, sagte sie mit zittriger, aber entschlossener Stimme. »Das ist das

Wichtigste, was ich jemals machen durfte. Das ist quasi unser Erbe. Es geht eh nicht anders, und es ist eine riesige Chance für mich, die DU mir nicht versauen wirst.« Erzürnt erhob sie sich vom Stuhl.

»Ich werde es dir nicht versauen, aber der Mörder unseres Vaters vielleicht! Hast du die Nachricht an dem Vorhang nicht gelesen? Jemand will die Premiere mit allen Mitteln verhindern! Willst du denn nicht wissen, wer ihm das angetan hat?« Ich rieb mir das Gesicht. Ich hatte damit gerechnet, dass das Gespräch kompliziert werden würde, aber so etwas hatte ich nicht erwartet.

»Weißt du, was *mir* zu denken gibt?« Sie wartete meine Antwort gar nicht erst ab. »Dass er es nicht mal für wichtig genug befand, seiner zweiten Tochter zu schreiben, wenn er uns doch beide so geliebt hat. Also, was sollte er mich jetzt scheren?« Damit ließ sie mich alleine im Zimmer zurück.

Daniel – der Koffer

»Was zum Teufel ist das?«

Wir starrten wie gebannt auf den Koffer. Er lag in einer Ausbuchtung unter der Felswand. Mir lief ein Schauer über den Rücken.

Gerade als Pejo danach greifen wollte, bellte Mikael ihn zurück. »Pfoten weg! Wir haben ihn zuerst entdeckt.«

»Da wird höchstens eine stinkige Socke drin sein«, flüsterte Pejo trotzig. Wir knieten uns alle auf den Boden. Der Koffer war aus hellem Leder, verbeult und mit altmodischen Schnallen am Griff. Bevor Mikael ihn aufmachte, blickten wir uns an.

»Der sieht aus, als hätte ihn jemand vor längerer Zeit hier abgelegt«, sagte mein Bruder langsam.

»Woher willst du das wissen?«

Pejo kam ihm mit der Antwort zuvor, während er mit seiner Taschenlampe über die Oberfläche leuchtete. »Sieh dir die dicke Staubschicht an.«

Leichte Panik stieg in mir hoch. Ich hatte auf einmal gar kein gutes Gefühl mehr bei der Sache.

»Was, wenn da ein Haufen Geld drin ist?«

»Jungs, hört zu. Du vor allem.« Er zeigte auf Pejo. »Egal, was da drin ist. Ihr erzählt niemandem auch nur ein Sterbenswörtchen, verstanden?«

»Warum denn nicht?« Pejos blöde Frage wurde prompt mit einer Klatsche auf den Hinterkopf belohnt.

»O.k., o.k.«, stammelte er. »Ich versprech's, hoch und heilig!« Das schien Mikael wohl gelten zu lassen. Ich achtete nicht auf die beiden. Wie von selbst löste ich mit hämmerndem Herzen die Schnallen und klappte den Deckel des Koffers auf.

»Ach du Scheiße«, entfuhr es mir. Dann herrschte absolute Stille. Keiner traute sich etwas zu sagen, aber ich wusste bereits beim ersten Anblick, dass wir etwas Schlimmes gefunden hatten.

Lilja – Überreste

Ohne mir ihre Erlaubnis zu holen, nahm ich Ediths Autoschlüssel aus der Schale, die auf der Eingangskommode stand, und verließ die Wohnung. Ich brauchte Antworten. Wut hatte sich über die Enttäuschung gelegt, die ich immer wieder aufs Neue empfand, wenn ich an unsere Familie dachte. Eine Familie, die nur aus Geheimnissen bestand. Und aus Menschen, die überhaupt nicht mehr zueinandergehören wollten. Die Zeit und der Tod meines Vaters hatten uns auseinandergetrieben. Wie konnte ich nur glauben, dass mich Edith dabeihaben wollte, weil ich ihr als Schwester wichtig war? Es ging nur ums Geld. Um ihre Karriere. Alles war eiskalt geplant und meisterhaft inszeniert. So viele Lügen. Ich wischte mir die Tränen weg und startete den Motor. Draußen regnete es noch immer, und die dicken Tropfen donnerten gegen die Windschutzscheibe, aber es war besser, das Prasseln zu hören, als mit meinen Gedanken allein zu sein.

Zwei Stunden später fuhr ich die Auffahrt hoch zu dem Haus, das wie ausgestorben wirkte. Ich hatte nicht angerufen, aber ich wusste, dass sie da war. Wo sollte sie sonst sein? Ich lief durch den Regen und hämmerte gegen die Tür, während über mir der erste Donner zu hören war. Ein

Sturm zog auf. Minutenlang stand ich im Regen, und das Wasser sog sich bereits in den Stoff meiner Klamotten, als sich die Tür endlich öffnete. Das erschrockene, aufgedunsene Gesicht meiner Mutter erschien im Flur.

»Was machst du denn hier?«

In meiner durchnässten Kleidung marschierte ich an ihr vorbei. »Wir müssen reden.«

Sie nickte nur und schloss die Tür. Als wüsste sie, was sie erwartete.

»Zieh deinen Mantel aus. Und auch deine Schuhe, bitte. Ich hole dir trockene Sachen.«

Gerade als ich protestieren wollte, schnitt sie mir das Wort ab. »Dann reden wir. Versprochen.«

Wenig später saßen wir am Tisch, während ich meine Haare mit einem Flanelltuch trocken rieb. Sie stellte uns beiden zwei heiße Becher Tee hin und setzte sich mir gegenüber.

»Warum bist du so aufgebracht?«, fragte sie, während sie sich Zucker in den Tee schüttete. Wo sollte ich bloß anfangen? Ich beschloss, nicht um den heißen Brei herumzureden. »Warum hast du nicht erzählt, dass Gunter dich verlassen hat?«

Sie lächelte matt.

»*Deswegen* bist du hier? Was interessiert dich das?«

»Es interessiert mich insofern«, sagte ich, während ich versuchte, meine Wut im Zaum zu halten, »als dass meine kleine Schwester für deinen fragwürdigen Lebensstil herhalten muss. Und nun sind wir auch noch Marionetten in diesem beschissenen Theaterstück!«

»Nein, so ist es nicht gewesen«, versuchte sie sich zu erklären. »Er hat mich schon fast angefleht!«, stammelte sie.

»Wer?«

»Lünov. Wer sonst?« Sie ließ den Löffel los, als sie merkte, dass sie immer noch in dem Tee herumrührte.

»Er und dieser arrogante Regisseur waren ganz wild darauf. Ich wollte damit nichts zu tun haben, aber er hat nicht lockergelassen. Er wollte unbedingt das vollständige Original. Und hat mir einen unglaublichen Preis dafür geboten. Da konnte ich nicht Nein sagen. Ich tat es vor allem für Edith. Es war ihre große Chance.« Sie beugte sich zu mir herüber, und ihre Hand streichelte sanft über meine. Ich zog sie weg.

»Hast du Papas Sachen noch? Seine Skripte und Notizbücher?«

Ich brauchte unbedingt weitere Notizen meines Vaters, um seine Handschrift mit dem Brief zu vergleichen. Edith hatte recht. Wie konnte ich sicher sein, dass es nicht seine Handschrift war? Doch zu meiner Enttäuschung schüttelte meine Mutter den Kopf.

»Lünov hat auch das ganze Zeug eingelagert, das sich im Arbeitszimmer deines Vaters befunden hat. Ich brachte es beim Umzug nicht über mich, seine Sachen einfach fortzuwerfen. Du kannst Lünov sicher danach fragen.«

»Jemand will das Theaterstück sabotieren und schreckt nicht davor zurück, Leute zu verletzen.«

Sie sah erschrocken von ihrem Tee auf. »Was genau meinst du damit?«

Ich erzählte ihr von Bernadettes Unfall und dem Geschmiere auf der zerstörten Kulisse.

»Hast du eine Idee, wer das gewesen sein könnte? Jemand von früher vielleicht?« Ich versuchte mich zusammenzureißen und das Gespräch nicht wie ein Verhör wirken zu lassen. Sie starrte auf ihre Tasse.

»Nicht wirklich.« Ich zog den Zettel aus meiner Hosentasche und schob ihn ihr langsam entgegen. Die Reaktion überraschte mich. Sie hob ihn mit zittrigen Händen hoch, und nachdem sie ihn gelesen hatte, standen ihr Tränen in den Augen. »Es tut mir so leid.«

»Es fing an, als du fünf Jahre alt warst. Da hat er angefangen, mit Lünov zu arbeiten. Er schloss sich immer öfter in seinem Arbeitszimmer ein und blieb dort fast den ganzen Tag. Er schrieb wie ein Besessener an diesem Stück. Dann plötzlich war er fertig und wieder ganz der Alte. Liebevoll. Er spielte viel mit euch, und ich war einfach nur froh, dass diese manische Phase vorbei war. Er hatte ein furchtbar schlechtes Gewissen, dass er dich und deine Schwester so vernachlässigt hatte. Er sagte, nun würde alles gut werden, und wirkte ... erleichtert. Ich musste zu einem wichtigen Vorsprechen nach Oulu. Ich dachte wirklich, es ginge ihm besser!«

Ihre Stimme war zu einem Schluchzen geworden. Ich verstand überhaupt nichts mehr. Aber ich blieb still, weil ich sicher war, sie wollte mir noch mehr erzählen. Etwas beichten. Nachdem sie sich die Tränen weggewischt hatte, fuhr sie fort: »Ich sollte spätestens in drei Tagen wieder da sein. Er versprach, mit euch zum Sommerhaus zu fahren und ein bisschen Urlaub zu machen. Ich vertraute ihm. Er war sonst immer verantwortungsbewusst euch gegenüber.« Sie schluchzte erneut, dann rieb sie sich die Augen. Ihre Schminke glich der Maske eines traurigen Clowns.

»Die örtliche Polizei rief mich am zweiten Tag an. Sie sagten mir, du seist verschwunden. Und ich flog sofort zurück.«

Ich konnte mich kaum an das Sommerhaus erinnern.

Soweit ich wusste, war ich nur einmal dort gewesen. Zu allem, was meine Mutter mir soeben erzählt hatte, fehlte mir die Erinnerung.

»Als ich dort eintraf, warst du bereits wiederaufgetaucht. Man hatte dich an einer Straße beim Aussichtsturm in der Nähe aufgegabelt. Du warst verängstigt und hast ununterbrochen geweint. Man vermutete, dass du dich im Wald verirrt hattest und gestolpert warst. Du hattest eine Verletzung am Kopf und ein aufgeschlagenes Knie. Eine Woche lang hast du kein Wort geredet und auch danach niemals erzählt, was dir wirklich passiert ist. Wir hatten überlegt, dich zu einem Psychologen zu schicken, aber du warst schon bald nach dem Vorfall wieder ganz die Alte. Als sei nichts gewesen. Wir hatten beschlossen, es ruhen zu lassen. Dein Vater wiederum ...«, sie unterbrach ihre Erzählung, als würde sie die Szene noch vor sich sehen. »Es ging ihm sehr schlecht. Er war kaum ansprechbar. Die ganze Zeit stammelte er etwas von einem Reisenden. Er flehte immer wieder um Vergebung, aber jemand hätte dich geholt, und er hätte nichts tun können. Jemand hätte dich uns weggenommen. Ich verstand damals kein Wort. Die Polizei durchkämmte alle Ufer und fuhr jeden kleinen Hafen und die Nachbarhäuser ab. Aber keiner hatte etwas von einem Fremden in der Gegend gesehen oder gehört. Ich zählte eins und eins zusammen. Für mich war klar, dass er einen Nervenzusammenbruch hatte. Das ...«, sie strich sich müde über die Stirn, »... war der Anfang vom Ende.«

Es war, als würde sie mir die Geschichte von jemand anderem erzählen. Ich war damals fünf. Aber konnte ich solch ein traumatisches Erlebnis tatsächlich vollständig vergessen haben? Hatte ich deshalb diese Albträume, von dem Reptilienmann und der Figur, die mein Vater erschaffen und den Reisenden genannt hatte?

»Ich weiß nicht, was im Theater los ist«, fuhr sie fort. »Manchmal denke ich, an dem Gerede über die Theaterkrankheit ist doch etwas dran. Irgendwann drehen sie alle durch.« Sie zeigte mit dem Daumen auf sich. »Ich bin da keine Ausnahme. Wir sind alle verrückt geworden damals.« Sie schüttelte den Kopf. Sie wirkte noch zerbrechlicher als sonst, und zum allerersten Mal seit langer Zeit empfand ich etwas anderes für sie als Wut. Am liebsten hätte ich sie in den Arm genommen, aber ich konnte diese normal und verletzlich wirkende Frau nicht mit der Mutter in Einklang zu bringen, die mir mein ganzes Leben über immer so unnahbar erschienen war. Plötzlich fiel mir das Foto ein. Ich kramte es aus meiner Tasche hervor.

»War das damals, als er mit uns im Sommerhaus war?«

Sie betrachtete das Bild und schüttelte den Kopf.

»Das Bild kenne ich nicht. Woher hast du das?«

»Aus einer der Kisten oben in meinem alten Zimmer.« Sie schien verwundert.

»Wir waren alle zusammen noch einmal ein Jahr später dort, aber er wollte bald wieder fahren. Auf dem Bild hier bist du jünger. Das Kleid hier«, sie zeigte auf das kleine Mädchen im gelben Kleid, »habe ich dir zum fünften Geburtstag geschenkt, und du wolltest es in diesem Sommer ständig tragen. Du sahst so süß darin aus.«

»Also könnte es damals aufgenommen worden sein, kurz bevor ich verschwunden bin«, überlegte ich.

»Theoretisch ja«, sagte sie. »Aber ich frage mich, wer dann das Foto von euch gemacht hat?«

Daniel – der Fund

Im Koffer befanden sich zwei Gegenstände. Ein kleines Baumwollsäckchen, so groß wie eine Faust, das mit einem schwarzen Band zugeschnürt war, und eine Waffe.

»Ach. Du. Scheiße!«, ließ Pejo seinem Erstaunen Luft.

Mikael griff gleich zum Revolver, der, früher bestimmt glänzend, nun ein mattes Dunkelgrau angenommen hatte. Wir betrachteten den Gegenstand in seiner Hand voller Ehrfurcht. Wie zum Teufel kam eine Waffe hierher? Wer hatte sie dort versteckt? Mikaels Zeigefinger lag schon auf dem Abzug, wie in einem Westernfilm.

»Wow«, flüsterte er.

»Lass mich mal«, sagte Pejo, doch Mikael wich ihm aus und stand auf.

»Finger weg, Fettsack.« Stattdessen fing er an, mit der Mündung auf die Wand zu zielen. »Ob die wohl noch funktioniert?«, fragte er fasziniert.

»Probier's lieber nicht aus. Bestimmt explodiert die in der Hand, sobald du den Abzug drückst.« Ich hatte keine Ahnung, ob das stimmte, aber ich konnte mir nicht vorstellen, dass die Waffe nach all der Zeit, die sie hier gelegen haben musste, noch einwandfrei funktionierte. Mein Einwand schien Mikael nicht zu interessieren.

»Schau mal nach, ob sie geladen ist«, schlug Pejo vor.

Warum war er nur immer so ein neugieriges Aas? Mikael legte die Waffe flach in seine Hand und versuchte die Trommel zu öffnen. Sie klemmte.

»Mist. Eingerostet.«

Er schlug die Waffe ein paarmal gegen die Steinwand, während mir das Herz bei jedem Aufprall in die Hose rutschte. Ich sah uns förmlich schon, durchlöchert von Querschlägern, hier unten draufgehen.

»Lass das!«

»Was soll passieren? Waffen explodieren nicht einfach so, du Blödmann«, blaffte er mich an.

»Ist ja gut. Krieg dich mal ein.« Mir ging das Getue meines Bruders allmählich auf die Nerven. Mochte er sich für noch so toll halten, er war trotzdem noch immer kein Erwachsener. Ich drehte mich wieder zum Koffer um und betrachtete das Säckchen. Ich nahm es in die Hand und begutachtete es mit der Taschenlampe. Es war leicht und von dunklen Flecken übersät. Im Inneren klimperte etwas. Patronen, war mein erster Gedanke. Aber es hörte sich nicht nach etwas Metallischem an, wenn man es schüttelte.

»Nun mach schon auf«, sagte Pejo, den Blick gebannt auf das Säckchen gerichtet. Ich entwirrte das Seil, das fest zu einem Knoten um die Öffnung gebunden war, und öffnete es langsam. Dann schrak ich hoch. Ich ließ es fallen und rutschte ein Stück zurück.

»Was ist denn drin?«, fragten Pejo und Mikael wie aus einem Mund, aber ich brachte keinen Ton hervor. Als von mir keine Antwort kam, rutschte Pejo vor und schnappte sich den Beutel.

»Ach ... du ... SCHEISSE!« Diesmal schrie er beinahe. Sein Ausruf hallte nach oben, und ich hätte über das Scheiße-

Echo gelacht, wäre ich vor Ekel nicht in eine Schockstarre verfallen.

»Was ist denn nun drin, verdammt?« Mikael blickte ungeduldig zu uns herüber. Pejo sah zuerst zu mir, dann zu ihm herüber. »Zähne ... massenhaft Zähne.«

Mikael griff sich den Beutel und kippte seinen Inhalt in den Koffer. Es waren mindestens dreißig Stück. Schneidezähne. Backenzähne. Eckzähne. In verschieden Größen und Zuständen.

»Das gibt's doch nicht. Was ist das für ein kranker Scherz?«, hörte ich Pejo sagen.

»Wem gehörten die wohl?«

»Sind das Tierzähne?«

»Nein«, Mikael stocherte mit der Mündung der Waffe in dem Haufen herum. »Ganz bestimmt sind das keine. Seht doch ...«

Er zeigte auf einen Zahn, der einmal ein kleiner Schneidezahn gewesen sein musste. Auf die Vorderseite war etwas Metallisches geklebt.

»Die sind von Menschen. Und nicht nur von einem.« Er hielt zwei unterschiedlich große Zähne prüfend nebeneinander. Dann schaute er uns ernst an. »Wer auch immer das hier versteckt hat, wollte ganz offensichtlich nicht, dass es irgendjemand findet. Und offensichtlich wollte er diese Zähne dennoch um jeden Preis behalten.«

»Leute«, sagte ich und versuchte das Zittern in meiner Stimme zu unterdrücken. »Ich glaube, ich weiß, wem der Koffer gehört.« Ich hatte den Beutel aufgehoben, den Mikael beiseitegeworfen hatte, und merkte, dass sich ein weiterer kleiner Gegenstand darin verhakt hatte. Ich zog ihn vorsichtig aus dem Säckchen und hielt ihn den anderen vor die Nase. Wie ein langer Wurm lag das verbogene Stück Metall in meiner Hand. Die Gläser fehlten, aber ich erkannte es auch so: Es war Hendriks Nickelbrille.

Teil II

Daniel – Wiedersehen

Ich saß auf meinem Bett und blätterte lustlos in meinem Skizzenbuch, während der Regen gegen die Scheiben prasselte. Es war erst ein Tag vergangen, seit wir in der Höhle waren. Ich konnte nicht aufhören, an unsern Fund zu denken, und spürte, dass es ein riesiger Fehler gewesen war, die Insel überhaupt zu betreten. Vor ein paar Tagen war das Leben noch völlig langweilig und normal gewesen. Was hatte mich daran nur gestört? Jetzt hatten wir ein Geheimnis entdeckt. Das Geheimnis von jemandem, der etwas Schreckliches getan hatte. Bei dem Gedanken an die Zähne packte mich noch immer der Ekel, aber noch viel schlimmer war das Wissen, dass nur jemand, der Furchtbares zu verbergen hatte, etwas dermaßen aufwendig versteckte. Und ausgerechnet wir hatten es gefunden. Ich versuchte mir einzureden, dass es sich bei den Zähnen doch um Tierzähne handeln könnte, aber tief im Inneren wusste ich, dass das nicht stimmte. Welches Tier trug schon eine Zahnspange? Oder eine Brille? Wir wussten es alle.

Auf der Rückfahrt von der Insel hatten wir kein Wort miteinander gesprochen. Mikael hatte Pejo und mich noch einmal beschworen, kein Wort zu verraten. Es würde unser Geheimnis bleiben. Vorerst. Mikael saß auf seinem

Bett, mir den Rücken zugekehrt. Ich hielt die Stille nicht mehr aus und ging zu ihm. Als ich neben ihm stand, erstarrte ich.

»Sag mal, spinnst du?«

Er hielt die Pistole in den Händen und betrachtete sie fasziniert.

»Du hast gesagt, wir lassen alles dort! Wieso hast du die mitgenommen?« Wut packte mich. Wenn Vater uns damit erwischte, würde er uns totprügeln.

»Ich konnte mich nicht von ihr trennen. Sie ist so schön.« Mikael sprach die Worte langsam und bedächtig aus, als würde er halb in Trance reden. Dann drehte er sich zu mir um. »Findest du es nicht seltsam, dass ausgerechnet *wir* sie gefunden haben?«

»Wen?«

»Die Höhle.«

Ich fragte mich die ganze Zeit, ob wir die Höhle des Teufels entdeckt hatten und er schon hinter uns her war.

»Macht dir das Ganze keine Angst?« Seine Ruhe, dieser Mangel an Furcht war mir unbegreiflich.

Er schüttelte den Kopf.

»Nein, wieso denn? Es hat uns ja niemand gesehen.«

Ein Knacken unterbrach uns. Draußen war jemand auf der Treppe. Mikael versteckte die Waffe schnell unter seinem T-Shirt. Im nächsten Moment ging bereits die Tür auf. Jere zwängte seinen Kopf durch den Spalt.

»Hi Jungs. Wie geht's?«

»Gut, und dir?«, fragte Mikael gespielt gelangweilt.

»Auch. Ich fahre mit Pejo ins Dorf zum Essen. Wollt ihr mit? Ihr sterbt hier doch bestimmt vor Langeweile.«

»Ja gern«, antwortete ich und zog mir die Regenjacke

an, die hinter der Tür hing. Mikael warf mir einen bösen Blick zu. »Ich glaube, ich bleibe hier.«

»Ach Quatsch, kommt beide mit. Das wird lustig.«

»Was ist mit ihm?«, warf Mikael ein und deutete nach draußen. Unser Onkel blickte kurz Richtung Haupthaus und zuckte mit den Schultern.

»Ach, ich glaube, euer Vater hat was anderes vor. Am besten lassen wir den Langweiler ...«

»O.k. Ich komme gleich nach«, sagte Mikael.

»Schön!«, antwortete Jere und lief zurück zu seinem Boot, mit dem er am Grundstück angelegt hatte. Bevor Mikael noch etwas sagen konnte, hastete ich hinterher. Ich wollte nur weg hier, für einen Moment meinen Gedanken entfliehen.

Das Örtchen war voller Menschen. Erst jetzt fiel mir ein, dass Wochenende war und viele den Ort zum Bummeln und Essengehen aufsuchten. Nach Tagen der Einsamkeit tat der Trubel sehr gut.

Nachdem wir einen Haufen Pommes und Backfisch in uns reingestopft hatten, seilten wir drei uns Richtung Jugendclub ab. Wir hatten ein paar Stunden, bis wir uns wieder am Hafen treffen würden, während Jere irgendwelche Besorgungen machte.

Ich freute mich darauf, mit den anderen Kindern Karten zu spielen. Doch schon auf den Treppenstufen flaute meine Vorfreude ab. Ich hörte eine Stimme, die mich augenblicklich nervös machte. Wolowski und seine Jungs waren auch da. Am liebsten hätte ich auf der Stelle kehrtgemacht, aber Mikael hatte die Eingangstür bereits betreten. Wolowski und seine Freunde saßen in der Ecke und amüsierten sich köstlich über den Inhalt irgendeines Heftes. Ich vermutete, sie hatten ein Tittenheft aufgetrieben und zeigten es nun herum. Als wir den Raum betraten, blickten sie auf und stellten sich uns in den Weg. Seine beiden Freunde, einer schlaksig und verpickelt, der andere bullig und mit dumpfem Gesichtsausdruck, waren sichtlich amüsiert.

»Hey, ihr Inzestler. Wollt ihr mal eure Mutter sehen?«

Die drei lachten sich schlapp. Mikael trat näher an Wolowski ran und überragte ihn dabei um fast einen Kopf. Er baute sich vor ihm auf, was diesen zurückweichen ließ.

»Noch ein Wort, Wolowski, und ich reiße dir deinen hässlichen Arsch auf.«

Sofort erstarb das Lachen. Es herrschte absolute Stille im Raum. Alle Blicke waren angstvoll auf die beiden gerichtet.

»Wusste ich's doch. Und jetzt lauf zu Papi, bevor er erfährt, dass du mal wieder auf Jüngere losgehst.«

Toms Augen feuerten zwar Blitze auf Mikael ab, aber er trat zurück und ließ uns durch. Mein Bruder hatte einen wunden Punkt getroffen. Egal, wie gefürchtet Wolowski war, die größte Angst hatte er vor seinem eigenen Vater, der ihn zwar vor anderen beschützte, daheim aber genauso zu drangsalieren schien. Irgendwo musste er es ja herhaben. Außerdem hatte Mikael nie Angst vor irgendetwas, was ihm den Respekt der anderen eingebracht hatte. Im Gegensatz zu Pejo und mir. Wir versteckten uns hinter ihm und schlichen dann schnell und wortlos rüber zu den Spielen.

Mikael seilte sich ab und ging zu einer Gruppe Jugendlicher, darunter auch zwei Mädchen, die ihm gleich zur Begrüßung um den Hals fielen. Mikael sagte immer zu mir, die Mädchen hier seien nicht das Wahre, worauf ich wissend nickte, obwohl ich keine Ahnung hatte, was er meinte. Aber so schlecht konnten die Mädchen auch wieder nicht sein, denn sobald wir den Club betraten, spielte er immer den Coolen.

»Hey«, Pejo stupste mich von der Seite an. »Du hast es keinem erzählt, oder?«

Ich sah ihn verständnislos an.

»Wenn, dann bist eher du derjenige, der es vielleicht ausplaudert«, entgegnete ich.

»Ich hab mir das Ganze noch mal durch den Kopf gehen lassen«, sagte er, ohne auf meine Antwort einzugehen.

»Der Koffer muss von einem Psychopathen stammen. Was anderes kann es doch gar nicht sein, oder?«

»Und was ist mit der Brille?«, entgegnete ich. Pejo blickte nachdenklich auf den Boden. »Du dachtest doch auch sofort an den Jungen ...«

»Meinst du Hen...?«

Ich befahl ihm, still zu sein. Vom Ende des Regals aus konnte ich sehen, wie Wolowski uns von der Sitzgruppe aus beobachtete. Sein Blick verriet nichts Gutes.

»Komm, lass uns was spielen.«

»Nein, ich hab 'ne bessere Idee.« Pejo kramte etwas Klimperndes aus der Hosentasche und hielt es hoch.

»Woher hast du das Geld?«

»Von einer großzügigen Oma«, sagte er und grinste. »Lass uns lieber ein Eis holen. Ich habe keine Lust, bei den Idioten hier abzuhängen.« Er deutete mit dem Kopf in Richtung unserer Erzfeinde.

»O.k.«, sagte ich. Eigentlich wollte ich Mikael noch Bescheid geben, aber der war zu beschäftigt mit seinen Freunden, und sobald ich rüberging, würde er bestimmt so tun, als sei er genervt von seinem kleinen Bruder. Wie gewöhnlich, wenn andere, insbesondere Mädchen, dabei waren. Darauf konnte ich gerne verzichten, und so traten wir in den Regen hinaus, der mittlerweile zu einem leichten Nieseln geworden war. Ich überlegte schon, welche Eissorte ich bestellen sollte, als ich neben mir einen Platscher hörte. Pejo war der Länge nach von der Treppe in den Matsch gefallen, mit dem Gesicht direkt in eine Pfütze. Ich wollte lachen, aber da traf mich schon ein Tritt in den Rücken, und ich fiel vornüber. Neben die Pfütze. Hinter uns hörte ich ein hämisches Lachen.

»Na, ihr zwei Schwulis, wohin so eilig?« Wolowski stand am Absatz der Treppe und grinste sein fiesestes Schweinegrinsen. Seine pausbäckigen Wangen glühten vor Zorn, sodass er aussah wie ein wild gewordener Ochse. Mit einem Satz sprang er auf uns zu, und wäre ich nicht ausgewichen, wäre er direkt auf mir gelandet. Seine beiden Kumpanen blieben brav hinter ihm, bereit einzugreifen, wenn Tom es befahl.

»Kohle her, Fettsack!«

Pejo war von oben bis unten mit Matsch bedeckt. Durch den Schlamm, der in seinem Gesicht hing, blinzelte er hoch zu seinem Peiniger. Er war kurz davor, in Tränen auszubrechen, und ich betete, dass er sich zusammenriss. Sobald Wolowski Tränen sah, gab es für gewöhnlich kein Halten mehr. Wortlos gab Pejo ihm sein Geld.

»Sehr gut. Hast sowieso genug auf den Rippen.«

Hämisch grinsend trat er ins Wasser, spritzte uns beide nass und ging schließlich an uns vorbei.

Ich zitterte. Aber nicht nur vor Kälte. Meine Hände waren zu Fäusten geballt, und der einzige Wunsch, den ich verspürte, war, Wolowskis hässliche Visage in die Pfütze zu drücken.

Als sie von dannen zogen, gingen wir langsam und mit hängenden Köpfen die Stufen hinauf, zurück in die Bibliothek und den anliegenden Jugendraum.

Wir schlichen aufs Klo, wo wir uns sauber machten. Pejo konnte seine Tränen nicht mehr zurückhalten, während er versuchte, sich den gröbsten Dreck von den Klamotten zu wischen. Er war klatschnass. Ich wusste nicht, was ich anderes tun sollte, als ihm vorsichtig auf die Schulter zu klopfen.

»Sie hätten uns beide verdroschen. Mach dir nichts draus.«

Er schaute weg und nickte langsam. Dann murmelte er: »Du darfst Mikael nichts davon erzählen.«

Ich blickte an uns hinunter. Ich war zwar nicht so verdreckt wie er, aber dass wir der Länge nach hingefallen sind, war nicht zu übersehen.

»Pejo, das kriegen wir nicht mehr sauber.«

Er drehte sich zu mir um.

»Nein, nicht das.« Dann wischte er sich die Tränen mit dem Ärmel seines Pullis weg, der noch mehr Dreck in sein Gesicht schmierte. Ich verstand. Er wollte nicht, dass Mikael ihn noch mehr auslachte, als er es ohnehin schon tat.

»Klar. Ich sage kein Wort.«

»Danke. Irgendwann rächen wir uns an den Schweinen.«

»Bestimmt«, stimmte ich ihm zu, ohne selbst daran zu glauben.

Lilja – das Lager

Vom Haus meiner Mutter fuhr ich direkt ins Theater. Wahrscheinlich war Edith sowieso wieder dort. Sie kam nur zum Schlafen in ihre Wohnung, wobei ich mich fragte, ob das schon immer so war oder erst, seit ich bei ihr eingezogen war. Meine Gedanken kreisten permanent um das, was ich wenige Stunden vorher erfahren hatte. Das Surren in meinem Kopf hatte sich ebenfalls zurückgemeldet, und nur die lange Autofahrt hielt mich davon ab, weitere Tabletten einzuwerfen. Es schien, als hätte ich Informationen über einen Fremden bekommen. Wer war mein Vater eigentlich? War er verrückt, oder hatte ich ihm mein halbes Leben unrecht getan? Dass er manisch-depressiv war, wusste ich bereits vorher, aber nicht, dass es einen Auslöser für seinen Zusammenbruch gegeben hatte. So sehr ich es auch versuchte, ich konnte mich nicht an mein Verschwinden erinnern. Was genau war damals geschehen, und wie war es möglich, dass ich keinerlei Erinnerungen daran hatte? Eins wusste ich jetzt jedenfalls. Dem Intendanten war nicht mehr zu trauen. Eigentlich keinem dort. Nicht mal meiner Schwester, dachte ich bitter. Sie hatte für alles eine scheinbar logische Erklärung, und es war klar, dass sie alles und jeden – mich eingeschlossen – ihrer Karriere opfern würde. Wer weiß, ob sie mir überhaupt alles gesagt hatte.

Vor dem Theater angekommen, fiel mir eine Gruppe von Menschen auf. Es waren nicht mehr als fünf oder sechs Personen, aber sie alle starrten zu mir herüber. Mit ihren Händen hielten sie Schilder hoch, die das zerrissene Plakat des Theaterstücks zeigten. Mit roter Farbe stand das Wort »Schande« darüber. Ein paar von ihnen sprachen mit einem Mann Mitte zwanzig, der eine Kamera um den Hals trug und fleißig mitschrieb. Er sah aus wie ein Zeitungsreporter. Als er mich erkannte, ließ er die Gruppe abrupt stehen und näherte sich mit schnellen Schritten, weswegen ich mich beeilte, so schnell wie möglich ins Theater zu gelangen.

»Entschuldigen Sie, sind Sie nicht …«, rief er im Laufschritt, doch ich wollte keinesfalls mit ihm sprechen. Etwas ließ mich dennoch innehalten: Eine Frau aus der Gruppe hob stumm den Finger und zeigte auf mich. Ihr Blick war hasserfüllt. Schnell drehte ich mich weg und ging weiter. Als ich das Tor schloss, sah ich sie ein weiteres Mal durch den Türspalt. Sie starrte mich immer noch an und spuckte auf den Boden. Es war die Frau des verstorbenen Tontechnikers.

Im Inneren ging ich sofort Richtung Aufzug. Lünov war mir eine Erklärung schuldig. Mit vor Wut zitternden Fingern drückte ich den obersten Knopf. Als die Türen des Lifts aufgingen, schritt ich durch den Flur direkt in sein Büro. Die Tür war nicht verschlossen, und ich fand den Raum leer vor. Eigentlich wollte ich wieder nach unten fahren, doch mein Körper bewegte sich wie von allein hinter seinen Schreibtisch. Ich wusste nicht, wonach genau ich suchte. Der ganze Schreibtisch war bedeckt von unzähligen Papierstapeln. Ich wischte sie wie Spielkarten zur Seite, um sie besser überfliegen zu können. Verträge, Rechnungen, Geschäftsbriefe. Es schien nichts Ungewöhnliches dabei zu sein. Auch in Lünovs Schublade nichts als Personalakten, ein Schubfach mit Tabak und Zigaretten, noch mehr Zettelgewirr. Als ich sie mit einem Ruck zuschob, weil sie klemmte, leuchtete der Desktop seines Laptops vor mir auf. Ich hatte gar nicht damit gerechnet weiterzukommen, aber entweder war Lünov gerade erst gegangen oder sein Computer war nicht passwortgeschützt, denn auf dem Bildschirm erschienen alle Dateien und Programme, die er zuvor geöffnet hatte. Darunter auch sein Mailfach.

Meine Augen suchten hektisch nach etwas Auffälligem: meinem Namen, dem Namen meines Vaters ... aber ich fand nichts, womit ich etwas anfangen konnte. Das meiste waren IT-Themen, abteilungsübergreifende Mails, Pressebesprechungen, Korrekturen der Pressetexte. Presse ... Mein Blick blieb an einer Mail von einem Herrn Adam Josephson hängen, mit dem Betreff: »Interview Lünov und Nygård«. Er bedankte sich für die Zusammenarbeit und bat um eine Abnahme des beigefügten Artikels. Mit zitternden Fingern klickte ich auf die Datei. Sofort öffnete sich ein PDF, und das Gesicht meines Vaters starrte mich an.

Seine Augen strahlten etwas Trauriges aus, seine Mundwinkel waren zu einem dünnen Strich zusammengezogen. Es war das Abbild eines Psychopathen – oder von jemandem, den man unbedingt dazu erklären wollte. »Das Genie des Grauens«, prangte als Überschrift über dem Artikel. Darunter ein Foto von dem Intendanten und meiner Schwester. Sie beide. Im Interview über das Theaterstück. Meine Finger krallten sich um die Ränder der Tastatur. Wie von selbst nahmen sie den Laptop in die Höhe und ließen ihn mit einem Satz gegen den Tisch krachen. Die Oberfläche des Bildschirms knackte, und die Blätter auf dem Tisch flogen in alle Richtungen, während ein Schrei meiner Kehle entwich.

»Was wird das?« Lünov stand in der Tür, den Blick noch auf sein Mobiltelefon gesenkt, als er erstaunt hochsah. »In meinen persönlichen Sachen wühlen geht eindeutig zu weit!«

Ich sah auf. Atmete schwer. Meine Augen huschten über den Tisch. Alles lag noch an seinem Platz, und der Laptop stand in der Mitte, meine Hände um ihn gekrallt. Aber er war noch heil, nicht zerschmettert. Ich überging seinen Vorwurf.

»Es kommt mir eher vor, als würden Sie in meinem privaten Kram herumwühlen ... Warum tun Sie das?« Die letzten Worte kamen nur schwer aus meinem Mund.

»Warum tue ich was? Sollte ich nicht eher fragen, was du hier tust?« Lünov schritt zu seinem Arbeitsplatz, drängte mich zur Seite und schloss den Laptop mit einem lauten Klappen.

»Das Interview. Wieso spielen Sie der Presse derart in die Hände?«

»Dein Vater hätte es so gewollt.« Er sah mich nicht an, sondern blickte hinunter auf den Tisch, auf seine aufgestemmten Hände und die vernarbte Haut, die sich wie eine Vulkanlandschaft über seine Arme zog.

»Ohne das hier«, er deutete auf den Computer, »wird niemand das Stück sehen wollen. Ich weiß, es ist schwer zu verstehen, aber ich tue das nur für deinen Vater.«

»Das glaube ich kaum. Aber ich kann Sie auch nicht

daran hindern, hab ich recht?« Es war im Grunde keine Frage. Ich atmete tief durch und versuchte mich an den Grund meines Besuchs zu erinnern. »Was haben Sie mit den Sachen meines Vaters gemacht?«

Lünov schloss die Tür hinter sich und nahm seine Brille ab, die er zum Lesen getragen hatte. »Du hast also mit deiner Mutter gesprochen?«

»Ja, das habe ich. Warum haben Sie sämtliche Notizen meines Vaters an sich genommen?«

»Wir haben viele Jahre zusammengearbeitet. Ich wollte einfach nicht, dass seine Arbeit in irgendeiner Ecke vergammelt oder – noch schlimmer – weggeworfen wird!«

»Das haben Sie sich auch einiges kosten lassen, habe ich gehört.«

»Ja, das habe ich. Viel mehr aber wollte ich deiner Mutter helfen. Sie war mit den Nerven völlig am Ende. Hilflos. Sie konnte seine Sachen nicht mal ansehen. Jedes Mal ist sie in Tränen ausgebrochen. Ich habe ihr einen Gefallen getan, wenn du mich fragst. Aber Interesse hatte ich nur an dem originalen Manuskript und vor allem an seinen Notizen dazu.«

»Was ist mit den restlichen Sachen?«

»Ich kann sie dir gerne zeigen. Ich habe nichts zu verbergen, und du hast ein Anrecht darauf, sie zu sehen. Das hattest du schon immer.« Er entsperrte sein Mobiltelefon. »*Willst* du sie denn überhaupt sehen?«

Ich überlegte einen kurzen Moment. Dann nickte ich. Sofort wählte er eine Nummer.

Wenig später, wir saßen schweigend im Wagen, als Lünov uns aus der Stadt rausfuhr. Ich wusste nur, dass es zum Hafen ging. Was mich dort erwartete, hatte er nicht gesagt. Wir passierten schweigend den Hafen, und Lünov lenkte seinen Wagen vorbei an den Jachten, die angelegt hatten. Wir fuhren direkt auf die Containerlager zu, die im hinteren Bereich gefrachtet standen. Über uns bewegten sich riesige Kräne, die jeden Container an den richtigen Ort oder auf ein Schiff hievten.

»*Hier* sind seine Sachen gelagert?«

Lünov nickte. Wir hielten an einer weiteren Schranke. Lünov begrüßte den Mann in Warnweste mit einem Händedruck. Sie schienen sich zu kennen. Er gab ihm einen Schlüssel. Danach öffnete er die Schranke und ließ uns passieren.

»Kennst du den Weg?«, fragte ich und beäugte skeptisch das Labyrinth aus Containern, an denen wir vorbeifuhren.

»Wenn er noch am selben Platz steht – dann ja.«

Ich hatte bereits die Orientierung verloren, als wir vor einer riesigen Lagerhalle hielten.

»Ab hier gehts nur noch zu Fuß weiter.«

Er parkte den Wagen vor der Halle, und wir stiegen aus. Ein Tor stand offen, und wir gingen hinein, wo wir von weiteren blauen Metallcontainern, übereinandergestapelt wie überdimensionale Bauklötze, umzingelt wurden. Wie durch eine Bibliothek liefen wir an den Metallblöcken vorbei und suchten nach dem Container mit der Nummer 154. Nach gefühlt einer halben Ewigkeit erreichten wir ihn.

Das Stahlmonstrum unterschied sich nicht von den restlichen Containern. Ein großes Schloss hing an der Tür. Lünov öffnete es und zog mit einem festen Ruck daran. Das Tor ging quietschend auf, und fahles, kaltes Licht leuchtete nach einem kurzen Flimmern auf. Der Raum glich Ediths Garderobe, nachdem jemand, nein, sie selbst, dort gewütet hatte.

»Das kann nicht sein. Ich bin der Einzige, der einen Schlüssel hat.« Er fasste sich mit der Hand ans Kinn.

Er machte auf dem Absatz kehrt und suchte nach einem Mitarbeiter. Wahrscheinlich wollte er eine Erklärung dafür finden, aber insgeheim wusste ich schon die Antwort. Auch hier war der Unbekannte vor uns gewesen. Alles hatte miteinander zu tun. Aber was hatte er gesucht? Kurz darauf kam Lünov zurück. »Der Lagerarbeiter vermutet, dass der Container versetzt wurde, und dabei ist der Inhalt wahrscheinlich umgefallen. Man hat mir nochmals versichert, dass ich als Einziger Zugang hätte.«

Ich sah mich in dem Lagerraum um. Mein Blick fiel auf etwas Dunkles im Bereich hinter den Kisten. Ich zwängte mich hindurch und sah nun, dass es eine alte Truhe aus dunklem Holz war, eingedeckt von einer samtigen Staubschicht. Als ich nachsehen wollte, ob sie sich öffnen ließ, bemerkte ich Fingerabdrücke auf dem Staub. Kaum merklich und bereits von dem Hauch einer neuen Staubschicht versteckt. Jemand war vor mir hier gewesen.

»Wann waren Sie das letzte Mal hier?« Ich beäugte erneut die Kiste und sah, dass kein Schloss dran war. Ich öffnete die Eisenklappe und hob sie langsam hoch. Von dem Staub musste ich husten.

»Nun ja, wie es aussieht, muss es eine ganze Weile her sein.« Er ließ einen Finger über die Oberfläche eines Buchdeckels gleiten und kräuselte den Mund. Im Inneren herrschte das gleiche Chaos wie im restlichen Container. Masken und Kleider waren zu einem wilden Haufen aufgetürmt. Ich nahm eine heraus. Sie war aus Holz, an der Außenseite hing noch die Rinde wie bei einer Tarnmaske, die im Bereich der Augen durchlöchert war. Sie sah gruselig aus. Wie ein Waldgeist. Ein seltsames Schaudern ergriff mich bei dem Anblick.

»Was wollte er damit? Er hat doch nie selbst auf der Bühne gestanden, soweit ich weiß.«

»Manchmal hilft es, sich die Haut eines anderen überzustreifen, um sich besser in seine Lage versetzen zu können.«

Lünovs letzte Worte nahm ich nur noch als Hintergrundrauschen wahr. Etwas in der Truhe hatte meine Aufmerksamkeit erregt. Es war die alte lederne Aktentasche, die mein Vater stets bei sich getragen hatte.

Ich hob die Tasche heraus. Das Leder war an vielen Stellen gebrochen. Hektisch versuchte ich die Schnallen zu öffnen. »Was war da sonst noch drin?«

Ich kämpfte mit dem Verschluss und blickte zurück zu Lünov. Er zeigte keinerlei Regung.

»Nur das Original-Manuskript. Sonst nichts.«

Irgendetwas an seiner Stimme und dem ausweichenden Blick erschien mir seltsam. Log er? Sagte hier denn irgendjemand jemals mal die Wahrheit?

»Sind Sie sicher?«, fragte ich erneut nach.

»Ja doch. Nur das Manuskript.«

Endlich löste sich die Schnalle aus der Verankerung. Schroffer als beabsichtigt, riss ich die Seite der Aktentasche auf. Die Stoffverkleidung im Inneren war zerschlissen, das Innenleder nur noch ein mattes Grau. An manchen Stellen war es durchlöchert, wahrscheinlich von Wanzen zerfressen. Enttäuscht blickte ich in die Tasche. Sie war leer, was sich seltsam falsch anfühlte. In meiner Kindheit hatte er darin sämtliche Schreibunterlagen aufbewahrt. Was also war hier drin gewesen?

»Ich sagte ja, da war sonst nichts drin.« Lünov fummelte ungeduldig an seinem Schlüsselbund herum. Ich nickte und arbeitete mich zurück zum Eingang.

»Ich weiß nicht, was genau du suchst, Lilja. Hier befinden sich nur Schriftstücke, Übungen, einzelne Szenen, einfach alles, was dein Vater aufgeschrieben hatte. Die wenigen für deine Mutter wertvollen Dinge habe ich ihr zukommen lassen.«

Ich musste an die unangetasteten Kisten denken, aus denen ich auch das Foto von meinem Vater und mir hatte.

»Wo sind Notizen von ihm? Etwas Handgeschriebenes, meine ich. So was musste er doch gehabt haben.«

Lünov hob die Arme und zeigte auf das Chaos. »Bedien dich. Irgendwo hier findest du sicher etwas.«

Ich machte einen vorsichtigen Schritt, vorbei an den losen Blättern auf dem Boden und Büchern, die offen und durcheinander verstreut lagen. Wo sollte ich bloß anfangen? Der ganze Raum war völlig überladen mit Kartons und Ordnern. Zwischen den Büchern entdeckte ich eine gläserne Standuhr, die ich noch aus meiner Kindheit wiedererkannte. Unzählige Male wäre sie mir beinah heruntergefallen. Bei der Erinnerung musste ich schmunzeln. Lünov hatte wohl tatsächlich alles mitgenommen, was sich im damaligen Arbeitszimmer befunden hatte. Hinter dem Regal bis hin zum Ende der Wand standen mehrere Kisten übereinander. Manche waren offen, als hätte sie bereits jemand durchwühlt. Ich stellte mich auf eine der Kisten, um in die oberen reinschauen zu können. Es würde mindestens eine Woche dauern, um alles durchzusehen. Das leise Gefühl der Enttäuschung machte sich in mir breit. Wo waren seine Notizbücher? Hatte Lünov sie? Es musste doch etwas Handschriftliches zu finden sein.

Ich öffnete die nächste Kiste. Diese und die folgenden waren vollgestopft mit seinen Klamotten. Ich zog einen dunklen Mantel heraus. Im ersten Augenblick erinnerte er mich an den Reisenden, was mich erschaudern ließ. Nein, dieser hier gehörte meinem Vater. Er war echt. Ich strich über die Wolle und schnupperte kurz am Stoff, aber es roch nur nach modriger staubiger Kleidung. Ich legte ihn wieder zurück in die Kiste. So, wie es aussah, war die Fahrt hierher völlig umsonst gewesen, und ich begann ein schlechtes Gewissen gegenüber Lünov zu empfinden. Ohne ein einziges Murren hatte er mich sofort hierhergefahren, nachdem ich in seinem Büro herumgeschnüffelt hatte. Obwohl ich mir gut vorstellen konnte, wie viel Stress er am Theater haben musste. Andererseits kam mir wieder die E-Mail in den Sinn, und augenblicklich verflog mein schlechtes Gewissen.

Gerade als ich die Kiste mit den Klamotten zur Seite stellen wollte, stieß ich mit dem Ellbogen an das Bücherregal. Ein paar der Schmöker fielen heraus. Ich kniete mich hin und sammelte sie auf. Unter ihnen befand sich ein ledergebundenes schwarzes Buch ohne Titel. Ich klappte es auf. Es war ein Kalender aus dem Jahr 1999. Die meisten Seiten waren leer, aber auf einigen standen Termine, notiert in einer Handschrift, die mich nervös machte. Ich kramte den Brief meines Vaters aus meinem Portemonnaie und legte das Blatt auf eine Seite des Kalenders. Die Schriften ähnelten sich. Beide waren feingliedrig und ästhetisch. Aber die Schrift im Kalender war ... unordentlicher. Nicht so filigran. Die Buchstaben waren definitiv rechtsgeneigt, während die Schrift im Brief gerade verlief. Die Ober- und Unterlängen waren viel stärker ausgeprägt, während die Buchstaben in den Notizen eher gleichmäßig geschrieben waren. Meine Augen sprangen zwischen den Blättern hin und her. Es bestand kein Zweifel. Mein Vater hatte den Brief nicht verfasst. Ich zuckte zusammen, als ich Lünovs Stimme hinter mir hörte.

»Alles in Ordnung? Hast du etwas gefunden?«

Schnell klappte ich das Buch zu, den Brief zwischen die Buchseiten geklemmt.

»Nein, nichts.«

Unauffällig steckte ich das Buch in meine Tasche. In mir breitete sich Hektik aus. Ich hatte ihn gefunden. Den Beweis, dass der Abschiedsbrief nicht von meinem Vater stammte.

Wir saßen wieder in seinem Wagen und fuhren zurück zum Theater. Mittlerweile war es dunkel, und wir hatten den Hafen bereits hinter uns gelassen.

»Wissen Sie, wie mein Vater auf die Geschichte kam?«

»Das versuche ich auch herauszufinden. Daniel war ein verschlossener Mensch. Er hat nicht viel erzählt.«

»Aber Sie haben jahrelang mit ihm zusammengearbeitet. Irgendwas werden Sie doch wohl über seine Motivation kennen, oder nicht?« Die Worte waren aus mir herausgeplatzt. »Tut mir leid«, schob ich hinterher. »Es ist nur ... Seit ich wieder zurück bin, brechen alle schlimmen Erinnerungen über mir zusammen.«

Sekundenlang herrschte Stille im Wagen.

»Ich weiß nur, dass er etwas in seiner Kindheit erlebt hat, das ihn nicht mehr losließ. Ein Trauma, das er nicht aufarbeiten konnte ... Ich bin natürlich kein Psychologe.« Er hielt seinen Blick weiterhin auf die Straße gerichtet. »Ich habe mir jahrelang den Kopf zerbrochen. Ich gebe mir selbst mit die Schuld an seinem Tod. Hätte ich ihn vom Schreiben abhalten sollen, anstatt ihn zu fördern? Ich wollte, dass er sein Innerstes nach außen kehrt. Nur die tiefsten Emotionen tragen Geschichten von dieser unheimlichen Größe. Wahrscheinlich habe ich ihm zu viel zugemutet. Ich weiß nur, dass er mit einer Riesenlast gelebt hat, die ihn zum Schluss fast erdrückte. Ich sagte zu ihm, man könne sich nur von etwas befreien, indem man es loswird. Praktisch in die Welt hinausschreit, sozusagen ... Aber er wollte mir nichts aus seiner Vergangenheit erzählen, und das Recht ließ ich ihm. Er sagte, er müsste es auf seine eigene Art und Weise loswerden – ohne irgendjemandem wehzutun.«

Ich schwieg. Ich hoffte, er würde nicht aufhören zu sprechen. Es schien, als sei er doch derjenige gewesen, der meinen Vater am besten gekannt hatte.

»Weißt du, wenn man Kinder hat, so kommt es mir jedenfalls vor, sieht man sich erneut mit seinen schlimmsten inneren Konflikten konfrontiert. Ihr wart noch so klein, vielleicht hat ihn das an etwas Schlimmes aus seiner Vergangenheit erinnert.«

Ich musste an die Geschichte denken, die mir meine Mutter heute erzählt hat. Seinen Nervenzusammenbruch.

»Er hat euch sehr geliebt. Das zumindest kann ich dir versichern. Er hat nur liebevoll über euch gesprochen. Immer.« Seine Worte hallten in mir wider, und ich hatte plötzlich einen Kloß im Hals. Ich wünschte, Edith hätte das gehört.

»Irgendetwas ist damals passiert.«

Lünov ließ meine Worte stehen, und wir fuhren weiter durch die Nacht.

Wieso wollte er lieber sterben, als mit uns zusammen zu sein? Das hatte ich mich so oft gefragt, und niemand konnte es mir beantworten. Aber es war die ganze Zeit über die falsche Fragestellung gewesen. Nun brannte eine andere Frage in meinem Herzen: Was hat zu seinem Tod geführt? Und: Wer war ihm begegnet? Denn eins stand nun fest, es war nicht seine eigene Entscheidung gewesen. Meine Hände klammerten sich fester um die Tasche, in der das Notizbuch versteckt lag.

»Ich glaube, das hatte nichts mit euch zu tun, so schlimm es sich gerade anhört«, griff Lünov den Faden nach langem Schweigen wieder auf. »Ich glaube, es war eine Kurzschlussreaktion. Ein emotionaler Blackout. Er hat in diesem Moment keinen Ausweg mehr gesehen, und niemand war bei ihm, um ihm zu helfen. Ihn davon abzuhalten. Auch ich nicht ...«

»Darf ich das Manuskript lesen? Ich meine das Original, das im Koffer gelegen hatte?«

»Das wird dich kaum interessieren. Ein wildes Durcheinander an Entwürfen und teils durchgestrichenen Szenen. Ich habe ewig gebraucht, um mich zurechtzufinden.« Dann zuckte er die Schultern. »Aber natürlich, wenn du unbedingt willst. Es ist in meinem Büro.«

»Was glauben Sie, was er mit der Geschichte erzählen wollte?«

»Du meinst, meine persönliche Interpretation?«

Ich nickte.

»Nun, das ist schwer, in Worte zu fassen. Manchmal fühlt man die Wahrheit in Bildern, kann sie aber kaum ausdrücken. Verstehst du, was ich sagen will?«

Ich nickte erneut. Ich wusste genau, was er meinte. Manche der Szenen erschlossen sich mir nicht, aber sie weckten Emotionen, vielleicht auch Bilder in meinem Kopf, die ich nicht gleich in Verbindung miteinander bringen konnte.

»Ich glaube, der Reisende ist die dunkle Seite in uns selbst. Und wenn wir ihr nachgeben, sind wir verloren. Wie jeder Einzelne in der Geschichte. Der Teufel hat sie am Ende alle geholt.«

Daniel – Die Maske

Meinem Onkel hatten wir erzählt, dass Pejo gestürzt und ich beim Versuch, ihn aufzufangen, ebenfalls hingefallen war. Wie man so blöd sein konnte, fragte er, während er sich die ganze Rückfahrt zum Grundstück köstlich über unsere angebliche Tollpatschigkeit amüsierte. Mikael glaubte uns natürlich kein Wort. Im Sommerhaus angekommen, zog ich mich als Erstes um, damit mein Vater mich nicht so sah. Mikael kochte uns etwas zu essen. Wie so oft. Unser Vater hackte im Schein der Laterne Holz für den Kaminofen, während ich meinem Bruder in der Küche beim Schneiden half.

»Was war los?«, fragte er mich. Ich wusste, dass er mich von der Seite musterte, ließ es mir aber nicht anmerken und schnitt weiter Karotten klein.

»Nichts. Sind ausgerutscht. Wie zwei Trottel.«

»Erzähl mir nichts«, sagte Mikael und ergriff meine Hand.

»Hat er euch geschlagen? Oder einen von euch?«

»Ich weiß nicht, wovon du redest«, sagte ich mit Nachdruck.

»Nur weil du keinen Ärger willst, heißt es nicht, dass du ihm auch aus dem Weg gehen kannst.« Nach einer kurzen Pause redete er weiter. »Er wird euch wieder und wieder anpöbeln. Es tut mir leid, dass ich nicht da war. Ich hätte ihm die Fresse poliert.«

Ich musste lachen bei der Vorstellung. Mikael war größer als Wolowski, obwohl beide gleich alt waren, und schien viel flinker und besser in Form. Tom dagegen war eher massig als muskulös. Ich stellte mir vor, wie Mikael sein bulliges Gesicht in die Pfütze tauchte, in der wir gebadet hatten. Mikael hätte es ihm bestimmt gezeigt. Aber selbst wenn mein Bruder da gewesen wäre, er würde mir nicht immer helfen können. Das hatte er selbst gesagt.

»Hey, du massakrierst die Karotten!«

Jetzt erst fiel mir auf, wie ich auf das Gemüse einhackte.

»'tschuldigung. War in Gedanken.«

»Ja, man merkt's. Gerade dabei, ihn zu zerhexeln, hab ich recht?« Er sah mich süffisant an. »Aber das brauchen wir gar nicht. Wir haben etwas viel Besseres als dein stumpfes Messerchen.«

Ich sah von den Karotten auf. Mikael blickte mich ruhig an. Er lächelte nicht mehr. Er meinte es vollkommen ernst.

»Wie meinst du das? Was willst du ...«

In diesem Moment wurden wir unterbrochen. Unser Vater stapfte durch die Tür.

»Das riecht aber gut hier drin, Jungs!«

Heute war wieder einer seiner guten Tage. Oder Abende. Heute würde es hoffentlich friedlich ablaufen. Ein friedliches Essen, vielleicht würden wir noch einen Film auf dem kleinen Fernseher im Wohnzimmer schauen, und unser Vater würde dabei wie gewöhnlich bereits bei der Hälfte laut schnarchen. Wir wandten uns wieder dem Kochen zu. Mikael rührte seelenruhig in der Pfanne. Er hatte es nicht ausgesprochen, aber ich sah ihn noch immer vor mir, fasziniert auf die Pistole blicken, die wir in der Höhle gefunden hatten. Ich hatte ganz und gar kein gutes Gefühl bei der Sache. Er hatte die Trommel zwar, soweit ich wusste, nicht aufbekommen, aber eine Waffe brauchte nicht geladen zu sein, um jemandem Angst zu machen – oder um uns Ärger einzuhandeln.

Am nächsten Tag standen Pejo, Mikael und ich in der Bucht am Rande unseres Grundstücks und ließen kleine Motorboote darin schwimmen.

»Wieso habt ihr mich jetzt herbestellt?«, fragte Pejo. »Gibt's was Neues von unserer Schatzinsel?«

»Halts Maul, Pejo!«, fauchte ich ihn an. Wir hatten ihn schwören lassen, nie ein Wort darüber zu verlieren, aber sobald man nicht aufpasste, plärrte er raus, was ihm gerade in den Sinn kam.

»Ja, ja, ist schon gut.«

»Ich weiß, was euch gestern passiert ist«, sagte Mikael ruhig.

»Was? Es ist gar nichts passiert«, japste Pejo sofort auf. Mikael verdrehte nur die Augen. »Ihr müsst euch wehren, sonst werdet ihr Wolowskis Faust bald richtig schmecken. Aber deshalb wollte ich euch nicht sprechen.« Mikaels Blick ging in die Ferne. »Habt ihr überhaupt eine Vorstellung davon, was wir gefunden haben?«, flüsterte er, während er sein Boot gekonnt um einen aus dem Wasser herausragenden Stein lenkte. Ich blickte über die Schulter, um sicherzugehen, dass uns niemand hören konnten. Dann flüsterte ich: »Sollten wir nicht zur Polizei?«

Ich sah in Pejos erschrockenes Gesicht, während in Miks Augen Zorn funkelte.

»Ach ja, und was sollen wir denen sagen? Wir schwimmen nachts einfach mit dem Boot raus und finden eine Waffe? Meinst du, uns glaubt irgendjemand?«

»Aber wir haben vielleicht das Versteck eines Mörders gefunden!«, entgegnete ich.

»Und was mache ich dann mit der da?«, Mikael hatte sein Hemd hochgezogen und entblößte den Griff der Pistole.

»Du hast sie doch nicht allen Ernstes gerade dabei, oder?«

»Schrei doch noch lauter, du Depp«, fauchte er mir zu.

»Warum stellst du nicht gleich ein Schild auf?« Er schüttelte genervt den Kopf. Pejo warf mir nur einen beunruhigten Blick zu.

»Er hat sie mitgenommen«, flüsterte ich ihm zu. »Und jetzt trägt er sie wie ein Cowboy herum.«

In Pejos Blick lag nur noch Angst, und erst jetzt begriff ich meine eigenen Worte. Mörder. Polizei. Männer in Uniform, die uns mit Fragen löchern würden. Und Mikael, der die Waffe bei sich trug. Mit seinen Fingerabdrücken darauf.

»Wir könnten das einfach beenden, indem wir zur Polizei gehen und die Wahrheit erzählen. Das ist doch die einzig sinnvolle Möglichkeit.« Die Worte kamen vor Aufregung ganz hastig aus meinem Mund. Ich sah zu den beiden herüber.

Mikael schüttelte den Kopf. »Weißt du, was er mit uns macht, wenn das alles rauskommt?« Er deutete mit dem Kopf nach hinten zum Haus. »Er würde *mir* an allem die Schuld geben.« Mikael fuhr sich nervös durchs Haar, während sein Kiefer vor Anspannung malmte. »Wir können es nicht erzählen, ohne dass der Alte vollkommen durchdreht. Aber bevor er mich totprügelt, mache ich ihn fertig. Oder ich hau ab.«

Ich hatte die Blutergüsse vor Augen, die Mikael häufig

für uns beide einsteckte. Wenn er nicht mehr da wäre, würde ich so lange durchhalten wie er?

»Nein, vergesst es«, revidierte ich meinen eigenen Vorschlag.

»Ich habe eine andere Idee«, antwortete Mikael nachdenklich. »Wir könnten das wirklich beenden. Und vielleicht sogar andere Kinder retten. Wir können unser Wissen zu unserem Vorteil nutzen – und ihn damit herauslocken.«

»Wen locken wir wo heraus?«

Mikael blickte zuerst Pejo an, dann mich, und ein unheimliches Lächeln umspielte seine Züge.

»Den Mörder.«

Wir folgten Mikael in unser Zimmer. Auf dem Tisch breitete er eine Karte aus und zeigte mit seinem Finger auf einen Punkt. »Wir sind hier. Und ungefähr da ...«, er schob seine Hand weiter runter, bis sein Finger aufs Wasser zeigte, »... ist unsere Insel. Wir können sie von hier aus nicht sehen, aber von einem anderen Punkt aus schon.«

Wieder wanderte seine Handfläche weiter nördlich, bis er bei einer Stelle auf der anderen Seite der Landzunge zum Stillstand kam, die ein Mordsgrauen in mir auslöste.

»Du willst wirklich Wolowski besuchen?«, fragte ich mit unbeabsichtigt quietschender Stimme. Auch Pejo holte schnappend Luft.

»Nein, du Hohlbirne. Da ist der Aussichtsturm. Von da oben können wir die Insel sehen.«

Der Aussichtsturm war eine schöne Umschreibung für einen vergilbten hölzernen Aussichtsteg an der Spitze einer Anhöhe, auf den sich alle paar Monde mal ein unwissender Tourist verirrte, um dann enttäuscht wieder von dannen zu ziehen. Die Aussicht war tatsächlich nicht schlecht, aber ein unschlagbarer Grund, den Steg nicht zu betreten, war, dass man auf dem Weg dorthin direkt an Wolowskis Anwesen vorbeikam.

»Lasst uns dahin radeln und uns einen Überblick verschaffen. Das mit der Insel ist im Moment wichtiger, aber wenn wir dem Arsch begegnen sollten, spricht nichts dagegen zwei Fliegen mit einer Klatsche zu schlagen«, sagte er seelenruhig.

Plötzlich hatte ich eine Idee. Ich lief zum Haus und ging in unser Zimmer. Die andern beiden folgten mir zunächst neugierig und schauten mir dann skeptisch beim Durchwühlen unserer alten Spielkiste zu.

»Sollen wir ihn mit einem Backgammonspiel erschlagen?«, fragte Pejo trocken.

»Nein.« Endlich hatte ich gefunden, was ich suchte: eine Maske. Ich setzte sie auf und drehte mich um. Schlagartig verkrampften sich die Gesichter der beiden. Statt in mein Gesicht, blickten sie auf eine wilde, hölzerne Maske mit ausgehöhlten Augen. Ich hatte sie gebastelt, nachdem wir in der Schule das Thema Mythen und Waldgeister durchgenommen hatten.

»Wow, die ist ja gruselig«, entfuhr es Pejo. »Was willst du damit machen?«

»So können wir unerkannt durch den Wald gelangen. Und falls wir Wolowski doch begegnen sollten, jagen wir ihm damit einen kleinen Schreck ein.«

Ich stellte mir Toms aschfahles Gesicht vor, und ein leichtes Gefühl von Befriedigung keimte in mir auf.

»Nein, das sollten wir wirklich lassen. Daniel, wenn die uns erwischen, dann kriegen wir nur noch mehr Ärger«, sagte Pejo ängstlich.

»Wer soll uns denn erwischen, wenn wir inkognito sind? Das ist unsere Geheimmission«, stimmte Mikael mir zu.

Er ging zur Kiste und zog zwei weitere Masken hervor. Sein Grinsen wurde umso breiter. Er ließ uns keine Zeit, darüber zu diskutieren, und verließ unser Häuschen. Ich lief ihm nach, während ich so leise wie möglich seinen Namen zischte. Er überquerte das Grundstück zu den Fahrrädern, als eine Stimme uns zurückhielt.

»Hey Jungs, was habt ihr denn vor?«

Wir blieben wie angewurzelt stehen. Unser Onkel stand an die Verandawand gelehnt und schaute uns amüsiert zu. »Was hast du da auf dem Kopf? Ist schon wieder Halloween?«, lachte er.

Mikael fasste sich ans Haar. Er hatte die Maske noch nicht ausgezogen, sondern nur hochgeschoben. Verdammt.

»Wir wollten nur ins Dorf radeln«, nuschelte er.

»Wartet mal.« Jere war im Haus verschwunden.

Wir blickten uns erschrocken an. Einen kurzen Moment später lief er wieder auf die Veranda und hielt dabei eine Kamera in den Händen.

»Hab ich mir heute gekauft. Stellt euch mal zusammen.«

Er klappte den Blitz auf und hielt sich die Polaroidkamera vors Gesicht. »Also, alle mal lächeln. Oder zumindest normal gucken. Kommt schon.«

Wir stellten uns nebeneinander, Mikael in der Mitte. Er ließ es sich natürlich nicht nehmen, die Maske aufzuziehen. Dann leuchtete der Blitz auf, und ich sah für einen kurzen Moment nur rote tanzende Blitze vor meinen Augen. Als die Funken nachließen, bemerkte ich unseren Vater am Fuße der Veranda. Er stand an die Wand gelehnt und blickte uns an. Er lächelte nicht. Als wir uns auf die

Fahrräder schwangen, hörte ich, wie er uns zurief: »Macht bloß keinen Ärger.« Ich war mir nicht sicher, ob wir ihm gehorchen würden.

Mikael radelte so schnell, dass wir fest in die Pedale treten mussten, um mitzuhalten. Seit wir losgefahren waren, nahmen die Zweifel an diesem Plan minütlich zu, und ständig dachte ich darüber nach, einfach wieder umzukehren. Zu meiner Beunruhigung bog Mikael direkt am alten Hof, der in der Kreuzung zum Dorf auf halber Strecke lag, in die andere Richtung ab. Ich versuchte ihn einzuholen, aber er ließ mir keine Chance.

»Hey, jetzt warte doch mal! Du willst doch nicht gleich zum Aussichtspunkt!?«

Endlich verlangsamte Mikael seine Geschwindigkeit.

»Was ist? War doch alles ausgemacht! Ich will doch nur sehen, ob wir die Insel von dort aus erkennen können«, sagte er genervt. »Ihr könnt ja wieder heimfahren, wenn ihr jetzt schon die Hosen voll habt.« Keuchend kam auch Pejo neben uns zum Stehen.

Seine Gesichtsfarbe hatte ein sattes Rot angenommen.

»Nein, lasst uns nachsehen«, bekam er unter schwerem Atem heraus. Wir folgten Mikael den breiten, einsamen Kiesweg entlang, der unweigerlich an Wolowskis Haus vorbeiführte. Auf dem Boden waren frische Reifenspuren zu sehen, was meinen Kloß im Hals noch größer werden ließ. Der Weg verlief am Rande des Waldes, gesäumt von einzelnen Felsen. Die Stille hier machte mich nervös.

Doch endlich angekommen, lag das dunkel gestrichene Anwesen ruhig und beinahe friedlich inmitten des lichten Waldes. Das umzäunte Grundstück war menschenleer, in der Einfahrt war kein Auto zu sehen. Vermutlich waren sie in die Stadt gefahren. Pejo nickte mir zu, und ich sah die Erleichterung in seinem Gesicht.

Sobald der Weg schmaler wurde und bergauf führte, legte Mikael wieder einen Zahn zu.

»Musst du immer so angeben?«, keuchte ich ihm hinterher, bezweifelte aber, dass er mich überhaupt gehört hatte. Der Pfad wurde steiniger, und aus dem Boden herausragende Wurzeln erschwerten die Fahrt. Hinter mir konnte ich Pejo schnaufen hören. Als wir endlich ankamen, war ich völlig durchgeschwitzt. Mikael war vom Rad gestiegen und ließ es an einen Felsen angelehnt stehen, bevor er sich durch eine Gebüschreihe zwängte. Ein einzelnes unscheinbares Schild wies auf die Aussichtsplattform hin. So verwachsen, wie es hier aussah, war wohl länger niemand mehr hier gewesen. Pejo und ich folgten Mikael, bis wir die Weite des Wassers erblickten. Der Ausblick war trotz allem wundervoll. Die Inseln verteilten sich wie kleine Flecken auf dem dunklen Wasser. Zur linken Seite konnten wir sogar einen Teil unseres Stegs erkennen.

Minutenlang standen wir still nebeneinander, bis Mikael etwas aus seiner Tasche kramte. Es war die Karte, die er uns in unserem Zimmer gezeigt hatte. Sorgfältig studierte er sie und deutete dann mit dem Finger auf eine der Inseln nordöstlich vor uns. Sie schien weit weg zu sein, namenlos wie alle anderen kleinen unbewohnten Inseln. Aber mir war, als würde ich sie erkennen.

»Seht ihr die schilfigen Ufer auf der linken Seite? Ich denke, das ist sie«, sagte Mikael ruhig. Ich nickte ihm stumm zu. Von hier aus konnte man die Insel tatsächlich erkennen. Trotzdem fand ich es wieder erstaunlich, wie klein sie wirkte, und wie beängstigend groß, wenn man sich darauf befand.

Mikael kramte einen Stift aus seiner Tasche und markierte einen Punkt auf der Karte. Dann einen weiteren. Das Muster, das sich aus seinen Markierungen ergab, wies tatsächlich eine Ähnlichkeit zu den Inselgruppen vor uns auf. Unsere Insel kreiste er ein.

»Wie können wir ihn herauslocken?« Mikael sprach mehr zu sich selbst.

»Wieso sollten wir das tun wollen?«, entgegnete Pejo.

Bevor Mikael etwas sagen konnte, antwortete ich: »Wenn wir ihn erkennen würden, könnten wir Hendrik finden. Und die anderen Kinder. Das stünde überall in der Zeitung! Und wir könnten verhindern, dass er noch mehr Kinder verschwinden lässt! Wir wären verdammte Helden!«

Erst als ich die Worte ausgesprochen hatte, merkte ich, wie etwas Kraftvolles mich erfüllte.

»Da!«, Pejo zeigte auf eine Boje weiter draußen auf dem Meer. »Die leuchten doch in der Nacht.«

»Ja, und?«

»Wenn ich etwas auf der Insel verstecken würde«, begann Pejo, »... dann würde ich in regelmäßigen Abständen nach dem Rechten schauen. Und wenn sich etwas verändern würde, dann würde ich genauer nachschauen wollen.«

Ich verstand immer noch nichts.

»Wenn wir eine dieser leuchtenden Bojen auf die Insel stellen, könnte es ihm auffallen. Vielleicht würde es ihn sogar auf die Insel locken.«

»Oder ein Leuchtsignal. Irgendetwas Helles, das man vom Festland aus sehen kann.«

Mikael schien die Idee gut zu finden. Er nickte Pejo respektvoll zu, was diesen erröten ließ. Ich wusste nicht, was ich davon halten sollte.

Bald schon machten wir uns auf den Weg zurück. Der abschüssige Weg war viel leichter als der Hinweg, und so machten wir aus der anstrengenden Fahrt ein Wettrennen, bei dem uns die Zähne klapperten. Knapp hinter Wolowskis Haus angekommen, bedeutete Mikael uns, stehen zu bleiben. Pejo wäre fast in mich hineingerast. »Was zum ...?«

Mikael antwortete nicht, sondern sprang ab und schob sein Fahrrad schnell in den umliegenden Wald. Zwischen den Bäumen ließ er es im weichen Moos liegen. Er deutete uns, ihm zu folgen. In der Ferne hörte ich Gelächter. Widerwillig legte ich mein Fahrrad neben seins. Ich hatte kein gutes Gefühl bei der Sache. War das Toms Stimme gewesen, oder vielleicht noch schlimmer: die seines Vaters? Bei dem Gedanken wurde mir ganz schlecht.

»Heute ist Markttag im Dorf. Und ich habe gestern mitgehört, dass er sich mittags mit seinen Jungs treffen will.« Auf Mikaels Lippen bildete sich ein leichtes Lächeln. Er hatte tatsächlich Spaß bei dem Gedanken, auf Wolowski zu treffen. Wir warteten ein paar Minuten, bis Mikael mich ruckartig am Arm packte. Als ich ihn ansah, zeigte er auf den Weg. Einige Meter entfernt konnte ich eine Gestalt erkennen, und mein Herz stand für einen Moment still. Es war tatsächlich Tom. Er saß auf seinem Fahrrad und kam genau auf uns zu.

»Auf geht's«, flüsterte Mikael und zog seine Maske übers Gesicht. »Habt ihr eure mitgenommen?«

Gerade als ich verneinen wollte, zog Pejo die beiden Masken aus seinem Rucksack. Ich sah ihn entsetzt an. Seine Augenbrauen waren zusammengezogen, sein Gesicht trug einen ernsten Ausdruck, den ich nicht von ihm kannte. Als hätte er plötzlich alles Kindliche abgelegt.

»Willst du etwa nicht dabei zusehen, wie Wolowski sich einpisst?«

Bevor ich antworten konnte, arbeitete sich Mikael schon durchs Geäst und trat langsam auf die Straße. Tom war genau vor uns, aber es dauerte ein paar Sekunden, bis er seinen Blick auf uns richtete. Sofort blieb er stehen, keine fünf Meter vor uns. Niemand sagte etwas. Ich wusste jetzt schon, dass diese Aktion ein Fehler war.

»Was seid ihr denn für Clowns?«, rief Wolowski, nachdem er sich wieder gefasst hatte. Er versuchte, höhnisch zu klingen, aber in seiner Stimme lag ein Zittern. In diesem Moment passierte etwas in mir. Ich spürte, wie sich das Gewicht verlagerte und wie meine Angst, die mir eigentlich konstant im Nacken saß, meinen Körper verließ. Wir waren in der Überzahl. Und wir hatten ihn eingeschüchtert. Vielleicht war es doch keine so schlechte Idee gewesen, und verdient hatte er es allemal.

»Wir haben auf dich gewartet«, kam es von meiner Rechten. Es war Miks Stimme, aber sie klang viel tiefer als sonst.

»Was wollt ihr Trottel?«, fragte er und versuchte sich einen Weg durch uns hindurch zu bahnen. Als er direkt vor uns stand, griff Mikael nach seinem Lenkrad und hielt es mit eisernem Griff fest.

»Wir haben auf dich gewartet.« Mit diesen Worten stieß er das Lenkrad von sich, und Wolowski stolperte immer noch auf seinem Fahrrad sitzend nach hinten.

»Ich kenne euch drei. Ich hab euch genau erkannt! Ihr seid die Inzestler-Typen!«

In diesem Moment riss Mikael das Lenkrad herum, sodass Wolowski den Lenker in den Bauch bekam und mit schmerzerfülltem Gesicht auf dem Boden landete.

»Halt's Maul, du Kreatur.« Mit einem Ruck schleuderte

Mikael Wolowskis Fahrrad von sich, während dieser noch auf dem Boden kauerte.

»Ich ... werde ... euch ...« war alles, was er ausstoßen konnte, bevor Mikael näher kam. Dann war er plötzlich still. Mein Bruder kniete sich hin, und sein Gesicht war so nahe an Wolowskis, dass ich fürchtete, einer würde dem anderen einen Kopfstoß verpassen.

»Du wirst was?« Die Worte sprach er ganz deutlich und langsam aus. Es klang wie eine Drohung. Mikael hatte offensichtlich Spaß daran, den größten Mistkerl aller Zeiten klein und am Boden kauernd zu sehen. Mein Herz schlug bis zum Hals. Wolowski senkte seinen Blick. Es war wie bei Hunden. Wer zog zuerst den Schwanz ein?

»Nichts«, presste er hervor.

»Schön. Wir werden dich im Auge behalten. Und auf dein Benehmen achten. Wenn du auffällig wirst, werden wir dich wieder besuchen. Vielleicht sogar in deinem Bett, während du selig schläfst.«

Bei dem Gedanken blickte Wolowski ihn erschrocken an.

»Mein Vater macht euch fertig!« Er schüttelte energisch den Kopf. In diesem Moment wendete sich das Blatt. Die Erinnerung an seinen Vater ließ ihn sich wieder seine Machtposition ins Gedächtnis rufen, und das ekelhafte Grinsen erschien wieder in seinem Gesicht. Plötzlich fing er an zu lachen, zuerst ein leises Glucksen, das schließlich zu einem hässlichen und schallenden Gelächter wurde.

»O ja. Jetzt pisst ihr euch wieder ein, was? Habt wohl vergessen, wer mein Vater ist.«

Ich beobachtete, wie Pejo langsam hinter mir hervortrat, bis er ebenfalls dicht vor Wolowski stand und ihm seine Faust direkt gegen das Kinn schlug. Ein klatschendes Geräusch war zu hören, als seine Backe hin- und herschwabbelte. Zorn und Überraschung standen in seinem Gesicht. Damit hatte er nicht gerechnet.

»Wenn du dich nicht benimmst, werden wir dich auseinandernehmen, kapiert?«, raunte Pejo hinter seiner Maske hervor. »Wir werden dein Schatten sein, bis du dich allein nicht mehr aufs Klo traust.«

Meine Bewunderung für Pejo stieg. Auch Mikael beobachtete die Szene gebannt.

»Ach ja? Dann komm doch her, du Fettsack«, entgegnete Wolowski. Man musste ihm eins lassen. Er ließ sich nicht einmal unterbuttern, wenn er in der Unterzahl war. Statt sich einschüchtern zu lassen, packte er Pejo am Kragen und zog ihn zu sich hinunter. Damit hatte wiederum Pejo nicht gerechnet. Er versuchte unbeholfen, sich loszureißen.

»Hab ich dich«, grunzte Wolowski und machte sich an dessen Maske zu schaffen. Gerade als er sie Pejo runterreißen wollte, befahl Mikael ihm, Pejo loszulassen. Als ich zu ihm hinüberblickte, spürte ich, wie die Angst sich fest um meinen Magen schnürte. »Nein«, war das Einzige, was ich stammeln konnte. Mikael hielt den alten Revolver auf Wolowskis Gesicht gerichtet.

»Lass ihn los.«

Wie von selbst löste sich Pejos T-Shirt aus Wolowskis Griff. Abwehrend hielt er seine Hände in die Höhe.

»Nein, bitte, das war ein Spaß.« Ich konnte förmlich sehen, wie ihm das Blut aus dem Gesicht entwich.

»Das will ich auch hoffen. Und jetzt verpiss dich«, sagte Mikael, zu meiner Erleichterung. Das ließ Wolowski sich nicht zweimal sagen und krallte sich hastig den Lenker seines Fahrrads. Ohne sich noch einmal umzudrehen, stieg er auf sein Rad und strampelte davon.

»Was war denn das?«, schrie ich Mikael an, sobald Wolowski außer Sicht- und vor allem Hörweite war. Ich riss mir die Maske herunter und warf sie auf den Boden.

»Spinnst du jetzt total? Er hat uns doch erkannt!«

»Dann weiß er zumindest, dass wir es ernst meinen.« Mikael war ganz ruhig. Er starrte immer noch seine Hand an, in der er fest umklammert den Revolver hielt, den Finger noch immer am Abzug. Sein Blick sah aus, als sei er selbst davon überrascht.

»Das hättest du nicht tun dürfen«, sagte ich und schüttelte den Kopf. Ich fühlte mich elend. Das war alles ein Fehler. Wir hatten uns gerade einen riesen Ärger eingebrockt.

»Das war großartig!« Pejo, der hinter uns gestanden hatte, stieß die Faust, mit der er Wolowskis Gesicht traktiert hatte, heldenhaft in die Höhe. Mikael stieß einen Lacher aus.

»Tut gut, mal nicht das Opfer zu sein, was?«

Pejo nickte stolz. »Aber es tut auch verdammt weh.«

Er rieb seine Faust und stieg in das Lachen mit ein.

»Er wird sich rächen, das sag ich euch.«

Ich wusste, wir hatten nun eine Lawine losgetreten. Aber keiner hörte auf mich.

Lilja – der Fall

Es waren einige Tage vergangen, seit Lünov mich zum Hafen mitgenommen hatte. Die Überreste aus dem früheren Leben meines Vaters gingen mir nicht aus dem Kopf. Meine Gedanken kreisten um den Reisenden und das Geheimnis, das sich dahinter verbarg. War er derjenige, der mir den Abschiedsbrief geschrieben hatte und nun versuchte, das Stück zu sabotieren?

Die Stimmung zwischen Edith und mir war immer noch angespannt. Sie ging mir aus dem Weg, und ich war es leid, ihr hinterherzurennen. Wir sprachen das Nötigste, und das war fürs Erste genug. Ich fand noch immer keine Worte für das, was sie getan hatte, und konnte mich gleichzeitig nicht dazu überwinden, mir über die Konsequenzen ihres Handelns Gedanken zu machen. Ich musste mir jedenfalls bald eine neue Bleibe suchen. Ich kam mir wie eine Hausbesetzerin vor, ein ungebetener Gast, der nicht wusste, wann es an der Zeit war zu gehen. Ich musste an den Unbekannten denken, der im Heizungskeller gehaust hatte. Vielleicht hatte er einfach keine andere Wahl gehabt. Weil er kein Zuhause hatte.

Gedankenversunken sah ich dem Treiben auf der Bühne zu. Ich saß in der dritten Reihe der Zuschauerplätze und beobachtete den Aufbau einer der Hauptszenen. Die Schauspieler brachten sich in Position. Die Scheinwerfer tauchten die Bühne in eine warme, abendliche Stimmung. Ich betrachtete gebannt die Szene. Auf den Vorhang wurde ein Video projiziert, das einen wunderschönen Ausblick zeigte. Von einem Felsen herab aufs offene Wasser. Die Wellen – kunstvolle Lichteffekte – wogten sanft hin und her, in der Ferne war die abendliche Sonne zu sehen, die alsbald mit dem Horizont verschmelzen würde. Im Mittelpunkt der Bühne ragte eine Klippe aus dem Boden, mit einer Sitzbank darauf. Auf der Bank saß ein Junge. Pavel gab ein Zeichen, dass die Szene begann. Ich lehnte mich zurück und versank in den Worten meines Vaters.

Ich erkannte den Reisenden sofort, als er sich neben den blonden Jungen setzte. Sie blickten beide zum Horizont, die unzähligen Inseln auf dem Schärenmeer vor sich, und beobachteten, wie die Sonne das Licht langsam in ein sattes Rot-Orange tauchte. Sie redeten über etwas, das der Junge getan hatte. Etwas Schlimmes. Er schien sich hier vor jemandem zu verstecken.

»Ich kann dir helfen«, sagte der Reisende. Er öffnete seinen Koffer und ließ unzählige Schmetterlinge herausfliegen. Der Junge lachte erstaunt auf, versuchte sie zu fangen, aber es gelang ihm nicht. Während er ins Leere griff, brach der Mann in Mantel und dunklem Hut in schallendes Gelächter aus. Sein Lachen hallte auf der Bühne wider. Ein dämonisches Lachen, das mich zusammenzucken ließ.

»Du brauchst doch nur einen von ihnen zu fangen«, sagte der Mann, immer noch lachend. Als der Junge sich erhob und im Springen nach den Schmetterlingen zu greifen versuchte, fiel er den Felsen hinunter. Ich wusste aus dem Skript, dass das passieren würde, und doch erhob ich mich aus Schreck von meinem Sitzplatz. Der Himmel färbte sich rot, während das Lachen in ein Kreischen überging und das Licht schlagartig der Dunkelheit wich.

Eine Sekunde lang stand ich im Dunkeln, fühlte mich selbst wie im freien Fall, bis die Beleuchtung wieder eingeschaltet wurde. Mein Atem ging schwer. Die Projektion der Schmetterlinge war längst erloschen, aber sie flimmerte noch immer vor meinem inneren Auge. *Hast du den Schmetterling gesehen? Hast du ihn gesehen?* Mir schossen Tränen in die Augen. Hilflosigkeit stülpte sich über mich und hielt mich fest umklammert. Langsam, aber sicher zweifelte ich an meiner geistigen Gesundheit, ahnungslos, warum die Szenen solch heftige Gefühle in mir auslösten. Erneut versuchte ich tief durchzuatmen, aber es gelang mir kaum.

Der Junge, der soeben in den Abgrund gestürzt war, kam grinsend hinter dem Felsen hervor.

»Kommt bitte alle zusammen, es gibt ein paar Korrekturen«, durchbrach Pavel die Stille, die sich vielleicht auch nur in meinem Inneren ausgebreitet hatte. Juuso, in der Montur des Reisenden gekleidet, stieg langsam vom Felsen und warf mir im Vorbeigehen einen eiskalten Blick zu. Warum hatte er nur so einen Hass auf mich? Was, bitte, hatte ich ihm getan?

Edith hatte ich seit Stunden nicht mehr auf der Bühne gesehen. Sie schwirrte wahrscheinlich in einem der Übungssäle herum, um mir aus dem Weg zu gehen. Für diese Szene wurde sie nicht gebraucht, aber für gewöhnlich versuchte sie, wenn die Zeit es ihr erlaubte, bei allen Proben dabei zu sein. »Die Atmosphäre in sich aufsaugen«, wie sie zu sagen pflegte. Ich war so abgelenkt von dem Gewusel auf der Bühne, dass ich hochschrak, als ich einen festen Griff an meiner Schulter spürte. Ruckartig drehte ich mich um und blickte in die Augen des Intendanten. Seit dem Tag am Hafen hatte ich ihn nicht mehr gesehen. Mit dem Zeigefinger auf den Lippen bedeutete Lünov mir, leise zu sein, und zeigte mit dem Kopf nach hinten. Ein paar der Leute auf der Bühne hatten ihn bereits erblickt und beobachteten uns gebannt. Berni hatte gemeint, er vermied es, bei den Proben zu erscheinen, wenn es sich vermeiden ließ.

»Komm bitte mit«, flüsterte er, und ich roch Zigarettenrauch in seinem Atem. Wortlos folgte ich ihm durch die Zuschauerreihen, bis wir im Empfangsbereich standen. Ich musste an die Aufzeichnungen meines Vaters denken, doch bevor ich fragen konnte, hielt er mir seine Hand entgegen. Fast lag so etwas wie Mitgefühl in seinem Blick. Seiner Hand folgend, sah ich erst jetzt das Handy, das er mir entgegenhielt. Eine Nummer, die ich nicht kannte, war in der Leitung, während die Sekundenanzeige auf fünf Minuten und achtundfünfzig Sekunden sprang.

»Wer ist das?«

Er antwortete mir nicht.

Ich nahm den Hörer entgegen. »Hallo?«

»Lilja?« Eine männliche Stimme war am anderen Ende der Leitung.

»Ja. Wer ist da?«

Stille. Dann: »Hier ist Gunter. Ihr seid beide nicht ans Handy gegangen, deshalb habe ich Lünov angerufen. Edith und du, ihr müsst nach Hause kommen. Sofort. Eurer Mutter geht es nicht gut.«

Während meine Finger unentwegt auf das kühle Metall trommelten und ich mir wünschte, wir würden endlich schneller fahren, bewegte sich das Lossie mit gewohnter Behäbigkeit unter den lauten Motoren zum anderen Ende des Ufers. Edith und ich standen nebeneinander an der Reling.

Die Stille hier draußen war leichter zu ertragen als im geschlossenen Raum des Wagens. Edith blickte auf das Wasser hinaus, ohne mich zu beachten.

»Warum hast du es getan?«

Ich wusste nicht einmal, ob sie mich im Lärm der Motoren gehört hatte, als sie endlich antwortete.

»Was getan?« Es war mehr ein müdes Zischen.

»Ich habe das Interview von Lünov und dir gelesen.«

Sie vergrub ihr Gesicht in den Händen.

»Bin ich dir wirklich für alles Rechenschaft schuldig?«

»Du verkaufst unser Leben für was? Einen Moment des Ruhms?«

Sie drehte sich zu mir um, und ihre Augen waren wieder voller Wut.

»Warum kannst du keine normale Schwester sein?« Diese Worte sprach sie ganz langsam aus. In ihren Augen spiegelten sich Tränen, überschattet von Zorn. »Warum konnte ich nie eine große Schwester haben wie alle anderen? Eine beste Freundin, die immer an meiner Seite ist. Stattdessen habe ich eine, die immer nur gegen mich schießt und bei der erstbesten Gelegenheit abgehauen ist.«

Nun rannen ihr die Tränen die Wangen hinunter, und sie wischte sie wütend weg. Ich schüttelte nur den Kopf. Ihre Worte hatten mir einen Schlag versetzt.

»Hör endlich auf, dich wie eine kleine Göre aufzuführen. Ich habe deine Spielereien so satt. Weshalb bin ich hier? Doch nur wegen deiner Bitte. Du brauchst niemanden, der für dich da ist, sondern nur jemanden, der hinter dir herräumt. Du willst nicht meinen ehrlichen Rat, du willst immer nur Applaus, auch wenn das, was du tust, reinster egoistischer Irrsinn ist.«

Sie riss sich los.

»Willst du wissen, wieso ich es getan habe? Weshalb ich mit der Zeitung gesprochen habe?« Sie machte eine kurze Pause.

»Weil er mir, ehrlich gesagt, *scheißegal* ist. O ja, so ist es. Es berührt mich nicht im Geringsten. Ich kann mich an diesen Mann nicht erinnern, und das ist allein seine Schuld. Und das wenige, was ich über ihn weiß, zeugt nicht gerade von einem Menschen, den man vermissen muss. Gut, dass er tot ist.«

Das Klatschen der Ohrfeige schallte von den Stahlwänden der Fähre wider. Ungläubig hielt sie sich die glühende Wange.

Ich wollte mich gerade entschuldigen, als ich eine Stimme hinter uns hörte.

»Ist alles in Ordnung hier?« Ein Mann mittleren Alters und mit dickem Bierbauch blickte besorgt zu uns herüber. Als ich ihn angriffslustig ansah, wich er zurück. Er hatte wohl selbst eingesehen, dass es ein Fehler war, sich in einen Streit zwischen zwei Frauen einzumischen.

»Du tust mir leid«, zischte Edith. Sie hielt sich immer noch die Wange. »Ich lebe mein Leben wenigstens im Hier und Jetzt. Er ist tot, nur noch wir und Mama sind übrig. Aber du trauerst immer noch jemandem hinterher, der sich einen Scheiß um dich gekümmert hat. Du bist seit seinem Tod in der Vergangenheit gefangen. Für so jemanden. Für nichts.«

Mit diesen Worten ließ sie mich an Deck zurück.

Endlich erreichten wir den Anlegeplatz. Ich zwang mich, meine Gefühle zu unterdrücken, während ich in den Wagen stieg, eine stumme Schwester hinter dem Steuer, die Gas gab, sobald die Ampel auf Grün schaltete.

Als wir am Haus ankamen, umgab uns eine unnatürliche Stille. Die Vögel zwitscherten, und alles war gleich, und doch war hier nichts normal. Es fing damit an, dass Gunter uns die Tür öffnete. Ich hatte ihn seit Jahren nicht mehr gesehen. Genauer gesagt, seit unserem letzten Streit, der mit meinem Auszug geendet hatte. Er war gealtert. Sein Haar war inzwischen grau meliert, was ihm zu allem Überfluss auch noch gut stand, ihm etwas Mondänes verlieh. Die Lachfältchen unter den Augen waren tiefer geworden. Als er uns musterte, zog sich eine deutliche Sorgenfalte zwischen seinen Augen entlang.

»Sie liegt oben«, sagte er ohne Umschweife. Wir folgten ihm wortlos ins Wohnzimmer. Am Esstisch deutete er uns an, uns hinzusetzen. Ich blieb stehen. Während er sich am Tresen des Essbereichs anlehnte, fuhr er sich geistesabwesend durchs Haar.

»Die Nachbarn haben die Polizei angerufen«, fing er an, während er durch das große Galeriefenster nach draußen sah. »Sie ist durch den Garten geirrt und hat laut geschrien. Die Nachbarn haben die Polizei verständigt, weil sie die Schreie hörten und dachten, es sei ein Einbruch. Man hat sie völlig durchnässt und verfroren am Ufer gefunden.« Seine Stimme wurde leiser. Edith stand auf und tätschelte seine Schulter.

»Wurde sie schon untersucht?«, fragte sie.

»Ja. Die Ärzte meinten, sie hätte wahrscheinlich einen leichten Schlaganfall erlitten. Vor Tagen bereits. Verwirrung und Orientierungslosigkeit seien typische Symptome.«

Mein Inneres krampfte sich zusammen. Vor ein paar Tagen war ich noch bei ihr gewesen. War es nach unserem Treffen passiert? Mein Hals schnürte sich zu. Fuck. Das Foto meines Vaters. Sie war so traurig gewesen und so gar nicht, wie ich sie kannte. Hatte ich ihr mit meiner Schnüffelei zu viel zugemutet?

»Und da hat man sie einfach wieder gehen lassen?«, fragte ich stattdessen.

»Sie wollte partout nicht im Krankenhaus übernachten. Ich bleibe bei ihr, keine Sorge.« Er schüttelte den Kopf und fasste sich mit der Hand an die Stirn. Als hätte er erst durch seine eigene Erzählung begriffen, was passiert war. »Was wollte sie nur da draußen?«, fragte er mehr sich selbst als uns. Edith und ich warfen uns einen Blick zu.

»Es kann ihr keiner etwas angetan haben, oder?«

»Er war da.«

Die Stimme hinter mir ließ mich aufschrecken. Als ich mich umsah, stand ein Gespenst aus blassgrünlicher Haut und hervortretenden Knochen im Türrahmen. Ihre Haare standen wirr vom Kopf ab, während die Augen ängstlich nach etwas suchten, an dem sie sich festhalten konnten. Ich hatte meine Mutter noch nie so gesehen.

»Liebling, du sollst dich doch ausruhen.« Gunter wollte zu ihr gehen, aber sie beachtete ihn gar nicht. Stattdessen kam sie auf mich zu und nahm meine Hand. Ihre Haut war eiskalt.

»Er war da«, sagte sie und sah mich eindringlich an. Ihr Blick machte mir Angst.

»Wen meinst du, Mama?«, fragte ich leise und versuchte eine Wahrheit in ihren Augen zu erkennen.

»Der Teufel«, sagte sie mit zittriger Stimme. »Der Teufel ist hinter eurem Vater her.«

»Papa ist tot, das weißt du doch«, flüsterte ich leise. Ich wusste nicht, was ich tun sollte, und blickte Hilfe suchend zu Gunter und Edith. In ihren Augen standen Tränen. Sie wirkten hilflos und überfordert.

»Das dachte ich auch, Lilja, aber dann hast du mir das Foto gezeigt, und das hat ihn geweckt.«

Ich schüttelte nur den Kopf. Edith warf mir einen entgeisterten Blick zu, der eindeutiger nicht hätte sein können. Was hast du getan?

»Nein, Mama. Leg dich wieder hin. Bitte, du musst dich einfach ausruhen.«

Statt mir zuzuhören, zog es sie zum Fenster, als würde sie draußen nach etwas suchen. »Dein Vater hat schlimme Dinge getan. Und jetzt ist er wieder hinter ihm her.«

Mir wurde kalt. Die Bilder der zerstörten Theaterkulisse drängten sich aus meinem Unterbewusstsein.

»Ich glaube, jemand war wirklich hier«, platzte es aus mir heraus.

»Was soll das heißen?« Edith sah mich mit bösem Blick an. »Jetzt kommst du schon wieder mit deinen wilden Theorien. Merkst du nicht, was du damit anrichtest?« Ihre Verachtung mir gegenüber war nicht zu überhören. Währenddessen sprach meine Mutter weiter.

»Ich wäre mit ihm gegangen, wenn ich gekonnt hätte. Aber er ist davongeschwommen. Ins dunkle Wasser, bis ich ihn nicht mehr sehen konnte. Er hat mich zurückgelassen. Er sagte, er kann mich nicht mitnehmen.«

Ich trat neben sie ans Fenster. Draußen war nichts als Dunkelheit. Am Ufer unterhalb des Gartens beleuchteten Strahler das Wasser. Es war vollkommen schwarz.

»Bist du sicher, dass es ... ein Mensch ... war? Vielleicht hast du nur ein Tier gesehen«, fragte ich.

Wie aus dem Nichts fing sie an zu lachen.

»Denkst du, ich erkenne den Teufel nicht, wenn ich ihn sehe?«

»O.k., das reicht jetzt. Genug davon! Ich bringe dich jetzt ins Bett, Mama.« Edith war neben sie getreten und schob sie sanft, aber bestimmt Richtung Treppe. Dabei warf sie mir einen bösen Blick zu. Unsere Mutter folgte ihr geistesabwesend. Sie ließ sich leiten, als sei sie nur eine menschliche Puppe.

»Ach, Lilja ...« Meine Mutter war stehen geblieben und blickte zu mir zurück. »Er hat etwas gesucht.«

Ihr Blick verharrte auf mir. Edith schob sie sanft weiter, bis sie im Flur verschwunden war. In meinem Kopf drehte sich alles.

Gunter und ich blieben allein im Wohnzimmer zurück, während Edith unsere Mutter nach oben ins Bett brachte.

»Hat die Polizei Zeichen von einem Einbruch festgestellt?« Er schüttelte den Kopf.

»Sie hatte einen Schlaganfall und wurde schreiend im Garten gefunden. Sie hat keinen Teufel gesehen.«

»Das ist mir auch klar.« Deshalb konnte ich ihn nicht leiden. Seine arrogante Art, alles besser zu wissen. Auf der einen Seite konnte er ein so netter, mitfühlender Mensch sein. Bis er einen vollkommen zerstörte. So wie er es mit meiner Mutter getan hatte. Auf gewisse Weise hatte er sie mundtot gemacht. Ich versuchte meinen Ärger hinunterzuschlucken.

»Aber es könnte jemand gewesen sein, der hier eingedrungen ist. Ein Überfall. Wurde irgendwas im Haus geklaut?«

Er sah mich missbilligend an, als hielte er mich für einen selbst ernannten Hobbydetektiv.

»Nein. Es wurde nichts entwendet. Man kommt nicht so einfach in dieses Haus.«

Ich hielt seinem Blick stand. Ich war müde. »Außer, man wird hereingelassen ...«

Daniel – das Haus der Wahrheit

Als ich in die Sonne blickte, blendete mich das Licht schmerzhaft. Bis es durch eine Faust abgeschirmt wurde, die auf mein Gesicht niedersauste. Die Welle des ersten Fausthiebs hallte noch in meinem Trommelfell wider, als schon der zweite Schlag mich zu Boden streckte. Wolowskis Stimme drang wie durch Wasser dumpf zu mir hindurch.

»Na, du Freak, wo sind deine Freunde jetzt?«

Ich schmeckte warmes Blut in meinem Mund. Sollte ich wieder aufstehen? Oder war es besser, einfach liegen zu bleiben? Die Entscheidung wurde mir abgenommen, als Wolowski mich mit seinen Pranken am Kragen hochzerrte und mein Gesicht nah an seines heranzog.

»Wo ist deine Maske jetzt, du Loser?«

Er stieß mich von sich und versetzte mir einen weiteren Hieb in die Brust, der mir den Atem aus den Lungen presste. Hinter ihm hörte ich das Gelächter seiner verblödeten Freunde und das Getuschel der anderen Kinder. Alle sahen zu, wie ich verprügelt wurde. Ich unterdrückte die Tränen und blinzelte sie weg, so gut es ging. Ich ließ es einfach über mich ergehen, während ich hoffte, dass Mikael sich zwischen der Traube Schaulustiger vorbeidrängen und Tom vermöbeln würde. Aber niemand kam, und mit jeder Sekunde schwand meine Hoffnung. Mikaels bescheuerte Idee hatte mich genau hierher gebracht. Auf den Boden hinter der Bibliothek, auf dem ich mich nun vor Schmerzen krümmte. Wir wollten uns hier treffen. Doch Mikael war nicht aufgetaucht, und das Erste, was ich sah, war Wolowskis fettes Gesicht, das zornentbrannt grinsend auf mich herabblickte. Es war ihm egal, ob uns jemand sah. Unter dem linken Auge prangte noch immer ein Veilchen von Pejos meisterhaftem Schlag.

Während die anderen Kinder geschockt und eingeschüchtert zusahen, packte er mich erneut am Kragen und schleifte mich über den Boden. Ich schrie nicht, aber meine Versuche, mich aus seinem Griff zu befreien, waren erfolglos gewesen.

Es waren wenige Tage nach unserem kleinen Maskenüberfall vergangen. Die erste Zeit hatte ich jeden Moment damit gerechnet, dass sein Vater auf unserem Grundstück auftauchen würde, aber als nichts dergleichen geschah, hatte ich mich allmählich beruhigt. Bis zu diesem Tag, an dem ich den Dreck vom Asphaltboden hinter der Bibliothek schmeckte. Tom hatte uns nicht an seinen Vater verpetzt, weil er selbst Rache an uns nehmen wollte. Und er hatte mit dem Schwächsten angefangen.

»Ja, hau ihm noch eine rein. Und, wie fühlt sich drei gegen einen jetzt an?«, hörte ich einen seiner Kumpels rufen. Ein dreckiges Lachen folgte. Kein anderer traute sich, etwas zu sagen. Während ich auf dem Boden lag, überlegte ich, ob es sich lohnen könnte wegzulaufen. Aber Wolowski und der Rest seiner Gang versperrten mir den Weg auf die Straße.

»Hör zu, du Stück Abfall.« Wolowski kniete sich vor mich

hin und bohrte seinen Zeigefinger schmerzhaft in meine Brust. »Ich erteile dir hiermit Stadtverbot. Wenn ich dich noch einmal hier erwische, kriegst du eine Portion Prügel, die sich gewaschen hat. Dagegen war das hier eine Kuschelrunde. Und deinem Bruder kannst du das Gleiche ausrichten. Bleibt lieber in dem Drecksloch, aus dem ihr gekrochen seid.«

Bevor ich kapierte, wie mir geschah, spürte ich, wie meine Kleidung plötzlich warm wurde. Und dann mein Gesicht. Sofort drehte ich mich weg. Von überall her hörte ich angewiderte Rufe, außer von Wolowski, der lauthals lachte, während er mich anpinkelte. Nun liefen mir die Tränen doch herunter, als ich leise wimmernd wegkroch.

Hinter Wolowski erblickte ich einen schwarzen Wagen, der vor der Bibliothek hielt. Tom folgte meinem Blick, und im selben Moment erkannte ich, dass es sein Vater war, der auf ihn wartete. Durch das offene Seitenfenster konnte ich genau das hagere, ernst dreinblickende Gesicht des Rektors erkennen, das die Szene interessiert mitverfolgte.

Wolowski deutete seinen Freunden an, wieder reinzugehen. Er warf mir noch einen letzten Blick zu und schlenderte gemütlich zum Auto. Sein Vater beobachtete uns. Ein leichter Ausdruck stolzer Zufriedenheit lag in seinem Gesicht, während mich seine Augen immer noch kalt betrachteten wie ein Insekt, das er als Nächstes verspeisen könnte. Mich schauderte, als ich beide nebeneinander im Wagen sitzen sah. Einer mieser als der andere. Dann fuhren sie davon, als sei nichts gewesen.

Ich war erleichtert, gleichzeitig pochte mein Kopf, während das Adrenalin langsam abebbte. Ich war einfach nur heilfroh, dass es vorbei war. Als der Wagen verschwunden war, traute ich mich aufzustehen. Meine Klamotten waren nass und voller Erde, und als ich mit meiner Hand an meine Lippe langte, waren meine Finger mit hellrotem Blut befleckt. Ich wischte es so gut es ging weg, ging um das Gebäude zu meinem Fahrrad und sperrte es auf. Ich wollte schnellstmöglich hier weg. Ich passierte die breite Straße bis zum Ende des Dorfs und bog in die Landstraße ein, die zum nächsten Bauernhof und schließlich zu unserem Sommerhaus führte. Als ich sicher war, dass mich niemand sehen konnte, brach es aus mir heraus, und ich heulte wie ein Kleinkind.

Als ich unser Grundstück erreichte, war es verdächtig still. In der Nachmittagssonne glitzerte das Wasser in sanften Wellen, die Vögel zwitscherten unbekümmert. Ich stieg vom Fahrrad und lief so leise wie möglich die Stufen zur Veranda hoch. Die Gardinen des großen Fensters waren zurückgezogen, und ich sah meinen Vater schlafend auf der Couch. Auf dem kleinen Tisch davor stapelten sich Bierdosen. Ich konnte nicht hineingehen. Ich wollte nicht, dass er mich so sah, obwohl er vermutlich gerade erbärmlicher aussah als ich. Die Fensterscheibe zeigte mir mein Spiegelbild. Zerrupfte Haare, ein blutiger Mund und dreckige Klamotten. Wolowski hatte recht. Wer war ich schon ohne meinen Bruder, hinter dessen Rücken ich mich so gut zu verstecken wusste? Nur ein Loser.

Leise stahl ich mich die Verandastufen hinunter und ging zum Wasser. Als Erstes entledigte ich mich aller Klamotten bis auf die Unterwäsche und versuchte den Schmutz von mir abzuwaschen. Das Boot lag immer noch vertäut am Ufer. Es schaukelte sanft im Wassergras, das sich auf den vom Wasser glattgespülten Felsen niedergelassen hatte. Wie fremdgesteuert entwirrte ich das Seil und zog das Boot aufs Wasser hinaus. Als es weit genug draußen war, sprang ich hinein und griff nach den Rudern. Ich ruderte, als würde ich auf etwas einschlagen. Es war mir verdammt noch mal egal, wohin mich das Boot bringen würde oder ob ich in der Strömung aufs offene Wasser hinaustreiben würde. Ich wollte weit weg, dahin, wo mich keiner kannte. Die Sicht verschwamm. Im Hintergrund hörte ich das Wasser und das Platschen der Holzpaddel, und kurz war mir, als würde hinter mir jemand meinen Namen rufen, aber das Rauschen in meinen Ohren übertönte schließlich all meine Gedanken.

Ich hörte erst auf zu rudern, als das Boot heftig gegen etwas stieß und ich nach vorne fiel. Völlig perplex sah ich mich um. Das Boot war gegen einen Felsen gestoßen.

Ich war bis zur Insel gekommen. Sie hatte mich wie ferngesteuert angezogen.

Gerade erschien sie mir wie der einzige Ort auf der ganzen Welt, der mir ein Versteck bot und Trost. Vielleicht würde ich gar nicht zurückkehren. Ich konnte hierbleiben und mich verkriechen, solange ich wollte. Ich ließ das Boot im Schilf zurück und marschierte auf das Waldstück zu. Sobald ich zwischen die Bäume trat, umarmte mich eine angenehme Kühle. Ich war dankbar, der stehenden Sommerhitze wenigstens für kurze Zeit entkommen zu können. Ich bahnte mir einen Weg zu unserer Höhle. Der geteilte Felsen ragte vor mir auf, und die Dunkelheit hinter dem Spalt verströmte sofort eine Kälte, die mich erschaudern ließ. Ich hatte nach wie vor Skrupel hineinzugehen. Und was hatten wir darin schon gefunden? Ein Geheimnis, das schuld war an meiner jetzigen Situation.

Ich trat gegen den Felsen, bereute es aber gleich und

ließ mich mit pochendem Fuß am rauen Stein hinuntergleiten. Sobald ich die Augen schloss, sah ich das lachende Gesicht von Wolowski. Und die anderen Kinder, die mich herablassend ansahen und zuschauten, wie er mich demütigte. Ich sah uns, wie wir hinter unseren Masken vor ihm standen. Ich sah Mikael, wie er die Waffe auf ihn gerichtet hatte. Was, wenn sie geladen gewesen wäre? Was, wenn sie funktioniert hätte? Unter den Schmerzen flammte etwas Heißes in mir auf. Etwas Böses in mir wollte, dass Wolowski etwas passierte. Dass er Schmerzen erlitt, wie ich.

Ich schrak auf, als mich etwas Kaltes am Arm berührte. Eine Stimme, die immer wieder meinen Namen rief, riss mich aus meinem Gedankenkarussell.

»Hey, da bist du ja.«

Ich öffnete die Augen und blickte in Mikaels Gesicht, Wasser tropfte von seinen Haaren über seine Stirn.

»Was tust du denn hier?«, fragte ich verärgert. Sein Atem ging schwer, als er sich mit der Hand sein Haar nach hinten strich.

»Ich hab dich in der Bibliothek gesucht. Und bin dann heimgeradelt. Ich habe vom Ufer aus nach dir gerufen, als ich dich in dem Boot gesehen habe und bin dir ... nachgeschwommen«, sagte er mit einem tiefen Seufzer, als bräuchte er mehr Luft zum Sprechen.

»Du bist *was*?« Ich betrachtete ihn von oben bis unten, und tatsächlich: Seine Badehose klebte vor Nässe an seinem Körper, und seine Haut war überzogen von Gänsehaut. Ich wollte nicht, dass er hier war.

»Hab gehört, was passiert ist. Ich war zu spät, es tut mir leid.« Seine Entschuldigung machte mich noch wütender. Auf ihn und mich selbst.

»Das ist alles deine Schuld.« Ich warf ihm einen zornigen Blick zu. Er sollte ruhig sehen, was Wolowski mir angetan hatte. »Aber sie hätten mich so oder so irgendwann erwischt. Ich falle eben in ihr Beuteschema.«

Mikael schüttelte den Kopf.

»Das können wir nicht auf uns sitzen lassen. Wir werden ...«

»Wir werden gar nichts«, unterbrach ich ihn. »Ich habe keine Lust mehr, deine Launen auszubaden, verstehst du das nicht? Ich kann mich nicht immer an dich dranhängen und mich hinter dir verstecken. Wenn du Ende des Jahres weg bist, was soll dann aus mir werden? Die werden Hackfleisch aus mir machen!« Die Worte schossen aus meinem Mund, bevor ich überhaupt wusste, dass ich es vollkommen ernst meinte. Ich hasste es, dass er wegging und mich mit unserem Vater alleine lassen würde.

»Das wird nicht passieren. Ich werde nicht zulassen, dass sie dich schikanieren.«

»Was willst du denn dagegen machen, hm?« Ich versuchte das Zittern in meiner Stimme zu unterdrücken. »Wieder eine Maske aufsetzen und sie erschrecken? Oder sollen wir uns diesmal das Gesicht bemalen?« Ich hob einen Stein vom Boden neben mir und warf ihn wütend in den Wald hinein. Er prallte gegen einen Birkenstamm und machte ein hohles Geräusch.

»Was willst du denn von mir? Ich tue doch schon, was ich kann«, rief Mikael.

»Dann tust du nicht genug.«

»Ach ja? Stell ich mich nicht immer vor dich, wenn es Ärger gibt? Oder er mal wieder seinen Frust an jemandem auslassen muss?«

Das saß.

Er redete von unserem Vater, und ich wusste, dass er recht hatte.

So saßen wir eine Weile schweigend nebeneinander. Ich vermied seinen Blick, und wir starrten zwischen den Bäumen hindurch, wo in einiger Entfernung das Ufer hervorblitzte. Ein schwacher Wind ließ die Blätter in den Baumkronen rascheln.

»Wenn du dir etwas wünschen könntest, was wäre das?«

Ich schnaubte verächtlich. Ich hatte keinen Nerv für so einen Quatsch. Anstatt meine Antwort abzuwarten, stand Mikael auf und schnappte sich einen Stein. Er fing an, etwas auf den Felsen zu kritzeln, lief an der Felswand auf und ab und bearbeitete sie mit einem spitzen Stein.

»Was machst du da wieder für einen Scheiß?«, fragte ich, aber er hörte mir gar nicht zu. Nie konnte er auch nur eine Minute still sitzen. Ständig musste er irgendwie in Bewegung sein.

Ich ging einige Schritte nach hinten, um das Bild aus der Entfernung zu betrachten. Nachdem er zwei gerade Linien ins obere Ende des Felsens geritzt hatte, stieg er schwungvoll von dem Vorsprung herunter. Nun erkannte ich es. Es war ein Haus. Die Umrisse ragten am Felsen empor, mit Details, die es erschreckend real wirken ließen. Es war zweidimensional und dennoch realistisch. Mit wenigen Strichen hatte er das perfekte Abbild einer Hausfassade erschaffen.

»So«, sagte Mikael und klopfte sich den Staub von den Händen. »In diesem Haus darfst du alles sagen. Die Wahrheit und deine Wünsche. Es bleibt alles hier drin.«

»Ich bin kein kleines Kind mehr.«

»Das hat nichts mit Kindsein zu tun. Hast du nicht gemerkt, dass das ein besonderer Ort ist?«

»Das war alles Zufall.«

»Das war bestimmt kein Zufall. Es ist, als würde irgendetwas wollen, dass wir hier sind.« Er trat näher an mich heran.

»Verstehst du nicht? Es war vorherbestimmt, dass wir diesen Ort finden. Hier kannst du alles sagen, was du willst. Du kannst deine Wünsche aussprechen. Was kann es schaden? Sei doch ehrlich, du würdest Wolowski gern noch mal am Boden sehen. So richtig.«

Ich überlegte und musste unwillkürlich nicken. Das war schon ein toller Gedanke. Ihn endlich mal dafür büßen zu lassen, was er anderen und nun auch mir angetan hatte.

»Schlecht wär's nicht.«

»Du musst es aussprechen«, sagte Mikael. »Was wünschst du dir?«

Ich überlegte und betrachtete das gemalte Haus. Ich wusste, er würde mich nicht verraten. Vor ihm müsste ich mich nicht schämen, obwohl ich es tat.

»Ich will, dass er leidet.« Ich musste an das teuflische Lächeln seines Vaters denken. »Und dass seine Familie leidet.« Als ich zu Mikael hinübersah, grinste er.

»Ich will nicht, dass du weggehst«, murmelte ich weiter. Er vermied es, mir in die Augen zu sehen.

»Das kannst du nicht von mir verlangen. Was soll ich machen, mein Leben lang hier versauern?«

Ich schüttelte den Kopf. Wieder meldete sich ein Kloß in meinem Hals. Er legte mir die Hand auf die Schulter.

»Es wird sich alles regeln. Das verspreche ich dir.«

Lilja – das Sommerhaus

»Ich fahre nicht mit dir zurück.«

Edith blickte mich erstaunt an. Ihre Augen funkelten.

»Du willst wirklich lieber hierbleiben?«

Sie hatte unsere Mutter mittlerweile beruhigt und ins Bett gebracht. Nun stand sie in der Tür, bereit, die Rückfahrt anzutreten. Die Entscheidung, sie nicht zu begleiten, hatte sich bereits in mir gefestigt. Hier stand mehr auf dem Spiel als ein Theaterstück. Und es steckte mehr dahinter als die Intrigen meiner Schwester und Lünov.

»Ich werde ins Sommerhaus fahren und dort übernachten. Mal sehen, ob ich dort etwas finden kann.«

Sie schaute mich entgeistert an.

»Bist du völlig übergeschnappt? Da war seit Jahren keine Menschenseele mehr. Du wirst dich erst mal durch die ganzen Spinnweben kämpfen müssen, um überhaupt hineinzukommen. Das Haus ist nicht bewohnbar.«

Ich war zu müde, um mich mit ihr zu streiten. Das war wohl auch ihr Gedanke, denn im nächsten Moment zog sie schon den Mantel an.

»Wann kommst du zurück? Ich meine, soll ich im Theater Bescheid geben?«

»Keine Ahnung. In ein paar Tagen vielleicht. Womöglich auch schon morgen, wenn ich es dort nicht aushalte.«

Sie nickte, dann verließ sie kommentarlos das Haus.

Ich blieb ohne sie im Bunker zurück. Gunter war noch immer in der Küche und telefonierte. Es ging um etwas Berufliches. Nicht einmal an so einem Tag konnte er darauf verzichten. Ich ging hinüber zur Kommode im Flur und zog das erste Regal auf. In einer Schatulle bewahrten sie wie vor Jahren auch sämtliche Schlüssel auf. Nach kurzer Suche zog ich einen alten Schlüsselbund mit einem Etikett daran heraus. Die Adresse des Sommerhauses, das etwa eine Stunde von hier entfernt lag, stand in der Handschrift meines Vaters darauf geschrieben. Wieder in der filigranen, für einen Mann erstaunlich grazilen Schrift.

Gunter um das Auto meiner Mutter zu bitten war kein Problem. Sie hatten zwei, und so borgte ich mir den alten Jeep, den sie früher genutzt hatten, um weitere Strecken auf wenig befahrenen Straßen zurückzulegen. Auf die Jagd zum Beispiel, wohin ihn meine Mutter früher oft begleitete und wofür ich ihn umso mehr verabscheute. Ich konnte seine morbide Befriedigung, etwas Lebendes zu töten, nicht nachvollziehen. Ich sah ihn vor mir, diesen Stolz in seinen Augen, wenn er wieder ein Geweih heimgebracht hatte und es in seinem Zimmer polierte. Ich schüttelte die Erinnerung daran ab, so gut ich konnte, und machte mich auf den Weg. Der Wagen sprang nicht sofort an, aber als ich beim zweiten Anlauf das Gaspedal durchdrückte, ertönte der Motor mit seinem gewohnten Röhren.

Nach einer Dreiviertelstunde erreichte ich ein kleines Fischerörtchen. Dunkel erinnerte ich mich daran, hier einmal ein Eis gegessen zu haben. Die Boote, die am Hafen standen, sahen mehr nach Fischkuttern als nach Jachten aus. Ich hielt an einer Kreuzung. Am Straßenrand stand ein Holzstamm mit von Hand geschriebenen bunten Wegweisern. Es gab sogar eine Bibliothek und eine Bäckerei. Während ich die Schilder betrachtete, sah ich einige Meter entfernt einen alten Mann auf seiner Veranda stehen. Er rauchte und beobachtete mich unverhohlen. Als ich ihm zunickte, nahm er nur einen tiefen Zug aus seiner Zigarette und schmiss sie fort. Dann drehte er sich um und verschwand hinter der Tür.

Ich folgte den Anweisungen des Navis und steuerte weiter die Straße entlang. Das Tageslicht wich bereits der Dämmerung, und ich befürchtete, wenn ich nicht bald ankäme, würde es sehr schwer werden, das Grundstück zu finden. Es lag tief in den Wäldern, auf unebener Straße. Ich spürte, wie die Müdigkeit sich auf mich legte wie eine träge Katze, während die Wälder in sattem Grün an mir vorbeizogen. Es erschien auf einmal so verführerisch, die Augen zu schließen. Nur für einen Moment.

Die Stimme des Navis riss mich aus dem Halbschlaf. Ich fuhr von der Landstraße herunter auf einen beackerten Feldweg. An den Seiten des Weges standen zwei Bauernhöfe, die durch Zäune abgesperrt waren. Im fahlen Licht sah ich drei Rehe im Feld, die mich bewegungslos anstarrten, als sei ich ein Eindringling. Ich durchquerte das Feld vorsichtig, um die tiefen Schlaglöcher zu umfahren, als ich schließlich vor einem Kuhgatter stehen blieb. Laut Navi führte der Weg durch den Bauernhof. Hinter dem Kuhgatter kauten ein paar Rindviecher schmatzend auf ihrem Gras herum. Sollte ich das Tor einfach öffnen? Irritiert stieg ich aus und ging um das Gebäude. An der Wand stapelten sich Rohre und Holzplatten. Eines der Fenster war eingeschlagen. Insgesamt machte es einen verlassenen Eindruck, doch hinter dem Haus erblickte ich ein größeres Gebäude, das bewohnt aussah. Im Inneren brannte Licht. Ich überwand den Impuls umzukehren und machte mich auf zur Tür.

Ich klopfte. Auf dem Schild stand der Name »Lehto«. Nach ein paar Minuten gab ich es auf und ging zurück zum Auto, da hörte ich über mir, wie knarrend ein Fenster im ersten Stock geöffnet wurde. Ein tattriger, alter Mann um die neunzig mit buschigem weißem Bart blickte stumm heraus. Ich zeigte auf das Kuhgatter und versuchte ihm mein Anliegen zu erklären, aber er langte sich nur ans Ohr und schien mich nicht zu verstehen. Seine Hand zitterte deutlich, als er sie hob. Als ich schließlich lauthals meinen Nachnamen und das Wort Mökki rief, deutete er, als hätte er verstanden, in Richtung Gatter und griff in der Luft nach einem unsichtbaren Hebel. Ich sollte also selbst das Kuhgatter öffnen und hindurchfahren. Als er merkte, dass ich begriffen hatte, zeigte er einen zittrigen Daumen nach oben und entblößte ein zahnloses Lächeln.

Als ich ins Auto stieg, stand er noch immer am Fenster. Er beobachtete, wie ich das Gitter anhob und langsam die Weide passierte. Innerlich machte sich eine Nervosität breit, die ich nicht erklären konnte. Die Rinder betrachteten mich gelangweilt, als ich an ihnen vorbeifuhr. Es wurde langsam dunkel, und ich hoffte, den Weg bald hinter mir zu haben.

Ich durchquerte die Weide und das zweite Gatter und fuhr an einem weiteren Bauernhof vorbei. Die Luft kühlte ab, und ich nahm einen leichten Duft nach Wasser wahr. Ich musste in der Nähe des Ufers sein. Ich bog links ab und erreichte den besagten Hügel. Der Weg war beinahe vollständig von Sträuchern und Gebüsch getarnt, sodass er kaum als solcher erkennbar war. Ich schaltete in den zweiten Gang und fuhr den Hügel an. Es war vielmehr ein Felsen, auf den man hinauffahren musste. Der Jeep streikte, und ich musste ein zweites Mal anfahren. Ich schaltete das Fernlicht ein, das jeden Strauch in ein lebendiges Wesen verwandelte. Minuten, die mir wie Stunden vorkamen, fuhr ich alleine durch den Wald, an von Moos bewachsenen Felsen und knorrigen Kiefern vorbei. Schließlich erreichte ich eine ebene Fläche, auf der ich den Wagen zum Halten brachte. Im Schein der Autolichter konnte ich Laternen erkennen, die auf dem Grundstück platziert waren. Weiter vorne glitzerte Wasser im Mondlicht. Ich war endlich da. Erleichtert atmete ich aus und stellte den Motor ab. Auf der rechten Seite konnte ich die Umrisse des Sommerhauses erkennen.

Den Schlüsselbund fest in der Hand, machte ich mich auf den Weg die Holzstufen hoch. Vertrocknete Blätter und abgefallene Äste lagen wie eine Schutzschicht auf dem Tisch und den Holzdielen auf der Veranda. Das Schloss ließ sich nach einigem Ruckeln öffnen. Als ich die Tür aufschob, schlich mir ein modriger Geruch entgegen. Eindeutig war hier jahrelang niemand mehr drin gewesen. Mit meinem Handy als Taschenlampe bewaffnet, blickte ich mich im Haus um. Ein kleines Wohnzimmer mit einer Schlafcouch, links am Fenster ein Holztisch mit einer weiß gehäkelten Tischdecke, auf dem sich ein paar Bücher stapelten, und in der Ecke ein vom Ruß geschwärzter Ofen.

Ich durchschritt das Wohnzimmer und trat in die Küche. Sie war als eigenes kleines Zimmer abgetrennt, aber doch so geräumig, dass gegenüber der Küchenzeile ein Stockbett Platz fand. Ich fragte mich unweigerlich, ob ich als Kind hier geschlafen hatte. Ich wusste es nicht.

Den Sicherungskasten fand ich schließlich an der Seitenwand hinter der Veranda. Da ich keine Ahnung hatte, wo ich drücken sollte, legte ich einfach nacheinander alle Schalter um, und siehe da, der Knopf, den ich vorher in der Küche gedrückt hatte, musste wohl der Lichtschalter für die Laterne am Haus gewesen sein. Ich ging zurück in die Küche und betätigte erneut alle Schalter. Nach und nach leuchteten die Laternen rund um das Grundstück auf und nahmen dem Ganzen den spukigen Flair.

Es war eine windstille, kühle Nacht. Friedlich. Nur das Rascheln der Blätter und das leise Plätschern, wenn Wasser auf Stein traf, waren zu hören. Ein paar Schritte vom Haupthaus entfernt, fand ich ein kleineres Häuschen mit einem Plumpsklo und einem Werkzeugraum. Vielleicht würde ich dort ein wenig Holz finden. Ich nahm mir aus dem Haupthaus den Schlüsselbund vom Brett und machte mich auf zum Werkzeugraum, in welchem tatsächlich sauber aufeinandergestapeltes, gehacktes Holz lag. Ich duckte mich vor den herabhängenden Spinnennetzen und hoffte inständig, kein Krabbeln auf meinem Rücken zu spüren.

Ich stapelte Holz auf und entdeckte dabei eine Axt, die an der Wand hinter der Tür lehnte. Ich nahm sie mit ins Haus. Lieber eine Axt im Haus als eine davor. Bewaffnet ging ich zurück, verschloss die Tür und zog die Vorhänge zu, die, ihrem Muster nach zu urteilen, seit den Siebzigern hier hängen mussten. Es war unverkennbar, dass das Haus als Inspiration für das Theaterstück hergehalten hatte.

Nachdem ich nach einer Ewigkeit endlich Streichhölzer gefunden hatte, musste ich feststellen, dass der Ofen noch gründlich geputzt werden musste. Er war voller Abfall, den jemand gedankenlos hineingestopft hatte. Ich räumte Plastiktüten und Verpackungen raus, als meine Finger etwas Haariges berührten. Erschrocken zog ich meine Hand aus dem Ofen. Ich leuchtete mit dem Handy hinein und verzog den Mund, als ich erkannte, was es war. Ein toter Spatz lag im Kaminofen, die Füße nach oben von sich gestreckt. Ich fragte mich, ob er selbst durch das Ofenrohr hineingeflogen und elendig verendet war, weil er nicht mehr den Weg hinaus gefunden hatte. Oder ob ihn jemand hineingeworfen hatte. Ein Schaudern lief mir über den Rücken.

Als ich endlich vor den warmen Flammen saß und das tanzende Feuerspiel vor mir betrachtete, konnte ich mich zum ersten Mal zurücklehnen. Meine Müdigkeit drohte mich zu übermannen, aber meine innere Unruhe erinnerte mich daran, dass ich nicht zum Schlafen hierhergekommen war.

In einer Ecke stand ein altmodischer kleiner Fernseher auf einem Nachtkasten, in dem alte Videokassetten lagen. An jeder Holzwand hing ein Regal unter der Decke, in dem sich Bücher und Kisten stapelten. Ich begutachtete eine der Kisten und stieg auf die Couch, um sie herunterzuholen. Vorsichtig legte ich sie auf den Tisch und öffnete den Deckel. Eine Wolke aus Staub schwebte mir entgegen, sodass ich einen Hustenanfall unterdrücken musste. In der Kiste befanden sich Kerzen in verschiedenen Farben und Größen sowie Feuerzeuge. An Licht würde es mir also nicht mangeln. Ich stand auf und ging zur Küche. Der Kühlschrank war natürlich leer bis auf eine Dose Bier und eine Flasche Gin, die einsam im hinteren Regal standen. Ob Bier wohl verderben konnte? Ich nahm es aus dem Fach heraus und öffnete die Dose mit einem müden Zischen. Es schmeckte schal, aber war noch trinkbar. Ich ging wieder zurück ins Wohnzimmer und stellte mich erneut auf die Couch. Das Regal war so hoch angebracht, dass ich kaum hochschauen konnte, aber es reichte, um sich einen Überblick zu verschaffen. Hinter den Brettspielen stand eine weitere Kiste. Ich verrenkte mich, um sie hervorzuholen, und mit einiger Mühe gelang es mir schließlich. Auch darin befand sich nur Gerümpel. Zwischen Notizblättern, Karten und Kulis kramte ich einen Kompass hervor. Er war aus Eisen, und auf dem Deckel war eine schöne Zeichnung eingraviert. Ich stellte ihn auf den Tisch, damit er sich einpendeln konnte. Ich fragte mich, ob die Sachen alle meinem Vater gehörten oder noch seinem Vater, den ich nie kennengelernt hatte. Alle aus seiner Familie waren verstorben. Mein Vater war Einzelkind und hatte niemals von seiner Familie gesprochen. Ich hatte niemanden kennengelernt. Nicht einmal bei seiner Beerdigung, die ganz still und heimlich im engsten Kreis abgehalten worden war, so als würde man seinen Namen nicht laut aussprechen wollen.

In jenem Jahr, in dem mein Vater sich selbst getötet hatte, war er nicht mehr zurechnungsfähig gewesen. So hatte es meine Mutter jedenfalls gesagt. Er war manisch, hatte sich hierher zurückgezogen, um an seinem Manuskript zu arbeiten. Kein Wunder, dass man bei dieser Einsamkeit verrückt wurde. Und doch bohrte sich ein Gedanke aus dem hintersten Teil meines Gehirns an die Oberfläche: Was, wenn er hierhergekommen war, weil er sich erinnern wollte? Oder versucht hatte, etwas zu finden. Oder jemanden. Was, wenn es den Reisenden gab? Und was, wenn er es war, der hier irgendwo auf ihn gewartet hatte?

Ich holte den Terminkalender, den ich im Lagerungscontainer gefunden hatte, aus meiner Tasche, und setzte mich damit an den Tisch. Als ich den Kalender durchblätterte, fiel mir neben den Theaterprobezeiten noch etwas anderes auf. Einen Termin, kurz vor dem Datum des Brandes, hatte er rot eingekringelt. Darin stand nur ein Name. Johann. Konnte damit der Johann aus der Maske gemeint sein? Vielleicht hatte er sich ihm anvertraut, und Johann konnte mir etwas über dieses letzte Treffen erzählen?

Um mich von meiner inneren Unruhe abzulenken, machte ich mich auf zum zweiten Regal. Dieses war voller Bücher. Darunter auch alte Kinderbücher. Zwischen Romanen und Bilderbüchern fiel schließlich ein altes Polaroid aus einem Buch heraus, das als Lesezeichen in den Seiten eingeklemmt war. Es zeigte drei Jungen. Einer von ihnen, der größte in der Mitte, hatte eine hölzerne Maske auf. Es war die gleiche gespenstische Maske, die ich im Container gefunden hatte. Ein kleinerer, schmächtiger Junge stand neben ihm und blickte unsicher in die Kamera. Ich konnte nicht sagen, ob er die Augen wegen der Sonne zusammenkniff oder weil er keine Lust hatte, fotografiert zu werden. Auf der anderen Seite des Maskierten stand der dritte Junge. Er war dicker und grinste verstohlen. Ich drehte das Bild um. Mit einem Filzstift stand in krakeligen Lettern:

Sommer '81: Daniel, Mikael & Pejo.

Daniel – die Kinder

Ich suchte in der Bibliothek nach alten Zeitungen, fand aber nichts. In Filmen ging das immer so leicht, wenn Detektive recherchierten und dann blitzschnell auf die fraglichen Dokumente stießen. Ich war nur auf Frau Josephson gestoßen, unser uraltes Bibliotheksgestein, die nach vergilbten Büchern roch und mich in die Kinderabteilung schickte, weil sie annahm, ich würde irgendeinen Blödsinn anstellen. Aber das Gute daran war, dass ich auf Janne traf, der mit Jacob, dem Dummschwätzer aus meiner Schule, bei einem Regal herumlungerte und mir geklaute Zigaretten andrehen wollte. Jacob hatte damals von den Schreien im Wald erzählt, die sein Vater gehört hatte.

Eigentlich mied ich Janne, weil er ein bisschen eklig war. Er hatte immer die gleichen Klamotten an, und von ihm ging stets ein leichter muffiger Gestank aus, der an alte Menschen erinnerte. Aber Jannes Bruder machte eine Ausbildung bei der Polizei, und so war er der perfekte Informant. Jedes Mal, wenn er etwas von ihm erzählte, strahlten seine Augen, als würde er eine perfide Freude empfinden, wenn wieder einer festgenommen wurde oder irgendwo ein Haus abgebrannt war.

»Und, was gibt's Neues von deinem Bruder«, fragte ich beiläufig. Sie hatten einen Groschenroman aus der Abteilung mit Liebesromanen geklaut und machten sich darüber lustig. Jacob hielt ein Buch in der Hand, das ein halb entblößtes Pärchen zeigte: Ein langhaariger Adonis umarmte eine Blondine von hinten, während seine Haarpracht im Wind flatterte.

»Ach, nichts Neues, du weißt ja. Hier Besoffene einsperren, da eine Prügelei schlichten. Obwohl, letztens hatten sie eine Hausdurchsuchung und haben dabei eine Leiche gefunden! Wahrscheinlich ein Junkie. Mein Bruder meinte, der sah schon grün aus …«

»Igitt«, entfuhr es Jacob, der Janne gebannt an den Lippen hing.

»Das Schlimmste, meinte er, war der Gestank. Der Tote war schon richtig aufgedunsen von den Fäulnisgasen.«

Wir machten beide ein angeekeltes Geräusch, woraufhin uns Frau Josephson mit einem bösen Blick und einem Zischen strafte.

»Sag mal«, versuchte ich das Thema in die richtige Spur zu lenken, »aber von Hendrik gibt es weiterhin keine Spur, oder?«

Janne schüttelte den Kopf. »Nicht, dass ich wüsste. Hab ihn damals auch ausgequetscht. Man hat nichts gefunden. Einfach gar nichts. Ich glaube, mittlerweile suchen die nicht mal mehr nach ihm. Wahrscheinlich taucht er irgendwann an irgendeinem Ufer auf. Oder das, was von ihm übrig ist.«

»Bah, hör auf, ich will diesen Sommer noch in Ruhe baden gehen«, stieß Jacob angewidert hervor.

»Und von den anderen Kindern? Du kannst mir doch nicht erzählen, dass man rein gar nichts gefunden hat. Also, wenn das mein Bruder wäre, hätte ich ihn ausgequetscht.«

»Na ja, meinst du nicht, dass ich das nicht auch schon längst versucht habe?« Janne schüttelte den Kopf. Er blickte kurz zu beiden Seiten, so als würde er sichergehen wollen, dass sonst niemand zuhörte, und winkte uns näher heran. »Eine Sache hat er mir schon erzählt. Aber ihr müsst versprechen, die Fresse zu halten!«

Wir nickten ernst.

»Es gibt mindestens vier andere Kinder, die verschwunden sind. Alle unweit der Gegend hier. Aber keines wurde gefunden.«

»Das wissen wir doch alles schon.« Jacob rollte mit den Augen.

»Aber eins wisst ihr nicht. Mein Bruder hat mit den älteren Kollegen gesprochen, die hier waren, als Hendrik verschwunden ist. Und vor ein paar Jahren, meinten sie, war es genauso. Mit einem Mädchen. Ihre Familie lebte bei den Sümpfen, wo jetzt alles brachliegt. Einfach verschwunden, von einem Tag auf den anderen. Und dann haben sie etwas im Wald gefunden. Es sah aus wie ein kleiner Krater. Und da drin war ein Blutfleck. Und so was wie Gewebe. Und das Allerekligste ...« Er ließ sich Zeit, um die Spannung bis ins Unerträgliche zu steigern. »Zähne. Da lagen ein paar Zähne. Von ihr, wie sie festgestellt haben. Er meinte, es sah aus, als hätte ein Tier sie gerissen. Das ganze Gebiet wurde abgesucht. Aber man fand rein gar nichts.« Er nickte bedeutungsvoll.

»Ihre Eltern haben irgendwann das Weite gesucht, weil sie den Gedanken nicht ertragen konnten, dass sie irgendwo im Wald liegt. Von solchen Geschichten hört man aber nichts. Weil die Polizei hier dann als ein Haufen Dorftrottel dastehen würde. Also sagt man, es sei ein tragischer Unfall gewesen. Als wären sie vom Erdboden verschwunden, wie man so schön sagt. Ich stelle mir manchmal vor, wie ich im Wald aus Versehen über so ein Skelett mit Schleifchen im Haar radle und es nicht mal merke. Gruselig, oder?«

»Jetzt reicht es aber«, fauchte Frau Josephson. »Wenn ihr nichts lesen wollt, dann geht doch nach draußen zum Spielen.«

Sie stellte sich vor uns auf, die Hände in die Hüften gestemmt, und ich versuchte mit aller Macht, die goldene Brosche an ihrem mächtigen Busen nicht anzuglotzen. Damit war die Runde gesprengt, aber die Info hatte mir gereicht. Es waren keine Unfälle. Und die Zähne waren der Beweis. Keines dieser Kinder wurde jemals gefunden. Weil der Wald groß war, das Wasser tief und wir die Einzigen, die Gewissheit über ihren gewaltsamen Tod hatten.

Mikael hörte wortlos zu und starrte nachdenklich ins Feuer, während ich erzählte. Pejo stocherte mit einem Ast verstohlen in der Glut herum.

»Das sind die Sachen der Kinder«, flüsterte er, als ich fertig war. »Ich bin ganz sicher.«

Pejo senkte den Blick.

»Mein Gott«, sagte er leise. »Dann haben wir tatsächlich das Versteck eines Mörders gefunden.«

»Ist euch schon in den Sinn gekommen, dass wir ihn vielleicht kennen könnten?«, warf Mikael ein. Pejo und ich sahen uns mit angstvollem Blick an.

»Ich meine«, fuhr Mikael fort, »wer sollte sonst so etwas auf einer gottverlassenen Insel am Arsch der Welt verstecken? Bestimmt keiner von den Touristen, die sich hier einmal im Jahr hierhin verirren.« Ich überlegte eine Weile, dann stimmte ich ihm mit einem Nicken zu.

»Das heißt«, flüsterte Pejo, und seine Augen wurden ganz groß, »er ist unter uns. Im Ort. Vielleicht kennen wir ihn.«

»Wir sollten zur Polizei. Ganz einfach«, sagte ich entschieden.

»Ach, die machen doch nichts. Sonst wäre schon längst mehr passiert. Die werden uns auslachen. Oder im schlimmsten Fall haben wir dann Ärger. Und dann finden sie meine Fingerabdrücke auf der Waffe. So läuft das doch.«

»Aber was willst du machen? Ihn wirklich rauslocken? Ich habe eigentlich keine Lust, jemanden zu treffen, der Kinderzähne sammelt«, zischte Pejo Mikael an.

»Wenn wir nichts unternehmen, werden weitere Kinder verschwinden. Und ist euch zwei Trotteln vielleicht schon mal in den Sinn gekommen, dass auch ihr in sein Beuteschema passen würdet?«

Bei dem Gedanken wurde mir eisig kalt, obwohl ich direkt vor dem Feuer saß.

»Ich kann die Vorstellung jedenfalls nicht ertragen, dass hier jemand herumschleicht und Kinder in den Wald verschleppt. Oder sonst irgendwohin.«

Ich konnte die Entschlossenheit in seinen Augen sehen, die er immer hatte, wenn er sich auf etwas einschoss. Er würde es auch alleine durchziehen, wenn nötig. Es hatte also keinen Sinn, es ihm ausreden zu wollen. Ich konnte nur entscheiden, ob ich bei seinem Plan dabei sein wollte oder nicht.

»Könnt ihr damit leben, dass wegen uns vielleicht ein weiteres Kind verschwindet?«

Pejo und ich sahen uns an. Wir schüttelten den Kopf.

Hätte ich gewusst, welche Konsequenzen meiner Entscheidung folgen würden, dass sich mit der nächsten Nacht unser aller Schicksal für immer ändern würde, hätte ich mich anders entschieden.

Lilja – der Besucher

Ich konnte den Blick nicht von der Fotografie abwenden.

Daniel, Mikael und Pejo. Mikael. War das nicht der Name, den der alte Mann erwähnte, als ich ihm meinen Familiennamen genannt hatte?

Ich nahm mir vor, ihn gleich am nächsten Morgen noch einmal aufzusuchen und ihm das Foto zu zeigen. Ich würde sowieso an seinem Hof vorbeifahren müssen.

Erschöpft klappte ich das Buch zu. Ich hatte das Gefühl, etwas Wichtiges entdeckt zu haben.

Das Feuer hatte mittlerweile den ganzen Raum erwärmt und machte mich müde. Ich rieb mir die Augen und blickte auf die Uhr. Beinahe Mitternacht. Heute würde ich sowieso nichts mehr lösen. Sogar meinen Hunger hatte ich vergessen. Lediglich das Bier hatte sein Übriges getan und zu meiner Müdigkeit beigesteuert. Mein Blick verlor sich im vor mir tanzenden Feuer.

Ich saß in einem Boot, meine Hand fest in der eines Fremden. Ich schaute auf das Wasser unter dem Boot, doch statt mein Spiegelbild zu reflektieren, schien es pechschwarz und undurchdringlich alles Licht zu verschlucken. Ich blickte an der Hand hoch, die meine fest umklammert hielt. Zuerst konnte ich sein Gesicht nicht erkennen. Die Person hatte ihren Blick von mir abgewandt und schaute auf den Horizont. Es war ein Mann mit dunklen, kurzen Haaren. Dann drehte er sich zu mir um, und ich freute mich, als ich das Gesicht meines Vaters vor mir sah. Ich wusste, ich war in Sicherheit. Denn ich war noch ein Kind und er mein Papa. Mein Beschützer. Er lächelte mir zu, während er durch mein Haar strich.

»Wir sind gleich da. Freust du dich?«

Ich nickte. Ich freute mich auf das, was er mir zeigen wollte. Er wollte ein großes Geheimnis mit mir teilen. Was es war, hatte er noch nicht verraten. Er lachte erneut, diesmal laut, schelmisch. Fast diebisch. Das Boot bewegte sich mit steter Geschwindigkeit und wie von allein über das offene Meer. Ich konnte nur den Horizont erblicken, bis ich etwas erkannte, dem wir uns näherten. Es war eine Insel. Als wir näher kamen, wurde der Griff meines Vaters immer fester, bis er mir wehtat. Ich erkannte, dass jemand am Ufer der Insel auf uns wartete. Es war ein Mann. Er trug etwas.

»Papa, ich will nach Hause«, sagte ich und zog an seiner Hand. Er reagierte nicht. Ich konnte die Augen nicht von dem Mann abwenden, dem wir immer näher kamen. Nach und nach erkannte ich ihn. Er trug einen Mantel. Und er hielt einen Koffer in der Hand. Sein Gesicht lag im Schatten seines Hutes verborgen. Aber trotz der Dunkelheit konnte ich ihn lächeln sehen. Ich bekam Angst.

»Papa!« Ich stand auf, das Boot fing unter meinem Gewicht an zu wackeln. Ich zog an seiner Hand, versuchte mich zu befreien, als er sich zu mir drehte. Es müsste mein Vater sein, aber etwas stimmte mit seinem Blick nicht. Es waren fremde Augen, die mich anschauten, bösartige Augen.

»Willst du es denn nicht wissen? Willst du nicht wissen, wo er wohnt?«, flüsterte mir der Fremde zu, der nicht mehr mein Vater war.

Ich schreckte hoch und starrte in das restliche Glühen der Holzscheite im Ofen. Ich musste eingeschlafen sein. Die Angst, die ich im Traum gespürt hatte, noch immer in den Knochen, blickte ich auf die Uhr meines Handys. Es war zwei Uhr nach Mitternacht. Im Haus herrschte bedrückende Stille.

Kalte Schweißtropfen hatten sich an meinen Schläfen gesammelt. Was hatte ich da wieder geträumt? Eine Mischung aus dem Theaterstück und dem, an das ich mich erinnerte? Ich wollte gerade aufstehen und mir etwas zu trinken holen, als ein Geräusch mich innehalten ließ. Es hörte sich an wie das Knacken eines Astes, aber in der Stille hier war es so laut, als würde ein Luftballon zerplatzen. Ich hielt den Atem an. Lauschte. Da war es wieder. Ein Knacken. Schritte.

Mein Blick wanderte zur Axt, die an die Wand gelehnt im Eingang stand. Nur ein Satz, dann wäre ich da. Ich blickte zum Fenster. Vielleicht spielte mir meine Fantasie einen Streich. Es könnte auch ein Tier sein. In der Gegend wimmelte es nur so von Rehen und anderem Wild.

Wieder das Geräusch. Ich täuschte mich nicht, das waren eindeutig Schritte, und sie kamen von der Veranda. Als würde jemand die Holztreppen hochgehen. Ich drehte mich um, blickte zum Fenster, das von den Vorhängen verdeckt war. Die Laternen draußen leuchteten noch immer, das konnte ich sehen, aber ich hatte das Licht auf der Veranda ausgeschaltet. Der Lichtschalter befand sich neben der Haustür. Ich zwang mich zur Ruhe und versuchte geräuschlos aufzustehen und zur Tür hinüberzuschleichen. Meine Hände, aschfahl im Licht der Laterne, packten die Axt und umklammerten den Griff, so fest ich nur konnte. Wieder Schritte. Nun konnte ich die Umrisse einer Gestalt draußen erkennen, und mein Herzschlag setzte aus. Mein Atem ging schnell und stockend. Was sollte ich tun? Um Hilfe zu rufen, blieb keine Zeit mehr. Ich atmete tief aus. Zählte bis drei. Dann schaltete ich das Licht auf der Veranda an.

Die Umrisse waren nun deutlich erkennbar, sie zeichneten sich durch den Vorhang hindurch ab. Die Gestalt stand still, als Nächstes hörte ich ein Rumpeln. Hastige Schritte, die davoneilten, sich entfernten. Ich stieß den Atem aus, den ich die ganze Zeit angehalten hatte. Was zum Teufel war hier los? Meine Hand zitterte, als ich die Axt nahm und mich endlich überwand, die Tür aufzuschließen. Gott sei Dank hatte ich nicht vergessen abzusperren. Ich trat vorsichtig auf die Veranda, aber sie war leer. Als ich mich zwang, ein paar Schritte hinauszutreten, ertönte ein Motorengeräusch in der Nähe. Es kam vom Ufer. Ich rannte die Stufen hinunter, den fahl erleuchteten Weg hinunter zum angelegten Bootssteg, als mein Fuß gegen etwas Hartes stieß und ich der Länge nach hinfiel. Die Axt fiel einige Meter vor mir auf den Boden. Mein Fuß pochte, aber ich stand wieder auf. Ich musste wissen, wer das war. Ich humpelte weiter, der Steg war nur noch ein paar Meter entfernt.

Als ich am Wasser ankam, war niemand mehr da. Das Wasser war schwarz, und alles, was mehr als einen Meter entfernt war, wurde von der Dunkelheit verschluckt. Nur in weiter Ferne hörte ich das Geräusch eines Motors, der das Boot wegtrug.

Daniel – Die Nachtwache

Wir mussten warten, bis wir wieder unter uns waren. Als mein Vater mit unserem alten Volvo die Auffahrt hoch- und davonfuhr, wussten wir, dass er erst spätabends zurückkommen würde. Er wollte in die Stadt und in einer Bar ein paar Runden spielen, so viel war uns klar. Das tat er fast jedes Wochenende, und es würde wie gewöhnlich eine lange Nacht werden. Darauf hatte Mikael nur gewartet. Es war ein lauer Sommerabend, angenehm warm, und das Wasser lag vor uns wie eine ebene Fläche ohne eine einzige Welle. Der scheinbar ewige Sonnenuntergang mit dem orangegelben Lichtstreifen am Horizont war einem sanften Dämmerlicht gewichen, das bis zum Sonnenaufgang bleiben würde. Mikael trieb das Boot hinaus und sprang hinein. Pejo und ich sahen ihm vom Ufer aus zu, wie er mit rudernden Bewegungen stetig in der Dämmerung verschwand. Als er nicht mehr zu sehen war, nickte ich Pejo zu.

»Sollen wir das wirklich machen?« Er blickte mich ängstlich an. »Kommt mir vor wie eine Schnapsidee.«

Ich zuckte mit den Achseln. »Wenn wir ihn jetzt im Stich lassen, gibt's nachher bloß Ärger. Wahrscheinlich haut es sowieso nicht hin.«

Wir schwangen uns also mit wackeligen Beinen auf unsere Räder und fuhren den Pfad entlang. Die knorrigen Kiefern schluckten mit ihren dichten Kronen das verbleibende Licht. Auf unserem Weg erleuchteten uns unsere Fahrradlämpchen mehr schlecht als recht den Pfad. Während der Fahrt zum Aussichtspunkt sprachen wir kein Wort, was am anstrengenden Gestrampel lag, vor allem aber an unserer Nervosität. Kurz vor Wolowskis Haus legten wir unsere Dynamos um, sodass kein Licht mehr aufleuchtete. Vor seiner Auffahrt standen kleine Laternen, die den Weg zur Hütte wiesen, und wir hielten uns im Schatten des Waldrandes. Im Inneren von Wolowskis Haus brannte Licht.

Ich atmete tief aus, sobald wir den kleinen Trampelpfad erreicht hatten, scheinbar unbemerkt. Wir stiegen von den Rädern und bahnten uns den Weg durch das Gestrüpp. Der Holzsteg vor uns sah aus wie ein altes Schiffswrack, dessen Segel in den Himmel emporragten.

Ich ließ das Fahrrad auf den Boden sinken und trat ans hölzerne Geländer heran. Der blassblaue Himmel erhellte das Wasser in seinem violetten Licht, während föhnige Wolken wie Krallen Schatten aufs Meer warfen. Ein paar Bojen flackerten in regelmäßigen Abständen auf dem Wasser auf, ansonsten schien alles still. Mikaels Boot war nirgends zu sehen.

»Ob wir überhaupt was erkennen können«, flüsterte Pejo mir über die Schulter zu. Auch er blickte angespannt aufs Meer hinaus.

»Das ist die Frage«, antwortete ich. Ich war nicht sicher, auf welches Ergebnis ich überhaupt hoffte. Wäre nichts zu sehen, würde Mikael den Plan vielleicht ja doch noch verwerfen.

Mikael hatte von irgendwoher eine elektrische Positionslaterne aufgetrieben, ein aus Messing gefertigtes schweres Schifffahrtslicht, das durch seine spezielle Linse ideal für die Sichtbarkeit auf Distanz war. Ich vermutete, er hatte sie bei einem Boot am Hafen mitgehen lassen.

Die Idee war im Grunde ganz einfach. Mikael hatte die Positionsleuchte mitgenommen, die er am Westende der Insel aufstellen wollte, gut sichtbar vom Aussichtspunkt. Sollten wir das Licht von hier aus erkennen, würden wir ihm ein Signal mit unseren Taschenlampen geben. Dreimal leuchten hieß POSITIV, und er würde uns ebenso antworten. Zweimal leuchten bedeutete NEGATIV, und er würde die Laterne woanders platzieren müssen, oder wir bräuchten etwas ganz anderes, etwas Auffälligeres. So weit der Plan. Nun standen wir hier und warteten auf das Signal, aber nichts geschah. Der Horizont vor uns blieb dunkel.

»Es klappt nicht. So ein winziges Licht, wie soll man das denn sehen können?« Pejo wibbelte nervös neben mir von einem Bein auf das andere. Ich konnte sein Unbehagen förmlich riechen. Mir ging es nicht anders.

»Wir müssen noch etwas warten.«

Die Minuten verstrichen so langsam, dass ich irgendwann von einem Ende des Geländers zum anderen tigerte. Fast wäre ich vor Schreck in Pejo reingelaufen, als ich es endlich aufflackern sah. Ein helles Leuchten auf einem Inselvorsprung.

»Da!«, rief ich und beeilte mich, an meinen Rucksack zu kommen. Ich musste die Taschenlampe herausholen und Mikael antworten. Als ich um das Geländer herum zu meinem Fahrrad lief, war mein Rucksack nirgendwo zu sehen. Irritiert beugte ich mich hinunter und strich über den Boden. Wo hatte ich ihn bloß abgelegt? Immer nervöser fuhren meine Hände durch das strohige Gras, bis sie auf einen Widerstand stießen und ich vor einem Paar Füßen innehielt. Der Rucksack baumelte auf Kopfhöhe vor meinem Gesicht.

»Na, wen haben wir denn da?«

Lilja – das Boot

Als ich am nächsten Morgen aufwachte, fühlte ich mich gerädert. Mein Kopf tat entsetzlich weh, und ich hatte das Gefühl, auf Betonboden geschlafen zu haben. Die Couch sah gemütlicher aus, als sie es in Wirklichkeit war. Wobei man die wenigen Stunden, die ich vor Erschöpfung weggenickt war, ohnehin kaum als Schlaf bezeichnen konnte. Jede Sekunde war ich darauf gefasst gewesen, erneut Schritte auf der Veranda zu hören. Jetzt, im hellen Tageslicht, fragte ich mich, ob das alles wirklich passiert ist oder doch nur ein Traum war.

Als ich nach draußen trat, war es noch früh am Morgen und bitterlich kalt. Dunstschleier hingen über dem moosigen Boden. Wie ein Teppich reichten sie bis auf das Wasser hinaus. Die Sonne versteckte sich hinter tief hängenden Wolken. Ich sah auf die Uhr. Es war kurz nach acht. Mein Handy hatte hier nach wie vor so gut wie keinen Empfang.

Nach einer Katzenwäsche im abgetrennten Saunabereich, welche das Bad ersetzte, machte ich mich auf den Weg ins Dorf. Ich brauchte Kaffee. Und ein ordentliches Frühstück, mittlerweile war mir vor Hunger schon ganz schlecht. Ich packte meine Tasche und legte vorsichtshalber das Foto mit den drei Jungen hinein. Ich wollte den alten Lehto auf dem Weg dazu befragen. Doch als ich mit dem Wagen vor dem Kuhgatter hielt, war der Bauernhof wie ausgestorben. Die Kühe waren wohl in den Stall getrieben worden und ruhten noch, bevor sie auf die Weide durften. Vom Bauern war keine Spur. Auch als ich klopfte, öffnete mir niemand die Tür. Ich durchquerte den Hof und beschloss, später wiederzukommen. Kurz darauf bog ich an den Pfeilschildern Richtung Hafenparkplatz ein. Dort ließ ich mein Auto stehen und trottete ins Dorfzentrum.

Die meisten kleinen Läden hatten geschlossen, dafür hatte ein alter Hofladen direkt am Hafen geöffnet. Ich sah kurz auf die Boote und kleinen Kutter, die auf dem Wasser gemächlich vor sich hin schaukelten, dann ging ich in der Hoffnung auf einen Kaffee und etwas Wärme über eine winzige Terrasse mit drei Tischen ins Innere des Ladens.

Als ich die weiße Holztür aufschwang, stieg mir gleich der Duft nach süßem Gebäck in die Nase und ließ meinen Magen knurren. Das Café war für seine Größe gut besucht, vorwiegend von älteren Menschen oder Hafenarbeitern. Auf einer Kreidetafel wurde das aktuelle Mittagsgericht angeboten. Die Frau hinter einer Glasvitrine mit selbst gebackenen Kuchen und Piroggen sah mich interessiert an. Sie schien die Besitzerin des Ladens zu sein, eine wohlbeleibte Dame mit braunem Zopf und roten Wangen. Ich bestellte Puuro, einen leicht salzigen Brei mit eingedickter Blaubeersoße. Aus einer heißen Kanne goss ich mir einen Becher Kaffee ein, setzte mich an den Tisch ganz hinten in der Ecke und blickte mich im Raum um. Der alte Bauer war nicht unter den Besuchern. An den weiß getäfelten Wänden hingen gerahmte Bilder, Miniaturboote und Holzfische. Die Speisekarte war im Stil einer Landkarte der Insel gestaltet. Es dauerte nicht lange, bis die Dame mit dem Frühstück an meinen Tisch kam.

Sie war freundlich, aber reserviert wie die meisten hier. Zwar war die Hauptsaison für Touristen schon vorüber, trotzdem verirrten sich bestimmt immer noch einige Ausflügler auf die kleine Insel.

Nachdem ich mein Frühstück verschlungen hatte, beschloss ich, meiner Schwester zu schreiben. Ich kramte das Foto hervor und legte es auf den Tisch, damit ich es abfotografieren konnte. Daniel, Mikael & Pejo. 1981. Wieder dieses Jahr. Was war da bloß geschehen?

»O mein Gott.«

Die Dame, die mich bedient hatte, stand direkt hinter mir und beäugte die alte Fotografie ganz genau.

»Kennen Sie diese Jungen etwa?«

Die Frau mit den haselnussbraunen Augen und hellem Teint schmunzelte. »Na, selbstverständlich kenne ich die. Mit dem hier«, sie zeigte auf den Jungen ganz links, der ernst in die Kamera blickte und laut der Unterschrift mein Vater sein musste, »mit dem bin ich in die Klasse gegangen. Daniel Nygård.«

Meine Aufregung stieg. Sie kannte ihn also tatsächlich. Ich versuchte mir meine Nervosität nicht anmerken zu lassen.

»Es ist schon ewig her. Aber damals war er ein hübscher Bengel. Nur sehr verschlossen.«

Ich konnte nicht anders, als nachzuhaken.

»Heißt das, Sie kennen auch die anderen beiden?«

Sie trat direkt an meinen Tisch und nahm das Foto in die Hand. »Nun, der rechts ist sein Cousin. Wie hieß der noch gleich ...«

Cousin? Mein Atem stockte. »Pejo?«

Die Frau strahlte erneut.

»Ja, Pejo! Genauso hieß er. Seinem Vater gehörte das Sägewerk hier auf der Insel. Wurde aber verkauft, als er starb. Alle dachten, Pejo würde es mal übernehmen, der setzte aber keinen Fuß mehr auf die Insel. Wirklich traurig das Ganze.«

»Was genau meinen Sie?«

Wusste sie vom Tod meines Vaters? Oder war etwas anderes Schlimmes passiert? Meine Nerven waren angespannt. Ich durfte nicht zu forsch nachhaken, sonst würde ich die Frau misstrauisch machen und sie zum Verstummen bringen. So waren die meisten Menschen hier. Einsilbig. Zu meiner Erleichterung fuhr sie fort.

»Na ja, wegen dem in der Mitte, Mikael. Die drei hingen immer zusammen, zumindest Daniel lief hinter ihm her wie ein Klammeräffchen. Sie hatten ja nur ihren Vater, und der kümmerte sich nicht besonders. Aber nachdem Mikael verschwand, war alles nicht mehr dasselbe.«

»Und Mikael war wer?«

»Na, Daniels älterer Bruder?!« Sie hatte es wie eine Frage formuliert. Skeptisch. Sie zeigte auf das Fenster nach draußen. Ich folgte ihrem Blick und sah ein hölzernes Boot, aufgestemmt auf einem Betonblock am Rande eines kleinen Platzes direkt am Hafen. Daneben waren ein paar Sitzbänke aufgestellt.

»Sein Name steht, soweit ich mich erinnern kann, auch auf dem Denkmal. Wurde damals von den Kindern selbst gebaut. Gehören Sie denn zur Familie?«

Ich versuchte meine Gedanken zu beruhigen und nickte nur kurz.

»Ja ... entfernt verwandt.«

In meinem Kopf schwirrten die Informationen wie

Motten um ein Licht. Mein Vater hatte einen Bruder. Ich hatte einen Onkel, von dem niemand wusste. Und der war verschwunden. Das war doch irre! Und Pejo? Vielleicht konnte ich ihn ausfindig machen.

Ich zahlte, bedankte mich und verließ so schnell wie möglich das Café. Je weiter ich mich dem Boot näherte, desto deutlicher wurden die eingeritzten Namen auf den Holzplanken. Es war beinahe so groß wie ein echtes Ruderboot, nur viel filigraner, mit schönen festmontierten Rudern. Man sah die liebevolle Handarbeit und das hochwertig verarbeitete Holz. Sogar ein gusseiserner Anker hing vorne aus dem Bug und rahmte auf dem Boden vor dem Boot eine signierte Plakette ein.

»Ein Projekt unter der Leitung von Jeremias Nygård«, stand in gravierten Lettern darauf.

Ich trat näher heran und erkannte nun die einzelnen, wie von Kinderhand eingeritzten Namen im Rumpf des Bootes. Meine Augen durchsuchten fieberhaft alle Namen, während meine Finger über das Holz fuhren, bis sie schließlich an einem Namen hängen blieben, der krakelig, beinahe gewaltsam ins Holz gemeißelt schien: Mikael Nygård.

Daniel – der Fall

Wolowskis Worte hallten in meinen Ohren wider wie die Stimme aus meinen Albträumen. Als ich in sein grinsendes Gesicht blickte, war das Veilchen, das Pejo ihm verpasst hatte, sogar in der Dämmerung noch erkennbar. Wahrscheinlich genauso wie meines. Ich griff nach dem Rucksack, aber damit hatte er wohl gerechnet und hob ihn rasch in die Höhe.

»Na, na, na.« Mit einem Zug warf er ihn sich über die Schulter. »Was tut ihr Versager hier? Ich dachte, ich sehe nicht recht, als ihr an meinem Haus vorbeigefahren seid. Hattet ihr Todessehnsucht und wolltet mich sehen?«

Im Hintergrund hörte ich Pejo verzweifelt winseln. Ich hoffte bloß, dass er nicht jetzt schon in Tränen ausgebrochen war.

»Das hier ist nicht euer Privatgelände. Also geht's dich auch nichts an«, fauchte ich. »Und jetzt lass mich zufrieden, sonst gibt's noch eins auf die Rübe.« Der letzte Satz klang nicht halb so mutig wie erhofft.

Wolowskis Lächeln erstarb. Sein Gesicht wurde hart und mit einem Satz war er dicht an mir, ich hatte kaum die Möglichkeit auszuweichen.

»Freust du dich auf eine weitere Abreibung? Hier wird euch jedenfalls niemand schreien hören.«

Seine Miene war einen Moment wie versteinert, dann formten sich seine Züge wieder zu einem miesen Grinsen.

»L... Lass ihn ... in Ruhe!« Die zitternden Worte kamen aus dem Hintergrund. Pejo hatte seine Stimme wiedergefunden.

»Ohoooooo. Willst du, kleiner Fettsack, mir etwa drohen?« Wolowskis Hand, die sich in meinen T-Shirt-Kragen gekrallt hatte, lockerte sich. Er konzentrierte sich nun auf Pejo. »Komm doch her, wenn du dich traust. Diesmal aber ohne euren Babysitter.«

Stille breitete sich aus. Fast konnte man die Anspannung schmecken. Ich verharrte wie ein gelähmtes Tier und wartete auf den ersten Schlag.

Stattdessen ließ seine Kralle ganz von mir ab und schubste mich von sich.

»Was ist das denn?«

Ich hatte erst gemerkt, dass ich die Augen zugekniffen hatte, als ich auf den Boden fiel.

Wolowski ging ans Geländer, von wo aus das Aufleuchten von Mikaels Taschenlampe nun deutlich zu sehen war. Er gab uns immer noch das Signal und wartete auf Antwort, vergeblich. Daneben leuchtete in konstantem Licht die Lampe, die den Unbekannten anlocken sollte.

»Das geht dich gar nichts an!« Pejo stellte sich Wolowski in den Weg. Kurz war ich stolz auf ihn, auch wenn er eher einer dicken Maus ähnelte, die sich vor einen Raubvogel wagte. Mit einem Griff packte Tom Pejos Kopf und schleuderte ihn zur Seite. Pejo flog der Länge nach auf den Boden. Als er ins Gebüsch fiel, heulte er vor Schmerz auf.

»Was soll das? Wer ist das?«

»Da ist gar nichts«, rief ich zu hastig, um glaubwürdig

zu erscheinen. In meinem Kopf schwirrte blanke Panik. Der Koffer, der Inhalt. Wenn Tom dahinterkam, wären wir erledigt. Er würde alles gegen uns verwenden, egal, was dabei rauskam. Wir müssten etwas erklären, was wir nicht erklären konnten. Sie würden die Waffe bei Mikael finden, und alles wäre vorbei. Und ich stand hier wie ein Trottel und brachte nichts zustande. Tom kramte inzwischen in meinem Rucksack und holte etwas hervor: meine Taschenlampe.

»Nein«, schrie ich erneut und stürzte vom Boden direkt in seine Richtung. Halb stolperte, halb rannte ich, als ich die Lampe zu fassen bekam und sie ihm aus den Händen reißen wollte. Aber ich hatte die Rechnung ohne ihn gemacht. Toms Pranken, um einiges größer als meine, hielten die Taschenlampe fest umschlossen, während er sie von mir wegzerrte.

»Lass los, du Abfall!«

Während er keuchte und sich aus meinem Griff wand, setzte ich alle Kraft daran, ihm die Lampe zu entnehmen, und trat gegen sein Schienbein. Der Holzsteg unter unseren Füßen knarzte, während wir unseren Tanz darauf aufführten. Sein Schlag traf mich völlig unvorbereitet. Mit aller Kraft hatte Tom uns gegen das Geländer geschleudert, und er quetschte mich mit seinem gesamten Gewicht gegen den Holzbalken. Ich spürte, wie etwas in meiner Seite unnatürlich nachgab, und keuchte vor Schmerz. Das, was ich gespürt hatte, waren meine Rippen. Alles in mir verkrampfte sich, und ich ging zu Boden, während ich mir meine brennende linke Seite hielt.

Tom sah mich mit weit aufgerissenen Augen an, die Taschenlampe immer noch in der Hand. Sein Oberkörper bebte, er atmete schwer, und sein Lächeln wurde zu einer wilden Grimasse. »Wer schickt euch da Lichtzeichen? Du willst die Lampe? Da hast du sie!«

Er hob die Lampe in die Luft, sodass sie bedrohlich über mir aufblitzte. Mit einem Schwung sauste sie zu mir herab. »Hier kommt euch niemand zu Hilfe«, waren seine letzten hasserfüllten Worte, bevor das Metall mich am Kopf traf und ich dachte, ich müsste erbrechen, so sehr hallte es plötzlich in meinem Schädelinneren wider. Alles in mir erzitterte. Ich konnte gerade noch so ausweichen, sodass er mich nicht frontal traf, aber schon allein der gestreifte Schlag hatte ausgereicht. Schützend hielt ich eine Hand vor mein Gesicht, während ich versuchte wegzukriechen, nur weg von diesem Monster. Als ich hochblickte, hielt er den Griff erneut in die Höhe, während sein Gesichtsausdruck nur noch Verrücktheit verriet, blanken Hass. Und die Erkenntnis traf mich mit derselben Wucht wie die Lampe: Er würde nicht mehr aufhören.

Während ich mich auf den nächsten Schlag gefasst machte, ertönte ein Schrei, und das Nächste, was ich wahrnahm, war Wolowskis Kopf, der zur Seite geschleudert wurde. Mit hassverzerrtem Gesicht rammte Pejo sich seitlich gegen Tom und stieß ihn von mir weg. Alles geschah in Sekundenbruchteilen, und doch nahm ich jedes Detail wahr: Tom, der mit voller Wucht gegen die Holzabsperrung krachte. Tom, der zu Boden ging, und das knackende Geräusch, bevor er regungslos liegen blieb.

»Das ist unsere Insel«, hörte ich Pejo leise wimmern. Sein Körper erzitterte, während er nach Luft rang, die Hände auf die Oberschenkel gestützt.

»Unsere Insel ...«

Lilja – die Namen

Ich betrachtete das reglose Gesicht meiner Mutter. Sie lag in ihrem Schlafzimmer, mit fahlen Gesichtszügen, die sonst gespannt waren wie Drahtseile. Als Gunter mich hereinließ, hatte er mich bereits vorgewarnt, dass sie nicht ansprechbar sein würde. Sie bekam Beruhigungsmittel, um sich zu schonen und wieder klarer zu werden. Denn die letzten Male in wachem Zustand hatte sie immer wieder vom Teufel gesprochen.

Sie sah so verletzlich aus. Ohne ihren Schutzpanzer, ihr starres Lächeln, das kein Lächeln mehr war. Sie war mal eine wunderschöne Frau gewesen, ich hatte genug Aufnahmen von ihr gesehen. In solchen Momenten konnte ich nicht anders, als zu überlegen, was aus ihr hätte werden können, wenn alles anders gekommen wäre. Ich sah uns vier am Tisch sitzen, beim gemeinsamen Essen, in einem Haus, das wilder war als dieses, unaufgeräumter, aber so viel lebendiger, mit einem schönen Garten. Meine Mutter wäre immer noch die schöne Frau von damals, in Würde gealtert mit einem echten Lächeln. Und mein Vater wäre noch da.

Ich wischte den Gedanken weg. *Das* hier, meine Mutter erschöpft und verwirrt im Bett, mit blasser Haut und sorgenvollem Gesichtsausdruck. *Das* war jetzt die Realität.

Ihre Augen flimmerten hinter den geschlossenen Lidern. Sie schien zu träumen. Ich legte meine Hand sanft auf ihre. Solche Berührungen hätte sie sonst nie zugelassen. Oder ich. Das schickte sich nicht, und ich kannte es nicht anders.

»Mama?« Sie reagierte nicht. Trotzdem fuhr ich fort.

»Ich weiß nicht, was ich tun soll. Weitergraben? Oder es ruhen lassen? Vaters Geheimnis ...«

Sie gab einen Seufzer von sich. Ihr Schlaf wurde unruhig. Sonst sagte sie nichts.

»Sie wird dir nicht antworten. Jetzt zumindest nicht.«

Gunter stand im Türrahmen. Wie lange hatte er uns beobachtet? Ich zog meine Hand zurück.

»Tut mir leid, Lilly. Ich wollte nicht stören.«

Lilly. So hatte mich seit Jahren niemand mehr genannt.

»Das macht nichts. Ich wollte nur kurz nach ihr sehen. Kann ich euren Computer benutzen?«

»Natürlich. Du kannst auch hier schlafen. Ich muss sowieso in die Firma. Aber ich habe eine Aushilfe engagiert, die uns hilft. Sie kommt in zwei Stunden.«

Ich nickte kurz. Er hatte sie verlassen. Aber wenigstens kümmerte er sich jetzt um sie. Zumindest das musste ich ihm anrechnen. Als ich an ihm vorbeigehen wollte, hielt er kurz inne. Er zögerte, dann sagte er: »Dein Vater hatte tatsächlich viele Geheimnisse.«

»Wie meinst du das?«

»Als ich deine Mutter kennengelernt habe, war sie augenscheinlich über ihn hinweg. Aber das war nur oberflächlich. Wir redeten nur ein einziges Mal über ihn. Das war am Anfang unserer Beziehung. Wahrscheinlich wollte sie mir so viel Wahrheit einräumen wie nötig, damit ich aufhörte zu fragen.« Er schüttelte den Kopf und blickte zu meiner Mutter. »Sie sagte, sie hatte ihn nicht gekannt. Seine Vergangenheit, seine Familie. Nichts. Ein Leben vor ihr gab es nicht.«

Das war nun wahrlich nichts Neues. Enttäuscht nickte ich.

»Danke, dass du mir das erzählt hast. Ich kannte ihn wahrscheinlich ebenso wenig.«

»Eins noch. Sie sagte, es war das Beste für sie, dass sie nichts wusste. Sie hatte es gespürt und beschlossen, das zu respektieren.«

Mit diesen Worten drückte er ungeschickt meine Schulter und machte sich auf Richtung Flur. Ich blieb stehen und dachte über seine Worte nach. Vielleicht hatte er recht, und es war manchmal besser, nichts zu wissen. Gleichzeitig sah ich die beschmierte Kulisse mit der Drohung vor mir. Auch wenn es mir Angst machte, konnte ich die Augen nicht einfach verschließen. Meine Schwester war in Gefahr.

Das Haus war unangenehm leise, als ich an meinem alten Zimmer vorbei ins Büro ging. Genau wie im restlichen Haus zog sich auch hier die minimalistische Kälte in der Gestaltung des Raumes durch. Zwei Schwarz-Weiß-Fotografien an der Wand hinter dem frei stehenden Glastisch waren das Einzige, was dem Zimmer fragliches Leben einhauchte. Ich setzte mich an den Schreibtisch und schaltete den Computer ein. Auf der steril geputzten Oberfläche lagen ein leerer Notizblock und ein Stift, im perfekten 90-Grad-Winkel drapiert, als wäre beides noch nie benutzt worden.

Ich holte mein Handy hervor, gab den Ort und das Denkmal in die Suchmaschine ein und sah mir die Bildergebnisse an. Bereits in der zweiten Zeile wurde ich fündig.

Auf einem alten Foto war das Boot abgebildet, damals noch im unfertigen Zustand. Ich klickte drauf und gelangte in die Bildergalerie einer Tageszeitung. Auf mehreren Bildern waren Kinder zu sehen, die das Boot in einer Projektarbeit gebaut hatten. Auf dem letzten Foto stand ein Mann vor dem Denkmal. Im Hintergrund war ein großes Gebäude zu sehen, eine Fabrik mit gestapelten Holzstämmen. In der Bildunterschrift las man von einem Jeremias Nygård, dem Sponsor, der das Material für die Anfertigung zur Verfügung gestellt hatte. Warum das Denkmal errichtet wurde, war nirgends nachzulesen.

Als Nächstes gab ich den Namen Mikael Nygård ein, aber die Suche ergab zu viele Zufallstreffer. Keinen im Zusammenhang mit der Insel oder dem Dorf. Ich sah mir noch einmal das Foto an, das ich gemacht hatte, und filterte die Namen aus, die in das Holz eingraviert worden waren: *Sari Myllys, Roosa Kivelä, Kimmo Tuominnen, Hendrik Kottila.*

Erst jetzt fiel mir auf, dass einer der Namen durchgestrichen war. Mehr noch, er war mit einem spitzen Werkzeug aus dem Holz herausgemeißelt worden. Als hätte jemand den Namen mit aller Gewalt auslöschen wollen.

Ich gab einen Namen nach dem anderen im Internet ein. Nach einigem Suchen kam ich auf die Archivseite einer Gemeinde, die sich etwa fünfzig Kilometer von der Insel entfernt befand. Sie zeigte das Foto eines Jungen, vielleicht um die zwölf Jahre alt. Er trug eine Nickelbrille mit runden Gläsern. Im Text des Artikels ging es um Hendrik Kottila, einen vermissten Jungen aus der Gegend, der 1980 verschwunden war. Aber auch hier keine nähere Erklärung. Bei der Eingabe der anderen Namen fand ich nichts Relevantes mehr heraus. Bis ich den Namen Kivelä eingab. Ich gelangte auf eine Website, die den Namen *Roosa Hilfe* trug. Auf der Informationsseite las ich, dass ein Elternpaar eine Stiftung für die Beratung und Seelsorge trauernder Eltern gegründet hatte. Ihre Tochter hieß Roosa und war ebenfalls bis heute unauffindbar geblieben.

Ich begriff. Etwas war mit diesen Kindern passiert.

War Mikael unter den Vermissten? Warum konnte ich dazu nichts finden? Nicht einmal in den sozialen Medien gab es einen Anhaltspunkt. Nirgendwo ein Hinweis auf den gleichen Mikael, zumal ich kein richtiges Bild von ihm hatte. Nur ein Gesicht hinter einer Maske, aus dem Jahr 1981. Aber an einem gab es für mich keinen Zweifel mehr: Das Theaterstück musste von den Kindern handeln. Von Kindern, die der Teufel geholt hatte. Und mein Vater war irgendwie darin verwickelt.

Daniel – Hilfe

Pejos Zittern wurde von Minute zu Minute stärker. Ich saß auf den Holzdielen der Aussichtsplattform und überlegte fieberhaft, was zu tun war. In meinem Kopf hallte immer nur das knackende, matschige Geräusch wider, als Wolowskis Kopf gekracht war. Ich spürte den Drang, mich zu übergeben. Es dauerte eine ganze Weile, bis ich mich unter Schmerzen aufrappeln konnte. Vorsichtig schlich ich an Toms liegendem Körper vorbei, in der Angst, eine Hand würde meinen Knöchel packen und mich zu sich ziehen. Als ich bei Pejo ankam, sah ich, wie erbärmlich sein Zustand wirklich war. Seine Augen waren weit aufgerissen, sie huschten im Wechsel Hilfe suchend von Tom zu mir, ohne einen von uns fixieren zu können. Er stand wahrscheinlich unter Schock. Als ich an ihm hinunterschaute, sah ich den dunklen Fleck an seiner Hose. Zuerst dachte ich, es sei Blut, bis mir klar wurde, dass er sich eingenässt hatte.

»Pejo ...« Bei seinem Namen zuckte er zusammen, als hätte ich ihn aus einem Albtraum aufgeweckt.

»Ich ... ich hab ihn umgebracht ... oder?« Seine Augen schimmerten in Tränen, seine Unterlippe zitterte. Mit einer zittrigen Hand fuhr er sich durch sein wirr abstehendes Haar.

»Ich weiß nicht ... ich meine ...« Ich wollte Tom nicht zu nahe kommen und seinen Puls fühlen. Er lag auf dem Bauch, sein Gesicht von uns abgewandt. An seinem Hinterkopf schimmerte etwas Dunkles ... Sein Hirn war bestimmt Matsch.

»Wir müssen auf Mikael warten. Er wird wissen, was zu tun ist.« Das war das Einzige, was mir einfiel.

Pejo blickte auf den Boden, als sei sein Schicksal besiegelt. Ich zog ihn sanft an der Schulter in Richtung unserer Fahrräder. Weg von Tom. Wir hockten uns auf die Rahmen unserer Räder und warteten. Es musste sehr spät sein, aber ich hatte jegliches Zeitgefühl verloren. Es war, als hätte Zeit keine Bedeutung mehr und würde sich nach Belieben dehnen und zusammenziehen.

Nach einer Weile hörten wir ein Geräusch. Pejo wimmerte, als sich jemand durch das Gebüsch durcharbeitete, das zum Weg hinausführte. Mein Atem stockte. Ich konnte vor meinem inneren Auge schon das Gesicht von Wolowski senior sehen, wie er uns hier bei Tom fand. *Bei seiner Leiche.* Mein Herz machte einen Aussetzer, als ich eine dunkle Gestalt aus dem Gebüsch herauskommen sah. Langsam erkannten meine Augen in der Dämmerung seine Züge. Es war Mikael. Und er war wütend.

»Was, zum Geier ... seid ihr zu blöd, um ein einfaches Signal zu geben?«

Als keiner von uns antwortete, hielt er inne. Er musterte jeden von uns abwechselnd. »Was ist passiert?«

»T... Tom ...« Pejos zitternder Arm zeigte Richtung Aussichtssteg. Mikaels Hände ballten sich zur Faust. »War er hier? Hat er euch was getan?«

Ohne eine Antwort abzuwarten, schritt er auf den Steg. Ich lief ihm hinterher.

»Ach, du Scheiße ...« Mehr konnte er nicht sagen. Er kniete sich nach vorne, traute sich aber offensichtlich auch nicht, ihn zu berühren. »Was, zum Teufel, ist passiert?«

»Er hat uns angegriffen. Er wollte mich ...« In meinem Hals war ein riesiger Ball, der mich am Sprechen hinderte.

»Er hätte Daniel erschlagen«, stammelte Pejo leise. Auch er war hinter mich getreten. »Ich wollte doch nur, dass er von ihm ablässt. *Das* wollte ich nicht.« Er zeigte auf den Stein neben Tom. Seine Hand zitterte nicht mehr ganz so stark. Auch seine Stimme schien sich beruhigt zu haben.

»Ist er ...?«

»Ich weiß nicht ... o Mann ...« Mikael ging um Tom herum, als würde er versuchen, in sein Gesicht zu blicken.

»Ich will ihn nicht anfassen.«

»Was machen wir denn jetzt?« Ich sah Mikael fragend an.

»Hilfe holen, schätze ich.«

»Aber wenn er erzählt, was passiert ist? Dann kommen wir in den Knast oder sonst was!« Pejo fing erneut an zu weinen.

»Wir kommen doch nicht in den Knast ... ich meine ... es war ein Unfall.« Mikael stockte. »Oder nicht?«

Lilja – der Reptilienmann

Die ganze Sache ging mir nicht aus dem Kopf. Kinder waren verschwunden. Mein Vater hatte einen Bruder gehabt, von dem niemand aus unserer Familie wusste. Und dann war da noch die Gestalt, die mitten in der Nacht auf der Terrasse des Sommerhauses gestanden hatte. Ich wusste selbst nicht genau, wieso, aber ein Gefühl sagte mir, dass der Reptilienmann ein Teil des Puzzles war. *Hast du den Schmetterling gesehen?*, fragte eine Stimme in meinem Kopf – aber es war nicht meine eigene. War das eine neue Erinnerung? Edith hatte erzählt, dass der Reptilienmann mich als Kind festgehalten und mir etwas zugerufen hatte. Der Schmetterling. Er war auch für meinen Vater so wichtig gewesen, dass er ihn in sein Stück eingebaut hatte.

Das Tageslicht wich bereits der Abenddämmerung, als ich unser Haus erreichte. Wollte ich meinen Plan durchziehen, würde ich notgedrungen durch die Nacht auf die andere Landzunge der Insel gelangen müssen. Schon allein bei dem Gedanken schauderte mir. Mein Verstand versuchte mich davon zu überzeugen, dass er nur ein alter, verwirrter Greis war. Nur ein harmloser Mann, der von Kindern zur Gruselgestalt gemacht worden war. Und in mir regte sich das unbestimmte Gefühl, dass er mir helfen konnte, die Wahrheit herauszufinden.

Ich lief hinunter zum Steg. Das Wasser schwappte monoton über die glatt geschliffenen, von Algen überzogenen Felsen.

Ich blickte in Richtung Süden. Dort, hinter dem Hügel, stand das Haus des alten Mannes. Der schnellste Weg zu meinem fragwürdigen Ziel war, mit dem Boot die Küste entlangzurudern.

Der Himmel war in ein schleiernes Dunkelgrau getaucht, aber es war kein Anzeichen eines Unwetters zu erkennen. Am Rande des Ufers, welches direkt im Waldrand mündete, lag ein altes Ruderboot umgedreht und unter altem Geäst versteckt. Es musste jahrelang nicht verwendet worden sein. Wenn ich Glück hatte, war es noch funktionstüchtig. Ich brauchte etliche Versuche, um das Boot umzudrehen. Es war schwerer, als es aussah, und ich schreckte zurück, als mehrere Spinnen unter dem Gerumpel hervorkrochen, um sich in Sicherheit zu bringen. Nachdem ich endlich geschafft hatte, es zu wenden, schob ich es sanft über den Algenteppich Richtung Wasser und sprang hinein, bevor meine Füße das kalte Nass berührten. Der dunkle Himmel spiegelte sich auf der Oberfläche, während meine Ruderbewegungen die Wolken im Wasser verzerrten. Ich ruderte um die Felsenküste herum am Waldrand entlang und betete, dass das Boot dicht halten würde. Ständig begleitete mich das Gefühl, aus dem Wald heraus beobachtet zu werden. In gleichmäßigen Bewegungen umkurvte ich die glattgespülten Felswände und gelangte schließlich zu der nächsten Anlegestelle. *Wer hat Angst vor dem Reptilienmann?*

Es kostete mich enorme Überwindung, aber meine Arme brachten mich in monotonem Rhythmus immer näher an den vom Schilf versteckten Steg. Der Bug meines alten Bootes teilte das Gewächs mit knackendem Geräusch, und ich hob die Ruder, um eventuell hier brütende Vögel nicht zu verscheuchen. Ein Teil war bereits geknickt, was mich vermuten ließ, dass jemand den Wasserweg gelegentlich benutzte. Ich musste an den Abend denken, als Edith und ich ihn zufällig trafen, am Kiosk, und wie er dann mit seinem Boot davonfuhr.

Schließlich öffnete sich das Schilf wie ein Vorhang, und ich sah den alten hölzernen Steg. Ein Boot, größer als meines, mit rostigem Motor, war an einem Holzpfeiler vertäut. Er war da. Ich kämpfte gegen den Wunsch an, sofort kehrtzumachen. Er war verrückt, ich offensichtlich auch, denn was hatte ich mir bei der Idee nur gedacht? Aber bevor ich auch nur einen Fuß zurück in das Theater setzte, wollte ich etwas Konkretes in der Hand haben, damit ich Lünov davon überzeugen konnte, das Stück abzubrechen, bevor etwas Schlimmes passieren würde.

Ihr werdet brennen. Die Panik, die mich bei diesen Worten ergriff, bestärkte mich in der Entscheidung weiterzumachen.

Ich kletterte langsam aus dem Boot und sah mich an Land um. Der Steg mündete in einen Landabschnitt voller herausragender Felsen. Dazwischen führten verwachsene Sträucher und alte knorrige Kiefern einen Hügel hinauf. Ich schritt voran und sah mich nach allen Seiten um, doch es war nichts und niemand zu sehen. Nur Gerümpel, das in Haufen überall auf dem Grundstück verteilt lag, und ein altes Bootshaus, dem ein paar Holzdielen fehlten. Die Tür stand einen Spaltbreit offen, und als ich hineinschaute, fand ich auch dort völliges Chaos vor.

Am Ende des Steges schlängelte sich ein Pfad mit selbst gelegten Steinplatten den Hügel hinauf. Hoch oben erkannte ich nun endlich das Haus, das im Dunkel bedrohlich über dem Hügel aufragte. Es sah aus wie ein Geisterhaus. Wie in meiner Erinnerung. Und meinen Albträumen.

Kurz darauf stand ich vor der Haustür. Das Haus des Reptilienmanns war wie der Rest verwahrlost und die Fenster verschlossen. Ich versuchte durch das schlierige Glas hindurchzusehen, aber außer der Dunkelheit war nichts zu erkennen. Ich ging um das Haus herum und gelangte schließlich zum Vordereingang. An der schwarzen Tür waren weder ein Klingelschild noch ein Name angebracht. Die Farbe blätterte vom Holz ab. Ich atmete tief durch.

Dann klopfte ich an die Tür. Sekunden verstrichen, ohne dass etwas passierte. Ich klopfte erneut und wollte mich gerade auf den Rückweg machen, als die Tür bei meinem letzten Schlag gegen das Holz ein Stück nachgab. Sie war offen. Nach einem kurzen Zögern drückte ich die Türklinke hinunter und blickte vorsichtig in den dunklen Flur. Ein modriger Geruch nach Staub und alten Möbeln kam mir entgegen.

»Hallo? Ist jemand zu Hause?« Meine Stimme klang dumpf in den Raum hinein und wurde von der Schwärze verschluckt. Ich bekam keine Antwort. Scheinbar hatte er noch ein zweites Boot, oder er war mit dem Auto unterwegs, wenn er denn eins besaß. Ich setzte einen Schritt vorwärts über die Schwelle und spürte sofort, dass ich eine Grenze übertreten hatte. Ich war in das Revier des Reptilienmanns eingedrungen – und das freiwillig. Ein Schaudern überkam mich, während ich mich allmählich fragte, ob ich nicht bereits zu viele Grenzen überschritten hatte.

Der Flur war quadratisch angelegt und führte neben einer Treppe rechts in die Wohnstube und auf der gegenüberliegenden Seite in die Küche. Sofort erkannte ich trotz der Dunkelheit das sich stapelnde Geschirr auf der Spüle und leere Bierflaschen, die wie Pilze überall verteilt herumstanden. Es war anders als in meinem Traum, in dem ich im Keller nach meiner Schwester suchte und schließlich vom Reptilienmann gefasst wurde. Ein kleiner Teil von mir hatte tatsächlich befürchtet, dass mein Traum eine verdrängte Erinnerung war. Aber hier sah es definitiv anders aus. Mit viel Vorstellungskraft konnte ich mir dieses Haus als ein richtig nobles Zuhause mit wertigem Mobiliar und vielen Büchern vorstellen. An der Wand, die eine dunkle Holztreppe entlangführte, hingen verblichene Repliken bekannter Maler und dazwischen Fotografien. Nachdem ich einen kurzen Blick ins Wohnzimmer geworfen hatte, um sicherzugehen, dass ich hier unten wirklich alleine war, stieg ich langsam die Treppe hinunter. Eines zeigte einen bärtigen Mann in Jägerkluft mit einem Gewehr in der Hand auf einer Safari-Tour, ein anderes in einer Sumpflandschaft mitten in einem Moor watend. Es war der Reptilienmann, nur viel jünger und offensichtlich noch bei klarem Verstand. Zwischen den Fotografien waren die Wände kahl, als hätten dort ebenfalls Bilder gehangen, die jedoch entfernt worden waren. Langsam nahm ich Stufe um Stufe nach oben.

Im ersten Stock war es ebenfalls düster. Links und rechts ging es zu jeweils zwei weiteren Zimmern. Ich ging zur nächstbesten Tür und schob sie sanft auf, als ein dumpfer Knall mich zusammenfahren ließ. Hinter der Tür stand ein zweitüriger Schrank aus dunklem Kirschholz. Ich hielt den Atem an und lauschte, aber das Haus blieb still.

Das Zimmer, das ich vorsichtig betrat, war sauber und so gut wie leer.

Ein einsames AC/DC-Plakat prangte über einem gemachten Bett neben einem klinisch sauberen Schreibtisch, auf dem ein paar verblichene Comichefte sorgfältig zu einem Stapel geordnet lagen. Ein Bilderrahmen war von jemandem mit dem Foto nach unten auf die Tischplatte gedreht worden. Als hätte ihn jemand umgeklappt, um das Bild nicht länger betrachten zu müssen. Als ich den Rahmen in die Hand nahm und zu mir drehte, erkannte ich sofort denselben Mann von den Bildern im Flur. Neben ihm war ein Junge zu sehen. Er war von kräftiger Statur, um die vierzehn Jahre alt und seinem Vater unverkennbar ähnlich. Dieselben senfblonden Haare, die markanten Wangenknochen und stechenden Augen. Beide lächelten in die Kamera, aber ihr Lächeln hatte auch etwas Böses. Arrogantes. Auf der Fotografie standen beide mit Pistolen auf eine Zielscheibe gerichtet irgendwo in der Pampa. Gerade als ich das Bild wieder zurücklegte, fiel mir auf, was mich die ganze Zeit, seit ich dieses Zimmer betreten hatte, störte: die Comics. Sie waren alt. Ich nahm eine Ausgabe in die Hand. Sie war aus dem Jahr 1981. Mein Atem flatterte. Das war es. Dieser Junge. Was hatte mein Vater mit ihm zu tun? Bevor ich den Gedanken zu Ende denken konnte, ließ mich ein Geräusch zusammenzucken. Jemand hatte die Haustür unten ins Schloss fallen lassen. Ich wagte kaum zu atmen. Die Hoffnung, dass ich mich verhört haben könnte, erstarb, als ich Schritte vernahm. Der Reptilienmann war zu Hause.

Panik durchströmte mich. Wenn er mich hier fand, was würde er machen? Nervös sah ich mich um. Währenddessen kamen die Schritte näher. Jemand stieg die Treppe hoch.

Ohne weiter nachzudenken, huschte ich so leise wie möglich zum Schrank und schlüpfte hinein. Er war glücklicherweise groß genug, um darin zu verschwinden. Kaum hatte ich die Tür hinter mir geschlossen, hörte ich die Schritte auch schon im Zimmer. Er war im Raum. Qualvolle Sekunden geschah nichts. Dann entfernten sich die Schritte wieder. Und schließlich wurde eine Tür weiter hinten im Gang geschlossen. Der Schweiß rann mir die Stirn hinunter, obwohl mir eiskalt war. Ich musste schleunigst hier raus. Zurück zum Boot. Die Minuten verstrichen, aber die Tür, die vorhin zugesperrt wurde, blieb verschlossen. Ich nahm all meinen Mut zusammen und wollte soeben durch die Zimmertür, als ich wieder schlurfende Schritte hörte. Wie eine Salzsäule blieb ich hinter der Tür stehen und wagte kaum zu atmen. Die Person ging im Flur an mir vorbei und hinunter ins Erdgeschoss. Ich hörte den Kühlschrank, der mit einem Klirren geöffnet wurde. Dann weitere Schritte und etwas später dann den Fernseher. Er hatte ihn in voller Lautstärke aufgedreht. War das ein Ablenkungsmanöver? Wartete er nur darauf, bis ich mich traute hinunterzukommen? Meine Hand umklammerte weiterhin zitternd die Türklinke. Was sollte ich tun? Aus dem Fenster klettern ging nicht. Das würde zu viel Krach machen. Vorsichtig warf ich einen Blick aus dem Zimmer die Treppe hinunter. Das Flackern des Fernsehers erhellte das Treppenhaus. Der Reptilienmann war nicht zu sehen. Ich blieb mehrere Minuten wie erstarrt stehen, bis ich mich zwang, den Flur zu betreten. Es half nichts, ich musste hier raus. Ich spürte jede Faser meines Körpers, hörte meinen Atem und meine eigenen Schritte überlaut, als ich so leise wie möglich die erste Treppenstufe hinabstieg. Der Fernseher schrie immer noch die aktuellen Nachrichten in den Raum, ansonsten war nichts zu hören. Sollte er jetzt aufstehen und wieder in die Küche gehen, würde ich ihm direkt in die Arme laufen. Aber ich musste es riskieren. Stufe um Stufe schlich ich mich hinunter. Am Treppenabsatz blieb ich an die Wand gelehnt stehen. Ich musste einen Blick ins Wohnzimmer werfen. Innerlich zählte ich bis drei, dann blickte ich vorsichtig hinein. Mein Herz machte einen Sprung. Er saß direkt vor mir, den Blick von mir abgewandt. Vielleicht könnte ich mich zur Tür schleichen, ohne von ihm gesehen zu werden. Ich nahm meinen Mut zusammen und bewegte mich auf den Ausgang zu. Ich drückte den Türgriff hinunter und sprang mit einem Satz hinaus. Dann rannte ich, mit dem ständigen Gefühl einer kalten Hand auf meiner Schulter, zum Boot. Ich konnte die Stufen zum Wasser kaum erkennen und stolperte mehrfach, aber es war mir egal. Ich hatte nur mein Boot als Ziel. Halb sprang, halb stolperte ich hinein und wickelte mit zittrigen Händen das Seil vom Holzpfosten. Dann fing ich an zu rudern. Ich drehte mich nicht um. Zu groß war die Angst, dass er direkt hinter mir war. Erst als ich mich durch das Schilf gekämpft hatte, riskierte ich einen Blick. Ich starrte wie gebannt für einige Sekunden in das Dickicht, in Erwartung, das wutverzerrte Gesicht des Reptilienmanns zu sehen. Aber je weiter ich mich entfernte, desto ruhiger wurde mein Atem, und niemand erschien.

Daniel – Zu spät

Seit zwei Tagen tigerten wir im Dorf herum, in ständiger Angst, was als Nächstes passieren würde.

Nach einem Tag hatte sich herumgesprochen, dass Tom fehlte. Wolowski senior hatte ihn bei der Polizei als vermisst gemeldet. Wir hatten beschlossen, so wenig Aufmerksamkeit auf uns zu ziehen wie möglich, und so saßen Mikael und ich wie gewöhnlich im Clubraum der Bibliothek. Ich folgte eher beiläufig dem unsinnigen Geplauder der anderen Jungs, als die Tür mit einem lauten Scheppern aufgestoßen wurde. Janne rannte zu uns herüber. Als er vor uns stand, wanderte sein hektischer Blick von einem zum anderen.

»Sie haben ihn gefunden!«, rief er atemlos, als wäre er den ganzen Weg hierher gerannt. Ein Raunen ging durch den Raum, sämtliche Münder standen offen. Jeder wusste, wer gemeint war. Janne hatte es von seinem Bruder, dem Polizisten, erfahren. Tom Wolowski, der Albtraum im Leben vieler Kinder, war am Fuße des Felsens unter dem Aussichtsturm gefunden worden, nachdem Polizei und Küstenwache überall nach ihm gesucht hatten.

»Jeder einzelne Knochen war gebrochen«, flüsterte Janne aufgeregt, während seine Augen zwischen uns hin und her huschten, »wie eine Glasscheibe. Einfach zersplittert.«

Einige der Kinder verzogen angewidert den Mund.

»Man musste ihn quasi vom Felsen kratzen«, flüsterte er, während sich sämtliche Kinder um ihn herumstellten und einander ungläubig anschauten. Ich konnte es in allen Blicken lesen. Der Tyrann war tot. Ich blickte zu Mikael herüber, der auf der Lehne einer Couch saß und mich keines Blickes würdigte. Es war fast zu auffällig, wie unauffällig er sich benahm. Pejo war nirgends zu sehen. Eigentlich wollte ich ihn gestern schon sprechen, aber er war nicht zu erreichen gewesen, und heute war er ebenfalls nicht im Ort aufgetaucht. Er mied uns, so vermutete ich, und ich konnte es ihm nicht verdenken.

Bis zu diesem Moment, als Janne die Neuigkeit verkündete, war das Geschehene nicht wirklich bis zu mir durchgedrungen. Die ersten Stunden nachdem wir nach Hause und in unsere Betten geschlichen waren, dachte ich, ich würde nie wieder die Augen schließen können, doch kurz darauf hatte mich ein traumloser Schlaf übermannt. Ich war, sobald mein Gesicht das Kissen berührt hatte, in tiefstes Schwarz getaucht und erst am späten Vormittag erwacht. Es hatte ein paar Momente gedauert, bis ich begriffen hatte, dass das, was in jener Nacht geschehen war, kein Albtraum gewesen ist. Ich sah Tom, wie er gegen den Stein prallte. Ich sah seinen starren Gesichtsausdruck vor mir, als er in der Tiefe verschwand. Die Ungläubigkeit in seinem leblosen Blick, die der üblichen Arroganz gewichen war. Er hatte nicht mehr gelebt, als wir ihn hinunterfallen ließen. Und trotzdem war mir, als hätte er mich durch seine leblosen Augen direkt angeblickt. Mikael hingegen war am nächsten Tag aufgewacht, hatte mir einen guten Morgen gewünscht und war erst mal zum Pinkeln nach draußen verschwunden. Als sei dies nur ein ganz normaler Morgen.

Unser Vater hatte Mikael den ganzen Tag für irgendeine Arbeit am Hafen eingeplant, wo er sich etwas dazuverdienen konnte, und es fand sich keine Gelegenheit, mit meinem Bruder unter vier Augen zu sprechen. So war ich den ganzen Tag alleine mit meinen Gedanken und in der Erwartung, jeden Moment aufzufliegen. Aber nichts war geschehen. Niemand war gekommen, und der Name Tom Wolowski war den ganzen Tag nicht gefallen.

Trotzdem wusste ich: Tom war tot. Und wir waren am Arsch.

Lilja – Verstecke

Nachdem ich schweißgebadet zum Ufer zurückgerudert war und das Boot wieder an Land gezogen hatte, harrte ich noch immer am Wasser aus und rechnete jede Sekunde damit, ein Motorengeräusch und das wutverzerrte Gesicht des alten Mannes zu sehen. Aber niemand kam, und das Wasser blieb bis auf die sanften Wellen ruhig. Es war mittlerweile vollkommen dunkel. Ein Teil von mir wollte sich erschöpft ins Bett fallen lassen, aber dafür war mein Geist viel zu unruhig. Das Kinderzimmer im Haus des Reptilienmanns ging mir nicht aus dem Kopf. Als wäre dort die Zeit im Jahre 1981 stehen geblieben, kreisten meine Gedanken um den Jungen. Was war mit ihm geschehen? War er eines der vermissten Kinder?

Ich saß noch immer am Ufer, als mir auffiel, dass sich langsam Dunst über dem Wasser bildete und er mir wie ein Gespensterschleier die Sicht verdeckte. Als würde sich die See vor meinen neugierigen Blicken verstecken. Ich fror und wollte ins Haus zurück. Auf dem Weg dahin fiel mir erneut das kleine Nebenhaus auf, in das ich in der ersten Nacht nicht hineingekommen war. Es war viel kleiner als das Haupthaus.

Ich drückte mein Gesicht gegen das winzige Fenster neben der verschlossenen Tür, aber in der Dunkelheit war es schwer, etwas zu erkennen. Zwei Betten konnte ich geradeso noch ausmachen und auch einen Schrank. Und waren das Bilder, dort an der hinteren Wand? Ich rüttelte erneut an der Tür. Obwohl das Holz alt war und die Klinke schon Rost angesetzt hatte, gab sie nicht nach.

Mit einem lauten Klirren zerbrach die schmutzige Fensterscheibe, als ich einen Stein durch sie hindurchschmiss. Das Glas zerbarst fast vollständig, und es war ein Leichtes, im Anschluss den ganzen Fensterrahmen auszuhebeln. Ich lehnte den Rahmen an die Seitenwand und kletterte durch das Fenster, das gerade groß genug war, um hindurchzuspringen.

Im Nebenhaus roch es hölzern und nach altem Staub. Nach einigen Momenten des blinden Tastens fand ich den Lichtschalter neben der Tür. Als meine Augen sich an die Helligkeit gewöhnten, stand ich mitten in einem Kinderzimmer. Schon wieder. Aber dieses hier war bei Weitem nicht so steril wie jenes, aus dem ich Stunden zuvor geflüchtet war.

Bleistiftzeichnungen hingen an einer Art Pinnwand über dem kleinen Schreibtisch am Seitenfenster, die Bettwäsche war ordentlich zusammengefaltet, für Gäste, die es schon lange nicht mehr gab. In der hinteren Zimmerecke, eingekesselt zwischen den beiden Einzelbetten, stand eine Truhe. Ich öffnete sie und fand einige Brettspiele, die wild durcheinander in der Kiste lagen. Am Boden kramte ich hinter einem Backgammon-Spielbrett eine zerknitterte Packung Zigaretten hervor. Zwei übrig gebliebene Zigaretten bröselten auseinander. Sonst nichts. Enttäuscht verschloss ich die Truhe wieder und setzte mich auf eines der Betten. Ich stellte mir meinen Vater vor, der sich als Junge seine Zeit mit Zeichnen vertrieb. Ob er wohl damals schon introvertiert war? Freunde hatte, mit denen er die Insel erkunden konnte? Ich sah zum leeren Bett hinüber und fragte mich, wie mein Onkel, von dem ich nie zuvor gehört hatte, wohl so war. Mikael. Unvorstellbar, dass mein Vater niemandem etwas von ihm erzählt hatte. Ich ließ meinen Blick durch den Raum schweifen. Der Schrank war bis auf eine dicke Wolldecke und ein paar Kleiderbügel leer. Ich erinnerte mich daran, wie ich als Kind überall Verstecke vor meiner Schwester hatte. Wie sie ständig hinter meinem Tagebuch her war und ich es immer woanders unterbringen musste. Unter der Matratze, hinter dem Schrank, zwischen Büchern eingeklemmt und einmal sogar unter ... ich sah hinter den Betten nach. Schob den Läufer, der quer von der Tür bis zum Bett verlief, weg. Dann zog ich die Truhe vor, und das knarrende Geräusch, als ich einen Fuß daraufsetzte, ließ mich innerlich auflachen. Ich hob die lose Diele hoch und blickte auf einen staubigen Unterboden. Nichts. Mein Versuch, mit dem Handy hineinzuleuchten, schlug fehl, da der Schlitz zwischen beiden Ebenen zu schmal war, als dass mein Kopf hineingepasst hätte. Die Oberfläche war voller Staub und Spinnweben. Mit vor Ekel verzogenem Gesicht steckte ich meine Hand durch die klebrigen Spinnennetze, während ich blind über das untere Holz tastete. Staub, Krümel und Steinchen ... Ich gab einen unfreiwilligen Schrei von mir, als etwas Glattes meine Hand berührte. Vor Schreck zog ich sie wieder heraus, und es kostete mich enorme Überwindung erneut in das Loch zu greifen. Ich zog eine Pappschachtel hervor, deren Farbe vor Dreck undefinierbar war. Mein Herz schlug wie wild. Ich setzte mich aufs Bett und öffnete den Deckel. Vor lauter Staub musste ich niesen.

Vor mir lagen ein Haufen loser vergilbter Blätter, ein Notizblock und eine streichholzgroße metallene Schachtel mit ornamentaler Prägung. Ich holte die Blätter heraus. Es waren Zeichnungen, so wie die an der Pinnwand. Nur, dass es Gesichter waren, teils comicartig überzeichnet. Sehr sarkastisch überspitzt gezeichnete Münder, große Köpfe. Alle signiert mit D.V. – Daniel Nygård.

Mein Vater konnte also zeichnen, sehr gut sogar. Noch eine Sache, die ich nicht von ihm wusste. In meiner Erinnerung sah ich ihn nur schreibend und in Gedanken versunken. Aber ein Künstler?

Ich betrachtete die Bilder. Es waren meist junge Gesichter, vielleicht seine Freunde? Die satireartigen Illustrationen hingegen zeigten allesamt Erwachsene. Wahrscheinlich Lehrer oder Eltern. Irgendjemand, über den er und seine Freunde sich gerne lustig machten. Ich musste schmunzeln. Sein Talent war wirklich bemerkenswert. Ich fragte mich, wie alt er war, als er das hier gezeichnet hatte. Ein Teenager? Oder sogar jünger? Die anderen Illustrationen zeigten Kinder und Tiere. Oder auch Landschaften. Kohlezeichnungen und Filzstiftschraffuren. Es waren so viele Blätter, dass ich kaum mehr Platz auf dem Bett fand. Ich breitete den Rest auf dem Fußboden aus. Es war, als würde mich eine ganze Stadt voller Menschen anschauen. Er hatte sie studiert. Viele waren ernst, von der Seite gezeichnet, im Profil, festgehalten in unbeobachteten Momenten. Es machte fast den Eindruck, als sei er besessen von Gesichtern gewesen. Oder von den Menschen, die er gezeichnet hatte?

Ich holte das Buch heraus. Ein schwarzes Notizbuch mit weiteren Zeichnungen. Aber diese waren irgendwie anders. Wilder, irgendwie brutaler. Wieder waren Kinder zu sehen. Jungen und Mädchen. Ich blätterte zur letzten Seite und stockte. Ich kannte das Gesicht. Es zeigte einen stämmigen Jungen, mit hellem Haar. Und bösen Augen. Es war der Junge, in dessen Zimmer ich gerade eingebrochen war.

Dahinter war noch ein weiteres Blatt. Es war völlig zerknittert. Ich faltete es auf. Die Zeichnung sah aus wie eine Karte. Eine gezeichnete Karte mit der detaillierten Darstellung einer Insel. Mein Puls beschleunigte sich. Hier war es. Die Insel. Gab es sie wirklich? Die Insel, von der das Stück handelte? Mir wurde kalt. Ich dachte an den Reisenden. Der Teufel, der auf der Insel lebte. Und aus einer Höhle kam. Was hatte mein Vater bloß damals gefunden? Minutenlang verharrte ich über den Skizzen als mir einfiel, dass noch ein weiterer Gegenstand in der Schachtel lag. Die kleine Glasschatulle in meiner Hand fühlte sich eiskalt an. Der Verschluss war angerostet, das Glas ermattet. Was ich darin fand, brachte meine Hände so sehr zum Zittern, dass ich aufpassen musste, es nicht fallen zu lassen.

Es war ein mit größer Sorgfalt auf einem Schwamm aufgespießter blauer Schmetterling, konserviert in einem gläsernen Kästchen.

Daniel – Kälte

In jener Nacht war etwas zwischen Mikael und mir zerbrochen. Vielleicht eher in Mikael selbst. Seine Augen waren seither abwesend und das Lächeln, das so oft sein Gesicht umspielte, war verschwunden. Etwas Graues hatte sich über unsere Leben gelegt, und es würde für immer so bleiben, das wusste ich schon seit der Nacht, die alles verändert hatte.

Jedes Mal, wenn Mikael ging, hatte ich Angst, er würde nicht wiederkommen. Unser Vorhaben, den Besitzer des Koffers aus seinem Versteck hervorzulocken, lag auf Eis. Was wäre das auch für ein schlechter Witz? Mörder suchten einen Mörder ...

Die Träume begannen genau eine Woche nach der Nacht, in der Tom starb. Sie sollten mich für den Rest meines Lebens verfolgen. Mikael, der nun immer seltener in der Hütte übernachtete und sich oft mitten in der Nacht hinausschlich, ohne mir zu sagen, wohin er ging, bekam davon nichts mit.

Ich sah Tom, wie er auf einer Parkbank saß, die auf der Aussichtsplattform stand. Er hatte mir den Rücken zugedreht. Als ich mich ihm näherte, sah ich etwas Modriges an seinem Hals. Eine kalte Farbe, die sich an der Haut hochzog. Als er sich zu mir umdrehte, starrten mir nur leere Höhlen entgegen, und aus ihnen flogen schwarze Falter direkt in mein Gesicht, bis ich, aus Leibeskräften schreiend, selbst über das Geländer stürzte.

Ein anderes Mal träumte ich, dass Tom durch die Wälder streifte und mich in den Sümpfen jagte, so lange, bis schwarze Falter jeden Fleck meiner Haut bedeckten. Jedes Mal schreckte ich schweißgebadet hoch.

Im nächsten Traum stand immer noch auf der Aussichtsplattform und sah Wolowski, wie er wieder auf der Bank saß. Doch diesmal saß noch jemand neben ihm. Eine Gestalt, ein Mann, dessen Gesicht ich nicht erkennen konnte. Er hatte einen dunklen Hut auf und einen grauen Mantel. Sie saßen beide reglos nebeneinander. Als ich direkt hinter ihnen war, wandte sich der Mann mir zu, ohne dass sein Gesicht aus dem Schatten ragte. Stattdessen zeigte er mir etwas auf seinem Schoß: den Koffer, den wir in der Höhle gefunden hatten. Er öffnete ihn langsam, und was ich sah, ließ mich jedes Mal schreiend aufwachen. Ich konnte mich nicht daran erinnern, was es war, aber in diesem Moment, als ich hineinsah, erfüllte eine solche Dunkelheit mein Innerstes, dass ich sterben wollte. Jeder weitere Traum, der seither auf diesen Traum folgte, beinhaltete den Mann, der auf mich lauerte und zusammen mit Tom Jagd auf mich machte.

Lilja – letzte Spuren

Die Adresse schien zu stimmen. Trotzdem hatte ich das Gefühl, in die tiefste Einöde zu fahren. Edith hatte mir mehrere Nachrichten per SMS geschickt, die ich wissentlich ignorierte. Ihre Worte klangen mehr nach einem Vorwurf – wo ich bleiben würde, weil sie keine Statistin hätten –, Besorgnis konnte ich jedenfalls nicht herauslesen. Das Auto meisterte den unebenen Feldweg ohne Probleme, und ich war heilfroh, mir einen Geländewagen ausgeliehen zu haben. Der Wald an beiden Seiten war licht, trotzdem hatte ich ein mulmiges Gefühl dabei, die Straße zu passieren, denn sie führte direkt durch ein Sumpfgebiet, das wir schon damals in Kindertagen mieden. Zwischen dünnen Tannen und Fichten, die vereinzelt aus dem moosigen, flirrend grünen Boden sprossen, bildete sich zum Teil undurchschaubarer Morast. Sporadisch sah man Pfade aus Brettern und plan gesägten Holzstämmen, die wie ein Steg über den weichen Untergrund gelegt worden waren. Sobald ich das Moorgebiet passiert hatte, kam ich zu einem Feldweg, der geradewegs zum Sägewerk führte. Ich fürchtete schon, mich verfahren zu haben, als ich endlich das grün gestrichene Gebäude entdeckte. Genauer gesagt, waren es mehrere Gebäude, die einen Innenhof bildeten. Ich parkte neben einem aufgetürmten Stapel Holzstämme, und als ich ausstieg, versanken meine Schuhe im Matsch. Der Regen der letzten Tage hatte die Erde aufgeweicht, und der Sprühregen, der den ganzen Tag angehalten hatte, wurde allmählich zu einem ordentlichen Guss. Ich blickte mich um und beeilte mich, schnell zu dem Gebäudeeingang zu kommen, auf dem in roten Lettern *Laitinen + Partner* stand.

Sobald ich die Eisentür öffnete, schlug mir ein ohrenbetäubender Maschinenlärm entgegen. Es duftete stark nach frischem Holz und Lack. Immer wieder zerschnitt das kreischende Geräusch von Sägen das monotone Poltern. Ich sah mich um, konnte jedoch niemanden zwischen den Maschinen entdecken. Bis mich jemand an der Schulter antippte. Ein Mann mit Sicherheitshelm und Arbeitsweste schaute mich fragend an.

»Haben Sie sich verirrt?«, schrie er mir ins Ohr, offenbar die einzige Möglichkeit, sich hier zu verständigen.

Ich schüttelte den Kopf. »Nein, ich bin auf der Suche nach jemandem. Dem Besitzer. Ist er hier?«

»Laitinen? Er ist oben.« Er zeigte auf eine Stahltreppe, die am Rand der Halle in den oberen Stock führte. Ich nickte dankend und stieg die Treppe hoch.

Nach kurzem Klopfen wurde ich hineingebeten und öffnete die Glastür. Ein bärtiger, behäbiger Mann in den Fünfzigern saß am einzigen Schreibtisch in dem Raum, der ansonsten voller Kartons und unordentlicher Holzregale stand. Eher ein praktisches Büro, in dem er wohl nicht viele Kunden zu empfangen schien. Er sah irritiert auf.

»Kann ich Ihnen helfen?«

»Ich hoffe es.« Ich entschied mich diesmal dafür, die direkte Schiene zu fahren. »Ich bin eine entfernte Verwandte der Nygårds und auf der Suche nach jemandem, der weiß, wo ich noch Familienmitglieder finden kann. Der ehemalige Besitzer hieß doch Jeremias Nygård, oder?«

»Nygård?« Er schien sichtlich überrascht. »Den Namen habe ich auch schon ewig nicht mehr gehört. Aber ja, der ursprüngliche Besitzer war Jeremias Nygård.«

»Wissen Sie, wo ich ihn finden kann?«

»Er ist schon lange gestorben. Sein Grabstein steht auf dem Südfriedhof bei Pargas. Wussten Sie das nicht?«

Ich sah ihn nur ausdruckslos an.

»Tut mir leid, dass Sie das so erfahren müssen.«

Der Mann mir gegenüber erhob sich nun, gab mir die Hand und stellte sich als Eemil Laitinen vor. Er fragte mich, ob ich einen Kaffee wollte, und ich nahm dankbar an. Während die Filterkaffeemaschine vor sich hin blubberte, setzte ich mich auf den Stuhl vor ihn und legte meine tropfnasse Jacke neben mich.

»Und Sie gehören also zu den Nygårds?«

»Entfernt, ja. Ich bin die Tochter einer Tante zweiten Grades und arbeite gerade an einem Familienstammbaum. Ganz schön schwierig, die richtigen Nygårds zu finden, das sag ich Ihnen.« Ich lächelte nervös in der Hoffnung, dass er mir die Geschichte abkaufen würde. Eemil Laitinen lächelte zurück. Er tat es.

»Nun, es ist eine traurige Geschichte mit Jere. Er war immer ein sehr netter und geschätzter Mann hier. Früher war die Firma viel größer, etwa hundert Mitarbeiter, und ich war damals noch der Vertriebsleiter hier, als es passierte.«

Er schien in seinen Erinnerungen versunken.

»Als was passierte?«

»Oh.« Er blickte mich nachdenklich an. »Als Jeremias

starb. Es war 1992. Er starb genau hier. Herzinfarkt.« Er sah betreten zu Boden. »Als die Sanitäter eintrafen, war er bereits blau angelaufen. Die konnten nichts mehr für ihn tun.«

Ich nickte. »Wissen Sie denn irgendetwas von dem Rest der Familie? Es ist so: Ich konnte niemanden finden, außer Pejo, seinen Sohn, und mit dem konnte ich noch nicht sprechen.«

»Ich erinnere mich an Pejo. Ist als Kind immer hier rumgelaufen. Das letzte Mal habe ich ihn gesehen, als er den Kaufvertrag unterschrieb und mir die Firma überstellte. Das war's. Danach habe ich ihn nie wiedergesehen. Aber ich müsste seine Kontaktdaten noch haben.«

Er kramte in der Schublade seines Schreibtisches und gab mir schließlich eine Telefonnummer, die er auf einen Notizzettel gekritzelt hatte. Während wir unseren Kaffee tranken, fuhr Laitinen fort: »Wissen Sie, wenn Sie mich fragen, ist Jeremias an gebrochenem Herzen gestorben. Die Familie war verflucht. Sein Bruder hat auch hier gearbeitet. Ich kannte ihn. Oskar Nygård? Sagt Ihnen bestimmt was.«

Ich nickte vage in der Hoffnung, meine Unwissenheit würde ihm nicht auffallen.

»Er war ebenfalls hier angestellt. Ursprünglich wurde die Firma beiden Brüdern vererbt, aber wenn Sie mich fragen, nur Jeremias hatte das Zeug zum Geschäftsführer. Oskar war eher von der trinkfesten Sorte, wenn Sie verstehen.« Er machte eine Geste mit dem Daumen und kleinem Finger an den Mund gelegt. »Kam oft zu spät oder gar nicht zur Arbeit, war auch so nicht gerade der Fleißigste, aber Herr Nygård ließ ihm alles durchgehen. Oskar hatte sowieso nur einen Alibiposten hier; einen, den immer jemand anders erledigen konnte, wenn er wieder nicht erschien. Und es war so 1990, da ist er schließlich in den Graben gefahren und ertrunken. War nachts sturzbetrunken aus einer Bar unterwegs nach Hause gewesen. Davon hat sich Jere nie erholt.«

Noch eine Geschichte, die ich nicht kannte. Mein Opa war ein Trinker und am Ende tödlich verunglückt. Was musste das wohl mit meinem Vater gemacht haben? Und was verriet es über ihn, in solch einem Elternhaus aufgewachsen zu sein?

»Wissen Sie, ob Oskar Kinder hatte?«

»Er hatte zwei Söhne. Ich glaube, sie hießen Daniel und Mikael. Der ältere ist abgehauen, das hat dem Vater wahrscheinlich den Rest gegeben. Nach Oskars Tod hat Jeremias sich dann um den jüngeren gekümmert.«

»Und dieser Mikael ist einfach verschwunden?«

»Er wollte schon so lange von der Insel runter. War nicht glücklich hier, und mit so einem Vater ... der wollte einfach abhauen und hat es schließlich getan. Wer konnte es ihm verübeln? Höchstens der Kleine. Der tat mir leid. Ich habe selbst drei Kinder. Ich habe ihn immer nur mit Pejo zusammen gesehen. Die zwei waren wirklich unzertrennlich. Und ich hatte das Gefühl, sie wurden mehr zu Brüdern. Pejo kümmerte sich um den Kleinen. Traurig sah der immer aus, so völlig alleine. Ich glaube, die sind dann auch in die Hauptstadt gezogen. Sie sehen, von den Nygårds gibt's tatsächlich nicht mehr viele.«

Ich nickte zustimmend. Da hatte er vollkommen recht. Er schien jedoch nicht zu wissen, dass mein Vater nicht mehr lebte. Ich war erleichtert.

So traurig die Geschichte auch war, der Kreis schien sich zu schließen. Auf der Familie Nygård lag von jeher ein Schatten, den wir selbst in dritter Generation nicht loswurden. Ich überlegte, ob ich die verschwundenen Kinder erwähnen sollte, ließ es jedoch bleiben. Wer weiß, ob ich da bei ihm nicht auf einen falschen Nerv traf.

»Tut mir leid, dass ich Ihnen keine erfreulicheren Informationen geben konnte. Die Nygårds waren vom Pech verfolgt.«

Ich dankte ihm und machte mich auf den Weg zurück.

Wieder führte mich meine Suche zu Pejo. Sie waren mehr als nur Kinderfreunde. Sie waren praktisch Brüder. Warum hatte mein Vater auch von ihm niemals erzählt?

Als ich die Nummer wählte, die mir Eemil Laitinen gegeben hatte, war eine automatische Bandansage zu hören. Sie war nicht vergeben.

Daniel – der Anfang

»Du siehst müde aus«, sagte Jere Tage später zu mir, als er uns einen Besuch auf dem Grundstück abstattete.

»Hat es etwas mit dem Jungen zu tun, der verunglückt ist?«

Ich wich seinem Blick aus.

»Hör zu«, setzte er an und kramte in seiner Tasche. Dann zog er ein paar Mark heraus und drückte sie mir mit einem Augenzwinkern in die Hand. »Geht doch mit Pejo wieder in die Stadt, und amüsiert euch. Aber verrat es nicht deinem Vater.«

Ich lächelte ihn an. Wieder mal ertappte ich mich bei der Frage, warum er nicht mein Vater sein konnte.

»Pejo hat etwas von einem Kino-Tag erzählt. Wolltet ihr beiden euch heute nicht dort treffen?«

Er schien sich wirklich Mühe zu geben, mich aufzuheitern. »Sag mal, habt ihr euch gestritten?«

Er sah mich eindringlich an, aber ich schüttelte den Kopf. »Nein, alles in Ordnung. Ich radel gleich los.«

Er würde es nicht verstehen. Oder doch? Ein Teil von mir sehnte sich danach, ihm alles zu erzählen. Wenn nicht er, wer hätte dann Verständnis oder würde uns zumindest helfen wollen? Aber ich wusste, dass ich diese Entscheidung nicht alleine treffen durfte.

Ich radelte alleine in die Stadt. Es tat gut, rauszukommen und ein paar neue Gesichter zu sehen. Gleichzeitig konnte ich Neuigkeiten aufschnappen, die im Dorf die Runde machten. Am späten Nachmittag kam ich in der Hauptstraße an. Es herrschte reges Treiben, nicht ungewöhnlich für einen Freitag. Auf einer hügeligen Wiese nahe dem Wasser saßen bereits einige Leute auf ihren Decken, um sich heute einen Film auf der großen Leinwand anzusehen. Das Geld, das Jere mir gegeben hatte, würde für den Eintritt und Popcorn locker reichen. Ich sah mich in der Menge um. Zwischen den unbekannten Gesichtern erblickte ich auch ein paar Jungs aus der Schule, unter anderem auch Pejo, der eher nebendran saß und lauschte, als Teil der Gruppe zu sein. Kurz überlegte ich hinzugehen, aber etwas hielt mich davon ab. Die Blicke der Menschen um mich herum, seien sie auch nur zufällig, fühlten sich wie Scheinwerfer für mich an. Als würden sie auf mich herabstrahlen und mich durchschauen. Als würden sie es ahnen. Sah man es mir an? Oder bildete ich mir das nur ein?

Hastig ging ich an der Strandpromenade entlang und ließ das Freiluftkino hinter mir. Die Promenade, ein asphaltierter Weg entlang des Hafens, der vor einem Fischrestaurant endete, wo das Gelächter nur noch gedämpft zu mir durchdrang. Ich lief gedankenverloren an der in Taupe gestrichenen Veranda vorbei, als mein Herz vor Schreck fast stehen blieb. Ein Mann, mit dem Rücken zu mir gedreht, lehnte an einem der Tische. Er trug einen Hut, der mich sofort an meinen Traum erinnerte. Das Gesicht im Dunklen, krümmte sich sein Rücken wie ein Gewölbe. Ich wusste, dass er sich gleich umdrehen würde. Er war hier, um mich zu holen, weil wir ...

Eine Hand packte mich an der Schulter, und ich schrak zurück.

»Hey, wo gehst du denn hin?«

Es war Pejo, der mich nun selbst erschrocken ansah. »Was ist denn los?«, fragte er mich, dann folgte er meinem Blick und sah auf die Veranda.

»Oh, verstehe.«

Zuerst wusste ich nicht, *was* er verstand. Sah er das Gleiche wie ich? Hatte er denselben Traum? Wie war das möglich? Doch als ich mich wieder dem Restaurant zuwandte, sah ich die Erklärung für sein Verständnis. Die Gestalt war aufgestanden, und sie war keineswegs so gesichtslos wie in meinen Träumen. Es war Toms Vater, Wolowski senior, der sich kaum aufrecht halten konnte und sich am Tisch, an dem er eben noch gesessen hatte, unbeholfen abstützen musste. Er war betrunken, und so, wie es aussah, nicht nur ein wenig. Seine Augen, das sah man sogar aus ein paar Metern Entfernung und durch den Schatten des Hutes, waren von schwarzen Rändern umschlossen. Die Frau am Tisch, mit der er sich unterhalten hatte, sah ihn mitleidvoll an. Es war die Besitzerin des Restaurants, Frau Kauppinen, die nur zu ausgewählten Leuten der Stadt nett und freundlich zu sein pflegte und die mein Vater nie leiden konnte.

Wolowski senior drehte sich in unsere Richtung und steuerte direkt auf uns zu. Ich spürte seine Aufregung. Als wollte er uns etwas mitteilen. Tausende Versuche, die richtigen Worte zusammenzulügen, schwirrten in meinem Schädel, als er schließlich in einer Wolke aus schwerem Alkohol vor uns stehen blieb, leicht schwankend wie eines der Boote im Hafen. Ich konnte förmlich spüren, wie Pejo und ich gleichzeitig die Luft anhielten. Zuerst traf sein Blick mich, dann starrte er Pejo an. Seine Augen waren voller Tränen. Er setzte gerade an, als Frau Kauppinen die Veranda hinabstieg.

»Komm, Jari, ich bringe dich nach Hause. Jungs, geht doch wieder zurück zum Kino, heute ist eh nicht viel los.«

»Es tut mir leid.«

Die Worte waren heraus, bevor ich begriff, dass sie von mir selbst stammten. Sie waren nicht viel mehr als ein Flüstern, und doch änderte sich der Blick des Mannes vor mir zu einem fragenden. Er hatte jedoch keine Chance, etwas zu sagen, weil ihn Frau Kauppinen sanft, aber bestimmt in Richtung Parkplatz drückte. Er fixierte mich mit seinem benebelten Blick und ließ sich schließlich von seiner Begleitung zum Auto bringen.

»O Mann, das war heftig.« Ich konnte hören, wie Pejo neben mir tief ausatmete. »Ich hätte mich beinahe eingeschissen.«

Ich konnte nichts erwidern. Ich spürte nur, dass es mich innerlich niederschmetterte, ihn so zu sehen. Überhaupt einen Menschen so zu sehen – und verantwortlich für dieses Ausmaß an Schmerz zu sein. Ich spürte, wie mein Inneres in sich zusammensackte. Eine Woche zuvor dachte ich, es ginge mir elend, aber das war nichts im Vergleich zu dem, was ich nun empfand. Es tat unfassbar weh, und tief in mir wusste ich, dass nie wieder irgendetwas gut werden würde.

»Warum redet ihr mit ihm? Was habt ihr ihm erzählt?«

Wir drehten uns beide um. Mikael kam auf uns zu, und allein seine Schritte klangen wütend.

»Nun sag schon«, zischte er mir zu und packte mich im Nacken, als er uns erreicht hatte.

»Hey, du tust mir weh.« Ich schlug seinen Arm weg, und sein Blick war mehr überrascht als wütend.

»Tut mir leid. Aber … du solltest nicht mit ihm sprechen. Ihr beide nicht.« Er flüsterte. Und das machte mich noch wütender.

»Das geht dich gar nichts an. Wo kommst du überhaupt her?«

Er musste mir meine Enttäuschung der letzten Tage ansehen, denn er wich meinem Blick aus.

»Ich musste erst mal selbst damit klarkommen. Nachdenken.«

»Uns alleine lassen. Mich.« Ich hatte es ausgesprochen. Und ihm vors Gesicht geknallt.

»Ich wollte nicht, dass wir darüber reden. Jedes Mal hast du mich so angesehen und wieder davon angefangen. Ich konnte es nicht mehr hören, verstehst du?«

»Sieh ihn dir an!« Ich zeigte hinter mich. »Daran sind wir schuld!«

»Schuld? Spinnst du? Du weißt, dass das nicht stimmt!«

»Bitte«, unterbrach uns Pejos piepsige Stimme. Er hob beschwichtigend die Hände. Es fehlte nur noch die weiße Fahne in seiner Hand. »Wir müssen doch zusammenhalten!«

»Halt die Klappe«, riefen Mikael und ich gleichzeitig.

»O. k.«, wich er beleidigt zurück. »Dann lass ich euch Idioten mal allein.«

»Nein«, rief ich. »*Ich* lasse *euch* Idioten allein. Ihr beide seid abgehauen und habt mich im Stich gelassen. Als sei nichts gewesen. Was ist bloß los mit euch? Von wegen zusammenhalten!« Und mit diesen Worten drängte ich mich an beiden vorbei und lief die Promenade zu meinem abgestellten Fahrrad zurück. Ich zitterte vor Wut. Alles in mir bebte, und ich brauchte drei Anläufe, um mein Fahrradschloss aufzusperren. Ich musste es wiedergutmachen. Irgendwie. Ich würde es ihm erklären. Oder ihm zumindest zuhören.

Ich ließ mir Zeit, um zum Haus zu gelangen. Unterwegs besorgte ich mir Stift und Papier am Kiosk und setzte mich ans Ufer am Rande des Hafens, wo möglichst keiner Notiz von mir nahm. Ich überlegte lange, was ich schreiben sollte. Wie konnte man einem Mann, der sein Kind verloren hatte, etwas Tröstendes mitteilen? Wie konnte ich dieses schreckliche Gefühl loswerden, das mich Tag und Nacht gleichermaßen plagte? Ich wollte ihm sagen, dass die Welt sich nicht einfach weiterdrehte, dass Toms Tod nicht unbemerkt blieb. Er sollte wissen, dass er nicht alleine war und dass sein Tod mich bis in meine Träume verfolgte. Natürlich konnte ich nicht schreiben, was für ein toller Kerl Tom gewesen war, also beschrieb ich ihm meinen letzten Traum. Den Traum von den Schmetterlingen. Und vom Teufel, der durch die Sümpfe streifte und mich jagte. Vielleicht lag es an dem Gefühl der Einsamkeit, das mich in den letzten Tagen so gequält hatte. Ich wollte einfach nicht, dass er sich jetzt in seinem Kummer auch noch so fühlen musste. Allein mit seinen Albträumen. Tief in meinem Inneren wusste ich, dass ich mit dem Brief lediglich eine Beichte ablegen wollte. Eine Entschuldigung, die keine Vergebung erfahren würde. In der Sprache meines Traumes wollte ich ihm mitteilen, dass ich an meiner Schuld litt.

Die Villa stand verlassen da. Ich schritt langsam durch das Tor am Zaun und wollte den Zettel gerade auf die Türschwelle legen, als ich merkte, dass diese einen Spaltbreit offen stand. Mit einem Stupser ging sie noch ein Stück weiter auf. Unschlüssig, ob ich reingehen und klingeln sollte, verharrte ich noch etwas auf meinem Platz. Es brannte kein Licht im Haus. Wahrscheinlich schlief er, und ich würde ihn stören. Oder aber er war gar nicht zu Hause. Vorsichtig steckte ich meinen Kopf durch den Spalt. Der Flur lag still und verlassen da. Vielleicht sollte ich den Zettel einfach dort ablegen, damit er nicht vom Wind weggefegt werden konnte.

»Hallo?«, flüsterte ich, mehr als Alibi für mich selbst als in der Absicht, von jemandem gehört zu werden. Es war reine Neugier, die mich anzog. Ich erhaschte einen kurzen Blick in die Küche und das Wohnzimmer und ging schließlich vorsichtig die Treppe nach oben. An der Treppe waren der Reihe nach Bilder aufgehängt. Von Familienmitgliedern, aber vor allem von Tom und Wolowski senior, die beide stolz in die Kamera blickten. Ich ertappte mich sogar jetzt dabei, neidisch auf seine Urlaubsbilder zu sein. Wir waren noch nie richtig im Urlaub gewesen, zumindest das Land verlassen hatte ich noch nie. Wie konnte ich bloß neidisch auf einen Toten sein? Ehe ich mich's versah, war ich bereits die ganzen Stufen hochgestiegen. Vor mir stand eine Tür offen. Ich war sicher, dass es Toms Zimmer war, denn ein Erwachsener würde wahrscheinlich keine Comics lesen und ein Poster einer Hard-Rock-Band aufhängen. Ich fühlte mich schäbig, als ich das Zimmer betrat. Wie ein Eindringling. Trotzdem wollte ich es wissen. Wie war Tom so? Ordentlich. Das hätte ich nicht gedacht. Sein Zimmer war aufgeräumt und sauber. Fast zu sauber. Sein Schreibtisch war leer. Ein Bücherregal war spärlich, aber ordentlich belegt mit Schulbüchern und Klassikern.

Ich konnte mir Tom, den Prügler, schwer beim Lesen von Oscar Wilde vorstellen.

O.k., es reichte. Ich musste hier raus. Tom war kein netter Junge, der einen zum Filmabend einlud. Tom war ein Arsch, der Schwächere quälte. Tom war ... Ein Geräusch ließ mich erstarren. Es hatte sich angehört wie eine zufallende Tür. War doch jemand zu Hause? Ich wagte es kaum, mich zu rühren, und merkte, dass ich die Luft anhielt. Kein Geräusch mehr. Meine Muskeln entspannten sich. Ich musste es mir eingebildet haben. Vielleicht ein Ast? Trotzdem sollte ich schleunigst von hier verschwinden. Auf Zehenspitzen schlich ich mich zur Tür, lugte in den Flur, der in dämmriges Licht getaucht war, und wollte mich gerade auf den Weg die Treppe abwärts hinausschleichen, als mein Blick ein weiteres Zimmer streifte.

»Aaah!« Ich schrak zusammen und hielt mir gleich im nächsten Moment den Mund zu. Was ich gesehen hatte, konnte nicht wahr sein. Ein Gesicht starrte mich aus dem Zimmer direkt neben Toms an. Zwei tote Augen aus dem traurigen, leblosen Gesicht eines Zebras lugten durch die offene Tür, als würden sie mich verfolgen. Wo, zum Teufel, bekam man denn ausgestopfte Zebras her? War so was überhaupt erlaubt? Ich musste an die Elchfamilie denken, die ich am Waldrand gesehen hatte, und als Nächstes an das Bild im Treppenhaus, auf dem Wolowski senior stolz mit einem Gewehr posierte.

Wie ferngesteuert ging ich darauf zu, ich konnte nicht einfach daran vorbeigehen, ohne mir das ganze Zimmer anzusehen. Es war offensichtlich das Arbeitszimmer von Toms Vater. Ich stand mitten im Büro unseres Schuldirektors. Wenn ich das nachher Mikael erzählte, würde er es nicht glauben. Ich glaubte ja selbst nicht, was ich sah. Das Zimmer glich einem Naturkundemuseum. An jeder Wand standen Glasregale und Schränke, über denen tote Tierköpfe hingen. Manche brüllten ihren stummen Todesschrei, andere hatten die Zähne wie zu einem verzweifelten letzten Kampf gefletscht. Ein Greifvogel thronte über einer Sammlung von Schlangen, die in einem Glaskasten fein säuberlich aufgereiht waren. Ich verspürte Abscheu und Faszination zugleich. Wie in Trance ging ich zum Arbeitstisch aus dunklem Holz, der im hinteren Drittel des Zimmers stand wie eine Mauer.

»Wow«, entfuhr es mir, als ich sah, was sich dahinter verbarg. Eine riesige Glasvitrine voll mit konservierten Faltern in allen Farben. Ich drückte meine Nase fest gegen das Glas, um sie zu bestaunen. In den wildesten Farben leuchteten mir die komplizierten und doch perfekten Muster auf den filigranen Flügeln entgegen. Genau auf Augenhöhe war ein Schmetterling platziert, von dem ich mich nicht losreißen konnte. Er hatte schwarze Flügel mit einem blauen Muster darauf, fast wie ein Auge, das einen fixierte. Ich konnte meinen Blick nicht davon abwenden. Wie von allein öffnete ich die Vitrine, und meine Finger berührten den kleinen gläsernen Kubus, in welchen der Schmetterling säuberlich eingefasst war. Vorsichtig zog ich ihn raus und hielt ihn mir vors Gesicht.

Es war wie Magie, ich hätte schwören können, dass er seine Flügel bewegte. Und dann fiel es mir ein. Mein Traum. Die schwarzen Falter mit den blauen Kreisen auf den Flügeln.

»Was soll das? Was, zum Teufel, tust du hier?« Eine Stimme ließ mich zusammenfahren. Beinahe hätte ich das Glas fallen gelassen. Ich drehte mich um und versteckte den kleinen Glaskubus dabei instinktiv hinter meinem Rücken.

Ich starrte in das betrunkene Gesicht von Wolowski senior. Ich konnte den Schweiß spüren, der sich zwischen meinen Schulterblättern sammelte, während ich mir eine Antwort überlegte.

»Ich ... ich wollte nur«, stammelte ich, verzweifelt auf der Suche nach einer Ausrede. Aber was konnte es für eine Ausrede geben, ungefragt durch ein fremdes Haus zu schleichen? Mit jeder verstreichenden Sekunde konnte ich die Zornesfalte sehen, die sich immer tiefer in seiner Stirn eingrub. Er würde die Polizei rufen. Meinen Vater. Ich würde den Ärger meines Lebens bekommen.

Der Brief! Ich spürte den Zettel in meiner Hosentasche und wollte ihn gerade herausholen, als Wolowski senior mit dem Finger auf mich zeigte.

»Ich weiß, was du hier willst.« Er lallte die Worte heraus. »Wolltest du mich beklauen? Meinen Sohn beklauen? Meinen armen, toten Sohn?« Die letzten Worte schrie er heraus, wobei er sich in seinem desolaten Zustand am Türrahmen festhalten musste. Seine Kräfte schienen nicht einmal dafür zu reichen, mich anzuschreien.

»Nein, wirklich, ich ...«

»Unterbrich mich nicht, Junge! Ich hab euch Kinder so satt ...«

Ich fummelte hektisch nach dem Brief in meiner Tasche.

»Nein, ich wollte nur sagen, dass es mir leidtut. Ich habe das hier ...«, ich kramte den Zettel heraus, »ich wollte Ihnen nur das hier geben.«

Er bedachte mich mit hartem Blick, dann riss er mir das Blatt aus den Händen, gerade als ich befürchtete, er würde mich gleich schlagen.

Seine verquollenen Augen wanderten über die Zeilen. Ich stand reglos da und betrachtete sein Gesicht. Der Ausdruck von Trauer wich Irritation. Es fiel ihm sichtlich schwer, sich auf das Geschriebene zu konzentrieren.

»Was ... soll dieser Mist?« Unfassbare Wut stand in seinem Gesicht, während sich seine Hand zu einer Faust um das Papier ballte. »Machst du dich über mich lustig?«

»Nein, ich wollte Ihnen damit nur sagen, dass Sie nicht allein sind. Ich kann nicht aufhören, an den Unfall zu denken. Uns tut es wirklich leid um Tom«, unterbrach ich ihn zitternd.

»Nicht allein?« Er schien der Fassungslosigkeit nahe. Gerade als er etwas sagen wollte, erschien eine erleuchtende Erkenntnis auf seinem Gesicht. Erneut zeigte er mit dem Finger auf mich. »Du!«

Zuerst begriff ich nicht, bis es mir klar wurde. Er erinnerte sich an mich.

»Ich habe dich gesehen. Vor der Bibliothek. Mein Sohn hat dir eine Abreibung verpasst. Du warst kein Freund von ihm! Also, was willst du hier?« Seine Stimme bebte durch den Raum, mit jedem Wort wurde er lauter und wütender. Er zerknüllte den Brief und ließ ihn auf den Boden fallen.

»Der Teufel aus den Sümpfen hat ihn also geholt, ja? Was verbreitest du für Märchen? Hast du keinerlei Skrupel, mit so etwas hier anzukommen? Mein Junge wurde gestoßen! Was hatte er dort so spät zu suchen? Warst du es etwa?«

Ich wich vor ihm zurück. Er steigerte sich immer mehr in seine betrunkene, verzweifelte Wut hinein. Und ich war alleine mit ihm hier. Völlig ausgeliefert. Panik stieg in Wellen von Übelkeit in mir hoch, und ich hob beschwichtigend die Hände.

»Ich gehe jetzt einfach und lasse Sie in Ruhe, o.k.?«

Ich wollte mich an ihm vorbeidrücken, aber er packte mich am Kragen meines T-Shirts.

»Du warst es, nicht wahr?« Sein Gesicht war ganz nahe an meinem und sprühte feinen Spuckeregen auf meine Haut.

»Ich hab dich durchschaut, Junge. Du wolltest Rache und jetzt auch noch sein Zuhause besudeln. Ich werde dich drankriegen!« Er schrie immer lauter. Ich versuchte mich freizustrampeln, aber er war einfach viel stärker als ich. Er fing an mich zu schütteln, weinend und brüllend zugleich. Er war dem Zorn und dem Wahnsinn verfallen und hatte jegliche Vernunft hinter sich gelassen. Und ich stand am anderen Ende seines Hasses – allein.

»Komm mit! Ich zeige dir was.« Plötzlich grinste er fast.

Er hielt mich am Kragen, wie einen Welpen, während ich vergeblich versuchte, mich zu befreien. »Ich werde dir etwas zeigen, das wird dir ge...«

Dann verstummte er. Sein Mund stand noch immer offen, als ein dünnes Rinnsal Blut ihm quer über das Gesicht lief. Seine Faust öffnete sich, und ich stolperte voller Schrecken zurück.

»Ich werde dir ... was zeigen...« Und mit diesen Worten sackte er in sich zusammen. Hinter ihm stand Pejo, zitternd mit etwas Schwerem in der Hand. Sein Körper bebte vor Angst, und Tränen rannen seine Wangen hinab.

Lilja – der Kalender

Am nächsten Tag kam ich am Theater an, um endlich mit Lünov zu sprechen, doch zu meiner Enttäuschung war seine Bürotür verschlossen. Aber es gab hier ja noch jemanden, der mir vielleicht weiterhelfen konnte. Ich nahm das Treppenhaus und gelangte ein Stockwerk tiefer, als ich an den offenen Räumen der Maske vorbeilief. Murmelnde Stimmen und leise Klaviermusik ertönten aus dem großen, weißen Arbeitsraum. Als ich meinen Kopf durch die Tür streckte, sprach Johann gerade mit einem Studenten über dessen Arbeit.

»Kann ich dich kurz stören?«

Johann blickte nicht von seiner Büste auf, als ich hinter ihm stand. Dann wandte er sich um, und ein zurückhaltendes, überraschtes Lächeln umspielte seinen Mund.

»Hallo, Lilja. Wir sind hier etwas im Stress, aber ein paar Minuten kann ich erübrigen. Was gibt es?«

Ich holte das Notizbuch aus meiner Tasche und legte es aufgeschlagen vor ihn hin.

»Vielleicht können wir kurz alleine sprechen«, sagte ich mit gesenkter Stimme. Als seine Augen das Büchlein mit seinem Namen überflogen, nickte er nur kurz.

»Können wir einen Moment für uns haben? Holt euch doch schnell einen Kaffee«, rief Johann in die Runde. Erst jetzt hatte ich die fragenden Blicke der paar Leute im Saal bemerkt. Sie starrten noch einen Moment und machten sich dann enttäuscht daran, ihre Sachen zusammenzupacken.

»Woher hast du das?« Johann blätterte durch das Büchlein und berührte den ledernen Umschlag so vorsichtig wie ein antikes Werk.

»Es lag bei seinen Sachen. Tut mir leid, dass ich dich damit so überfalle. Ich habe nur gesehen, dass er sich mit dir getroffen hat, kurz bevor ...« Meine Stimme stockte. »Ich dachte nur, vielleicht kannst du mir erklären, was in ihm vorgegangen war. Wie es ihm ging ...«

Er musterte mich.

»Ihm ging es nicht gut zu der Zeit«, sagte er mit sanfter Stimme, als hätte er Angst, ich würde jeden Moment zusammenbrechen. »Wir haben uns ganz gut verstanden als Kollegen. Und er vertraute mir an, dass er mit der Premiere etwas überfordert war.« Er rieb sich über das Gesicht. Er sah plötzlich müde aus. »Wenn ich ehrlich sein soll, nagt das immer noch an mir. Hätte ich ahnen müssen, dass er so etwas tun würde?« Er blickte ins Leere.

»Aber hat er etwas erzählt? Vielleicht von der Insel? Von seiner Vergangenheit? Gab es vielleicht jemanden, der ihn ...«, ich zögerte, »... verfolgt hat?«

Ich beobachtete seinen Gesichtsausdruck. Er sah besorgt aus und gleichzeitig zerstreut. »Ich verstehe nicht ...«

Ich überlegte kurz, ob es klug war, mich ihm ganz anzuvertrauen, immerhin war er Teil dieses verlogenen Theaters. Aber andererseits schien er auch ein guter Freund meines Vaters gewesen zu sein. Und mit wem sollte ich sonst reden? Er war gerade eine meiner besten Spuren, und ich musste es riskieren, um Antworten zu erhalten.

»Ich finde immer mehr Parallelen«, fing ich an. »Parallelen zwischen dem Theaterstück und seiner Vergangenheit. Seiner Kindheit. Ich glaube, das Jahr, in dem das Stück spielt, ist kein Zufall. Und ich frage mich, ob es den Reisenden wirklich gegeben haben könnte.«

Er sah mich an, als sei ich verrückt geworden, was ich ihm nicht einmal verübeln konnte.

»Ich denke, ihn hat etwas wirklich sehr belastet. Zuletzt mehr, als er ertragen konnte. Und wir alle haben versagt. Wir haben es nicht gesehen.«

»Aber was genau hat ihn belastet? Es muss doch irgendetwas geschehen sein?« Ich konnte es so nicht stehen lassen. Da musste einfach etwas sein. Eine Ursache. Ich überlegte, ob ich ihm die Skizzen zeigen sollte. Ihm alles offenbaren, was ich gefunden hatte. Die Sehnsucht, alle meine Puzzlestücke mit jemandem teilen zu können, war zu groß.

»Hat er jemals von Mikael gesprochen?«, fragte ich geradeheraus. Sein Gesichtsausdruck war überrascht, aber nicht unwissend. Er kannte den Namen. Genau in diesem Moment strömten die Studenten langsam wieder herein.

»Bitte, Johann, wenn du etwas weißt, musst du mir helfen«, flüsterte ich leise.

»Ich muss hier wirklich weitermachen. Lass uns nachher sprechen.«

Ich schrieb ihm also meine Nummer auf einen Zettel und drückte sie ihm in die Hand. »Vielleicht kannst du mich anrufen, wenn du die Zeit findest. Ich fahre vielleicht wieder raus zu meiner Familie.«

Er nahm den Zettel und nickte kurz. Als ich ging, kämpfte ich mit den Tränen. Ich wusste, er würde nicht anrufen.

Daniel – Beweise

Panisch versuchten wir das Blut wegzuwischen. Aus dem Bad holten wir Handtücher und schrubbten den Boden, während sich die zähe Flüssigkeit, die aus Wolowski seniors Wunde herausfloss, immer weiter ausbreitete. Mir war schwindelig von dem metallischen Gestank, der von seinem Blut ausging. Während ich hektisch über die Dielen schrubbte, wimmerte Pejo unentwegt, sein Gesicht hinter den vorgehaltenen Händen. Er bewegte sich vor und zurück und war nicht ansprechbar, egal, wie oft ich seinen Namen gerufen hatte. Mikael und ich versuchten währenddessen das Chaos zu beseitigen.

»Du bist so ein Idiot«, keuchte Mikael, während er das Handtuch ein weiteres Mal in den Eimer tunkte, in dem sich das Wasser augenblicklich dunkelrot färbte. »Ich hab gewusst, dass wir dir besser nachgehen. Habe ich dir nicht gesagt, du sollst nicht mit ihm reden? Und was tust du? Stattest dem Verrückten gleich einen Besuch ab!«

»Er hat mir so leidgetan!« Tränen liefen mir über die Wangen. Ich musste mich immer wieder ermahnen durchzuatmen, um nicht loszuschreien.

»Großartig. Und du dachtest, wenn du herkommst und ihm die Schulter tätschelst, ist alles wieder in Ordnung?«

Mikael sah nicht zu mir auf. »Verdammt, welcher Teufel hat dich nur geritten?«, schrie er mich an.

Ich wollte ihm antworten, dass mich tatsächlich der Teufel verfolgte. Mich seit Toms Tod jede Nacht heimsuchte. Und jetzt lag auch noch Toms Vater hier, und das verdammte Blut wollte einfach nicht aufhören, auf den Boden zu rinnen.

»Scheiße, er lebt noch.«

Wir sahen alle auf, als Wolowski senior ein Röcheln von sich gab. Dann war er wieder still.

»Was machen wir denn jetzt mit ihm?«, hörte ich mich selbst kreischen.

»Ich hab keine ...« Mikael sah sich panisch im Raum um. Dann rannte er hinaus.

»Was, zum ...« Ich konnte ihn nicht aufhalten, er war schon durch die Tür verschwunden. Ich sah an mir hinunter. Überall Flecken von Wolowskis Blut. Pejo hatte ihn ordentlich erwischt. Der Gegenstand, mit dem er ihn niedergeschlagen hatte, lag immer noch vor mir auf dem Boden. Es war ein Sextant, den er aus dem Wandschrank genommen hatte. So einen hatten wir auch zu Hause, nur weniger schön und viel kleiner als dieses vergoldete Modell. Er war mit Blut bespritzt. Ich konnte nicht aufhören, ihn anzustarren. So ein kleiner Gegenstand war es, der über unser Schicksal entschieden hatte. Der uns alle endgültig verdammt hatte. Hilflos sah ich mich im Raum um, ohne einen klaren Gedanken fassen zu können. Wäre ein Telefon im Haus gewesen, hätte ich wahrscheinlich ohne zu überlegen einen Krankenwagen angerufen. Aber wie bei allen Häusern auf der Insel handelte es sich um ganz gewöhnliches Mökki, zwar pompös und mit schickem Mobiliar bestückt, jedoch ohne Festnetztelefon.

»Wir kommen ins Gefängnis. Wir werden für immer weggesperrt!« Ich hörte Pejos Gestammel wie durch einen Tunnel. All das kam mir vor wie ein Traum, der mir entglitt. Wie ein Albtraum, in dem man nicht schnell genug rennen konnte. Ich verlor die Kontrolle.

»Hey!« Meine Wange brannte. Ich blickte in das Gesicht meines Bruders, das mich ernst und verzweifelt anschaute. »Hey, jetzt dreh nicht du auch noch durch. Wir werden da schon irgendwie rauskommen. Wir müssen jetzt ganz genau nachdenken. Atme langsam ein und aus.«

Mikael lächelte. Er lächelte, wie er mich schon seit Ewigkeiten nicht mehr angelächelt hatte. Gleichzeitig sah ich die Angst, die er mit aller Kraft vor mir zu verbergen versuchte. Ich umarmte ihn, und er klopfte mir auf die Schulter.

»Wir schaffen das. Und jetzt reißt euch zusammen, ihr Waschlappen.«

Mikael ging zu dem bewusstlosen Rektor hinüber und hievte seinen Körper zur Seite. Die Gesichtshälfte, die in der Lache gelegen hatte, war völlig von Blut bedeckt, aber wenigstens hatte die Blutung aufgehört. Ich musste erneut ein Würgen unterdrücken, während Mikael Wolowskis Taschen durchsuchte.

»Was machst du da?«

»Ich suche seinen Autoschlüssel.«

»Wozu? Wir werden sowieso verhaftet!«

»Er muss ins Krankenhaus. Wir werden es irgendwie erklären. Es war ein Unfall. Er ist auf dich losgegangen. Er war betrunken und wurde handgreiflich. Es wird alles in Ordnung kommen.«

»O.k.«, sagte ich ungläubig.

Leise durchsuchten wir das Haus nach den Schlüsseln.

Pejo und ich waren unten im Eingangsflur. Während er die Jackentaschen durchsuchte, hielt ich Ausschau nach einer Kommode oder einem Haken, wo alle Schlüssel aufbewahrt wurden, doch weder bei dem einen noch bei dem anderen wurden wir fündig. Mikael blieb währenddessen oben bei unserem Schulrektor, was uns ganz lieb war, denn keiner von uns wollte eine Sekunde länger als nötig dort oben sein. Wo konnten die verdammten Schlüssel nur sein? Pejo kramte immer noch im Jackenschrank herum, während ich im Wohnzimmer weitersuchte. Auf dem Couchtisch standen mehrere leere Weinflaschen und Teller mit verkrusteten Essensresten darauf. Bald würden die Fliegen sich darauf niederlassen, und es würde eine verdammte Plage hier geben. Ich wusste nicht, warum mich der Gedanke daran so ekelte, aber wieder musste ich gegen den aufkeimenden Würgereiz ankämpfen. Ein Schrei holte mich aus meinem Versuch, mir selbst gut zuzureden, und sofort schlug mein Herz wieder wie wild. Es war Mikael. Ich hatte nicht verstanden, ob er einen Namen gerufen oder einfach geschrien hatte, aber ich rannte sofort los. Im Flur stieß ich mit Pejo zusammen, der ebenfalls erschrocken aus einem Zimmer gerannt war, und wir stürmten gemeinsam die Treppe hinauf. Der Rektor lag noch immer auf dem Boden, noch immer bewusstlos. Mein Bruder stand hinter dem Schreibtisch. Seine Augen waren weit aufgerissen, und ein Ausdruck von Schmerz und Ekel erfüllte sein Gesicht, als wäre er geschlagen worden.

»Was ist passiert?«, rief ich.

Er schüttelte nur langsam den Kopf. Tränen liefen ihm über die Wangen. Ich hatte meinen Bruder schon sehr lange nicht mehr weinen sehen. Genau genommen weinte er nie. Dann hörte ich seine tonlose Stimme: »Das müsst ihr euch ansehen.«

Während wir unten im Erdgeschoss nach den Schlüsseln gesucht hatten, hatte sich Mikael das Büro unseres Rektors vorgenommen. Er hatte beim Schreibtisch angefangen und jede Schublade des massiven Bürotisches durchstöbert. Den Schlüssel fand er nicht, jedoch das, was nun vor uns lag: eine offene quadratische Kartonschachtel, voll mit Bildern. Polaroids. Ich nahm eines in die Hand. Ein Kind. Es hatte den Kopf weggedreht, als würde es sich vor der Aufnahme schützen. Ansonsten war es nackt. Ich ließ es wieder zurück auf den Stapel fallen.

»Was zum Teufel ist das?«

Mikael nahm die Schachtel und breitete den Inhalt auf dem Tisch aus. Nach und nach erkannte ich sie. Kinder. Alle nackt. Teilweise in verrenkten Positionen, gefesselt. Schreiend. Mir wurde speiübel.

»Es sind die Kinder«, sagte Mikael angewidert. »Die Kinder, die verschwunden sind. Er hat das mit ihnen gemacht.«

Ich schüttelte den Kopf. »Das kann nicht sein. Er ist doch ... unser Schulleiter.«

Ich hatte noch nie etwas so Schreckliches gesehen. All diese Kinder. Auf einem Foto erkannte ich Hendrik.

Wir hatten so lange nach dem bösen Mann gesucht. Und der Teufel aus meinen Träumen ... sollte der Rektor unserer Schule sein?

Ich wollte das Foto von Hendrik gerade zurücklegen, als ein anderes Bild mich erstarren ließ. Ein Bild, das einen weiteren Jungen zeigte. Er blickte nach unten, man sah, dass er weinte. Auch er war gefesselt.

»O mein Gott.«

Wir alle starrten auf das Foto. Es war Tom.

Ein krächzendes Geräusch riss uns aus unserer Schockstarre. Wolowski senior erwachte. Seine Hand wanderte orientierungslos umher, während er stöhnende Geräusche von sich gab.

»Was machen wir *jetzt* mit ihm?«, fragte Pejo leise.

Einige Sekunden betrachteten wir ihn. Er hatte etwas Unmenschliches angenommen. Wie eine Kreatur, die sich am Boden krümmte. Mikael ging um den Tisch herum, bis er direkt vor ihm stand. Er blickte zu ihm hinab, unbändige Wut in den Augen. Dann trat er dem Direktor mit voller Wut ins Gesicht.

»Wir müssen es wie einen Unfall aussehen lassen. Es gibt keinen anderen Ausweg«, sagte Mikael nachdrücklich. Pejo und ich nickten. Das schien ihn zu beruhigen.

»Das da«, er zeigte auf den am Boden liegenden Mann. »Das ist kein Mensch. Das ist eine Bestie.« In seinen Augen lag noch immer purer Abscheu.

»Es ergibt alles einen Sinn. Es sollte alles so kommen, versteht ihr?« Er sprach immer schneller. »Wir haben es beendet. Er wird niemandem mehr wehtun, wenn wir jetzt die richtigen Entscheidungen treffen.«

Pejo und ich blickten uns an. Wir begriffen. Er hatte recht. Ein Teufel hatte sich unter die Menschen geschlichen und ihre Kinder genommen.

»Die Sachen, die wir in der Höhle gefunden haben«, fing Pejo an, brachte den Satz jedoch nicht zu Ende.

Mikael nickte. »Sie gehörten ihm.«

Wolowski senior lag immer noch am Boden. Nach Mikaels Tritt hatte er sich nicht mehr bewegt. Noch immer hörte ich das Geräusch brechender Knochen, als Mikael seinen Fuß in dessen Gesicht rammte. Jetzt war davon nicht mehr als eine rote Wunde übrig. Es war kein Gesicht mehr.

»Habt ihr jetzt verstanden? Wir brauchen die anderen Schlüssel. Die Schlüssel zu seinem Boot.«

Lilja – die Maske

Johann öffnete mir mit erstauntem Blick die Tür.

Seine Wohnung in Kallio, im Osten Helsinkis, war leicht zu finden. Über seine Website, auf der er Kurse zur Maskenbildung anbot, fand ich seine private Adresse im Impressum. Die Gegend war ganz schön hip, Cafés reihten sich an Bars und Designerstores. Seine Altbauwohnung befand sich im zweiten Stock direkt über einem Bistro.

»Ich dachte, du wolltest zu deiner Familie fahren?«

Seine Augen musterten mich skeptisch. Als ob er sich wünschte, ich würde direkt wieder verschwinden. Ich beschloss, darauf jetzt keine Rücksicht zu nehmen.

»Kann ich reinkommen?«, fragte ich mit einem Lächeln.

Nach kurzem Zögern schritt er zur Seite und ließ mich eintreten. So eine Wohnung hatte ich nicht erwartet. Es sah aus wie in einem schicken Designkatalog. Im Hintergrund hörte ich leise Jazzmusik. Er deutete zum Esszimmer, und ich folgte seiner Geste durch einen offenen Flur. Ich fragte mich, woher Johann so viel Geld hatte, um sich eine solch luxuriöse Wohnung leisten zu können.

»Ich wollte mit dir über meinen Vater reden.«

»Ihr wart doch lange Zeit gute Freunde, oder?«

Seine Miene blieb unbewegt.

»Eine Zeit lang waren wir Freunde, aber das ist schon

lange her. Irgendwann hatten wir nicht mehr sonderlich viel miteinander zu tun.«

»Warum habt ihr euch nicht mehr verstanden?«

Er zuckte die Achseln. »Weil wir uns auseinandergelebt hatten. Er hatte irgendwann eine Familie, wenig Zeit. Ich hatte mein eigenes Leben. Man geht eben irgendwann seiner Wege.«

»Du kanntest Mikael?« Aus diesem Grund war ich hier. Er nickte.

»Ja, dein Vater hat mir von seinem Bruder erzählt. Und dass er verschwunden ist. Ich ...«

In diesem Moment klingelte irgendwo ein Festnetztelefon. »Oh, Moment, da muss ich rangehen.«

Er eilte aus dem Esszimmer und ließ mich alleine zurück. Ich hörte ihn im Nebenraum leise mit jemandem telefonieren.

Mein Blick schweifte zurück zum Flur. Dabei erhaschte ich einen Blick in einen Nebenraum, aus dem die Musik erklang. Als ich näher trat, ging stechender Farbgeruch davon aus, und ich konnte einen kurzen Blick hineinwerfen. In allen Ecken stapelten sich Farbtuben und Schminke, mehrere Modellköpfe mit bunten Haarperücken standen auf den Tischen und blickten mich durch leere Augen hindurch an. Sein Arbeitszimmer. Ich ließ den Blick durch den Raum wandern und bewunderte die verschiedenen Projekte, die auf gesichtslose Puppen aufgearbeitet waren, als es mir plötzlich den Atem verschlug. An der rechten Wand hingen mehrere Reihen unterschiedlichster Masken. Von afrikanischen über antike Ballmasken starrten mich reihenweise Gesichter aus leeren Höhlen an. Doch eine der Masken erkannte ich sofort, und eine tief sitzende Angst breitete sich in meiner Bauchhöhle aus. Sie hing ganz unten in einer Ecke, als wäre es die erste in seiner Sammlung. Eine einfache, aus Rinde geschnitzte Holzmaske. Es war dieselbe, die der Junge auf dem Polaroid trug. Mikael.

»Sorry. In meinem Arbeitszimmer regiert das Chaos.«

Ich schrak hoch, als Johanns Stimme mich aus der Starre riss. Auch ihm war mein erschrockener Blick nicht entgangen.

»Hey, tut mir leid, ich wollte mich nicht von hinten anschleichen. Alles in Ordnung?«

Ich schüttelte den Kopf. Ich wusste nicht, was ich sagen sollte. In meinem Kopf schwirrte eine neue Wolke aus Verwirrung und Angst. Daniel, Mikael und Pejo. Pejo.

Ich kramte in meiner Tasche und holte das Notizbuch hervor, das ich im Zimmer meines Vaters gefunden hatte. Dann das Foto der drei Jungs. Und der Ausdruck im Gesicht von Johann – genau das hatte ich gehofft – änderte sich schlagartig und gab mir Gewissheit.

»*Du* bist Pejo.«

»Wir waren Freunde seit Kindertagen. Unsere Väter waren Brüder.«

Wir waren in seiner Küche, und die Espressomaschine spuckte langsam schwarze Flüssigkeit in die Tassen, während sich ein warmer, wohliger Geruch ausbreitete. Die Küche war so groß, dass eine Kochinsel mit einem Bartisch darin Platz fand.

»Warum hast du gelogen, als du sagtest, ihr wärt nur Kollegen gewesen?«

»Ich habe nicht gelogen. Wir wurden irgendwann tatsächlich nur Kollegen, und mehr zu behaupten hätte sich falsch angefühlt. Manchmal ist das so.«

»Und wieso hast du dann einen anderen Namen angenommen?«

»Das *ist* mein Name. Peter Johann. Alle nennen mich Johann. Nur als Kind hat mich jeder Pejo genannt. Ich hatte es auch einfach satt, der dicke kleine Pejo zu sein. Nach dem Tod meines Vaters nahm meine Mutter ihren Mädchennamen wieder an, weil sie die Erinnerung nicht aushielt, und ich tat es ihr gleich. Ich verkaufte das Sägewerk und wollte damit nichts mehr zu tun haben. Der Name Nygård bringt nicht gerade Glück, wie du vielleicht weißt.«

Er reichte mir eine Tasse und setzte sich neben mich an den Bartisch. Er zündete sich eine Zigarette an und blickte nachdenklich auf das Foto, das vor ihm lag.

»Mein Gott, es kommt mir vor wie das Leben eines anderen. Wo hast du das nur herausgekramt?«

»Aus der Hütte meines Vaters. Auf der Insel.«

»Wirklich? Ich dachte, die Hütte gäbe es nicht mehr.«

»Sie steht noch, wenn auch nicht ganz so in Schuss wie vielleicht noch vor ein paar Jahren.«

»Das war eine verrückte Zeit.« Er nahm einen Zug von seiner Zigarette. Sein Blick irrte ins Leere.

Ich schlug das Notizheft auf.

»Kannst du mir sagen, was es damit auf sich hat?«

Ich zeigte ihm die Porträts der Kinder. Neugierig nahm er das Notizheft an sich und blätterte es langsam durch. »Dein Vater hatte wirklich Talent.«

»Wer sind diese Kinder?«

Er verharrte auf einer Seite. Als ich auf das Blatt blickte, sah ich, dass es der Junge mit den bösen Augen war.

»Das sind die Kinder, die damals verschwunden sind.«

Die Aussage blieb im Raum stehen wie eine Gewitterwolke. »Oder gestorben.«

Ich dachte an die Ergebnisse meiner Internetrecherche. Die vermissten Kinder. Zu denen es erstaunlich wenig Informationen gab.

»Wurden sie denn nie gefunden?«

»Die meisten nicht, nein. Der hier«, er zeigte auf das Bild des letzten Jungen, »der hatte einen Unfall. Ist von einer Klippe gestürzt.«

Ich sah die Zeichnung an und erkannte die stechenden Augen, die ich auf dem Foto im Haus des Reptilienmanns gesehen hatte. Also war auch er tot.

»Wieso war mein Vater so besessen von ihnen? Er war doch selbst noch ein Kind. Ihr alle, besser gesagt.«

»Weißt du, das war eine andere Zeit damals. Wir lebten ziemlich autark auf Koiran Saari. Die Erwachsenen hatten ihre eigenen Dinge zu klären und überließen die Kinder gewissermaßen sich selbst. Und so kam man eben auf dumme Ideen. Wir suchten Abenteuer und ein Geheimnis um verschwundene Kinder, was gab es da Aufregenderes?«

»Warum hat er mir nie erzählt, dass er einen Bruder hatte?«

Ich zeigte auf den Jungen mit der Maske. In Johanns Gesicht erschien ein kaum merkliches Lächeln. Er wandte seinen Blick von der Fotografie ab und sah nachdenklich durch den Rauch seiner Zigarette, der sich in die Höhe sponn.

»Mikael konnte mich nie leiden, weißt du. Ich glaube, ich war ihm damals zu uncool. Daniel und ich, wir waren sehr eng befreundet, aber für Mikael war ich eher ein Störfaktor. Er kapselte sich gern ab. Von allen.«

»Wo ist er jetzt?«

Johanns Blick wurde düster.

»Er ist auch verschwunden. In dem Sommer, in dem das Foto aufgenommen wurde. Ich denke, er ist abgehauen, so, wie er es ständig angedroht hatte. Keiner weiß, wohin. Bis heute. Das hat ihm Daniel nie verziehen. Wahrscheinlich hat er deswegen so getan, als hätte es Mikael nie gegeben.«

Das klang logisch. Und trotzdem ließ mich die Erklärung hilflos und enttäuscht zurück.

»Du sagst, ihr habt nach den Kindern gesucht. Habt ihr etwas gefunden? Wurde denn nie aufgeklärt, was mit ihnen passiert ist?«

»Nein.« Er schüttelte abermals den Kopf. »Sie wurden niemals gefunden. Die Wälder sind tief dort, das weißt du. Selbst wenn ihre Skelette irgendwo im Wald liegen, wäre es ein wahnsinniger Zufall, sie zu finden. Polizisten und freiwillige Helfer, alle haben tagelang nach ihnen gesucht. Aber man hat nie etwas finden können. Auch nicht im Wasser. Sie waren ... sie blieben einfach verschwunden.«

Ich nahm das Notizheft und blätterte zu der Seite, auf der die Insel gezeichnet war.

»Vielleicht hat mein Vater etwas gefunden, das er dir verschwiegen hat? Etwas, das er niemandem anvertraut hat. Meinst du, das Stück erzählt von dieser Insel?«

Nach kurzer Bedenkzeit schüttelte Johann den Kopf. »Ich weiß nichts von einer Insel. Es gibt Tausende Inseln dort.«

»Er muss etwas gefunden haben. Mein Vater hat etwas entdeckt, was ihn sein Leben lang nicht losgelassen hat und das ihn schlussendlich vielleicht sogar umgebracht hat.« Nun war es raus. Mein Atem ging schnell, ich musste mich zusammenreißen. Johann sah mich traurig an. Oder war es Mitleid?

»Was glaubst du, was es mit einem Jungen macht, wenn sein Bruder einfach so verschwindet? Er war von einem auf den anderen Tag weg. *Das* hat ihn fertiggemacht. Ich denke, er hat das alles einfach in diesem Stück verarbeiten wollen. Unsere Kindheit. Nur, dass es nicht jedem schmeckt, nach dem, was damals passiert ist. Für die Angehörigen ist das Stück ein Schlag ins Gesicht. Und Lünov will Geld mit dem Leid der Angehörigen machen. Das ist zumindest meine Meinung.«

Er nahm noch einen letzten Zug und drückte den Stummel in einen vollen Aschenbecher auf dem Tisch.

Sollte ich das glauben? Dass einfach nicht mehr dahintersteckte? Ein Junge, der seinen Bruder, seinen besten Freund verloren hatte?

»Ihr wart nicht nur Freunde, ihr wart wie Brüder.«

»Das stimmt. Aber das Leben entzweit einen manchmal.«

Er drehte sich um. Seine dunklen Augen blickten mich finster an.

»Ich habe dir alles erzählt.«

»Nein, hast du nicht!« Ich merkte, dass ich laut geworden war, und versuchte meinen Ton zu mäßigen. »Ich weiß fast nichts über meinen Vater! Warum gibst du mir nicht wenigstens etwas, was mich ihm näherbringen könnte?«

Als er beharrlich schwieg, sprach ich weiter.

»Er hat über diese Insel geschrieben. Er hat sie sogar in ein verdammtes Theaterstück verwandelt. Bitte ...« Ich kam näher an ihn heran. »Ich will doch nur wissen, was so schlimm war, dass er dafür seine Familie aufgegeben hat.«

In diesem Moment geschah etwas, womit ich nicht gerechnet hatte. Mit einem lauten Krach stieß Johann die Kaffeetasse vor sich mit der Faust auf den Boden.

»Er hat nicht nur euch aufgegeben. Er hat auch mich aufgegeben!« Er verbarg sein Gesicht in den Händen. Sein Brustkorb hob und senkte sich, während er schwer atmete. Ich hatte wohl einen Nerv getroffen.

»Denkst du, ich hätte nicht versucht, ihn zu retten? Ich war immer da. Ich war sein einziger Freund. Aber er hat auch mich verlassen. Ich frage mich immer, was in diesem Moment geschehen sein kann ... In diesem einen Moment, in dem ich nicht da war und er diese Entscheidung getroffen hat. Irgendetwas Schlimmes muss ihm widerfahren sein.«

Ich ließ ihn reden, in der Hoffnung, endlich die Wahrheit zu hören.

»Was hat es mit den Kindern auf sich? Mit dem Jungen, der die Klippe hinuntergestürzt ist?«

Seine Miene verfinsterte sich.

»Ich habe das Denkmal gesehen«, fügte ich hinzu.

»Das Denkmal? Dieses Holzboot, meinst du? Das haben wir damals gebaut. Mein Vater hat es initiiert, damit man der Kinder gedenken konnte. Und Tom. Er hatte damals einen Unfall. Vielleicht war es auch Selbstmord.«

»Selbstmord?«, wiederholte ich ungläubig.

»Er ist mitten in der Nacht von einer Klippe gestürzt. Keiner weiß, was er dort zu suchen hatte. Man ging von einem Unfall aus, aber wer weiß das schon so genau?« Er wollte das Gespräch sichtlich beenden, aber ich war noch nicht fertig mit ihm. »Die gibt es wirklich«, sagte ich und zeigte ihm die Seite. Er brauchte die Zeichnung nicht einmal anzusehen, so klar war es, dass er sie kannte.

»Du weißt, dass es sie gibt.«

Eine Weile sagte er nichts, dann nur ein einziges Wort: »Ja.«

»Was ist damals bloß passiert?«, bohrte ich weiter.

»Nichts, das habe ich doch gesagt! Wir waren Kinder, verdammt. Es war einfach eine Insel, die wir entdeckt hatten. Mehr nicht.«

»Also gab es sie nicht nur, ihr war dort!« Endlich.

»Zeig sie mir. Bitte.«

»Wieso? Da gibt es nichts zu sehen ... wie gesagt, es war nur irgendeine Insel. Wahrscheinlich würde ich sie nicht einmal mehr wiederfinden.«

Ich glaubte ihm kein Wort.

»Wo hast du dieses Buch überhaupt gefunden?«, fragte Johann und deutete auf das Zeichenbuch in meiner Hand.

»In einem Versteck. Auf dem Grundstück. Wieso?«

»Einfach so. Und sonst war da nichts mehr? Ich meine, vielleicht finden wir dort auch noch mehr, das uns weiterhelfen könnte. Dein Vater hatte viele Geheimnisse.«

Und er war nicht der Einzige, sagte mir eine innere Stimme.

»Wenn du mich auf die Insel bringst, zeige ich dir das Versteck. Wenn du das möchtest.«

Ich setzte alles auf eine Karte. Nach kurzem Zögern nickte er.

»Von mir aus. Wenn du dir das wirklich antun willst, zeige ich sie dir. Ich möchte dir nur helfen. Und es verstehen. Ihn verstehen. Genau wie du.«

Daniel – Spuren

Es kostete mich unglaublich viel Überwindung, Wolowski senior zu berühren. Aber es brauchte uns alle drei, um ihn aus dem Haus zu schaffen. Wir hatten die Schlüssel letztendlich im Bad gefunden. Überhaupt herrschte völliges Chaos in seinem Haus.

Der Weg zum Boot war das Allerschwierigste. Ein abschüssiger Weg aus gepflasterten Steinplatten führte nach unten zum Wasser. Als wir endlich unten ankamen, waren wir völlig nass geschwitzt und außer Atem. Der Schlüssel passte zu einem kleinen Motorboot mit Einzelkajüte unter Deck. Ich hatte ihn schon einige Male damit rausfahren sehen.

Als wir das Boot erreichten, schimmerte das Wasser blauviolett. Ich konnte nicht fühlen oder sehen, ob er noch lebte. Wir hatten seinen halben Kopf mit einem weiteren Handtuch umwickelt, damit kein Blut auf den Boden tropfte. Seine Gliedmaßen hingen schlaff an den Seiten hinunter, als wir ihn ungelenk ins Boot hievten. Dabei fiel ich selbst fast ins Wasser, weil ich kaum etwas sah, und Pejo, der die Taschenlampe hielt, nur eine verwackelte blasse Lichtkugel auf das Boot warf.

»Wartet«, zischte Mikael, als wir ins Boot steigen wollten. »Zieht euch aus.«

»*Was* sollen wir?«, fragte ich ungläubig.

Mikaels Miene blieb ungerührt. »Wir lassen sein Boot kentern und schwimmen zurück an Land. Wir dürfen nichts von uns an Bord lassen.«

»Was, wenn wir ihn auf die Insel bringen? Und ihn dort begraben, in seiner eigenen Höhle?«, warf ich ein.

Mikael schüttelte den Kopf. »Und dann finden ihn irgendwelche Kinder, die ein Abenteuer suchen. Wie wir. Nein. Wir bringen das jetzt zu Ende.«

Eine neue Angst kroch mir in die Glieder. Die Angst, allein im dunklen Wasser zu sein.

»Wie weit willst du denn rausfahren?«

»Weit genug. Bis zu den Felsen.« Er hielt inne. Dann sagte er langsam: »Wollt ihr an Land bleiben?«

Pejo und ich schauten uns schuldbewusst an.

»Vielleicht sollte einer von uns hierbleiben und auf unsere Sachen aufpassen. Und das restliche Blut vom Pfad wegwischen, falls etwas runtergetropft ist, und die Handtücher zusammenpacken. Pejo, kannst du das machen?«

Pejo blickte mich dankbar an und nickte sichtlich erleichtert. Sogar das war für ihn erträglicher, als mit uns rauszuschwimmen. Mikael zuckte nur mit den Schultern und wandte sich dem Boot zu.

Wir zogen uns bis auf die Unterwäsche aus. Ich legte meine Klamotten an den Rand des Stegs. Meinen Rucksack versteckte ich unter der Kleidung. Pejo hatte sich umgedreht. Sein Blick ging zur Villa hoch auf dem Hügel. Er schämte sich, weil er nicht mitkam, und ich fragte mich, ob er die Nerven behalten würde. Ich hoffte inständig, er würde kein Drama machen.

Auf dem Wasser war die Luft deutlich kälter, und als ich in das Boot stieg, fühlte es sich an, als würde etwas Kaltes nach meinem Fuß greifen, während ich über der Wasseroberfläche schwebte.

Wolowski senior lag unbewegt da.

»Meinst du, er ist wirklich ...«, fing ich an, als Mikael mir über den Mund fuhr.

»Ich denke schon. Er hat's nicht anders verdient. Hast du jetzt etwa Mitleid mit ihm?«

Ich schüttelte den Kopf, ohne meinen Blick von dem Mann auf dem Boden des Bootes abzuwenden.

»Nein. Wir müssen die anderen Kinder vor diesem Monster beschützen. Ich habe kein Mitleid«, sagte ich dann, und die Worte hallten in meinen Ohren wider, als hätte jemand anders sie ausgesprochen. Jemand, der viel erwachsener war als ich. Damit war das Thema beendet. Mikael machte sich am Motor zu schaffen und triumphierte, als das grummelnde Motorengeräusch endlich unter uns ertönte.

»Was, wenn uns jemand erwischt?«

Ich zitterte schon jetzt vor Kälte. Nur in Unterwäsche bekleidet, war die Nacht doch verdammt kalt, und mir graute schon vor der Eiseskälte des schwarzen Wassers, die mich schon bald umarmen würde.

Mikael blickte nach vorn, während er das Ruder festhielt und uns vom Steg weglenkte.

»Uns *darf* niemand sehen. So einfach ist das.«

Wir schipperten über die See, während der Motor leise vor sich hin brummte. Gerade als wir die Bucht verlassen wollten, stockte mir der Atem.

»Da«, rief ich und zeigte auf den Scheinwerfer einige Meter vor uns. Im Dämmerlicht sah man deutlich die Umrisse eines Bootes. Vielleicht sogar die Küstenwache. Mikael zog sofort den Schlüssel aus dem Zündschloss, und der Motor verstummte. Das Scheinwerferlicht erlosch. Wir glitten über das Meer wie über brüchiges Eis und hofften, die Schatten der Bucht würden uns verschlucken.

Das Boot zog langsam an uns vorbei. Es war ein größeres, vermutlich eine Gruppe, die zum Nachtangeln rausgefahren war. Erst als es hinter der nächsten Felsgruppe verschwunden und sein Motorengeräusch verstummt war, wagte ich etwas zu sagen.

»Das war knapp.« Ich blickte auf den Körper hinter uns, der an Deck lag. Keine Plane, keine Möglichkeit, ihn zu verstecken. Nur die Handtücher voll getrockneten Bluts, die wir als Unterlage benutzt hatten.

»Vielleicht sollten wir ihn unter Deck bringen«, flüsterte ich und zeigte auf die kleine Kajüte neben dem Steuer. Mikael rührte sich nicht, aber ich konnte seinen Verstand arbeiten hören.

»Nein. Dafür ist es zu spät. Wir konnten ihn zu dritt ja schon kaum tragen. Ziehen wir es einfach durch.«

Nach einer kurzen Stille drehte er den Motorschlüssel wieder um.

»Das Licht lassen wir besser aus«, ergänzte er, und so lenkten wir das Boot durch die Schatten hindurch aufs offene Wasser hinaus. Der Himmel verschmolz in denselben warmen Farben mit dem Horizont, und man hatte das Gefühl zu schweben. Als würde das Boot durch Wolken gleiten.

Ich fragte mich, wie weit Mikael noch rausfahren wollte, und vor allem, wie ich den Rückweg meistern sollte. Gut, dass Pejo an Land geblieben war. Wir passierten kleine, unbewohnte Inseln. Dazwischen musste man sehr gut auf die Felsgruppen aufpassen, vom Wasser glatt geschliffene Gesteinsbrocken, die gefährlich und nahezu unsichtbar aus dem Wasser herausragten. Mikael umschiffte sie mit Bravour, doch ohne Licht war es nur eine Frage der Zeit, bis das Boot auflief.

»O.k., das reicht.« Er stellte den Motor ab. »Hilf mir, ihn hochzuhieven.«

Die Arme unseren Rektors wankten schlaff auf dem Boot wie Algen im Wasser.

»Ich weiß nicht, ob ich das kann ... es ist noch nicht zu spät. Lass uns doch einfach zur Polizei gehen!«

»Wie sollen wir denn erklären, warum wir in seiner Wohnung waren? Wir stecken mittendrin, verstehst du das nicht? Es ist zu spät, um umzukehren.« Diesmal klang seine Stimme ungehaltener, als würde er endgültig die Geduld mit mir verlieren.

Ich verbarg meine Fassungslosigkeit hinter den Händen und schirmte mein Gesicht vor ihm ab. Was er da sagte, klang grausam, und trotzdem stimmte ein Teil in mir vollkommen zu. Wir mussten es hier und jetzt beenden.

Er hatte recht. Wir hatten ihn niedergeschlagen. Und wie sollten wir die Sache mit Tom erklären? Und warum ich in sein blödes Haus gegangen war ... Es war wie ein Abwärtsstrudel, der mich mitriss, je mehr ich nach einem Weg suchte, aus ihm herauszukommen. Es gab keine Alternative.

Ich war so versunken in meinen Gedanken, dass ich gar nicht bemerkt hatte, dass Mikael unter Deck gegangen war. Nun stand er im Türrahmen, beide Hände voll mit Ginflaschen. Wortlos verschüttete er den Inhalt auf dem Boden, eine der Flaschen klemmte er hinters Steuer. Niemand würde sich wundern, wie der Rektor in diesem Zustand von Bord gehen konnte. Beim Pissen ins Wasser gefallen, auf einem Felsen aufgeschlagen und ertrunken.

»Komm schon«, riss Mikael mich aus meinen Gedanken. »Oder muss ich doch alles alleine machen?«

Er griff nach den Armen des Rektors. Ich nahm seine Füße. Er schien noch schwerer geworden zu sein. Zusammen stolperten wir Richtung Reling, während das Boot unter dem einseitigen Gewicht hin und her schaukelte.

»Warte«, sagte Mikael und zog das Handtuch von Wolowksis Kopf. »Das dürfen wir auch nicht vergessen.« Dann legte er es vorsichtig neben sich. Gemeinsam begannen wir ihn von einer Seite zur anderen zu wiegen. In Mikaels Blick sah ich wilde Entschlossenheit.

»Auf drei«, flüsterte er, während das Gewicht mit jedem Schwung zunahm. Wir zählten bis drei, und genau in diesem Moment sah ich erschrocken, wie Wolowski senior das linke Auge aufriss. Dann ließ ich los. Es war wie ein Paukenschlag, als der Körper auf das Wasser traf. Einen Augenblick lang konnte ich sein Gesicht sehen, dann verschluckte das Meer unseren Schulleiter. Ich stand einfach nur da und versuchte zu atmen.

Mikael gab mir keine Zeit nachzudenken.

»O.k.«, sagte er, »und jetzt spring du.« Er schob mich Richtung Wasser. Als ich kurz zögerte, gab er mir einen Schubs, und im nächsten Moment spürte ich, wie meine Muskeln sich unter der Kälte zusammenzogen. Als ich auftauchte, hörte ich erneut das Motorengeräusch des Bootes. Für einen kurzen Augenblick war ich sicher, dass Mikael mich zurücklassen würde. Gerade wollte ich nach ihm rufen, als sich das Boot tatsächlich von mir wegzubewegen begann. Dann hörte ich einen lauten Platscher. Etwas fasste mich am Arm, und ich schrie vor Schreck auf.

»Ich bin's nur. Mann, es ist eiskalt hier«, japste Mikael. Um seine Schulter hatte er die Handtücher von Bord aneinandergewickelt wie eine Schärpe.

Ich merkte, dass meine Beine steif wurden. An meinen Füßen schien das Wasser noch mal um einiges kälter.

»Wir müssen uns bewegen. Wenn du nicht mehr kannst, schwimm auf dem Rücken, oder lass dich treiben. Und melde dich rechtzeitig, bevor du untergehst.«

Er gab mir einen Klaps auf den Rücken, als wäre das irgendwie witzig, und schwamm los.

Meine Füße zuckten hektisch durchs Wasser, ständig darauf gefasst, von eiskalten Händen gepackt und unter die Oberfläche gezogen zu werden.

Eins ... zwei ... eins ... zwei.

Ich zählte meine Schwimmzüge und beneidete Pejo dafür, dass er auf dem Steg geblieben war. Er hätte garantiert schlappgemacht. Ich versuchte mich mit gleichbleibender Geschwindigkeit zu bewegen. Mikael war vor mir. In regelmäßigen Kraulbewegungen kam er schneller voran als ich, wartete jedoch immer wieder, bis ich ihn eingeholt hatte.

»Wenn du nicht mehr kannst, bleiben wir kurz auf einem der Felsen sitzen oder schwimmen zu einer Insel. Aber besser ist es, wenn wir in einem Stück durchschwimmen, um nicht auszukühlen.«

Für ihn schien es ein Leichtes, die Strecke durchzustehen und mir gleichzeitig Anweisungen zu geben, während ich mir alle Mühe geben musste, nicht unterzugehen. Aber er war es gewöhnt, jeden Morgen eine große Runde zu schwimmen. Mikael hatte das Wasser schon immer geliebt. Er würde mich nicht zurücklassen. Wenigstens darauf konnte ich zählen, aber den Schwächling markieren wollte ich auch nicht.

Eins ... zwei... eins ... zwei.

Ich hörte nur das Wasser, das sich mit mir bewegte. Ich kam in eine Art Trancezustand. Der Schmerz, der langsam durch meine Muskeln zuckte, rückte nach und nach in den Hintergrund. Ich wechselte auf den Rücken und sah den Teppich aus seidigen Wolken über mir schweben.

Eins ... zwei ... eins ... zwei.

»Lass uns eine kurze Pause machen.« Mikael wies nach vorne, und ich sah ein paar Steine vor uns, die wie Walrücken aus dem Wasser ragten. Wir gelangten zu der Felsgruppe, und ich klammerte mich dankbar an einem glitschigen Stein fest. Mikael hielt neben mir.

»Geht's dir gut? Kannst du noch?«

Ich nickte nur, während ich meine Beine baumeln ließ.

»Es ist nicht mehr weit. Siehst du?« Er deutete Richtung Festland. Wir ruhten uns noch ein paar Minuten aus, dann zwang Mikael mich, wieder weiterzuschwimmen, als er merkte, dass ich zu zittern begann. Es war verwunderlich, wie Schmerzen den Verstand betäubten. Ich wechselte immer öfter zwischen Rücken- und Bauchlage. Langsam verlor ich den Glauben daran, dass wir es tatsächlich wieder an Land schaffen würden. Ich bündelte meine letzten Kräfte. Schon von Weitem sah ich, wie Pejo sich aufrichtete und uns erleichtert zuwinkte, und in dem Moment war ich sicher, dass er es nicht bis an Land geschafft hätte, und ich konnte kaum glauben, dass ich nicht untergegangen war.

Wir schwammen die letzten Züge durch das Schilf, das sich am Ufer sammelte, und erreichten schließlich den

Steg, auf dem Pejo schon ungeduldig wartete. Während Mikael selbst die schmale Leiter hinaufkletterte, ließ ich mir von Pejo helfen und nahm dankbar die Hand, die er mir reichte. Auf dem Steg ließ ich mich erst mal auf das Holz fallen. Die Leisten gaben die gespeicherte Wärme der Tagessonne wieder, und ich entspannte dankbar meine Muskeln. Ich war froh, festen Boden unter mir zu spüren, und schloss für einige Sekunden die Augen, bis ich fast wegzuträumen begann. Alles schien wie ein böser Traum, aus dem ich gleich aufschrecken würde.

»Hey«, flüsterte eine Stimme und strich mir sanft über den Rücken. Es war Mikael. »Gut gemacht.«

Bevor ich tapfer und vielleicht sogar ein bisschen stolz lächeln konnte, wechselte er seine Tonlage und fügte hinzu: »Wir wollen hier kein Picknick machen. Auf jetzt!« Dann wandte er sich an Pejo, die nassen, blutigen Handtücher in der Hand. »Hast du alle Tücher eingesammelt? Und den Rest weggewischt?«

Pejo nickte eifrig und hielt ihm eine schwarze Mülltüte vor die Nase, in die Mikael die restlichen Tücher hineinstopfte.

»Wir müssen trotzdem noch einmal gründlich nachschauen.«

Meine Lider fühlten sich bleiern an. Ich fühlte mich so unglaublich müde, dass allein die Vorstellung, noch den Heimweg auf meinem Rad meistern zu müssen, mir Übelkeit bereitete. Schließlich überwand ich mich und zog mich an. Sofort wärmten sich meine Glieder auf.

Wir sammelten unsere Sachen zusammen und stiegen erneut den Pfad nach oben zur Villa hoch. Das Haus war immer noch so, wie wir es verlassen hatten. Jetzt erst fiel mir der modrige Gestank auf, der aus der Küche kam. Mikael durchleuchtete jedes Zimmer nach Blut oder etwas, das wir vergessen haben konnten. Er checkte erneut das Büro. Weder Pejo noch ich trauten uns, dort noch einmal hineinzugehen.

Wir warteten vor dem Haus auf der Eingangstreppe, und nach ein paar Minuten hörten wir, wie Mikael die Treppe wieder herunterkam. Er drückte sich an uns vorbei und stellte sich vor uns auf. »Lasst uns endlich von hier verschwinden.«

Ich holte mein Fahrrad, das noch immer am Zaun der Wolowskis lehnte, und stieß zu Mikael und Pejo. Sie hatten ihre Räder zuvor im Gebüsch vor dem Grundstück versteckt. Stumm radelten wir über die kleine Holzbrücke und durch das Waldstück, vorbei an den Nachbarn und bogen schließlich auf den Pfad zu unserem Grundstück ab. Das Haupthaus lag in friedlicher Stille. Wahrscheinlich schlief unser Vater, zumindest rührte sich nichts, als wir unsere Räder abstellten.

»Sollen wir schlafen gehen?« Mikael blickte in die Runde. Obwohl ich die ganze Zeit über davon geträumt hatte, einfach in mein Bett schlüpfen zu dürfen, war der Gedanke daran, jetzt mit den Eindrücken der Nacht allein im Bett zu liegen, erschreckend. Ich sah zu Pejo und blickte in ebenso wache, ängstliche Augen. Wir schüttelten beide den Kopf.

Mikael schien fast dankbar. »Dann machen wir noch ein Feuer. Daran können wir uns aufwärmen.«

Am Rande des Ufers, wenig erhöht über dem Wasserspiegel, saßen wir an unserer Feuerstelle zusammen, wärmten uns an den tänzelnden Flammen und schwiegen.

Da zog Mikael etwas aus seiner Tasche. Mir wurde

schlecht. Es war die Box mit den Fotos, die wir in Wolowskis Haus entdeckt hatten.

Ich sprang bestürzt auf. »Warum zum Teufel hast du die mitgenommen? Hast du sie nicht mehr alle?«

Mikael bedeutete mir, still zu sein, und blickte zur Hütte, in der unser Vater schlief.

»Sei leise.« Erst als er einige Augenblicke nichts hörte, fuhr er fort: »Wir müssen alles vernichten, was nicht auf einen Unfall hinweisen würde. Mit dem hier«, er deutete auf die Box, »bieten wir auch ein Motiv für jemanden, der sich an uns rächen wollte, und im schlimmsten Fall könnte das die Polizei zu uns führen. Das Blut haben wir weggewischt, aber unsere Abdrücke sind da überall drauf.«

Er machte eine Bewegung zum Feuer, als ich begriff.

»Nein!«, schrie ich auf und zuckte zusammen.

»Warte. Wir dürfen es nicht einfach hier verbrennen. Lass uns noch eine Nacht darüber nachdenken.«

Mikael hielt inne. Er hörte aufmerksam zu. Pejo war währenddessen ebenfalls aufgestanden.

»Er hat recht«, pflichtete er mir bei. »Wir sollten nichts überstürzen.«

»Wenn wir das hier vernichten, sind alle Beweise weg. Ich meine, was ist mit den ganzen Kindern? Niemand würde jemals erfahren, was mit ihnen geschehen ist!«

Mikael schüttelte den Kopf. Er blickte nachdenklich ins Feuer. »Würdest du so etwas erfahren wollen? Ist diese Wahrheit nicht grausamer als die Ungewissheit und die Vorstellung, dass sie vielleicht sogar noch am Leben sein könnten?«

Eine Weile sagte keiner etwas.

»Erinnerst du dich noch an unsere Mutter?«, fragte Mikael plötzlich und sah mich direkt an.

Ich wusste zuerst nicht, was ich sagen sollte. An den Klang ihrer Stimme und das Gefühl, das sie mir gab. Aber ihr Anblick war in meiner Erinnerung endgültig verblasst und wurde nur durch alte Fotografien gespeist.

»Nicht wirklich«, antwortete ich leise.

»Ist es nicht schöner, die paar Erinnerungen zu behalten, die du von ihr hast, als ständig das Bild vor Augen zu haben, wie sie an ihren letzten Tagen ausgesehen hat? Wie sie gelitten hat?« Seine Stimme wurde brüchig. In seinen Augen standen Tränen, als er sich zum Feuer wandte. Ich sagte nichts.

Ich dachte an die Fotos der gequälten Kinder. Wenn wir sie der Polizei übergaben, würden die Eltern sie wahrscheinlich früher oder später zu Gesicht bekommen, allein um ihre Kinder zu identifizieren. Sie würden sehen, was wir gesehen hatten. Ein heftiger Schmerz durchfuhr meine Brust. Und dann sah ich Wolowski senior vor mir. In einen vornehmen Anzug gekleidet, wenn er eine Rede an der Schule hielt oder Lehrerkollegen mit einem kühlen Lächeln die Hand schüttelte. Wie konnte dieser Mensch in Wahrheit ein solches Monster sein? Ein Mensch, der Befriedigung daraus zog, Schwächeren Schmerzen zuzufügen. Mich schüttelte es bei der Erinnerung an den Tag, an dem ich hinter der Bibliothek von Tom verprügelt wurde und sein Vater aus dem Auto heraus lächelnd dabei zusah. Sein stechender Blick auf mir ruhend, wie ein Raubtier, das sein nächstes Opfer erkannt hatte ... Ich konnte den Gedanken nicht zu Ende denken. Irgendetwas in mir hatte eine unsichtbare Schranke vor diese grausamen Bilder gelegt, und ich war dankbar drum. Es war mehr, als ich fassen oder ertragen konnte.

Mikael stellte die Box vor sich auf dem Boden ab. Wir

musterten sie voller Ekel. Um nichts in der Welt wollte ich den Inhalt noch einmal sehen müssen.

»O.k.«, sagte Mikael und klang enttäuscht. »Aber wir sollten es möglichst bald loswerden.« Da waren wir uns alle einig.

Gemeinsam blieben wir wie Gestrandete erschöpft und verzweifelt am Ufer sitzen, während die ersten Sonnenspuren das Ende dieser weißen Nacht verkündeten und mit ihrer Schönheit ein Bild trügerischer Idylle zauberten.

Als wir das Feuer schließlich austraten und gemeinsam in unsere Hütte stapften, muss es etwa vier Uhr morgens gewesen sein, denn es war bereits taghell. Für Pejo war immer Extrabettzeug im Schrank, das er wie gewohnt zwischen uns auf den Boden legte. Als ich mich ins Bett legte, hatte ich kurz das Gefühl, auf keinen Fall einschlafen zu können, bis mich gleich darauf die Müdigkeit übermannte. Dabei fühlte ich eine scheußliche Erleichterung.

Lilja – die Insel

Die ganze Fahrt über waren wir still. Ich wusste nicht, was ich sagen sollte, und hatte sowieso die Befürchtung, das Eis zwischen uns nicht brechen zu können. Johann war seit unserem letzten Gespräch in sich gekehrt, seine Augen blickten hellwach und gehetzt in der Gegend umher. Als wir mit dem Lossie auf der Insel ankamen, hörte ich ihn leise und müde ausatmen. Ich sah ihn an. »Bereit?«

Er beäugte mich skeptisch. »Ich habe fast mein halbes Leben hier verbracht. Was glaubst du denn?«

Sein genervter Gesichtsausdruck sprach Bände.

»Hast du deshalb die Firma verkauft? Weil du die Insel verlassen wolltest?«

Er nickte. »Ich wollte einfach weg hier. Und für das Sägewerk konnte ich mich nie begeistern.«

»Verstehe ich. Aber dein Vater hätte das sicher gewollt, oder?«

»Es ist vieles nicht so gelaufen, wie er es sich gewünscht hat. Aber so ist das nun mal.« Er sah mich prüfend an. Ich erwiderte nichts, sondern fuhr durch das kleine Örtchen der Insel. Alles musste ihm mehr als vertraut vorkommen.

»Halt mal kurz an.«

Wir hielten auf einem Parkplatz vor dem Hafenrestaurant.

»Komm mit.« Er stieg aus und ging auf den Steg zu. Der Hafen war recht belebt, denn heute war Fischmarkt auf dem Hauptplatz.

»Danke fürs Warten«, murmelte ich und stellte den Motor genervt ab. Dann folgte ich ihm durch die Buden und offenen Stände, die Fische und Meeresfrüchte verkauften.

Ich holte ihn schließlich direkt am Wasser ein, vor dem hölzernen Denkmal, das ich bereits entdeckt hatte.

»Warum wurde der hier durchgestrichen?«

Ich zeigte auf den unkenntlich gemachten Namen im Holz, den jemand weggekratzt hatte. Johann trat näher heran und fühlte mit der Hand über das Holz, als würde er sich erinnern.

»Da stand ein Name, den die meisten Kinder lieber vergessen wollten. Späte Rache wahrscheinlich.«

»Welcher Name?«

Er sah mich nachdenklich an. »Der von Tom Wolowski. Der Junge, der damals im Sommer von der Aussichtsplattform gestürzt ist.«

Wir stiegen wieder ins Auto und fuhren weiter zum Grundstück. Ich hatte gehofft, noch mehr aus ihm herauszubekommen, aber Johann blieb stumm wie ein Stein.

»Was ist wirklich mit dem Jungen geschehen? Wieso hat man seinen Namen aus dem Denkmal gekratzt?«

Ich hatte schon die Hoffnung aufgegeben, dass Johann jemals wieder sprechen würde, als er schließlich antwortete.

»Wir waren noch Kinder, als Tom starb. Keiner mochte ihn, weil er ein mieser Kerl war, der andere gedemütigt hat. Deshalb hat wahrscheinlich auch irgendjemand seinen Namen durchgestrichen. Wir waren es nicht. Wahrscheinlich war es wirklich ein Unfall. Er ist nachts zum Aussichtsturm gegangen, und das Geländer brach. Manchmal ist es einfach Schicksal. Ein Zufall.«

Wir kamen auf dem Grundstück an. Es war kalt an diesem Tag, und die Sonne verbarg sich hinter dicken, grauen Schleierwolken. Ich hoffte, dass kein Unwetter aufkommen würde.

»Dieses alte Ding sollen wir nehmen?«, fragte Johann ungläubig, als er das alte Boot begutachtete, mit dem wir aufs offene Meer hinauspaddeln wollten.

»Damit sind wir schon als Kinder rausgeschwommen. Ob das noch hält, wage ich zu bezweifeln.«

»Es hält«, antwortete ich. »Ich habe es schon getestet.«

Wir zogen es gemeinsam ins Wasser und sprangen nacheinander hinein. Johann zeigte nach Osten, wo sich in der Ferne Felsen zwischen kleineren Inseln gruppierten. »Dort müsste es sein. Ich kann nicht versprechen, dass ich die Insel wiedererkenne.«

Er fing an zu rudern.

»Das könnte sie sein«, sagte er schließlich und zeigte auf eine kleine, von Schilf umrandete Insel. Das satte Grün der dort stehenden Bäume verlieh ihr etwas Geheimnisvolles. Wir schwammen am Uferrand entlang, bis Johann das Boot durch das Schilfgestrüpp hindurchlenkte. Wenig später setzten wir auf Sand auf. Ich stieg aus dem Boot und schaute mich um. Es war seltsam still, kein Baum raschelte, kein Vogelgezwitscher. Nur das Wasser, das leise ans Ufer schwappte.

»Da lang«, sagte Johann und wies auf das dichte Gebüsch vor mir. Er wartete, bis ich vorging, wahrscheinlich in der Hoffnung, ich würde umkehren. Aber ich nickte nur und arbeitete mich durch die Äste hindurch. Wir kämpften uns eine Weile durch das Geäst, und je weiter wir ins Innere der Insel vordrangen, umso größer erschien sie mir. Viel größer als vom Wasser aus. Je tiefer wir hineingingen, desto lichter wurde der Wald, und bald standen wir zwischen Birken und von rankenden Waldpflanzen bewachsenen Felsen. Unsere Schritte waren leise und wurden durch das Moos abgefedert, sodass wir sie selbst kaum hören konnten.

Wir liefen immer weiter und gerade, als ich dachte, wir würden schon bald das andere Ende der Insel erreichen, blieb ich wie angewurzelt stehen. Auch Johann hielt inne. Wir beide sahen das Gleiche: ein von Kinderhand gezeichnetes Haus auf einem Felsvorsprung, in dessen Mitte eine Öffnung wie ein klaffendes Maul ins Dunkel führte.

»Ich glaube, ich habe es schon mal gesehen«, flüsterte ich.

»Du meinst, im Theaterstück.«

»Nein. Ich war schon mal hier, glaube ich.«

Erst als ich die Worte aus meinem Mund hörte, war ich mir fast sicher, schon einmal auf der Insel gewesen zu sein.

»Wie kann das sein? Ich dachte, du wusstest nichts von der Insel.« Johanns Stimme hatte einen anderen Ton angenommen. Misstrauisch. Ich blickte ihn an.

»Ich weiß es nicht. Ich kann mich nicht wirklich daran erinnern. Erst als ich die Kulisse gesehen habe, kam dieses Gefühl auf. Als hätte ich es als Kind schon einmal gesehen.«

Wir näherten uns der Felsformation. Als wir direkt davorstanden, begutachtete ich die Öffnung. Sie war eng, aber man konnte gerade so noch hindurchschlüpfen, wenn man sich seitlich bewegte. Dennoch zögerte ich.

»Wir können immer noch umkehren.« Johann sah mich durchdringend an.

»Nein, das kann ich schon lange nicht mehr«, flüsterte ich.

Daniel – Vergessen

Am nächsten Tag erwachte ich noch vor den beiden anderen. Ich lag eine Weile starr im Bett, blickte an die Decke und dachte an die letzten Tage. Vor allem an die vergangene Nacht. Ein Teil meines Gehirns wollte nicht wahrhaben, was passiert war. Ein anderer Teil spielte mir die Bilder immer wieder aufs Neue vor. Der Rektor, wie er mich schüttelte. Wie ihm Blut über das Gesicht strömte. Die Fotos. Und Tom, wie er fiel. *Schluss, hör endlich auf damit!*, zwang ich meine Gedanken zur Ruhe.

Langsam erwachten auch Mikael und Pejo aus ihrem Tiefschlaf. Es war bereits nach zehn Uhr am Vormittag, und draußen hörte ich ein lauter werdendes Motorengeräusch. Ein Motorboot. Wir sahen einander panisch an. War das die Küstenwache? Würden sie uns jetzt holen? Wie Rehe, die starr vor Schreck in die Scheinwerfer eines heranrasenden Autos starrten, harrten wir in dieser Position aus, gefasst, jeden Moment die Polizei in der Hütte zu haben. Doch nichts geschah.

»Jetzt reicht es«, zischte Mikael und erhob sich aus der Starre. Wütend auf sich selbst stapfte er zur Tür und riss sie auf. Sein Blick wanderte zu allen Seiten und blieb in Richtung Steg haften. Dann schaute er uns an, Erleichterung in seinen Augen.

»Es ist Jere. Er ist mit dem Boot da.«

Wir zogen uns stumm an, als unser Onkel auch schon den Kopf zur Tür hineinstreckte.

»Na Jungs, wie war der Kinoabend gestern?«

Wir zwangen uns ein Lächeln ab, aber so richtig gesprächig war keiner von uns.

»Na gut, ihr Morgenmuffel. Dann macht euch mal fertig. Wir frühstücken heute auf dem Boot.«

Mir wurde schlecht. Auf ein Boot zu steigen war das Letzte, was ich in diesem Moment wollte. Mit Boot meinte er die Silija, seine Jacht mit drei Schlafräumen und einem Deck, auf das er gern Geschäftspartner einlud und teures Gesöff wie Champagner trank. Wir hatten es mal heimlich probiert, als die Erwachsenen am Lagerfeuer feierten, und waren mit einer halb vollen Flasche in den Wald geschlichen. Am nächsten Tag war mir so schlecht wie noch nie. Sich an Süßem zu überfressen war ein Geschenk dagegen.

Jere nahm sich selten frei, aber wahrscheinlich wollte er heute einfach mal wieder Zeit mit uns verbringen.

»Geht schon mal vor, ich komme gleich«, rief ich Mikael und Pejo zu, die bereits fertig angezogen waren.

»Sicher? Hey, ist alles in Ordnung?« Mein Bruder sah mich skeptisch an.

»Ja doch. Bin nur müde. Ich komme gleich nach.«

Er nickte stumm und verschwand nach draußen.

Ich warf die Decke zurück und ließ meine Füße über die Bettkante baumeln. Mein Blick wanderte über den Boden und blieb an meinem Rucksack hängen. Mein Rucksack!

Permanent begleitete mich die Angst, etwas in Wolowskis Villa vergessen zu haben, nun wusste ich wieder, weshalb. Ich kramte darin herum und zog erleichtert den zerknüllten Brief heraus, den ich ihm hatte geben wollen. Der Kloß in meinem Hals wurde größer. Was hatte ich mir nur dabei gedacht? Die ganze Katastrophe hatte mit diesem Brief seinen Lauf genommen. Wütend steckte ich das zerknüllte Papier zurück in den Rucksack, als meine Finger etwas Kaltes berührten. Ich tastete danach, und noch bevor ich den Gegenstand rausgeholt hatte, erkannten meine Finger die glatte, kalte Oberfläche, die sie umklammerten. Ich hielt den gläsernen Kasten mit dem blauen Falter in der Hand. Ich musste ihn voller Panik hastig in meinen Rucksack gesteckt haben, bevor Wolowski senior mich in seinem Büro überraschte.

Mit dem Glas in meinen Händen wusste ich, dass ich uns weitere Probleme beschert hatte. Ich würde Mikael nicht noch einmal enttäuschen. Hastig sah ich mich im Zimmer um. Ich hatte ein Versteck, das nicht einmal er kannte. Ich ging hinter mein Bett und rückte die Holzkiste, die voll beladen mit Brettspielen in der Ecke stand, zur Seite. Eine Diele gab ein knarzendes Geräusch von sich, als ich sanft Druck ausübte, und bog sich mir entgegen. Darunter war eine hohle Ebene, die ich damals durch Zufall entdeckt hatte. Ich zog eine Pappschachtel hervor, in der ich Zeichnungen und mein Skizzenbuch vor meinem Vater versteckte, und legte das Glaskästchen dazu. Dann legte ich die Schachtel vorsichtig hinter die Diele, bis ich sie nicht mehr sehen konnte, und schob das Brett wieder zu. Sollte das Haus nicht irgendwann abgerissen werden, würde niemand es jemals entdecken. Ich rückte die Spielkiste zurecht und beeilte mich, auf Jeres Jacht zu kommen und ein Lächeln aufzusetzen.

Nach einem ausgiebigen Frühstück – ich hatte erstaunlicherweise tatsächlich einen riesigen Hunger nach dem gestrigen Schwimmmarathon – bestand mein Onkel zu unser aller Schrecken darauf, an diesem Tag noch angeln zu gehen. Unsere entsetzten Blicke ließen ihn ganz traurig dreinschauen.

»Ist es so schlimm, wenn wir mal einen Tag zusammen verbringen wollen? Es wird euch schon nicht umbringen!«

Da uns nichts darauf einfiel, sammelten wir bis zum späten Vormittag unser Angelmaterial zusammen und fuhren los. Jere setzte wie gewöhnlich seine Kapitänsmütze auf und schaute zufrieden über den Horizont. Ich saß seitlich an der Reling und betete, dass wir nicht in die gleiche Gegend fahren würden, aus der wir letzte Nacht um unser Leben geschwommen waren.

Ich betete vergeblich. Er steuerte genau die gleiche Richtung an, und schon aus der Ferne erkannte ich die Felsgruppe, an die ich mich vergangene Nacht noch atemlos geklammert hatte. Aber das war es nicht, was unsere Aufmerksamkeit auf sich zog.

Mikael und Pejo waren ebenso aufgestanden, und gemeinsam starrten wir über die Reling gebeugt aufs offene Meer. Etwa fünfzig Meter vor uns war das Boot der Küstenwache, und an Deck herrschte reges Treiben. Aus der anderen Richtung kam gerade ein kleines Motorboot mit mehreren Sanitätern angeschwommen. Sie hatten ihn gefunden.

Lilja – die Höhle

Bei jedem Schritt knirschte der Boden unter meinen Füßen, als würde ich auf Käfer treten. Jedes Geräusch ergab einen unangenehmen Hall, der durch die ganze Höhle schallte. Vorsichtig gelangten wir immer weiter ins Innere, Johann stets hinter mir, mit einer Taschenlampe den Weg leuchtend. Es war mir unangenehm, ihn in meinem Rücken zu spüren, aber ich wollte ihn nicht auffordern, vor mir zu gehen. Ich wollte ihn nicht spüren lassen, dass ich Angst hatte. Was würde ich finden? Und was verschwieg Johann mir?

Wir schritten immer weiter in die Dunkelheit hinein, bis er mich zurückhielt. Er leuchtete den Boden aus.

»Irgendwo hier muss es sein.«

»Was?« Ich folgte der Lichtkugel seiner Leuchte und sah sogleich, was er meinte. Vor uns tat sich ein riesiger Abgrund auf. Wir traten vorsichtig an den Rand. Der Boden war nicht zu erkennen. Meine Nervosität stieg. Ich konnte mich nicht mehr zurückhalten und wandte mich meinem Begleiter zu.

»Was ist da unten? Sag es doch einfach!«

Er sah mich durch die Dunkelheit an. Geblendet vom Licht, konnte ich nur seine Umrisse erkennen.

»Reicht es denn, wenn ich dir sage, dass da nichts ist?

Wenn ja, warum sind wir dann hier? Du wolltest es doch selbst sehen. Dann müssen wir auch da runter.«

Ich blickte hinunter in den Abgrund. Kein Ende war in Sicht.

»Also, wenn du denkst, dass ich da so einfach hinuntersteige, hältst du mich für suizidgefährdeter, als ich tatsächlich bin.«

Er musterte mich noch kurz, bis er kehrtmachte und im Dunkeln verschwand.

»Hey, wohin gehst du? War's das jetzt etwa?«

Nach einigen Sekunden trat Johann wieder aus der Dunkelheit heraus, in den Händen eine Art Fischernetz, an einem dicken Seil baumelnd.

»An dem hier sind wir als Kinder hinuntergeklettert. Das müsste reichen«, sagte er trocken. Er warf das Bündel auf den Boden und schob es langsam mit dem Fuß über den Abgrund, bis es über den Felsrand fiel.

»Es reicht nicht ganz bis zum Boden, aber man kann sich hinterher wieder hinaufziehen. Du wirst aber enttäuscht sein. Dort unten ist nichts.«

»Davon würde ich mich gerne selbst überzeugen.«

»Dann nach dir«, sagte er und deutete auf das Seil.

Es brauchte einige Sekunden Überwindung, bis ich mich auf den Vorsprung setzte. Ich drehte mich um und ließ die Beine hinunterbaumeln, bis einer meiner Füße sich ins Netz klammerte. Ich krallte mich daran fest wie eine Ertrinkende und stieg zitternd in die Dunkelheit hinab.

»Warte«, hielt mich Johann zurück. Er reichte mir seine Taschenlampe. »Du brauchst Licht da unten.«

»Danke«, erwiderte ich wenig hoffnungsvoll. Andere

riefen nachts das Frauentaxi an, und ich stieg freiwillig vor einem Fremden in ein dunkles Loch auf einer Insel, auf der mich niemals jemand hören oder finden würde.

»Wenn du am Ende angelangt bist, musst du einfach springen«, rief mir Johann zu.

Kalte Schweißtropfen sammelten sich auf meiner Stirn. Mit einer Hand hielt ich mich fest, während ich versuchte, auf dem wackligen Netz balancierend, mit der Taschenlampe nach unten zu leuchten. Es war schwer, etwas zu erkennen außer nacktem Gestein.

»Wie weit muss ich springen?«, rief ich nach oben.

»Nicht weit«, hallte es von oben. »Du musst einfach loslassen.«

Einfach loslassen. Das sagte sich so leicht. Ich könnte auch einfach wieder hochsteigen und nach Hause fahren. Das alles hier hinter mir lassen. Aber dann sah ich das Gesicht meiner Mutter, wie sie in ihrem Bett lag und durch ihre Träume irrte. Ich sah meinen Vater, wie er mich anlächelte. Und dann fiel mir das Bild in der Zeitung ein. Das Foto eines psychisch gestörten Selbstmörders, der Menschen mit sich in den Tod gerissen hatte. Ich konnte das so nicht stehen lassen. Sollte mein Vater in seinem Manuskript wirklich Brotkrumen zu seinem Geheimnis gelegt haben, musste ich ihnen folgen. Nur so konnte ich die Wahrheit herausfinden hinter dem, was am Theater vor sich ging.

Ich atmete tief durch und ließ los. Es fühlte sich an, als würde ich nach oben fallen. Als würde die Schwerkraft keine Rolle mehr spielen. Ich ruderte wild mit den Armen und fühlte etwas Hartes unter mir, bevor ich mit dem Kopf gegen einen Stein knallte.

Ich hörte Rudergeräusche, und mein Blick wurde langsam klarer. Das Paddel durchschnitt sanft die Wasseroberfläche, die ich wie in Trance anstarrte. Ich sah mich um. Jemand ruderte hinter mir im Boot, ich saß vorne und konnte mich nicht umdrehen. Wir steuerten eine Insel an. Als wir an Land kamen, bewegte ich mich wie durch Wasser. Jemand hielt meine Hand, fest, aber sanft, und führte mich ins Innere durch das Inselgeflecht, tief hinein in den Wald. Ich folgte dem Unbekannten. Ich war aufgeregt wie ein Kind. Denn genau das war ich, ein Kind. Wir wanderten durch lichte Wälder, vorbei an moosig grünen Felsen, bis wir vor einem Berg ankamen. Zumindest war es das für mich. Ich schaute gebannt nach oben, um die ganze Malerei darauf erkennen zu können.

»Wow«, flüsterte ich, und eine sanfte Stimme neben mir lachte.

»Das ist ein Zauberhaus«, sagte die Person neben mir. Ich war so aufgeregt. Vor mir lag ein Felsspalt wie ein Eingang zur Höhle. Die Person stellte sich vor mich, aber ich schaute ihr nicht ins Gesicht, ich durfte es nicht, und etwas anderes hatte meine Aufmerksamkeit in Beschlag genommen: Aus dem Dunkel der Höhle nahm ich eine Bewegung wahr, und als sie näher kam, erkannte ich die zarten Flügel, deren Oberfläche in allen Farben die Strahlen der Sonne reflektierte. Es war so wunderschön. Ich wollte danach greifen, aber der Schmetterling war schon längst davongeflogen.

»Dort gibt es noch ganz viele«, sagte die Stimme. Ich sah verbotenerweise nach oben. Das Gesicht, in das ich blickte, war kein menschliches. Dämonisch beobachteten mich zwei leere, schwarze Höhlen. Ich zuckte zurück, doch die

Hand, die mich vorher sanft hielt, krallte sich fest und bohrte ihre Finger in meine Haut.

Ich riss mich los, rannte durch den Wald. Die Äste schlugen mir ins Gesicht und peitschten meine Haut, ich musste rennen, ich musste ...

»Lilja?«

Ich öffnete die Augen. Johanns Gesicht war über mir, seine Hände packten mich fest an den Armen und schüttelten mich. Der Raum bewegte sich, ein Licht tanzte über die Wände.

»Geht es dir gut? Du blutest!«

Meine Orientierung kehrte langsam zurück. Die Höhle. Mein Sturz. Ich fasste mir vorsichtig an die Schläfe und spürte etwas Warmes, das an meinen Fingern kleben blieb: Blut. Die Taschenlampe lag auf dem Boden und warf einen Lichtkegel gegen eine Felswand. Sie tanzte nicht mehr. Meine Umgebung hörte nach und nach auf, sich zu drehen. Johann half mir aufzustehen und klopfte mir den Staub von den Kleidern.

»Tut mir leid. Wir hätten nicht hierherkommen sollen. Ich bin ein Idiot.«

Ich schüttelte langsam den Kopf.

»Nein«, sagte ich leise. »Das war gut. Ich glaube, ich habe eine Erinnerung wieder. Ich war schon mal hier.«

»Das sagtest du schon oben.«

»Nein, eine andere Erinnerung.«

Er hielt inne und schaute mich aufmerksam an.

»Etwas wollte mich hier hineinlocken. Jemand. Ich habe sein Gesicht aber nicht erkannt.«

»Ich verstehe nicht. Du warst wirklich hier? Hier auf der Insel?«

»Ja. Jedenfalls glaube ich das.«

Er sah mich stumm an. Dann nickte er.

»An was erinnerst du dich? Erzähl mir alles.«

Daniel – Spuren

»Sie haben bestimmt seine Leiche gefunden«, flüsterte mir Pejo zu, als wir uns über die Reling lehnten, um etwas erkennen zu können. Das Wasser schien plötzlich voller Menschen. Zu spät erkannte ich, dass eines der kleinen Beiboote zu uns herüberfuhr. Der Mann, ein stämmiger Riese mit Bart, in dessen Händen das Motorruder wie ein Streichholz aussah, kam mir bekannt vor. Er gehörte zur Wasserwacht.

»Morgen, Jeremias«, grüßte er, als sein Boot direkt vor unserem hielt.

»Morgen, Carl, was ist denn da los?«, entgegnete mein Onkel und versuchte, nicht zu neugierig zu klingen.

»Ich fürchte, ihr müsst euren Angelausflug woanders machen.«

»Was Schlimmes?«, hakte Mikael nach. Seine Stimme klang ganz ruhig. Carl musterte meinen Onkel, dann schüttelte er den Kopf.

»Kann man noch nicht sagen«, antwortete er. »Aber wie es aussieht, lebt er noch. Ich muss dann weiter. Wir sehen uns, Jere.«

Er hob noch einmal die Hand zum Abschied und startete den Motor. Dann fuhr sein Boot wieder zur Marinejacht.

Wir drei starrten uns an. Der Satz hallte in meinen Ohren wider wie ein Geisterecho. Als würde das Wasser unter uns anfangen zu brodeln, hatte ich das Gefühl, als würde alles um mich herum beben. Das konnte einfach nicht sein. Das änderte einfach alles. Wir waren geliefert.

Es vergingen zwei weitere quälend lange Tage, bis wir endlich mehr Informationen erhielten. Im Clubhaus verteilte Janne mal wieder die Neuigkeiten seines Polizistenbruders in der Runde.

»Er wollte seinem Leben ein Ende setzen, ganz klar«, sagte Janne und nickte wissend. »Der hat sich die Kante gegeben und ist von Bord gesprungen. Mein Vater sagt, das hätte jeder Vater gemacht. Er hat doch sonst niemanden mehr.«

»Umso krasser, dass er überlebt hat, der arme Teufel«, fügte Jacob hinzu. »Den muss es sauber durch die Felsen gewirbelt haben.«

»Und wie geht es ihm jetzt?«, mischte sich Mikael ein.

»Na ja«, Janne machte ein theatralisches Gesicht, »mein Bruder meinte, er wurde mehr tot als lebendig zwischen ein paar Felsen im Wasser gefunden. Ein abgerissenes Tau muss ihm wohl das Leben gerettet haben. Hing am Boot herunter, und er hat sich daran festgeklammert, bis er samt Boot in einer Felsengruppe steckengeblieben ist. Hat sich wohl mit allerletzter Kraft an die Wasseroberfläche gekämpft. Halb erfroren. Und sein Kopf schaute aus wie eine zerschlagene Melone. Der wurde direkt aufs Festland ins nächste Krankenhaus gebracht. Dort wollen sie sehen, ob sie was in seinem Kopf retten können. Aber der ist nur noch Matsch, hat mein Bruder gesagt.«

Alle nickten stumm.

»Wir müssen ihn unbedingt sehen«, flüsterte Mikael uns zu, als wir weit genug in einer Ecke des Clubraums standen.

Pejo riss die Augen auf.

»Du willst wirklich dahin? Was, wenn sie es schon wissen? Was, wenn er sich längst erinnert hat?«

Mikael schüttelte nur den Kopf. »Dann wären wir wahrscheinlich nicht mehr hier, oder, Saftnase?« Er warf ihm einen vernichtenden Blick zu. »Du kannst ja wie immer den Schwanz einziehen. Ich muss jedenfalls nachschauen, wie matschig sein Hirn wirklich ist, nach deinem Schlag.«

Pejo erblasste und sah panisch um sich. Niemand hatte Notiz von uns genommen.

»Ja genau, Pejo«, Mikael genoss es sichtlich, Pejo in Schrecken zu versetzen. »Ich darf dich daran erinnern, wer den ersten Stein geworfen hat.«

»Wir fahren gemeinsam«, versuchte ich die Situation zu beschwichtigen. Auch ich konnte den Gedanken nicht ertragen, tatenlos auf mein Schicksal zu warten.

Lilja – die Suche

»Johann, du musst mir alles erzählen. Wie habt ihr diese Insel gefunden und vor allem diese Höhle?«

Er rieb sich die Stirn, es war ihm sichtlich unangenehm. »Wir waren Kinder. Dein Vater und sein Bruder haben mich mitgenommen. Sie haben diese Höhle gefunden. Ich besorgte das Seil, dafür durfte ich mitkommen. Soweit ich weiß, haben die beiden auch das Haus an die Felswand gezeichnet.«

Das reichte mir nicht. »Und was habt ihr hier gefunden?«

Ich leuchtete ihm direkt ins Gesicht, sodass er seine Hand schützend vor das Licht hielt und sich abwandte.

»Ist das jetzt ein Verhör? Ich sagte doch, hier war nichts. Wir waren kleine Jungs auf der Suche nach einem Abenteuer und auf der Flucht vor der Langeweile eines langen Sommers. Mehr nicht.«

Ich seufzte genervt. Es hatte keinen Sinn, ihn weiter auszuquetschen. Entweder es gab nichts mehr zu erzählen, oder er wollte mir nichts verraten. Ich machte mich auf, wieder am Netz hochzuklettern. Johann hob mich an, damit ich das Seil erreichen konnte. Die Nähe zwischen uns fühlte sich seltsam an, aber ohne ihn wäre es viel schwerer, um nach oben zu gelangen. Es war tatsächlich nicht weit bis zum Ende des Seils. Ich konnte mir lebhaft vorstellen, wie die drei Jungen die Höhle entdeckt und hinuntergeklettert waren. Es musste ein wahres Abenteuer gewesen sein. Wieso aber hatte es sich für meinen Vater dann in einen solchen Albtraum verwandelt? Hatte meine Erinnerung damit zu tun? Oder begann der Albtraum schon früher? Enttäuscht und wütend kletterte ich weiter.

Oben angekommen, wartete ich, bis ich Johann hören konnte, und inspizierte dann den Rest der Höhle. Auf den ersten Blick groß, entpuppten sich die anderen Abzweigungen und Verengungen als Sackgassen. In keiner einzigen Richtung gab es noch einen weiteren Abgrund wie den, den wir soeben hinabgestiegen waren.

»Lilja, wir sollten gehen. Ich habe mein Versprechen gehalten. Nun bist du dran.«

Enttäuscht willigte ich ein, mit ihm zur Hütte zurückzurudern. Er hatte recht. Ich hatte im Gegenzug versprochen, ihm das Versteck des jungen Daniels zu zeigen, wenn er mich zu dieser Insel führte. Er hatte mir sogar ermöglicht, in dieses Loch zu steigen. Nun war ich am Zug.

Als wir an Land ankamen, betrat ich mit schwerem Herzen die Hütte meines Vaters. Das Gefühl, wieder nichts gefunden zu haben, drückte mich nieder. Johann hatte Holz für den Ofen mit hereingebracht und entfachte ein kleines Feuer. Ich war so in Gedanken verloren, dass ich erst bemerkte, wie ich vor Kälte zitterte, als die ersten Flammen vor meinen Augen zu tanzen begannen. Ich kniete mich vor den kleinen schwarzen Ofen und ließ die warme Luft über meine Haut strömen. Vor meinem inneren Auge ging ich immer wieder den Traum durch.

Wer war diese Person? Warum erkannte ich das Gesicht nicht? Hatte ich das Ganze wirklich erlebt? Oder war es doch nur ein Traum? Ein wirres Bild – zusammengestückelt aus den Kulissen meines Vaters, getrieben vom Wunsch nach Aufklärung? Ein Gefühl sagte mir, dass ich mich nicht irrte. Ich hatte die Insel schon einmal betreten.

»Hier.« Johann hielt mir ein feuchtes Tuch hin, das er aus der Küche geholt hatte. »Wird brennen, da ist Alkohol drauf.«

Ich nahm es und drückte den Lappen vorsichtig gegen die pochende Schläfe. Sofort meldete sich ein brennender Schmerz auf meiner Haut. Johann schenkte sich selbst ein Glas aus der Flasche Gin ein, mit dem er offensichtlich das Tuch befeuchtet hatte. Ein weiteres Glas hielt er mir hin.

»Es ist verrückt, wieder hier zu sein.« Er schaute gedankenverloren ins Feuer. »Ich war ewig nicht mehr auf der Insel und wollte eigentlich auch nie wieder herkommen.«

»Danke, dass du's trotzdem getan hast.« Ich nahm einen kleinen Schluck aus dem Glas und verzog das Gesicht.

»Dein Vater war mein bester Freund. Wir waren wirklich wie Brüder, vor allem nachdem Mikael weggegangen ist.«

»Warum habt ihr euch dann so auseinandergelebt?«

»Ich weiß es nicht. Ich glaube, dein Vater wollte neu anfangen. Euch nicht mit der Vergangenheit belasten und alles hinter sich lassen.«

»Leider scheint ihm das nicht gelungen zu sein.«

Wir blickten stumm in das Feuer, jeder in seinen eigenen Erinnerungen gefangen. Als das Feuer nur noch schwach vor sich hin glomm und unsere Gläser leer waren, verlor die Stille an Schrecken. Das leise Knistern und der Alkohol entspannten mich, und mir wurde zum ersten Mal klar, dass ich seit langer Zeit mit jemandem aus der Familie friedlich in einem Raum saß.

»Es ist schön, dass du hier bist. Mit mir, meine ich. Es ist schön, mit jemandem über ihn reden zu können. Meine Schwester und ich ...« Ich dachte einen Moment nach. Ja, meine Schwester und ich. Was waren wir? »... wir sind uns oft fremd. Ich frage mich, ob das bei meinem Vater und seinem Bruder auch so war.«

Johann schwenkte sein leeres Glas und ließ die Glut hindurchscheinen.

»Ich hätte sehr gern mehr Zeit mit euch verbracht, aber euer Vater schien es nicht mehr zu wollen, und ich habe seinen Wunsch akzeptiert.«

Ich nickte. Ich hatte das Bild im Kopf, wie mein Vater in seinem Büro auf und ab lief. Wie er manchmal mit sich selbst redete, irgendwelche Textpassagen durchging und wie es war, wenn er mich im Türrahmen erwischte, während ich ihn beobachtete. Er ging auf mich zu, lächelte gedankenverloren und schloss vorsichtig die Tür. Ich konnte mir vorstellen, wie er auch ihn einfach aus seinem Leben geschlossen hatte. Leise und bedauernd lächelnd. Als sei es unvermeidlich.

»Mikael war sein Ein und Alles. Ich glaube, dass er gegangen ist, hat Daniel härter werden lassen. Das war ein Stück weit auch gut, denn vorher hatte er sich immer nur in seinem Schatten versteckt. Insofern kennzeichnete der Zeitpunkt, an dem Mikael wortlos ging, vermutlich das Ende seiner Kindheit. Unserer Kindheit. Ab da war alles anders.«

Ich beobachtete Johann. Um seine Augen lag ein Schatten. Die Vergangenheit schien ihn wirklich zu beschäftigen.

»Komm, ich zeige dir das Versteck, das ich gefunden habe.«

Wir gingen gemeinsam hinaus in die Nacht zur kleinen Hütte, in der mein Vater als Kind gewohnt hatte. Es war mittlerweile kalt, und ich zog meinen Pulli enger um meinen Körper, um mich vor dem Wind zu schützen. Als ich die Tür durch das ausgehobelte Fenster öffnete, roch es wieder nach altem Holz und staubigem Mobiliar. Johann blieb im Türrahmen stehen.

»Mein Gott. Es sieht aus wie damals.«

Andächtig ließ er seinen Blick durch den Raum schweifen. Er zeigte auf eine der Zeichnungen an der Wand.

»Von deinem Vater habe ich die Zeichnerei, wusstest du das? Er war schon immer ein Künstler.«

»Ach ja?«, erwiderte ich. »Hat er es dir beigebracht?«

»Gewissermaßen. Er hat mich mitgezogen, und ich konnte mir einiges abschauen.«

»Hier habe ich es gefunden.« Ich zeigte auf den Platz unter der Truhe.

»Interessant, wirklich. Ich dachte, ich würde alle geheimen Ecken in dieser winzigen Hütte kennen.« Mit diesen Worten zog er den Tisch ein Stück vor und fasste unter die Fensterbank. »Ha!«, rief er und zog eine darin eingeklemmte zerknitterte Zigarettenpackung heraus.

»Was dagegen?«, fragte er, während er eine Zigarette herauskramte und in den Mundwinkel steckte. Er hielt sie mir hin, aber mein vorheriger Fall verursachte immer noch leichten Schwindel, und mehr davon konnte ich nicht gebrauchen. Er wanderte durch den Raum zu der Truhe und kniete sich hin. Dann streckte er seine Hand durch das Loch.

»Da hast du den Zeichenblock gefunden?«

»Ja, unter dem Boden.«

»Und sonst war da nichts?« Es sollte beiläufig klingen, aber es hörte sich eher nach dem Gegenteil an.

»Nein, sonst nichts. Meinst du etwas Bestimmtes?«

Er streckte seinen Unterarm aus dem Loch heraus und blickte mich an.

»Was Bestimmtes? Nein. Ich dachte nur, vielleicht wäre da noch etwas, was uns helfen würde, das Ganze zu verstehen.«

Ich musste an den Falter im Glaskästchen denken. Einen Moment lang wollte ich es ihm erzählen, aber ich hielt mich zurück. Was, wenn er auf der Suche danach war? Dann war es seltsam, dass er nicht einfach danach fragte. Es sei denn, es gab einen Grund, mir das zu verheimlichen. Vielleicht war es auch sein enttäuschter Blick, der mir Sorge bereitete. Außerdem hatte ich längst jemand anders im Kopf, dem ich den Schmetterling zeigen wollte.

Daniel – Klinik

Es war nicht einfach, zum Krankenhaus zu gelangen. Von der Insel aus gab es keine andere Möglichkeit als mit dem Auto oder mit einem Boot. Allein schon, um zu einer Bushaltestelle zu gelangen, mussten wir von der Insel runter und mit einem Lossie aufs Festland. Die Fahrt hin und zurück hätte eine Ewigkeit gedauert. Wir mussten uns etwas einfallen lassen, und so kam es uns zugute, dass Jere wieder geschäftlich aufs Festland musste, um das nächste Großprojekt zu besprechen. Wir überredeten ihn, uns in die Stadt mitzunehmen, und erzählten ihm, dass wir dort einen Freund besuchen wollten.

Am Busbahnhof kaufte Mikael uns drei Tickets in Richtung der Klinik, in der laut Janne Wolowski senior lag. Ich hasste Krankenhäuser. Sie rochen alle gleich, nach Antiseptika und Krankheit. Keiner von uns sagte ein Wort.

Mikael erkundigte sich nach der richtigen Station, und wir trotteten ihm hinterher, wie Schafe auf dem Weg zur Schlachtbank. Im Kiosk neben dem Eingang des Krankenhauses kauften wir Alibi-Blumen. Vor der Station blieben wir vor einer Doppelflügeltür stehen. »Bitte klingeln! Nur ein Besucher pro Person«, stand über der Türklinke. Wir sahen uns zweifelnd an.

»O.k., dann geht einer von uns rein. Hier«, sagte Mikael

und drückte mir den Strauß Tulpen in die Hand. »Du plauderst ja sowieso gern mit ihm.«

Ich verzog die Mundwinkel. Manchmal war er echt ein Arsch.

»Ich hab doch wohl schon genug geredet. Warum geht nicht einer von euch?«

»Ich kann nicht. Wenn ich dieses Dreckschwein noch einmal sehe, reiße ich ihm direkt alle Schläuche raus«, knurrte Mikael.

»Was ist mit dir?«, schubste ich Pejo an. Fragend hielt ich ihm den Strauß hin, doch er wich angstvoll zurück.

Am Schluss blieb mir nichts anderes übrig, als tatsächlich alleine hineinzugehen. Ich klingelte und erklärte höflich, dass ich als Schüler nach unserem Rektor sehen wollte. Eine Frau mit roten, krauslockigen Haaren musterte mich, bevor sie sich zu einem Lächeln durchringen konnte.

»Das ist aber nett von euch Jungen. Dann komm mal mit.«

Ich musste mir die Hände desinfizieren und folgte der Krankenschwester durch den Gang. Dabei versuchte ich, keinen Blick zu den offenen Räumen auf beiden Seiten zu werfen, doch es war unvermeidbar. In jedem Bett lagen Patienten, verkabelt und an Maschinen angeschlossen. Im ganzen Abschnitt war es leer, nur das regelmäßige Summen und Piepen der Apparate ertönte. Das Zimmer 23 b, in dem Wolowski senior lag, war am Ende des Ganges. Die Frau blieb vor der Tür stehen und lächelte mich müde an.

»Bleib nicht zu lange. Und, Junge ...« Sie blickte auf den Boden und steckte ihre Hände in die Taschen ihres Kittels, als wüsste sie nicht, wohin damit. »Hör zu ... er wird anders sein, als du ihn wahrscheinlich in Erinnerung hast.«

»Was meinen Sie damit?«

»Nun, sein Kopf hat diverse ernst zu nehmende Verletzungen erlitten. Er wird dich vielleicht nicht wiedererkennen. Er erzählt immerfort dasselbe. Wahrscheinlich etwas, das ihn beschäftigt oder ein Trauma ausgelöst hat. Immer dieselben Worte. Sonst ist nicht mehr viel von ihm übrig.«

»Meinen Sie, er wird wieder gesund?«

Sie verzog den Mund, als hätte ich gefragt, ob Wolken wirklich aus Zuckerwatte bestehen würden.

»Ich weiß es nicht, Schätzchen. Die Ärzte sind erst einmal froh, dass er noch lebt.«

»Danke«, stammelte ich und wollte nichts lieber, als ihr die Blumen in die Hand zu drücken und den Rückwärtsgang anzutreten. Doch stattdessen betrat ich vorsichtig den Raum. Auch hier war ein leises Piepsen im Hintergrund zu hören. Der Direktor lag in einem Einzelzimmer, die mintgrünen Vorhänge verdeckten das Sonnenlicht, das ihm sonst ins Gesicht gefallen wäre.

Seine Augen waren offen, aber starrten abwesend nach oben an die Decke. Ich betrachtete die erschlafften Muskeln, die Arme, die seitlich an seinem Körper lagen. Der Kopf war mit einem dicken Verband umwickelt. Ich sah Pejo vor mir, wie er ihm eins über den Schädel schlug, Mikaels Tritt. Wie konnte er all dies nur überlebt haben? Ich hatte ihn untergehen sehen. Tief im dunklen Wasser. Ich wusste noch genau, wie seine Arme als Letztes zu sehen waren, bevor er vollständig von der See verschluckt wurde. Und die wichtigste Frage: Warum hatte er sich ins Leben zurückgekämpft? Um uns zu jagen, sich an uns zu rächen?

Jeder Schritt auf ihn zu kostete mich Überwindung,

doch dann stand ich direkt vor ihm. Ich bräuchte nur ein Kabel herauszuziehen oder ein Kissen auf sein Gesicht zu drücken. Es wäre so einfach. Doch in Wirklichkeit konnte ich mich kaum rühren. Die Blumen hielt ich immer noch in meiner Hand und stellte sie schließlich in ein Glas auf das kleine Beistelltischchen neben seinem Bett. Nun stand ich nur noch wenige Zentimeter vor ihm. Seine Gesichtszüge wirkten eingefallen. Auch sein Haar, oder das bisschen, das unter dem Verband hervorschaute, sah dünner aus als in meiner Erinnerung. Wir hatten ein Monster aufgedeckt. Sein schreckliches Geheimnis. Ich musste an Tom und seine Gewalteskapaden denken. Hatte er nur weitergegeben, was er daheim erdulden hatte müssen? Bei dem Gedanken an sein Zuhause bekam ich Gänsehaut. Dieser Mann hatte in einer Schule gearbeitet. Umgeben von Kindern. Vor meinem inneren Auge flimmerten die Fotos wieder auf. Zum ersten Mal in meinem Leben wurde mir bewusst, dass im Menschen etwas Grausames lauerte. In diesen eingefallenen, von Lachfältchen umgebenen Augen schlummerte der Teufel. Und diese Augen blickten mich nun an, hatten aufgehört, ziellos umherzuirren. Erschrocken fuhr ich zurück. Wolowski hatte die Augen auf mich gerichtet. Seine Lider blinzelten ein paarmal, bevor sie mich fixierten.

»Hallo, Herr Wolowski«, rang ich mich zu einer Begrüßung durch. Er öffnete den Mund, doch statt Worten erklang nur ein krächzender Laut, wie ein sterbender Rabe. Er schien mich nicht zu erkennen. Ich wusste nicht, was ich sagen sollte. Also log ich.

»Ich wollte nur wissen, wie es Ihnen geht. Und ... gute Besserung wünschen.«

»Uär ... bisdu?«, krächzte er weiter.

Die Frage warf mich völlig aus dem Konzept. War das nur eine Falle, oder konnte er sich tatsächlich nicht an mein Gesicht erinnern?

»Ich ... bin ein Freund von Tom. Und einer Ihrer Schüler.«

Er wirkte verwirrt.

»Können Sie sich erinnern? An das, was passiert ist?«

Seine Augen folgten mir, ohne dass er den Kopf bewegte. Es kamen wieder nur stöhnende Laute aus seiner Kehle. Sein Kopf war Brei.

Tiefe Erleichterung durchströmte mich. Ich hatte befürchtet, dass er, sobald er mich sah, aufspringen und nach Hilfe schreien würde, doch alles, was aus dem einst einflussreichsten Mann der Stadt herauskam, erinnerte jetzt an die ersten Sprechversuche eines hilflosen Babys.

»Ich lasse Sie dann lieber in Ruhe.«

Ich drehte mich um und war schon fast zur Tür raus, als er erneut etwas von sich gab. Diesmal drehte ich mich um und starrte ihn an. Was hatte er gesagt?

»Waaaate.« Er starrte mich an.

Ich trat an sein Bett. Ich sagte nichts, hörte nur zu und wartete. Sein Gesicht war vom Schmerz gezeichnet. Er versuchte krampfhaft, etwas zu sagen, und nach und nach wurden die Worte deutlicher.

»Metterlin.«

Seine Pupillen wanderten von einer Seite zur anderen, als versuche er die Bilder im Kopf zu ordnen. Ich sah mich hilflos um. Er erwartete eine Antwort von mir, die ich ihm unmöglich geben konnte. Ich stammelte etwas vor mich hin, als er plötzlich aufschrie. Es dauerte einen Moment, bis mir klar wurde, was er da stammelte.

»Toifeel.« Er wurde immer aufgeregter, und plötzlich

krallte sich eine Hand in mein T-Shirt, sodass ich zurückschrak. »Toifeeel! Tooom!«

Ich versuchte mich aus seinem Griff zu befreien. Die Piepstöne im Hintergrund schienen lauter zu werden, während der Rektor mich mit aufgerissenen Augen anstarrte.

»Ich muss jetzt gehen«, sagte ich hastig und trat mit einem heftigen Ruck nach hinten, sodass er vor Schmerz aufstöhnte, als ich ihn mitzog. Dann ließ er mich endlich los. Keine Sekunde zögernd, rannte ich durch die Tür. Seine Worte verfolgten mich den ganzen Gang entlang.

Schmetterling. Teufel. Tom.

In diesem Moment wusste ich, dass wir ein Leben lang miteinander verbunden sein würden. Er, das Monster und ich, der ihm einen Albtraum eingepflanzt hatte. Er schien sich nicht an mein Gesicht zu erinnern, aber meine letzten Worte an ihn in seinem Haus und mein Traum, von dem er in meinem Brief gelesen hatte, hatten sich über seine Verwirrtheit hinaus in sein Gedächtnis gebrannt.

Mikael und Pejo erzählte ich nichts davon. Nur, dass er sich nicht mehr artikulieren konnte, mich nicht erkannt hatte und was die Krankenschwester gesagt hatte. Sie waren sichtlich erleichtert. Während sie mit deutlich leichteren Schritten das Krankenhaus verließen, lief ich mit noch immer klopfendem Herzen langsam hinterher.

Ich hoffte inständig, dass mein Traum das Einzige war, woran Wolowski sich erinnern konnte.

Lilja – neues Zuhause

Kurz nachdem wir das Versteck meines Vaters durchsucht hatten, verabschiedete sich Johann. Ich versprach ihm, niemandem von seiner Geschichte zu erzählen.

»Lünov und der Regisseur würden es nur für ihre Zwecke missbrauchen. Was denkst du, wie herrlich die Presse eine Tragödie hinter der Tragödie finden würde?«

Und damit hatte er wahrscheinlich recht. Meine Gefühle ihm gegenüber waren ambivalent, als könnte ich ihn nicht greifen. In seinen Augen lag Schmerz, wenn er von meinem Vater erzählte, aber sein Verhalten wirkte unnahbar, so als wolle er die Berührung mit der Vergangenheit meiden. Mein Vater musste es schwer gehabt haben. Völlig auf sich allein gestellt mit einem trinkenden Vater und dem Schock, von seinem geliebten Bruder verlassen worden zu sein. Dieses Alleinsein hatte ihn bestimmt geprägt.

Ich fuhr ans Theater, und kaum war ich durch die Tür, wurde ich beinahe von einem der Mitarbeiter überrannt. Man merkte, dass es nur noch wenige Tage bis zur Premiere waren. Die Stimmung auf und hinter der Bühne war angespannt. Schon von Weitem konnte ich Pavels genervten Tonfall hören, als er den Bühnenarbeitern seine

Anweisungen zurief. Er war offensichtlich wieder in seinem Element und dirigierte Leute herum wie Spielfiguren. Die Bühne war dunkel, aufgestellte Kunstbäume wurden von unten angestrahlt, und die Schatten warfen unheimliche Figuren auf einen künstlichen Nachthimmel. Es musste eine Szene auf der Insel sein. Dort, wo ich gestern noch mit Johann gewesen war. Ich blieb unterhalb der Bühne stehen und sah dem Treiben zu. Meine Schwester war nirgendwo zu sehen. Gerade als ich mich auf den Weg zu ihrer Garderobe machen wollte, hielt mich Pavel zurück.

»Oh, auch mal wieder hier. Wie schön. Manche brauchen anscheinend keine Proben vor der Premiere.«

Ich überhörte seinen gehässigen Kommentar.

»Ist der Intendant im Haus?«

Er blickte mich nur argwöhnisch an und schüttelte den Kopf. »Bin ich seine Sekretärin? Wenn er da ist, sitzt er wahrscheinlich in seinem Büro. Also ...« Ungeduldig zeigte er auf den Fahrstuhl und wandte sich von mir ab.

Ich nickte nur und machte mich auf den Weg hoch in das Büro des Intendanten. Als ich an seine Tür klopfte, bat mich eine ruhige Stimme herein. Lünov saß an seinem Schreibtisch und wirkte wenig erstaunt, mich zu sehen.

»Hallo, Lilja. Was kann ich für dich tun?«

»Ich würde gerne das Original-Manuskript meines Vaters lesen. Sie meinten, sie hätten es hier.«

»Ja, natürlich. Ich habe es nicht vergessen.«

Er erhob sich von seinem Drehstuhl und ging zu einem Regal am anderen Ende des Raumes herüber. Ich sah an ihm vorbei durch das Fenster, aber an diesem Tag lag die Stadt in einen grauen Schleier gehüllt.

»Haben Sie weitere Drohungen erhalten?«, fragte ich

geradeheraus, während er an dem Schloss eines Metallschranks hantierte.

»Nein. Wie geht es deiner Mutter?«, antwortete er, während er mit dem Rücken zu mir am Regal stand. »Sie erholt sich hoffentlich wieder?«

Man hätte meinen können, dass wir ein ganz normales Gespräch führten. Zum Beispiel über das Wetter. Und nicht etwa über eine Morddrohung. In diesem Moment wurde mir bewusst, dass er niemals auch nur daran denken würde, das Stück abzusagen – selbst wenn ich ihm den Täter persönlich präsentieren würde.

»Das hoffe ich auch. Momentan ist sie zu Hause und ruht sich viel aus.«

Noch während ich die letzten Worte aussprach, zog er eine braune Aktenmappe aus dem Fach und übergab sie mir.

»Würde es dir etwas ausmachen, es mir heute noch wiederzubringen?«, sagte er, als ich danach griff, und einen Moment war es, als würde er es gleich wieder zurückziehen. Ich dachte daran, wie viel er meiner Mutter wohl gezahlt hatte und was es für ihn bedeuten musste, die geheimen Notizen meines Vaters sein Eigen nennen zu können.

»Natürlich«, antwortete ich und begriff, dass er wirklich besessen von dem Stück war. Eigentlich hatte ich mit dem Gedanken gespielt, Lünov auf den neuesten Stand zu bringen. Ihm von meinen Erlebnissen der letzten Tage zu erzählen und dem, was ich alles erfahren hatte. Aber die Worte Johanns hallten in meinem Kopf wider, und ich beschloss, Lünov nicht weiter mit sensationellen Geschichten über meine Familie zu füttern, die er gleich an die Presse weiterverheizen konnte.

Ich ging über das Treppenhaus ins Erdgeschoss und zog mich in das Café zurück, in das mich ursprünglich Berni eingeladen hatte. Ich suchte mir einen kleinen Tisch im hintersten Eck des gewölbeartigen Raumes und tauchte in die wirren Notizen meines Vaters ein.

Daniel – Panik

Der Besuch im Krankenhaus war der Anfang vom Ende unserer Ferien. Der Sommer neigte sich dem Herbst zu, die Tage wurden langsam, aber merklich kühler, und die Hitze des Mittsommers ging angenehm vorüber. Der Besuch bei Wolowski senior schien Mikael beruhigt zu haben, Pejo jedoch nicht. Es war nicht mehr dasselbe mit uns dreien.

Mikael zog sein Ding durch und trieb sich im Grunde immer öfter woanders herum, ohne mich mitzunehmen. Ich hörte, wie er sich nachts ins Bett schlich. Jedes Mal konnte ich seine Alkoholfahne riechen. Am nächsten Tag schlief er bis in die späten Mittagsstunden und brach nach seinem Frühstück auch wieder in die Stadt auf, ohne jemals zu fragen, ob ich ihn begleiten wolle. Ich hätte jedes Mal heulen können, aber Mitleid wollte ich nicht von ihm und betteln ebenso wenig. Deshalb war ich richtig froh, als Pejo vor meiner Hütte stand.

»Hey, ich gehe schon ein vor Langeweile«, sagte ich, mit großer Erleichterung, ihn zu sehen, bis ich seinen Gesichtsausdruck erkannte. Er schaute ganz panisch.

»Wir müssen das Zeug verschwinden lassen. Ich meine es ernst. Ich komme ins Gefängnis, das weiß ich ganz genau!«

Ich zog ihn schnell ins Innere der Hütte und schmetterte die Tür hinter uns zu.

»Spinnst du? Wenn du noch lauter schreist, passiert das vielleicht wirklich!«

Er brach in Tränen aus. »Ich kann nicht mehr«, schluchzte er. »Ich sehe immer sein Gesicht vor mir. Eines Tages wird er sich erinnern!« Er schritt im Zimmer auf und ab.

»Wie sollen sie uns denn erwischen?«, versuchte ich ihn zu besänftigen.

Ich hoffte inständig, dass er meine eigene Angst nicht heraushören konnte.

Er heulte auf und schmiss mir seinen Rucksack vor die Füße. »Indem sie das da finden.«

Er zeigte auf seinen Rucksack und wies mich an, ihn zu öffnen. Ich folgte seiner Bitte und erschrak. In der Hand hielt ich den Gegenstand, den ich ganz vergessen hatte: den Sextanten. Mit Blut beschmiert. Wolowskis Blut. Angeekelt ließ ich ihn wieder in den Rucksack fallen.

»O mein Gott, woher hast du den?«

»Na, mitgenommen in der Nacht, was denkst du denn?«

Nun hatte auch mich die Panik ergriffen. Ich nickte.

»Wir müssen ihn loswerden!«

Pejo schüttelte nur den Kopf. »Sag ich doch. Lass es uns gleich tun. Wir verbrennen alles, oder noch besser, schmeißen es sofort ins Wasser! Niemand wird es finden ...« Pejos Blick suchte in wahnhafter Verzweiflung nach Bestätigung in meinen Augen.

»Pejo!« Ich packte ihn an den Schultern. »Du musst jetzt ruhig bleiben«, schrie ich ihn an. »Erst müssen wir alles mit Mikael bereden.« Doch Pejo hörte mir gar nicht zu.

»Lass es uns jetzt tun. Dann ist es endlich vorbei!« Seine

Stimme zitterte. »Ich kann es nicht mehr für mich behalten. Bitte.«

In diesem Moment überrollte mich die Angst wie ein Felsbrocken. Ich musste Pejo zur Vernunft bringen. Zumindest, bis Mikael wieder da war und alles regeln konnte. Also tat ich das, was Mikael von mir erwarten würde. Ich schlug Pejo mit der flachen Hand ins Gesicht. Er sah mich mit aufgerissenen Augen an, seine Wange knallrot von der Ohrfeige. Einen Moment dachte ich, er würde zurückschlagen, aber er blickte mich einfach erschrocken an.

»Tut mir leid«, stammelte ich. »Wir dürfen nichts überstürzen, verstehst du das?«

Tränen kullerten ihm über die speckige Wange, und er tat mir furchtbar leid. Aber er musste schweigen.

»Fahr jetzt erst einmal heim. Ich verstecke das hier.« Ich deutete auf den Rucksack.

»Ich will nicht nach Hause«, flüsterte er.

»Dann komm mit!« Ich zog meine Hose an. »Ich fahre in die Stadt und suche nach Mik. Er muss das hier auch erfahren. Dann wird er schon wissen, was zu tun ist.«

»Meinst du wirklich?« Dass er Zweifel an meinem Bruder aussprach, machte mich zwar wütend, weckte aber auch eine leise Bestätigung. Das Gleiche befürchtete ich nämlich auch.

»Er wird uns nicht im Stich lassen. Irgendeine Idee wird er haben. Er hat schließlich auch noch die Fotos. Die müssen wir auch loswerden.«

Wir radelten zum Hafen. Im Clubhaus war mein Bruder nicht, also fuhren wir weiter auf die Wiese am Ende der Strandpromenade. Von dort war schon laute Musik zu hören, und wie befürchtet, stand Mikael rauchend in einer

Traube aus älteren Jungen, die ich aus der Schule kannte. Sie tranken, und Mikael hatte den Arm um die Hüfte eines Mädchens geschlungen. Es würde unfassbar peinlich werden, ihn dort rauszureißen, aber ich fürchtete, dass es besser war, Pejo jetzt nicht alleinzulassen. Nicht, dass er in seiner Panik noch etwas Dummes anstellte. Ich wies Pejo an, auf der Promenade zu bleiben, und ging alleine zu der Gruppe.

Als Mikael mich sah, verdrehte er die Augen. Wenn er mit den Älteren zusammenhing, führte er sich immer bescheuert auf. Als wäre ich ihm peinlich. Das hasste ich an ihm.

»Hey, musst du wieder den Babysitter spielen?«, fragte einer der Idioten in der Runde.

»Nein, muss ich nicht, oder, Daniel?«, fragte Mikael und sah mich mit Nachdruck an. Ich überhörte die blöden Kommentare und zeigte auf Pejo.

»Wir müssen kurz reden. Bitte.«

Das Mädchen in seinem Arm musterte mich mitleidig lächelnd. Ich kam mir richtig blöd vor. Genervt riss Mikael sich von ihr los und zischte mir im Vorbeigehen zu, dass es sich hoffentlich lohnen würde. Beim Blick auf den Inhalt des Rucksacks begriff Mikael, dass es ernst war.

»Was soll das?«, zischte Mikael entnervt. »Könnt ihr nicht einmal die Füße stillhalten?«

»Pejo dreht durch.«

»Bitte WAS?« Mikael starrte Pejo an, der wie ein geprügelter Hund zurückwich.

»Ich ... ich will es nicht länger bei mir haben. Ich habe solche Angst, verstehst du?«

Mikael fasste sich an die Stirn. Dann sah er zu seiner Gruppe herüber, die schon nach ihm rief.

»O. k. Wir sprechen heute Abend, versprochen. Wir werden das Zeug los, Pejo. Niemand wird es finden. Nichts wird passieren! Gib es her. Ich passe darauf auf.«

Pejo wich zurück, den Rucksack fest in Händen.

»*Wir* regeln das schon.«

Lilja – der Reptilienmann

Meine Augen flimmerten über die teils handgeschriebenen Zeilen meines Vaters. Im Grunde war es das gleiche Manuskript, nur mit groben Dialogen und weggestrichenen Passagen. Oft hatte er sich am Rand des Papiers Notizen zum Licht aufgeschrieben oder wie er sich die Kulisse vorstellte.

Je weiter ich las, desto größer wurde meine Enttäuschung. Es war dasselbe Manuskript wie das veröffentlichte. Es hatte sich hier und da ein wenig geändert, aber es gab nichts Gravierendes, was mich aufhorchen ließ. Gerade als ich die Mappe zuklappen wollte, fielen mir, hinter einigen Notizzetteln, weitere gefaltete Blätter auf. Als ich sie glattstrich, durchzog eine dicke rote Filzstiftlinie die Zeilen. Es war eine ganze Szene, die er aus seinem Stück gestrichen hatte. Mein Blick flog über die Zeilen. Es ging um ein dunkles, mooriges Gebiet – durchzogen von den Geistern der Vergangenheit –, in das sich keiner hineintraute. Und dort, tief in einem Wasserloch, umgeben von den verlassenen Überresten der Menschen, lag das Geheimnis des Teufels versteckt, das ein paar übrige Kinder gefunden hatten, die den Reizen des Dämons widerstehen konnten. Dort unten fanden sie die Seele des Reisenden und zerstörten diese für immer, wobei sie selbst vom schwarzen Wasser verschluckt wurden.

Ich grübelte eine Weile über die Szene nach und versuchte einen Punkt auf Koiran Saari zu finden. Im dunklen Wasser. Ein mooriges Gebiet. Aber wo sollte ich da anfangen zu suchen? Oder meinte er vielleicht die Höhle, in die Johann und ich hinabgestiegen waren? Aber dort war nichts. Wir hatten alles abgesucht und nichts gefunden, was auf etwas Vergrabenes gedeutet hätte. Die Seele des Dämons ... was mochte das sein?

»Wo warst du die ganze Zeit? Ich hab so oft versucht, dich zu erreichen.«

Ich war so in Gedanken versunken, dass mich Ediths Gesicht direkt vor meinem beinahe vom Stuhl fallen ließ.

»Alles o.k.?«, hakte sie nach. Ich machte eine abwiegelnde Geste – irgendwo zwischen Entschuldigung und Abwehr.

»Tut mir leid. Ich war in der Hütte. Ich war die ganze Zeit dort, und ich habe die Insel gefunden!«

»Welche Insel?« Sie setzte sich auf den Stuhl gegenüber und beäugte mich skeptisch. Ich erzählte ihr von meinem Aufenthalt in der Hütte.

»Das ist so gruselig. Wie konntest du dort überhaupt ein Auge zumachen? Obwohl, so wie du aussiehst«, sie musterte mich eingehend, »scheinst du auch nicht viel Schlaf gehabt zu haben.«

»Ich habe Skizzen unseres Vaters gefunden. Und noch etwas. Dieser Brief, den ich dir gezeigt habe ...«

Sie sah hinunter auf den Tisch, als würde sie keine

Reaktion darauf zeigen wollen. »Ich weiß, dass es dich verletzt hat. Aber er war nicht von unserem Vater. Ich habe den Beweis dafür.«

Ich zeigte ihr das Notizbuch, erzählte von der Insel und der Begegnung mit Johann. Sie war sichtlich sprachlos.

»Ist noch etwas vorgefallen, während ich weg war?«, fragte ich ernst.

Sie wirkte wieder abwesend.

»Nein, nicht wirklich. Ich meine ...« Sie schien nicht die richtigen Worte zu finden. »Es ist, als brodelt etwas unter der Oberfläche. Als würde sich etwas anbahnen, verstehst du?« Nach einer kurzen Pause fügte sie hinzu: »Ich habe Angst, Lilly.«

»Dann lass uns doch einfach aufhören. Beende das alles! Alle nutzen unsere Geschichte hier doch nur aus.«

Die kleine Hoffnung, dass sie endlich zur Vernunft kommen und mir Glauben schenken würde, beflügelte mich. Und tatsächlich schien es, als würde sie mir zum ersten Mal wirklich zuhören.

»Und all diese Kinder sind verschwunden?«, Edith blätterte fasziniert im Notizbuch. »Warum hat er sie bloß alle gezeichnet?«

Ich schüttelte den Kopf. »Ich weiß es nicht. Ich glaube, sie haben irgendetwas gefunden. In der Höhle.«

»In der du mit Johann warst? Unglaublich, dass er sich die ganze Zeit so zurückgehalten hat. Wenn ich gewusst hätte, wer er ist ...«

»Papa hat ihm wohl untersagt, Kontakt zu uns zu haben. Den Grund hat Johann mir nicht genannt. Und er hat mich eigentlich gebeten, niemandem etwas zu erzählen. Er will da rausgehalten werden.«

Langsam zog ich den Gegenstand aus meiner Tasche und legte ihn vor Edith auf den Schminktisch.

»Und das habe ich auch gefunden.«

Fasziniert beäugte sie das gläserne Kästchen und den Inhalt. »Wow«, flüsterte sie und betrachtete den Schmetterling vor der Lampe. »Der sieht aus wie ...«

»... wie die Schmetterlinge im Theaterstück«, beendete ich den Satz. Wir sahen den Falter eine Weile schweigend an.

»Meinst du, er hat etwas Schlimmes getan?« Sie wirkte besorgt. In ihren Augen konnte ich lesen, dass sie nicht die Wahrheit, sondern einfach eine beruhigende Antwort hören wollte.

»Nein, das glaube ich nicht«, log ich. »Ich denke aber, dass etwas Schlimmes in diesem Jahr passiert ist. Davon handelt das Theaterstück. Kannst du dir erklären, was das sein könnte? Du kennst das Stück besser als ich.«

Edith überlegte eine Weile. Dann sah sie mich finster an.

»Wenn wirklich mehr dahintersteckt als nur eine fiktive Geschichte, dann gibt es den Teufel vielleicht wirklich.«

Daniel – das Versteck

Wir hatten den ganzen Abend auf Mikael gewartet, aber er kam nicht. Wütend und enttäuscht trat ich spätnachts das Feuer aus, und wir verkrümelten uns in unsere Betten. Ich hatte versucht, Pejo abzulenken, und es tat ihm sichtlich gut, nicht alleine zu sein.

»Ich wünschte, wir könnten ganz weit weglaufen. Irgendwohin, wo uns keiner kennt.«

Er starrte an die Decke, aber ich konnte hören, dass er seine Tränen unterdrückte.

»Das wünscht sich mein Bruder sicher auch.«

»Meinst du, er wird es tun? Abhauen, meine ich.«

»Ich weiß es nicht.« Und wenn, dann hoffte ich inständig, dass er mich nicht alleine zurücklassen würde, aber das sprach ich natürlich nicht laut aus.

Irgendwann schliefen wir beide ein, und das nächste Mal, als ich wach wurde, legte mir jemand die Hand auf den Mund. Zuerst meinte ich zu träumen, denn ich war sicher, Wolowski krallte sich an meinem Gesicht fest und zuckte zusammen, als die Hand sich fester um meinen Mund schloss.

Dann wich der Schlaf endgültig dem Bewusstsein, und ich sah im Dunkeln meinen Bruder, wie er sich lautlos den Zeigefinger an den Mund legte und mit dem Kopf Richtung Tür deutete. Er hatte offensichtlich nicht vor, Pejo zu wecken. Wir schlichen ganz leise vor die Tür. Als wir draußen standen, wehte ein kühler Wind um meine nackten Beine, und ich schlang die Arme um meinen Oberkörper.

»Was ist denn los? Endlich bist du da! Hättest du nicht früher kommen können?«, zischte ich ihm zu.

»Ja, ich weiß. Aber ich wollte unserem Alten nicht begegnen«, sagte Mikael mit einem Schulterzucken. »Und ich hab nebenbei den Kram hier geholt.«

Ich blickte an ihm herunter. Vor seinen Füßen lag ein großer, dunkler Plastiksack. Als ich hineinsah, entdeckte ich darin den Koffer, den wir gemeinsam in der Höhle gefunden hatten. Erschrocken wich ich zurück.

»Du warst alleine auf der Insel?«, fragte ich ungläubig.

»Jawoll. Hab alles leer geräumt. Alles ist da drin. Die Pistole und ... der ganze andere Kram.«

Ich musste an die Zähne im Stoffsäckchen denken. Hendriks Zähne, dachte ich und ekelte mich bei dem Gedanken an einen zahnlosen Hendrik, der ohne seine Brille irgendwo verscharrt auf der Insel lag.

»Hör zu«, sagte Mikael. »Wir müssen das hier loswerden. Ich glaube aber, dass es am besten ist, wenn wir es nicht zerstören. Falls der alte Wolowski sich doch erinnern sollte, hätten wir etwas gegen ihn in der Hand.«

»Du willst ihn erpressen?«, entgegnete ich entrüstet.

»Nein, Dummkopf. Ich will die Beweise so verstecken, dass wir sie im Notfall der Polizei liefern können.«

Ich schauderte bei dem Gedanken, die ganze Geschichte jemandem erklären zu müssen.

»Ich glaube, Pejo packt das Ganze nicht. Lass es uns zu zweit machen. Die Sachen verstecken, meine ich. Dann kann er sich nicht verplappern, und wenn doch, können wir ihn für verrückt erklären.«

Mikael meinte es ernst. Er traute Pejo nicht zu, das Ganze für sich behalten zu können, und wenn ich ehrlich war, war ich mir da auch nicht mehr so sicher.

»Kannst du seinen Rucksack holen?«

Ich warf einen Blick zurück ins Zimmer. Wahrscheinlich würde ich Pejo aufwecken, wenn ich versuchen würde, ihm den Rucksack zu klauen.

»Nein, keine Chance. Er schläft mit ihm wie mit einem Teddybären.«

Mikael nickte resigniert. »O.k., dann holen wir den ein anderes Mal. Ich glaube, ich kenne ein gutes Versteck.«

Dann bedeutete er mir, ihm zu folgen. Pejo schnarchte mal wieder vor sich hin, während ich mich leise anzog. Nach kurzem Überlegen ebbte mein schlechtes Gewissen, Pejo außen vor zu lassen, ab. Es war besser für ihn und sicherer für uns. Letzten Endes entlasteten wir ihn sogar durch seine Unwissenheit.

Mikael und ich radelten Richtung Hafen, und erst als wir vor der Hauptstraße in den Wald einbogen, wurde mir klar, wohin er fuhr. Ein mulmiges Gefühl breitete sich in meiner Magengegend aus. Wir fuhren zu den Sümpfen. Während unsere Räder leise vor sich hin klapperten, sprachen wir kein Wort. Unsere Dynamo-Lichter erhellten den Weg und warfen unheimliche Schatten an die Bäume. Einmal nahm ich eine Bewegung neben mir am Waldrand wahr und trat noch kräftiger in die Pedale. Um die Uhrzeit musste so manches Wild wach und hungrig durch die Wälder streifen. *Oder etwas anderes*, flüsterte eine Stimme in meinem Kopf.

Wir hielten vor dem abgerissenen Zaun des alten Mauerwerks, das früher wahrscheinlich ein Stall gewesen war, und stiegen von unseren Fahrrädern. Im Zwielicht wirkte die Gegend noch geheimnisvoller und die Tiefe dieser Einöde gruseliger als bei Tageslicht. Niemand würde sich hierher verirren, freiwillig erst recht nicht.

»Wie weit willst du hinein?«

Wir starrten beide in die Dunkelheit, die hinter den Mauern lauerte. Obwohl die Morgendämmerung bereits eingesetzt hatte, war inmitten der Sümpfe alles in den Schatten der Bäume getaucht.

»So weit wie möglich. Wir müssen dorthin, wo sich garantiert keiner hintraut.«

Wir durchstreiften die Mauern, die bereits vollständig vom Moos eingenommen waren. Hätten wir Mikaels Taschenlampe nicht dabeigehabt, wären wir unmöglich auch nur einen Schritt vorwärtsgekommen. Hier in den Sümpfen war die Dämmerung wie eine dickflüssige Masse, die alles um sich herum verschlang. Die Konturen aus der Erde ragender Felsen und die Schatten der Bäume verschmolzen zu einem trügerischen Schattenspiel. Man sollte meinen, dass der Wald nachts still sei, tatsächlich aber war er laut. Jedes Rascheln war überdeutlich, jeder knackende Zweig glich einem Paukenschlag. Überall ein Zirpen und Knacksen, zwischendrin meinte ich Schritte zu hören, die sich wieder im Nichts verloren. Ein fleckiger Halbmond schien durch die Baumzweige zu uns hindurch.

»Pass bloß auf, wo du hintrittst«, flüsterte Mikael durch die Nacht, während er von einem Stein auf den anderen hopste. Die Pfade gingen von festem Boden direkt in den Schlamm über, und bald darauf hörten die ausgelegten Bretter und selbst gebauten Stege einfach auf, weil das

Gebiet zu moorig wurde. Dicke Baumstämme wichen dünnen, verkümmerten Bäumen, die wie Zahnstocher im Schlamm verharrten. Von der anderen Seite der Insel konnte man angeblich auch mit dem Boot rüberfahren, aber das hatten wir uns noch nie getraut. Die Gefahr, irgendwo stecken zu bleiben oder sich in den Sümpfen zu verirren, war einfach zu groß.

»Wie weit sollen wir denn noch rein? Hier geht's doch gar nicht mehr weiter.« Ich sah auf meine Turnschuhe hinunter, die bereits voll mit Schlamm waren. Es wurde immer schwieriger, sich den Weg vorwärtszubahnen.

»Gleich ... hier sollte es sein.«

Wir kamen zu einem umgestürzten Baum, der wie eine Brücke über ein großes Schlammloch gelegt war. Noch bevor ich protestieren konnte, balancierte Mikael schon über den Stamm auf die andere Seite hinüber.

»Wie zum Teufel hast du den Weg hier überhaupt gefunden?«

Er drehte sich um und wartete am anderen Ende auf mich. Langsam setzte ich einen Fuß vor den anderen, während er mir den Weg so gut es ging ausleuchtete.

»Ich war der Beste bei allen Mutproben.« Er zuckte mit den Schultern. »Das macht man wohl, wenn man so selten wie möglich zu Hause sein will. Komm jetzt.«

Ich schaffte es mit einem letzten Sprung auf festen Boden und folgte dem wackligen Lichtschein. Ich hatte keinerlei Orientierung in der Dunkelheit, noch wusste ich, wie lange wir schon unterwegs waren. Ich versuchte mir nichts anmerken zu lassen, aber innerlich schlotterte ich vor Angst.

»Wir sind da.« Mikael war stehen geblieben und leuchtete die Umgebung aus.

»Und was genau ist *da*?« Ich konnte nichts außer Schlamm und knorrigen Bäume ringsherum entdecken.

Er leuchtete die Gegend nach und nach mit seiner Taschenlampe aus. Mauern und auf dem Boden verteilte Holzbalken erschienen in der Lichtkugel. Überreste eines Hauses.

»Da entlang.«

Er zeigte mit der Taschenlampe an der Ruine vorbei. Ich ging einen Schritt näher, damit ich sehen konnte, was so besonders daran sein sollte. Er leuchtete eine Reihe bemooster Steine aus, die aus dem Boden ragten.

»Was ist das?«

Erst nach einigen Sekunden begriff ich: Wir näherten uns einem Brunnen, aber als ich hineinsehen wollte, bemerkte ich, dass eine abgerundete Steinplatte über dem Brunnen angebracht war.

»Hilf mir mal.«

Zusammen rückten wir die Steinplatte zur Seite. Sie war leichter, als ich gedacht hatte. Mit einem Kratzen glitt die Platte über die Oberfläche des Brunnens, und ein modriger Gestank erfüllte die Luft, als das Loch freigelegt war.

»Igitt …«, entfuhr es mir, während ich einen Blick hineinwarf. Eine modrige Masse lag etwa einen Meter unter uns. An den Innenseiten des Brunnens klebte eine nasse Schicht Moder.

»Und wie genau willst du es da drin verstecken? Ich klettere da bestimmt nicht runter.«

Auch wenn es nur ein Meter war – der Gedanke, in diesem Brunnenschacht im Schlamm zu versinken, erfüllte mich mit Grauen. Anstatt zu antworten, hantierte Mikael bereits in seinen Jackentaschen herum. Er zog ein Nylonseil heraus, das wie eine Angelschnur aussah, und wickelte es fest um den Bund des Plastiksacks.

Dann deutete er auf etwas auf der Innenseite des Gesteins. Es war eine Metallöse, als sei früher ein Seil da durchgehievt worden.

»Hier dran befestigen wir es. Dann können wir es immer wieder hochziehen, und niemand wird auf die Idee kommen, dass da etwas ist.«

»Und wenn jemand es da rausholt? Wenn jemand da drin rumfischt?«

Mikael strafte mich mit dem direktem Licht seiner Taschenlampe. Ich hielt meinen Mittelfinger ins Licht und drehte mich um.

»In dieser Einöde? Warum sollte jemand so etwas tun?«

Nach einem Moment der Stille schnaubte er genervt.

»Entspann dich. Wir verschließen den Brunnen mit der Steinplatte wie vorher. Niemand wird auf die Idee kommen, in einen alten, verschlossenen Brunnen hineinzuklettern.«

»Aber es ist doch noch gar nicht alles drin«, sagte ich und musste an den Schmetterling denken. Ich brachte es nicht über mich, es ihm zu sagen. »Den Sextanten haben wir doch noch nicht.«

»Den hole ich ein anderes Mal, oder du nimmst ihn Pejo weg. Dann werfe ich ihn hinterher, und wir sind diesen Mist endlich los.«

Ich nickte stumm und nahm mir vor, mir den Weg durch die Sümpfe zu merken. Ob ich die Kraft hatte, den Schmetterling in die braune Masse zu werfen, wusste ich allerdings nicht.

Mit einem letzten angewiderten Blick seilte Mikael den Plastiksack in den Schacht hinab, der ihn wie ein Schlund dankbar und schmatzend aufsog. Mit einem blubbernden Geräusch versank er nach und nach im Moor, und schon nach kurzer Zeit war nichts mehr davon zu sehen. Dann befestigte Mikael das andere Ende der Nylonschnur an der Metallöse. Als ich den Schacht ausleuchtete, staunte ich darüber, wie unauffällig es war. Mikael hatte wirklich an alles gedacht. Wir standen eine Weile da, als mussten wir ganz sicher sein, dass der Sack auch wirklich auf den Grund des Brunnens sank.

»Ich werde bald abhauen, Daniel.«

Mikael sagte es in einer ruhigen Stimme, ohne mich anzuschauen. In meinem Inneren zog sich wieder alles zusammen.

»Das weiß ich«, flüsterte ich traurig.

»Aber ich lass dich nicht alleine.«

Ich schnaubte verächtlich.

»Natürlich tust du das«, sagte ich leise.

»Du bist meine einzige Familie. Ich werde dich immer beschützen und immer das Beste für uns tun, auch wenn das bedeutet, dass wir für eine Weile voneinander getrennt sein müssen.« Er sah mich an, in seinem Blick lag Aufrichtigkeit. Es schien ihm schwerzufallen, diese Worte auszusprechen. »Ich will dich nicht zurücklassen, aber ich kann auch nicht länger hierbleiben. Du kannst mich auf dem Schiff besuchen kommen. Oder wenn wir in Helsinki sind. Ich werde dir den Fährplan durchgeben. Aber ich muss hier einfach weg. Und ich brauche Geld, bevor ich dich zu mir holen kann. Ich muss erst alles regeln.«

Der Kloß in meinem Hals wurde immer dicker. Ich wollte gerade etwas sagen, als er mich in die Rippen stupste.

»Komm schon. Lass es uns hinter uns bringen.«

Zusammen schoben wir die Steinplatte wieder über das

Loch des Brunnens. Als wir gerade fertig waren, hielt er plötzlich inne. Dann riss er mich an der Schulter hinter den Brunnen herunter.

»Hast du das gesehen?!«, zischte er mir zu, während er die Taschenlampe unter der Jacke versteckte.

»Was denn?« Mein Herz pochte in schnellem Takt in meinen Ohren. Mikael deutete hinter den Brunnen, und als wir beide vorsichtig darüberschauten, sah ich es auch: das Licht einer Taschenlampe. Eine Gestalt in einer dunklen Jacke, das Gesicht im Schatten einer Kapuze verborgen.

Ich wagte kaum zu atmen. In einigen Metern Entfernung stapfte jemand durch das Gebiet, das als absolut verlassen galt. War dieser Jemand uns etwa gefolgt?

»Wir müssen hier sofort weg!«, flüsterte ich.

Immer wieder warf ich einen Blick nach hinten, aber das Leuchten schien sich nicht zu nähern.

»O. k.«, zischte Mikael, doch mein Herz war soeben in die Hose gerutscht. Das tanzende Licht der Taschenlampe war stehen geblieben und leuchtete nun gezielt in unsere Richtung.

Wir wagten kaum, uns zu bewegen. Der Lichtkegel kam näher. Dann ging die Lampe plötzlich aus.

»Lauf!« Mikael hatte mich am Ärmel gepackt und zog mich nach hinten. Mein Herz schlug bis zum Hals, als ich Mikael hinterherjagte. Immer wieder stolperte ich und war mir sicher, gleich im Sumpf zu landen, doch ich konnte mich gerade so immer wieder fangen.

Völlig außer Atem gelangten wir an den Ausgang des Tunnels. Bis jetzt hatte ich nicht gewagt, mich umzudrehen. Dankbar und erleichtert sah ich nun die Mauern des verfallenen Stalls und den niedergerissenen Zaun vor uns.

»Gleich geschafft«, pustete Mikael vor mir, und ich spurtete ihm mit allerletzter Kraft nach, bis wir völlig außer Atem unsere Fahrräder erreichten. Bevor wir losfuhren, sah Mikael sich um. Niemand war zu sehen. Und niemand hinter uns.

»Was, zum Teufel, war das, verdammte Scheiße!«

Lilja – die Wahrheit

Am Nachmittag kam ich in der Hütte an. Ich wollte nicht wieder zu Edith, obwohl unsere letzte Begegnung ausnahmsweise einmal nicht eskaliert war.

Das Sommerhaus lag wie gewohnt verlassen da, aber diesmal empfand ich ein beruhigendes, vertrautes Gefühl des Wiedersehens. Ich hatte die Stille lieben gelernt. Ich setzte mich auf die Terrasse an den Tisch und blätterte das Büchlein erneut durch. Dann stand ich auf und setzte in der Küche Wasser für einen Tee auf. Als ich wieder hinaustrat, war die Seite mit der letzten Zeichnung aufgeschlagen: das Bild des verunglückten Jungen. Der Wind musste die Seiten umgeblättert haben. Die Augen des Jungen schienen mich zu verfolgen. Mit diesem unheimlichen Ausdruck, als würde etwas Böses in ihnen wohnen. Ich wollte mich gerade setzen, als ich ein Geräusch auf dem Wasser hörte. Ein Boot.

Ich stieg die Treppen hinunter und lief zum Ufer. Nicht weit vom Steg entfernt, der ins Wasser hinauslief, sah ich es. Es fuhr in meine Richtung. Derjenige, der das Boot steuerte, wollte zu diesem Grundstück. Zu mir? Ob es die gleiche Person war, wie der nächtliche Besucher?

Instinktiv holte ich die Axt aus der Hütte. Dann bewegte ich mich langsam auf den Steg zu, meine Hand um den hölzernen Griff geklammert. Es war ein Mann, das konnte ich nun erkennen. Er stieg aus dem Boot und machte das Tau an einem der Steghölzer fest. Als er mich sah, richtete er sich auf. Sein zerfledderter Mantel wehte im Wind wie ein alter Vorhang. Es war der Reptilienmann.

Hinter ihm wuchsen grauviolette Wolken über den Horizont heran, die ein Nachtgewitter versprachen. Als ich vor ihm stand, blickte er mich fragend an. Sein missgestaltetes, zerfurchtes Gesicht, die wilden ins Gesicht ragenden Strähnen und der zerschlissene Mantel ließen ihn wie eine grässliche Vogelscheuche aussehen. Aus dieser Nähe roch ich eine Mischung aus Alkohol und alter Kleidung.

»Was wollen Sie von mir?«

Ich versuchte mir meine Angst nicht anmerken zu lassen. Die Axt hielt ich seitlich an meinen Oberschenkel gepresst. Seine weit aufgerissenen Augen huschten von meinem Gesicht zu meinem Bein. Er hob abwehrend die Hand, als müsste er sich vor mir schützen.

»Ist er hier?« Seine Stimme war ein rostiges Kratzen.

Ich schüttelte nur fragend den Kopf. Mein ganzer Körper war angespannt.

»Sie waren nachts auf meiner Terrasse, nicht wahr? Sie wollten in die Hütte hinein!« Ich musste mich anstrengen, ihn nicht anzuschreien.

»Ich habe Licht gesehen. Aber hier lebt niemand. Ich dachte, das sei *er*.«

Als ich nichts sagte, verzog sich sein Gesicht wie vor Schmerz.

»Mein Sohn ...«, flüsterte der alte Mann und sah sich hektisch um. »*Er* hat meinen Sohn. Ich muss die Schmetterlinge finden.«

»*Wer* hat Ihren Sohn?«

Meine Worte verloren sich zwischen uns, und gerade als ich dachte, er hätte mich gar nicht gehört, beugte er sich langsam zu mir herüber.

»Der Teufel. Er ist da draußen, in den Sümpfen. Ich muss die Schmetterlinge finden.«

Alles in mir verkrampfte sich. Die Schmetterlinge. Die Sümpfe. Der Teufel. Alles, worüber mein Vater im Theaterstück schrieb. Im vollständigen Stück.

Ich wusste, dass dieser Mann nicht bei klarem Verstand war. Womöglich war es vollkommen sinnlos, aber mein Instinkt sagte mir, dass ich ihm zuhören musste, um die Wahrheit zu erfahren.

»Warten Sie hier. Ich bin gleich wieder da!«

Ich rannte zum Haus zurück und schnappte mir meine Tasche. Kurz bevor ich die Hütte verließ, tippte ich eine Nachricht ins Handy ein. Für den Fall, dass mir etwas zustoßen sollte, würde meine Schwester eine SMS mit meinem Standort und der Information bekommen, dass ich den Reptilienmann getroffen hätte. Ich hielt das Handy in die Luft, in der Hoffnung auf Empfang. Die Nachricht ging nicht sofort raus, aber ich hatte keine Zeit mehr. Irgendwann würde sie Edith schon erreichen. Zurück beim Reptilienmann angekommen, zeigte ich ihm das Skizzenbuch meines Vaters. Seine Augen huschten über die Skizzen und blieben bei dem letzten Bild hängen. Sie weiteten sich vor Schreck.

»Das ist mein Junge!«, rief er. »Das ist ...«

Dann zeigte ich ihm das Polaroid der drei Jungen, das ich im Logbuch gefunden hatte.

»Kennen Sie diese Jungen? Bitte, ich muss es wissen!«

Er beobachtete das Bild, als sei es ein Gemälde.

»Hat *er* sie auch geholt?«

»Ich weiß es nicht«, entgegnete ich enttäuscht. Ich hatte erwartet, wieder dasselbe Aufleuchten in seinen Augen zu sehen, doch er schaute weiterhin verwirrt zwischen mir und dem Bild hin und her.

»Können Sie mir die Sümpfe zeigen? Den Ort, wo *er* ist?«

Er sah mich misstrauisch an, dann nickte er langsam.

»Ich kann es dir zeigen ...«, sagte er. Dann fasste er sich an die Stirn, als hätte er furchtbare Kopfschmerzen.

Er deutete auf das Boot. Alleine mit dem Mann, der mir meine ganze Kindheit über Angst gemacht hatte, an einen unbekannten Ort zu fahren kam mir mehr als leichtsinnig vor. Andererseits hatte ich das Gefühl, ansonsten nie die Wahrheit über meinen Vater zu erfahren. Und nun, wo ich den Reptilienmann von Nahem sah, erkannte ich nur einen sehr alten, missgestalteten Mann, der sich kaum ohne Schmerzen bewegen zu können schien. Ich hoffte trotzdem, meine Nachricht würde Edith eher früher als später erreichen.

Mit einem lauten Brummen startete er den Motor, und er lenkte das Boot langsam weg vom Steg. Der Bug schaukelte immer heftiger mit den Wellen, und ich klammerte mich an der Reling fest, auf der Suche nach irgendeinem Halt. Der Wind war hier draußen viel stärker und schlug mir ins Gesicht. Als ich mich zur Hütte umdrehte, war mir, als hätte ich die Scheinwerfer eines heranfahrenden Wagens gesehen, doch im nächsten Augenblick waren wir schon hinter einem Felsen abgebogen.

Der Gestank des alten Mannes fraß sich durch den Wind zu mir hindurch, sodass mir leicht übel wurde. Das Geschaukel auf den immer höher werdenden Wellen machte es nicht besser, und ich konzentrierte mich auf den Horizont.

»Wie weit ist es noch?« Ich schrie gegen den Wind an. Als er sich zu mir umdrehte, traf mich der Anblick wie ein Schlag. Als hätte ich das alles schon einmal erlebt. Wie mich Wasserspritzer im Gesicht trafen, während das Boot mich hin und her schaukelte. Wie ich auf die Insel gebracht wurde, auf der ich das gemalte Haus entdeckt hatte.

Der alte Mann steuerte das Boot entlang der Küste, vorbei an den Felswänden, die zu seinem Grundstück führten. Kurz befürchtete ich, er würde mich zu seinem Haus fahren, aber als wir die Bucht erreichten, die uns zu seinem Ufer bringen würde, steuerte er uns weiter am Wasser entlang. Er schien die Insel umrunden zu wollen.

»Ist es noch weit?«, rief ich ihm zu, doch meine Stimme ging im Brummen des Motors und dem anhaltenden Wind unter.

Eine ganze Weile schipperten wir an der Küste entlang, und gerade als ich protestieren wollte, bog er in Richtung des Inselinneren ein. Die Landschaft hatte sich verändert. Wir fuhren durch unwegsame Schilfinseln, bis zum Beginn eines angrenzenden Waldes. Ich kannte das Gebiet kaum, wusste aber, dass es das Sumpfgebiet im Nordwesten war, in das sich schon zu meiner Kinderzeit kaum mehr jemand hineintraute. Mich überkam immer mehr das Gefühl, einen Fehler begangen zu haben. Ich blickte unauffällig auf mein Handy, doch auf dem Display erschien keine neue Nachricht. Ein Blick auf die fehlenden Empfangsbalken genügte, um zu wissen, dass hier längst kein Netz mehr existierte.

Gekonnter, als ich es ihm zugetraut hätte, umschiffte der Reptilienmann alle aus dem Wasser ragenden Gesteinsbrocken und Baumgruppen, bis das Wasser immer trüber wurde. Nach und nach wurden die Wassergassen fast unpassierbar.

»Ab hier müssen wir zu Fuß weiter.« Seine Stimme riss mich aus meinen Beobachtungen. Würde ich den Weg zurückfinden? Wohl kaum, vor allem nicht ohne Boot. Ich war völlig auf ihn angewiesen.

Er sah nicht auf, während er das Tau an einem dürren Baum festknotete. Beim Hinknien verzerrte er schmerzerfüllt sein Gesicht, als würde ihm jeder Knochen im Leib wehtun.

Nach kurzem Zögern stieg ich aus. Es war zu spät, um einen Rückzieher zu machen. Unauffällig hob ich einen flachen Stein vom Ufer auf und steckte ihn mir in die hintere Tasche meiner Jeans. Besser als gar nichts.

Der Reptilienmann ging voran, tiefer in die Wälder und das moorige Gebiet. Wir wichen Sumpflöchern aus, die wie Tretminen unter uns verteilt waren und nur darauf warteten, uns in den Abgrund zu ziehen, und stiegen über Schlammstraßen, die sich um krüppelige Bäume zogen.

Mit jedem Schritt legte sich ein beklemmendes Gefühl über meine Haut wie ein klebriges Spinnennetz. Ich hatte einen furchtbaren Fehler gemacht. Niemand würde uns hier finden.

Daniel – Geheimnisse

»Wer zum Teufel war das?«, fragte ich atemlos, als wir wieder auf dem Grundstück ankamen.

»Ich hab keine Ahnung.« Mikaels Stimme klang matt. Als hätte er ebenfalls Angst.

»Was machen wir, wenn er es findet?«

»Vielleicht hat er auch nichts mitbekommen. Wir sind nur Jungs, die nachts im Moor rumgelungert sind. Mehr nicht. Wir wissen ja nicht einmal, wer das war. Vielleicht waren es ja auch nur irgendwelche gelangweilten Kinder.«

»Wie kannst du bloß so cool bleiben, nach allem ...« Erschöpft setzte ich mich neben mein Fahrrad ins Gras. Ich schüttelte den Kopf und vergrub mein Gesicht in den Händen.

Alles war falsch. Wie eine Spirale, die mich immer tiefer in ein Loch zog. Mir war schlecht.

»Sag Pejo erst mal nichts. Vielleicht ist es besser, wenn wir eine Weile so tun, als wäre einfach alles ...«

»... wie früher?«, beendete ich den Satz. Mikael nickte stumm. Wir hatten den Koffer verschwinden lassen. Die Frage war, ob wir unsere Erinnerungen auch so tief vergraben konnten. Erschöpft schlichen wir ins Bett. Ich hörte eine Weile Pejos Geschnarche zu, bis ich selbst in einen unruhigen Schlaf versank, in dem der Teufel schon auf mich wartete.

Als ich am nächsten Tag erwachte, war Mikaels Bett leer. Pejos Gesicht war tief ins Kissen vergraben, und seine Haare standen ihm wild vom Kopf ab. Ich stieg aus dem Bett und ging nach draußen. Auf dem Weg zum Klohäuschen sah ich Mikael gerade aus der Hütte unseres Vaters herauskommen. Sein Gesicht sprach Bände. Sie hatten wieder gestritten. Ich wollte gerade zu ihm gehen, als mein Vater hinter ihm aus der Tür schritt und ihn energisch am Arm packte. Mit einem Ruck zog er Mikael wieder zu sich und zischte ihm irgendetwas zu, das ich nicht hören konnte. Mein Bruder schlug seine Hand weg, ging zu seinem Fahrrad und trat voller Wut in die Pedale Richtung Einfahrt, bis er nicht mehr zu sehen war. Ich versteckte mich hinter einem Baum.

»Hey, was war denn schon wieder bei denen los?«

Pejo kam aus der Hütte und rieb sich verschlafen die Augen.

»Ach nichts ...«, erwiderte ich leise. Es würde nicht lange dauern, bis er weg wäre. Ich konnte förmlich spüren, dass er im Kopf schon seine Sachen packte.

»Habt ihr was zu futtern? Ich verhungere ...«

»Lass uns in die Stadt fahren. Ich will da nicht reingehen«, sagte ich und deutete auf das Küchenfenster der Hütte, durch das man meinen Vater mit der ersten Bierdose des Tages sah. Pejo nickte mit verkniffenem Mund. Er kannte die Stimmung schon gut genug. Dann grinste er mich an und holte ein paar Münzen aus seiner Hosentasche.

»Komm, ich geb uns ein paar Zimtschnecken aus.«

Ich lächelte, dankbar dafür, dass Pejo wieder ein wenig er selbst war.

Also radelten wir in die Stadt und schlugen uns in der Backstube die Bäuche voll. Wir redeten wieder über alltägliche Dinge und was wir noch unternehmen wollten, bis die Ferien vorbei waren. Wir saßen noch immer auf der Terrasse, als Pejos Blick am Ende der Strandpromenade hängen blieb. Der Rest seiner dritten Zimtschnecke fiel ihm aus der Hand. »Das gibt's doch nicht ...«

Ich drehte mich um, und mein Magen wollte sich sofort aller Zimtschnecken auf einmal entledigen. Sofort kam mir das einsame Taschenlampenlicht im Moor in den Kopf. War er es etwa gewesen? Hatte er uns gesucht?

»Wie kann er denn so schnell wieder aus dem Krankenhaus raus sein?« Ich konnte es einfach nicht glauben. Da lief er herum, unser ehemaliger Rektor, und wankte verdächtig hin und her, als hätte er sich schon in der Früh eine ordentliche Portion Alkohol genehmigt. Dann verschwand er zwischen den Booten und aus unserem Sichtfeld.

»Wohin geht er?«

»Keine Ahnung. Sehen wir mal nach.« Wir bezahlten unser Frühstück und rannten zu unseren Fahrrädern. Als wir am U-förmigen Steg des Hafens ankamen, war er bereits verschwunden.

»Geh du da lang, und ich schaue mich in der anderen Richtung um.« Wir teilten uns auf. Während Pejo hinter dem Hafen nachschaute, lief ich über den Steg und warf einen Blick auf die vertäuten Boote. Irgendwo musste er ja stecken. Ich lief an verschiedenen Jachten und Fischerbooten vorbei. Die Arbeiter auf einem Boot warfen mir skeptische Blicke zu. Ich wollte gerade kehrtmachen, als ich vor

Schreck aufschrie. Wolowski senior stand direkt vor mir und schaute mich an. Sein Gesicht war eine einzige Wunde. Die eine Hälfte war geschwollen, und um sein linkes Auge zogen sich dicke Nähte die Wange hinunter. Er sah aus wie eine geflickte Horrorpuppe.

»Warte, Junge.« Das Bewegen seiner Lippen bereitete ihm sichtlich Schmerzen. Er hielt die Hand hoch, als würde er nach mir greifen wollen. Ich wich zurück.

»Ich suche etwas. Mein Boot. Ich ...« Er sah mich verwirrt an. »Ich habe vergessen, wo ich es abgestellt hab.«

Ich musste an das Boot denken, das wir ins offene Meer gelenkt hatten und das wahrscheinlich längst auf eine Insel aufgelaufen oder an einem Felsen zerschellt war. Er konnte sich noch immer nicht an mich erinnern. Diese Tatsache durchflutete meine Brust wie eine Woge der Erleichterung. Dafür konnte er sich offensichtlich schon wieder deutlich besser artikulieren. Was, wenn seine Erinnerung sich ebenso gut erholte?

»Ich habe Ihr Boot nicht gesehen, Herr Wolowski.«

Er sah mich traurig an, dann nickte er.

»Wenn du einen Falter siehst, nimm dich in Acht, Junge.« Er sah mich mit großen Augen an. »Der Teufel ist auf dieser Insel. Er lauert in den Sümpfen.« Es war, als hätte er einen Gedankensprung gemacht, wie eine zerbrochene Schallplatte. Er sah sich hektisch um und blickte mich dann vielsagend an. »Nimm dich in Acht!«

»Hey Jari.« Einer der Hafenarbeiter war von seinem Boot heruntergekommen und legte Wolowski eine Hand auf die Schulter. »Wie geht es dir heute? Komm, lass den Jungen doch. Sein Freund wartet sicher schon auf ihn.« Er deutete hinter mich, und als ich mich umdrehte, sah ich Pejo zögerlich am Rande des Steges in sicherer Entfernung stehen.

»Ich wollte nur wissen, ob er mein Boot gesehen hat. Ich muss meinen Sohn suchen.«

Der Rektor blickte den Mann an wie ein verwirrtes Kind.

»Du weißt doch, dass dein Boot noch bei der Reparatur ist. Es dauert noch, bis es fertig ist.« Mit sanftem Druck zog er ihn mit sich vom Steg, während ich wie mit dem Boden verwachsen dastand, unfähig, mich zu rühren. Als sich beide entfernt hatten, traute sich Pejo zu mir herüber.

»Was hat er gesagt?«, platzte es gleich aus ihm raus, sobald er mich erreicht hatte.

»Nichts. Er sucht sein Boot ... und seinen Sohn.«

»Sein Boot?« Pejo schien verwirrt. Dann sah er mich an. »Ich habe nachgelesen, dass Menschen nach Hirnschäden wirklich an Gedächtnisverlust leiden können. Das scheint echt möglich zu sein – auch für immer. Und nach dem, was ihm passiert ist ... und er wusste echt nicht mehr, wer du bist?«

»Ich glaube nicht, dass er mich erkannt hat. Er schien einfach ... verwirrt.«

»Das ist gut. Das ist es doch, oder? Ich meine ...«

Konnte es so einfach sein? In mir regten sich Zweifel, aber er hatte mich tatsächlich nicht erkannt. Ich war ein fremder Junge für ihn.

Lilja – das Moor

Nachdem wir gefühlt stundenlang durch das Moor gewatet waren, blieb der Reptilienmann unvermittelt stehen. Ich sah an ihm vorbei und erkannte die Überreste eines Hauses. Die Grundmauern waren fast vollständig zerfallen und vom Moos verschlungen.

»Was ist das?«, fragte ich und spürte, wie das Blut in meinen Adern pulsierte. Meine Augen durchsuchten die Gegend fiebrig nach Anhaltspunkten, bis mein Blick an etwas hängen blieb, das mich den Atem anhalten ließ.

... tief in einem Wasserloch, umgeben von den verlassenen Überresten der Menschen, lag das Geheimnis des Teufels versteckt...

»Er nannte es ... Wasserloch«, flüsterte ich und deutete auf den steinernen Brunnen neben der Ruine. Das verlassene Haus. Die Überreste der Menschen. Davon musste die herausgestrichene Szene in dem Theaterstück handeln.

»Ist dort der Schmetterling?«, fragte der Reptilienmann.

»Dort ist die Seele des Dämons«, antwortete ich. So stand es im Manuskript meines Vaters. Hatte er deshalb diese eine Szene gestrichen? Weil sie vielleicht jemanden hierhergeführt hätte, wie sie nun mich hergeführt hatte? Waren es Brotkrumen, die er in seinem Manuskript gestreut hatte? Es gab nur einen Weg, es rauszubekommen.

Als ich vor den Brunnen trat, versperrte ein Steindeckel die Öffnung.

»Können Sie mir damit helfen?« Ich deutete auf die Steinplatte, aber der Reptilienmann blickte sich nur panisch in der Gegend um.

»Er ist irgendwo hier. Mein Sohn muss hier irgendwo sein«, krächzte er immer wieder. Als ich ihn betrachtete, wurde mir endgültig klar, dass ich nicht auf die Hilfe dieses alten, verwirrten Mannes zählen konnte. Also drückte ich mich mit aller Kraft gegen den Stein, bis er schließlich mit einen Ruck nachgab. Die Platte kratzte über die Oberfläche des Brunnens und gab einen widerlichen Gestank nach fauligem Gewässer frei.

»Glaubst du, er ist da unten?«

Die Steinplatte hatte ich so weit zurückgeschoben, dass die Öffnung wie ein Sichelmond frei lag. Aus meiner Tasche holte ich eine Taschenlampe und leuchtete in die Tiefe. Etwa einen Meter unter uns befand sich eine zähe, grün schimmernde Masse. An den einzelnen Steinen kroch schleimiger Moder hoch. Sonst nichts. Panik stieg in mir auf. Was, wenn etwas am Grund des Brunnens lag? Der Gedanke bereitete mir Übelkeit. Ich konnte nicht da runter. Wie auch? Es gab keine Leiter, kein Seil ...

Ich blickte zurück und sah mich in der Gegend um. Dann lief ich zur Hausruine herüber und fand nach kurzer Zeit einen gebrochenen Holzbalken von etwa anderthalb Metern Länge. Das sollte reichen. Ich ging zurück und ließ den Stock in den Schlamm hineingleiten in der Hoffnung, etwas ertasten zu können. Das Holz ließ sich schwer darin bewegen. Zähe Brühe. Sonst nichts. Gerade als ich den Stock herausziehen wollte, blieb er an etwas hängen. Das Herz pochte mir in den Ohren. Von der Wand löste sich eine Schnur, grün verschleimt und vom Moos getarnt.

»Da ist etwas!«, schrie ich, während ich versuchte, die Schnur hochzuziehen. Sie war am oberen Rand des Brunnens an einer metallenen Öse festgebunden worden.

»Ist da mein Junge? Hast du ihn gefunden?«, hörte ich den Reptilienmann aufgeregt hinter mir.

»Da unten steckt irgendwas ...« Ich zog an der Schnur, aber sie war so dünn, dass sie in meine Handfläche schnitt. Ich zog so fest ich nur konnte, aber irgendetwas hielt es zurück, wie ein Wal, der einen Köder nicht ausspucken will. Ich beugte mich immer tiefer in den Brunnen hinein, widerstand dem Drang, würgen zu müssen, bis ich mich erschöpft wieder zurückfallen ließ. Jemand hatte etwas dort hinuntergeseilt, um es zu verstecken, aber auch wieder hochholen zu können. Wachsende Verzweiflung keimte in mir auf, während ich fieberhaft überlegte, wie ich den Gegenstand nur nach oben bringen konnte.

Ich zog mein T-Shirt unter meinem Pulli aus, zerriss es und wickelte zwei Fetzen um meine Handflächen. So rutschte das Seil nicht durch und schnitt weniger in meine Haut. Ich beugte mich immer tiefer über den Steinrand, während ich an dem Seil zerrte. Ich versuchte, es nach rechts und links zu schwenken, damit es sich eventuell vom dem löste, woran es festhing, aber es blieb fest verankert, als würde es jemand mit Gewalt da unten festhalten. Der Schlamm war dunkel und trüb, sodass man unmöglich etwas erkennen konnte. Als ich fast aufgeben wollte, gab die Schnur ein wenig nach. Ich schrie vor Überraschung auf. Es funktionierte! Ich zerrte weiter daran, und nach und nach teilte sich der Morast unter mir, bis die Spitze eines Gegenstands zum Vorschein kam. Vom Schlamm bedeckt, konnte ich nicht erkennen, was es war, aber das Seil endete genau dort in einem Knoten. Ich hatte es fast geschafft, als es erneut stecken blieb.

»Ich hab es gleich«, rief ich atemlos zum Reptilienmann und holte mir erneut den Stock, um den Widerstand freizustoßen, aber der Gegenstand steckte wie festgeklebt im Schlamm. Etwas hing vielleicht daran fest. Ich beugte mich tiefer in den Brunnenschacht hinein, bis der Steinrand mir in die Hüfte schnitt. Meine Hand war nur wenige Zentimeter von der Wasseroberfläche entfernt. Mein Zeigefinger berührte fast den Gegenstand, und ich zog erneut an dem Seil. Ich spürte eine winzige Bewegung, doch dieser letzte Ruck ließ mich mein Gleichgewicht verlieren. Bevor ich reagieren konnte, schlug ich in der kalten Masse auf.

Eiskalte Stiche durchfuhren meinen ganzen Körper, und während ich unter der Oberfläche versank, spürte ich, wie etwas Sehniges mein Gesicht streifte. Ich ruderte wie wild herum und schnappte nach Luft, als ich mich nach oben gekämpft hatte. Sofort floss Schlamm in meinen Mund, und ich würgte ihn voller Panik hervor. Mein ganzes Gesicht war bedeckt davon und ließ meine Sicht schlierig werden. Die Masse nahm mich gierig auf, und ich fühlte mich sofort wie von toten Armen im eiskalten Griff umklammert.

Mit den Füßen konnte ich keinen Boden spüren, als ich um mich trat. Jede Bewegung war schwer, als hätte ich Gewichte an den Füßen. Als würde mich etwas festhalten. Ich versuchte, mich an die steinerne Wand neben mir zu klammern, versuchte mich mit meinen Fingernägeln zwischen den Steinen festzuhalten, rutschte aber immer an den glatten modrigen Flächen ab. Der Stock, den ich von der Ruine geholt hatte, versank im Schlamm, wenn ich mich daraufstützen wollte, ohne auf einen Grund zu stoßen. Verzweifelt sah ich nach oben und erkannte das angstvolle Gesicht des Reptilienmanns.

»Bitte, Sie müssen mir helfen!«, keuchte ich, während ich versuchte, an der Oberfläche zu bleiben. Ich streckte meine Hand, so hoch es ging, aber es fehlte eindeutig zu viel, um an den oberen Rand des Brunnens zu gelangen.

»Jetzt hat er dich auch geholt.« Er blickte sich panisch um, und ich sah die Hilflosigkeit in seinem Gesicht. Der alte, gebrechliche Mann konnte mich unmöglich hochziehen.

»In meiner Tasche ...«, keuchte ich vor Kälte, »ist ein Handy. Holen Sie Hilfe!«

Ich wusste nicht, wie lange ich noch durchhalten würde, aber mir fiel nichts anderes ein. Ohne Hilfe würde ich es nicht hier heraus schaffen.

Daniel – Zerbrochen

Als Mikael an diesem Tag nach dem Streit mit unserem Vater endlich am Sommerhaus auftauchte, stank er nach Alkohol, als hätte er sich damit übergossen. Sein Blick war fahl, und das Grinsen, das er bei unserem Anblick aufsetzte, weckte eine glühende Wut in mir.

»Hey, ihr zwei. Schläft der alte Drecksack schon?«, murmelte er und setzte sich ungeschickt uns gegenüber auf den Boden. Pejo und ich hatten gerade ein Lagerfeuer entzündet und wärmten uns an den Flammen, während Pejo die letzten Teigreste um einen Stock wickelte und ein paar Folienkartoffeln ins Feuer legte. Meine Hoffnung, er würde uns endlich mit dem Sextanten helfen, zerschlug sich in diesem Moment, als ich sah, wie viel Mühe es ihn kostete, überhaupt aufrecht zu sitzen. In seinem Zustand würden wir keinen klaren Gedanken aus ihm herauskriegen.

»Du Idiot! Wieso betrinkst du dich jetzt neuerdings auch noch? Haben wir nicht genug davon?«, zischte ich ihm zu und deutete auf die Hütte, in der unser besoffener Vater schnarchte.

»Vergleichst du mich etwa mit diesem …«, lallte er. Ich schüttelte den Kopf und hatte Mühe, Tränen der Wut und vor allem der Enttäuschung zurückzuhalten.

»Hey, Leute«, mischte sich Pejo ein. »Ich will jetzt wissen, wie es weitergeht.«

»Wie was weitergeht? Hör mal, ich hab auch was anderes zu tun, als ständig hier rumzuhängen. In ein paar Jahren werdet ihr das auch verstehen.« Er zwinkerte uns zu wie ein Trottel. Ein glücklicher Trottel, der keine größeren Sorgen hatte, als das nächste Mädchen zu beeindrucken. Als wäre das wichtig, während hier alles zerbrach. Nach allem, was wir erlebt hatten.

»Wir müssen uns endlich entscheiden, was wir mit dem Ding in meinem Rucksack und dem Koffer machen. Wo wir es verstecken«, begann Pejo erneut. Bevor ich etwas sagen konnte, hob Mikael beschwichtigend die Hand.

»Das haben wir schon geklärt. Pejo, es ist besser, wenn ich das übernehme. Du hast einfach nicht die Nerven dafür.«

Pejo sagte einen Moment nichts, dann wandte er sich mir zu.

»Was meint er damit?«

Ich suchte nach einer Ausrede, als Mikael mir das Wort abschnitt.

»Pejo, gib mir den Sextanten. Ich lasse ihn verschwinden, und wir sind alle Sorgen los. Dann sind alle Beweise weg, und wir können endlich weiterleben.« Nach einem kurzen Moment warf Pejo mir einen fassungslosen Blick zu.

»Ihr habt es ohne mich getan? Den Koffer versteckt?«

Seine Stimme überschlug sich fast, und ich konnte nur schwer dem Drang widerstehen, ihm die Hand auf den Mund legen.

»Nein, wir wollten es dir zusammen sagen. Deshalb wollte ich auf Mikael warten!«, entgegnete ich. Schnell wurde mir klar, dass er mir das nicht abkaufte. Sein Gesicht wurde rot vor Zorn.

»Du hast mich verarscht. Ihr beide habt mich verarscht. Hintergangen! Und du«, er war aufgestanden und zeigte mit erhobenem Finger auf mich, »du hattest den ganzen Tag nicht den Mumm, mir das ohne deinen großen Bruder zu sagen?«

»Es ist nur besser für dich, wenn du so wenig wie möglich weißt. Du bist quasi aus dem Schneider. Was willst du mehr?«, unterbrach Mikael ihn in gelangweiltem Ton.

»Was ich mehr will? Ich will nicht, dass ihr Pläne hinter meinem Rücken macht! Ich dachte, wir hätten uns etwas geschworen, und jetzt schließt ihr mich aus?«

Ich versuchte vergeblich, ihn zu beschwichtigen.

»Nein, Pejo. So ist es nicht. Niemand will irgendwen ausschließen. Wir dachten nur ...«

»... dass ihr mich so am besten loswerdet, oder? Ganz großartige Idee. Ich dachte, wir wären Freunde.«

Ich wollte widersprechen, aber er hatte mit allem recht. Wir hatten ihn hintergangen, weil wir ihm nicht trauten.

»Erzählen wir es ihm doch einfach. Das ist nur fair«, wandte ich mich an Mikael, doch der schüttelte nur den Kopf. »Nein. Pejo, tut mir leid, dir das sagen zu müssen, aber du hast einfach nicht den Mumm dazu.«

Pejo war aufgesprungen. Er zitterte vor Wut.

»Du hast keine Ahnung, wie ich bin. Du arroganter ...«

Auch Mikael erhob sich. Er provozierte Pejo mit voller Absicht, und an seinem Blick erkannte ich, dass ich ihm in einer Sache unrecht getan hatte: Ihm war nicht alles egal, er hatte die gleiche Scheißangst wie ich und trug die gleiche verzweifelte Wut in sich. Und auch er wusste nicht, wohin damit. Also schrie er Pejo an.

»Ich ... was, du Fettsack? Sag es doch ...«

Ich wollte gerade dazwischengehen, als Mikael mich zurückschubste. Ich fiel nach hinten. Dann stieß er Pejo hart gegen die Brust.

»Komm schon, Kleiner. Beweis einmal, dass *du* Eier hast.« Mittlerweile war Pejos Gesicht wutverzerrt, und Tränen des Zorns rannen ihm die Wangen hinunter. Die Szene erinnerte mich erschreckenderweise an die Begegnung mit Tom hinter der Bibliothek. Nur, dass mein Bruder jetzt Toms Rolle eingenommen hatte.

»Mik! Ich sollte dir doch versprechen einzugreifen, wenn du etwas Blödes tun willst.« Ich schrie ihn an und hoffte, es würde zu ihm durchdringen. Doch Mikael sah mich nur feixend an, als würde er sicherlich nicht einfach klein beigeben, nur weil sein Bruder ihn darum bat.

»Du arrogantes Arschloch«, zischte Pejo. Er griff nicht an, blieb auf Abstand. »Ich hasse dich. Ich wünschte ...«

»Hey, was wird das hier?«

Die Stimme unseres Vaters donnerte von der Terrasse zu uns hinauf. Er hatte unseren Streit mitbekommen. Keiner von uns antwortete. Pejo drehte sich weg. Dann lief er in unsere Hütte und schmiss die Tür zu.

»Könnt ihr euch nicht zusammenreißen? Ihr führt euch auf wie kleine Mädchen. Geht verdammt noch mal ins Bett«, schimpfte mein Vater in genervtem Tonfall. Seine Stimme war vom Alkohol getränkt. Mikael stieß einen lauten Lacher aus. »Sagt ja der Richtige.«

Ich hätte aufheulen können vor Angst, dass nun der nächste Streit eskalieren würde, aber mein Vater schüttelte nur den Kopf und stapfte davon. Sobald er wieder in seiner Hütte verschwunden war, zeigte Mikael wütend mit dem Finger auf mich. »Siehst du. Der kleine Fettsack ist ein Waschlappen, wie ich schon immer gesagt habe!«

»Trotzdem war es falsch, ihm nichts zu sagen.«

Mikael setzte sich wieder ans Feuer. Eine Weile schwiegen wir, dann sagte er: »Ich werde das verdammte Ding in den Sumpf schmeißen, und dann will ich nichts mehr davon hören.«

Ich schüttelte nur den Kopf. »Ich wünschte, das alles wäre niemals passiert. Hätten wir bloß nicht ...«

Mikael unterbrach mich in scharfem Ton. »... bloß nicht den Mörder dieser ganzen Kinder und seine Teufelsbrut erledigt? Wir haben hier allen einen Gefallen getan!«

»Einen Gefallen, für den man uns ins Gefängnis stecken wird.« Nun versagte mir die Stimme, und ich drehte mich weg, damit er meine Tränen nicht sehen konnte.

Nach einer kurzen Pause spürte ich eine Hand auf meiner Schulter. »Es wird alles gut werden, wenn wir jetzt ruhig bleiben. In ein paar Jahren sieht alles anders für dich aus. Die Karten werden neu gemischt.«

Ich nickte nur und ging zur Hütte zurück, wo Pejo sich bestimmt beleidigt schlafend stellen würde.

»Hey«, hielt Mikael mich zurück. »Du wirst es ihm doch nicht erzählen, oder?«

Ich blieb kurz stehen, überlegte, ob es eine neue Diskussion wert war, und ging schließlich wortlos davon.

Lilja – Versunken

Ich sank immer tiefer und schnappte nach Luft. Die Kälte fraß sich in meinen Körper, und jede Bewegung wurde von Minute zu Minute schwerer. Überall auf der Haut spürte ich Äste und Wurzeln, die mich berührten. Ich sah in den Himmel hinauf, der mittlerweile so trüb wie die Masse war, in der ich steckte. Vereinzelte Regentropfen trafen auf die Oberfläche um mich herum.

»Hey!«, schrie ich nach oben, aber mit jeder Bewegung sank ich immer weiter. Der Schlamm legte sich schwer auf meine Schultern. Ich schrie nach Hilfe, bis ich Schlamm hustete. Aber der Reptilienmann antwortete nicht.

Mein halbes Gesicht sank immer wieder unter die Oberfläche, sodass ich nur gurgelnd nach Hilfe schreien konnte. Verzweifelt klammerte ich mich an den Seitenwänden fest, rutschte jedoch nach wenigen Sekunden ab. Ich konnte spüren, wie meine Kraft langsam schwand. Die Ohren voll Schlamm, war das Rauschen meines Blutes und mein verzweifelt klopfendes Herz das Einzige, was ich hörte. Ich versuchte mich so wenig wie möglich zu bewegen, denn mit jeder Bewegung schien ich nur mehr Schlamm auf mich zu schaufeln. Ich würde in diesem Brunnen versinken! Mich würde niemals jemand finden, wenn ...

In diesem Moment war mir, als würde ich meinen Namen hören. *So ist es, wenn man stirbt, Lilja ...*

»Hilfe«, keuchte ich, aber musste gleich husten, weil eine Ladung Schlamm in meinen Mund gelangte. Dann hörte ich es erneut. Jemand rief meinen Namen!

»Nimm meine Hand«, schrie jemand nun lauter. Durch die Schlieren auf meinen Augen erkannte ich nicht, wer es war, sondern streckte nur blind meine Hand nach oben. Ich griff ins Leere, und ein heulender Laut kam aus meinem Mund, als eine Hand die meine fest umklammerte. Dann umgriff sie meinen Oberarm. Ich wurde nach oben gezogen wie ein nasser Sack.

Plötzlich erinnerte ich mich an den Grund, warum ich hier unten war. Der Gegenstand! Ich fuchtelte blindlings mit der anderen Hand hinter mich, dort, wo ich die Schnur vermutete, und bekam etwas Festes zu fassen. Dann spürte ich den kalten Stein, an dem ich hochgezogen wurde, und Arme, die fest nach mir griffen. Im nächsten Moment landete ich auf dem Boden und würgte Schlamm hervor.

Jemand wischte den Dreck aus meinem Gesicht und schüttelte mich. Als ich die Augen öffnete, sah ich schemenhaft eine Person durch die grauen Schlieren und rieb mir die Augen. Dann sah ich erneut hin. Es war Johann, der mich verzweifelt ansah. In seinen Augen lag Angst.

»Lilja! Bist du o.k.?«

»Ja«, hustete ich und würgte Schlamm hervor. Es brauchte eine Weile, bis ich zu mehr in der Lage war.

»Danke ...«, kam es irgendwann kratzig aus meiner Kehle. »Wie ... hast du uns gefunden?«

»Deine Schwester ... ich habe sie angerufen, als ich euch mit dem Boot davonfahren sah. Sie hat gesagt, du seist mit ihm hierher unterwegs. Was zum Teufel machst du hier bloß? Und wieso mit ihm?« Er deutete auf den Reptilienmann hinter uns. Jetzt erst erkannte ich, warum er nicht reagiert hatte. Er hatte meine Tasche durchsucht, wie ich es ihm gesagt hatte, doch er hatte darin etwas anderes gefunden als mein Handy. Mit gebanntem Blick kniete er auf dem Boden, die Hände um den Schmetterling im Glaskästchen geschlungen. Gedankenverloren streichelte er das Glas.

»Du hättest nicht mit ihm gehen dürfen«, sagte Johann und deutete zur Seite. »Er ist gefährlich.«

»Kennst du ihn etwa?«

Johann reagierte nicht auf meine Frage, sondern fixierte den Alten immer noch mit eisigem Blick.

»Du solltest dich von ihm fernhalten. Das ist kein harmloser Irrer.«

Ich schüttelte nur den Kopf. Meine Haare hingen mir in Schmutzklumpen ins Gesicht. Als ich an mir heruntersah, war da immer noch der Gegenstand, an den ich mich geklammert hatte. Ich hielt den Bund eines Plastiksacks, den ich aus dem Schlamm des Brunnenschachts gezogen hatte, noch immer so fest, dass ich jetzt erst die Schmerzen in meinen Fingern wahrnahm. Um den Bund war noch immer das Seil gewickelt, an dem es befestigt gewesen war. Es war eine Angelschnur aus Nylon. Ohne weiter nachzudenken, riss ich das Plastik mit den Händen an einer Stelle auseinander und betrachtete sprachlos den Inhalt.

Der Koffer sah exakt so aus wie der im Theaterstück, nur schmutzverkrustet. Ich strich den Schlamm weg, und unter dem Dreck schimmerte braunes weiches Leder hervor. Der Plastiksack konnte den Schlamm nicht vollständig zurückhalten, und trotzdem war es, als hätte das Moor alles konserviert.

»Der Reptilienmann hat mich hierhin geführt. Er sagte, der Teufel lebt hier in den Sümpfen. Und mein Vater hat das auch geschrieben ... Mein Gott, es war nur so eine Idee, aber es war tatsächlich so ...«

»Er hat dich hergeführt, weil er sich in seinem Überbleibsel von Hirn daran erinnert, dass er hier immer mit seinem Sohn zum Schießen gegangen ist. Die beiden waren ständig hier im Sumpf. Das ist der einzige Grund, warum er dich hergeführt hat. Warum er ständig hier herumstreift.«

Ich schüttelte ungläubig den Kopf. »Mein Vater hat in diesem Theaterstück geheime Wegweiser hinterlassen. Wir hätten ihnen nur folgen müssen.«

Meine Hände zitterten, als ich sie über das Leder gleiten ließ. Johann gab mir seine Jacke, und erst jetzt merkte ich, wie sehr ich fror.

»Hey«, rief ich dem Reptilienmann zu, ohne dass der Notiz von mir nahm. Er fixierte noch immer den Schmetterling und drehte das Glas vor seinen Augen hin und her.

»Mein Sohn«, flüsterte er immer wieder. Es war, als sei er in einer anderen Welt.

»Lass uns von hier verschwinden«, sagte Johann mit Nachdruck und reichte mir seine Hand. Ich wollte schon danach greifen, doch meine Finger umklammerten immer noch den Griff des Koffers. Ich sah zu ihm auf. In seinen Augen lag etwas Kaltes, das nicht zu seinen Worten passte.

»Zuerst muss ich wissen, was da drin ist.«

Ich zerrte an den Laschen herum, die vom Dreck verkrustet waren, doch meine Finger waren völlig taub von der Kälte und gehorchten mir nicht. Dann spürte ich, wie Johann seine Hände fest auf meine Finger legte, sein Gesichtsausdruck wurde hart.

»Lass es. Schau nicht hinein.« Seine Augen fixierten mich, und die Worte klangen wie ein Befehl. Wie eine Drohung.

»Du weißt, was drin ist, oder? Du hast den Koffer hier mit meinem Vater versteckt.«

Seine Hände drückten immer fester zu, als würde er mir den Koffer entreißen wollen. Ich versuchte ihn zurückzuziehen, aber Johann war einfach zu stark. Eine Weile sagten wir nichts, hielten beide nur den Gegenstand umklammert, als würde es um unser Leben gehen.

»Nein. Ich wusste nicht, dass der Koffer hier war. Niemals hätte ich gedacht, dass er die ganze Zeit hier lag«, flüsterte Johann. In seinem Blick lag mehr als nur Besorgnis. Johann starrte ihn voller Wut an.

»Dieser verdammte Koffer war das Ende von allem! Hättest du es nicht ruhen lassen können?«

»Nein. Mein Vater hat es verdient, dass jemand die Wahrheit herausfindet.«

Der Reptilienmann hinter uns gab ein krächzendes Geräusch von sich. Johann drehte sich um. Ich ergriff die Gelegenheit und riss ihm den Koffer ruckartig weg.

»Tu es nicht. Du würdest es nicht verstehen!« Johanns Augen waren weit aufgerissen, doch er machte keine Anstalten mehr, ihn mir noch einmal wegzunehmen. Als hätte irgendwas in ihm aufgegeben. Mit zitternden Händen befreite ich die Schnallen des Koffers vom Dreck und öffnete sie. Der Schlamm hatte seinen Weg auch dort hineingefunden, doch das meiste war gut erhalten. Ich brauchte eine Weile, um zu begreifen, was ich da sah.

Eine Waffe. Ein Jutesäckchen. Eine silberne Blechschachtel. Als ich sie öffnete, lag ein unordentlicher Stapel Polaroids darin. Viele davon unkenntlich, auf anderen wiederum war etwas zu sehen, das mich zusammensacken ließ: Kinder. Nackt. Weinend.

Als Nächstes öffnete ich das schmutzverkrustete Jutesäckchen, das mit einer Schnur zugebunden war, und breitete den Inhalt vor mir aus. Als ich erkannte, dass es menschliche Zähne waren, musste ich würgen.

»Ist das alles ... von den Kindern? Hast du etwas damit zu tun? Hat mein Vater etwa damit was zu tun?«, schrie ich Johann an. Er warf mir einen entsetzen Blick zu.

»Nein! Wir haben es nur versteckt!«

Ich brauchte einen Moment, um meine Gedanken zu sortieren. »All die verschwundenen Kinder ... der Koffer ... wem gehört er?«

Er blickte zum Reptilienmann.

»Wir haben nur den Ort gefunden, an dem *er* all das versteckt hat ...«

Entsetzt sah ich zum alten Mann hinüber. Scheinbar hatte er uns völlig ausgeblendet. Er streichelte unentwegt das Glas, als wäre es sein größter Schatz.

»Gehört der Koffer etwa ihm?«, fragte ich langsam, und allmählich wurde mir bewusst, dass ich tatsächlich mit einer Bestie mitgegangen war.

»Du hast ihn gefunden.«

Der Reptilienmann war scheinbar aus seiner Trance erwacht und sah mich mit noch immer verträumten Augen an. »Meinen Jungen. Er ist dort, wo der Schmetterling ist. Bei *ihm*.«

Er hielt mir den präparierten Schmetterling entgegen. Ich blickte ihn verwirrt an, dann sah ich zu Johann. Er schüttelte den Kopf.

»Wir hätten ihn damals einfach erledigen sollen.«

»Ich habe das hier im Brunnen gefunden«, sagte ich leise und hielt den Koffer in die Höhe. Der Reptilienmann betrachtete den Koffer ohne Reaktion. Er schien ihn noch nie gesehen zu haben.

»Was habt ihr getan?«, flüsterte ich erneut, doch Johanns Blick wurde nur noch bitterer. »Johann, wir müssen das zur Polizei bringen.«

»Dafür ist es doch längst zu spät. Wir haben all das verheimlicht, verstehst du das nicht? Wir wollten ihn aus dem Weg schaffen, aber wir konnten es nicht richtig zu Ende bringen ...« Er sah verzweifelt zum Reptilienmann hinüber.

»Irgendwie hat er es zurückgeschafft«, sagte er langsam. »Aber ohne seine Erinnerungen.«

Ich fasste mir an die Stirn. Mein Kopf drohte zu explodieren. Alles, was ich erfahren hatte, brachte mich um den Verstand.

»Wir müssen zur Polizei. Die ganzen Kinder ...«, flüsterte ich.

»Nein, das werden wir nicht.« Seine Stimme klang anders als sonst. Kalt und unerbittlich.

»Wieso nicht? Ihr wart doch nur Kinder. Ihr konntet doch nicht wissen, dass ihr so etwas finden würdet.« Mittlerweile war ich so ausgekühlt, dass ich mich kaum noch auf den Beinen halten konnte. Und zu allem Überfluss wurden die vereinzelten Tropfen mittlerweile zu einem ausgewachsenen Regenguss.

»Aber wir sind selbst zu Mördern geworden. Verstehst du das denn nicht? Wir haben damals einen Pakt geschlossen. Und niemand bricht diesen Pakt. Auch nicht seine Tochter!«

Daniel – Das Boot

Als ich am nächsten Morgen erwachte, lag Pejo auf seiner Matratze auf dem Bauch und schien noch zu schlafen. Mikaels Bett war allerdings leer. Sein Laken war zerwühlt, als wäre er hastig aufgestanden.

»Pejo«, flüsterte ich, aber er reagierte nicht. Ich gab ihm von der Bettkante aus einen sanften Tritt gegen die Hüfte. Darauf folgte nur ein müdes Grunzen.

»Hast du Mikael gesehen?«

Pejo erwiderte nichts. Er lag nur da. Dann drehte er sich langsam um und betrachtete Miks leeres Bett.

»Muss wohl in aller Herrgottsfrühe aufgestanden sein. Oder war bei einer seiner Freundinnen.«

Ein ungutes Gefühl rührte sich in meinem Inneren. Ich rannte aus dem Haus und sah hinter dem Schuppen nach. Auch sein Fahrrad war weg.

Ich fragte meinen Vater, der im Wohnzimmer saß und Zeitung las. Auch er hatte Mikael heute noch nicht gesehen. »Aber«, fügte er mit einem Brummen hinzu, ohne von seiner Zeitung aufzuschauen, »das wundert mich auch nicht. Sag dem Nichtsnutz, er soll heimkommen, wenn du ihn siehst. Es wartet ein Haufen Arbeit auf ihn.«

Pejo war im Bett liegen geblieben. Er sagte, ihm ginge es nicht gut, und in der Tat sah er recht blass aus.

»Es tut mir leid.« Ich war wieder in der Hütte und wollte den Streit zwischen uns beenden. Ich konnte gut verstehen, wie enttäuscht er von uns und vor allem von mir sein musste. In seinen Augen hatte ich ihn hintergangen, und irgendwie hatte er damit ja auch recht.

»Ich hätte es dir erzählen müssen. Mikael ist manchmal ein Idiot, aber wir sind Freunde. Wir sollten keine Geheimnisse voreinander haben.«

Endlich sah Pejo auf. Seine Haare standen ihm zerwühlt vom Kopf ab. Ein trauriges Lächeln umspielte sein Gesicht.

»Schon o.k. Ich weiß, dass es Miks Idee war, mir nichts zu erzählen. Aber weißt du was? Ich will es gar nicht mehr wissen.«

Endlich konnte ich Pejo dazu überreden, wieder zu Helgas Backstube zu gehen und uns ein ordentliches Frühstück zu genehmigen. Während ich meins verschlang, rührte Pejo seine Pfannkuchen nicht an.

»Ist dir schlecht, oder so?«, fragte ich beiläufig, während ich permanent nach Mikael oder seinen Freunden Ausschau hielt, aber keiner von ihnen ließ sich blicken.

Er zuckte nur mit den Schultern. »Hab keinen Appetit.«

Noch nie hatte Pejo eine Mahlzeit stehen lassen.

»Ich frage mich echt, wo er sich rumtreibt«, murmelte ich mehr zu mir selbst als zu Pejo. Er musterte mich missmutig. Dann zuckte er wieder nur mit den Schultern.

In der Hütte angekommen, wurde ich beim Anblick der leeren Hütte langsam nervös. Als Pejo mit besorgtem Blick von seinem Rucksack hochsah, bestätigte sich meine Befürchtung.

»Er ist weg«, keuchte er.

»Was ist weg?«

»Der Sextant!«, zischte er. Dann zeigte er mir den offenen Rucksack, aber außer einem Buch und ein paar Comics war nichts drin. Langsam dämmerte mir, was mein Bruder vorhatte.

»Er hat ihn mir geklaut!«, rief Pejo empört.

Ich versprach ihm, die Sache endgültig zu klären, sobald Mikael wiederauftauchte. Diesmal würde ich wirklich für Pejo einstehen. Er wollte gerade etwas sagen, als es an unserer Tür klopfte. Ich legte mir schon meine Worte zurecht, doch es war nur Jere, der seinen Kopf durch den Türspalt steckte. Er wollte Pejo abholen, weil dieser heute in Jeres Firma aushelfen sollte.

»Dann sehen wir uns später«, sagte er mit ernstem und, wie ich fand, noch immer gekränktem Ausdruck, und ich fürchtete, dass er mir meine Versprechungen nicht mehr glaubte.

Als Mikael am Abend noch nicht aufgetaucht war, wurde ich immer nervöser. Pejo war nach der Arbeit im Sägewerk wieder in unsere Hütte zurückgekommen, und wir lehnten an meinem Bett, während wir nebenher Comics durchblätterten. Ich konnte keinen einzigen Satz darin lesen, ohne ihn gleich wieder zu vergessen.

»Hat er nicht immer gesagt, dass er eines Tages abhauen würde? Vielleicht hat er seine Drohung ja wahr gemacht ...«, sagte Pejo irgendwann in die Stille hinein. Diese Worte trafen mich wie ein Boxhieb in die Magengrube.

»Nein, so was würde er nicht tun, ohne mir vorher Bescheid zu geben. Nicht jetzt, nicht ohne dass alles geklärt ist.«

Pejo musterte mich missmutig. Ich schüttelte vehement den Kopf. Das konnte einfach nicht sein. *Mich* hätte er nicht wortlos zurückgelassen. Doch der Zweifel, den Pejo in den Raum entlassen hatte, begann bereits sich in meinem Kopf einzunisten. Er hatte es so oft erwähnt. Hatte er es nun tatsächlich durchgezogen? Ein Teil von mir konnte einfach nicht glauben, dass er mich wirklich zurückgelassen haben sollte. Ohne ein einziges Wort des Abschieds.

Nachdem Mikael zwei Tage lang nicht aufgekreuzt war, fragten mein Vater und Jere im Dorf herum, ob man ihn gesehen habe. Ein Hafenarbeiter hatte ihn angeblich auf einem Lossie die Insel verlassen sehen, ganz sicher war er aber nicht. Jere wollte ihn als vermisst melden, aber mein Vater weigerte sich. Er war sich sicher, dass Mikael abgehauen war. Er habe ihm Geld geklaut. Schon wieder.

Ich traute mich in meiner Verzweiflung und Ratlosigkeit sogar allein in die Sümpfe. Es war schwierig, den Weg zu finden, aber schließlich fand ich die Ruine und den Brunnen, noch immer verschlossen und ohne Anzeichen, dass Mikael noch einmal hier gewesen war. Mit schwindender Hoffnung verließ ich diesen schaurigen Ort.

»Er wird nicht wiederkommen. Er ist einfach gegangen«, wiederholte Pejo immer wieder, bis ich es nicht mehr aushielt und ihn anschrie, er solle mich endlich in Ruhe lassen. Er blickte mich enttäuscht an und ließ mich schließlich allein.

Tagelang suchte ich ihn überall. Einmal ruderte ich sogar auf die verdammte Insel. Doch auch dort war keine Spur von ihm zu finden. Nur noch die Umrisse des Hauses, das er für mich gemalt hatte.

Die Ferien neigen sich dem Ende zu. Weil in der letzten

Woche ein Sommerferien-Abschlussfest auf der Insel stattfinden sollte, wurde auch immer ein Projekt von Kindern vorgestellt. Ich bekam am Rande mit, dass Jere dafür Material zur Verfügung gestellt hatte, das die Kinder nutzten. Meist war der Clubraum halb leer, weil sich alle in der Sägefabrik trafen. Ich beteiligte mich nicht daran und mied auch die Abschlussfeier. Stattdessen beobachtete ich das bunte Treiben aus Essensständen, Musikgelage und sich tummelnden Menschenmassen vom Rande des Hafens aus. Am späten Abend erlosch die Musik, und ich hörte eine bekannte Stimme durch das rauschende Mikrofon. Es war Jere, der das diesjährige Projekt vorstellte. Er quatschte irgendwas von Zusammenhalt und außergewöhnlicher Gemeinschaft auf der Insel, was mich vor Ironie laut auflachen ließ. Dann schritt er zur Seite und legte den Blick auf einen mannshohen Gegenstand hinter ihm frei. Ich konnte von meiner Position aus eine Art Denkmal in Form eines Bootes erkennen. Ein hölzernes Boot mit ausgeworfenem Anker.

Später am Abend, nachdem die meisten gegangen waren und der Festplatz sich geleert hatte, trat ich näher heran und betrachtete das Kunstwerk. Das Boot war wirklich schön geschnitzt. Ein eiserner Anker lag auf dem Boden, und daneben war ein kleines Schild mit Jeremias' Namen darauf angebracht. Auf dem Holz des Bootes waren verschiedene Namen eingeritzt. Als ich mit der Hand darüberfuhr, blieben meine Finger an einem bestimmten Namen hängen. Tom Wolowski.

Ohne zu überlegen, nahm ich einen Stein und wetzte den Namen voller Zorn weg. Ich wollte diesen Namen nie wieder lesen oder hören. Verzweifelt bearbeitete ich mit dem Stein weiter das Holz. Erst als ich den Namen eingeritzt hatte, wurde mir klar, was ich getan hatte. Wie in Trance hatte ich Mikaels Namen in das Holz geschnitzt. Tränen liefen mir über die Wangen. Mir war klar geworden, dass er mich wirklich verlassen hatte. Ohne ein Abschiedswort. Als wäre er gestorben.

Lilja – die Wahrheit

Regen prasselte auf die Oberfläche des Leders. Ich hatte den Inhalt wieder hineingeworfen und kniete zitternd vor Kälte davor, unschlüssig, was ich tun sollte. Johann hatte sich auf einen Stein gehockt, und so saßen wir reglos da und betrachteten den Koffer.

»Es war so schwer«, flüsterte Johann. »So schwer, das alles für sich zu behalten.« Seine Stimme klang resigniert. Er hatte aufgegeben. »Dieser Sommer war nicht nur das Ende unserer Kindheit, sondern unseres Lebens. Alles hatte an Leichtigkeit verloren. Und dein Vater konnte diese Last irgendwann nicht mehr auf seinen Schultern tragen.«

»Der Junge ist nicht einfach gefallen, oder …«, wurde mir klar, und als ich es aussprach, sah ich die traurige Bestätigung in Johanns Augen. Ich hatte recht.

»Warum seid ihr nicht einfach zur Polizei gegangen?«, fragte ich erneut, obwohl ich die Antwort schon kannte. Sie hatten Angst. Sie waren Kinder.

»Wärst du an unserer Stelle etwa zur Polizei gegangen?«

»Warum habt ihr es nicht wenigstens euren Eltern erzählt?«

Er schnaubte trocken. »Wem hätten wir uns anvertrauen können? Etwa Daniels versoffenem Vater? Er hätte uns höchstpersönlich bei der Polizei abgesetzt und gefragt, ob es eine Belohnung gibt. Oder meinen Eltern, die alle Probleme ignorierten? Sie haben gesehen, wie sehr wir uns verändert hatten, aber sie *wollten* nichts sehen. Kannst du dir vorstellen, wie es ist, mit so etwas leben zu müssen?«

»Ist das die Geschichte, die mein Vater im Theaterstück erzählen wollte? Was ihr als Kinder erlebt habt? Getan habt?«

Eine feine Stimme schlich sich in meinen Hinterkopf, so leise wie grausam, und Johanns zusammengesunkene Schultern verkrampften sich sichtlich, als ich ihm meine nächste Frage stellte: »Musste mein Vater deswegen sterben?«

Johann schwieg, und doch erzählten seine Augen die ganze Geschichte. Tränen kullerten ihm die Wangen hinunter. Er wischte sie hastig weg.

»Ich hätte alles für deinen Vater getan! Er war wie ein Bruder für mich. Ich war ein besserer Bruder für ihn, als Mikael es je gewesen ist. Und trotzdem konnte er es nicht vergessen ... Er musste es erzählen. Unsere Geschichte.«

Er vergrub sein Gesicht in den Händen. Ich saß da wie erstarrt. Johann hatte es nicht ausgesprochen und doch wortlos zugegeben. In meinem Kopf rauschte das Durcheinander der Gefühle, die ich jahrelang versucht hatte zu ersticken. Da lag sie vor mir, die Wahrheit, die ich so verzweifelt gesucht hatte. Und nun, da ich sie gefunden hatte, war sie zu grässlich, um damit umgehen zu können.

»Du hast das Theater damals angezündet, oder? Und mir diesen verdammten Abschiedsbrief geschrieben, der angeblich von meinem Vater war.«

»Du hast mir leidgetan. Aber dein Vater konnte es einfach nicht lassen. Wie oft hatte ich ihn darum gebeten. Ihn angefleht! Nicht mal um seiner Familie willen konnte er sein Maul halten! Was ist das für ein Mensch, der nicht stark genug ist, etwas zu vergessen, wenn so viele Leben auf dem Spiel stehen? Ich sage es dir ...«, zischte er mit erhobenem Zeigefinger. »Ein verfluchter Egoist war er. Ich musste ihn aufhalten. Dieses Stück war wie eine Schatzkarte. Dass er diese idiotische Szene mit dem Brunnen auf mein Betteln hin gestrichen hat, war bei Weitem nicht genug. Du siehst ja, wie weit du gekommen bist.«

Tränen der Wut rannen mir übers Gesicht, während er sprach, und mischten sich still zum Regen und dem Schlamm auf meinen Wangen. Es tat weh, das alles zu hören. Mir vorzustellen, wie mein Vater bei lebendigem Leibe verbrannt war und was alle danach über ihn gedacht hatten. Seine Familie gedacht hatte. Und wie ihn seine Vergangenheit gequält haben musste.

»Dann warst du es auch, der die Drohungen verfasst hat? Der sich im Heizraum versteckt und dann die Kulisse zerstört hat? Der meine Schwester und alle anderen in Gefahr bringt. Du würdest es noch mal tun, oder? Alles abbrennen, egal, wer dabei noch sein Leben lassen muss.« Als ich es aussprach, wurde mir klar, dass ich recht hatte. Der glühende Zorn in seinem Blick war mehr als nur Wut. Es war die reine Besessenheit, alles zu zerstören, was die Wahrheit ans Licht bringen konnte.

Ich brauchte meine ganze Kraft, um aus meiner Starre zu erwachen. Ich war so müde. So unfassbar müde von der Schwere, die sich wie ein Mantel um mich legte.

Durch seine verweinten Augen schaute er langsam zu

mir auf. »Es tut mir leid«, sagte er leise. Dann kam er näher und griff nach meinen Händen.

Ich versuchte mich zu befreien, aber die Kälte betäubte mich und machte jede Bewegung zum Kraftakt. Und mich hielt noch etwas anderes zurück. Es war lächerlich, es würde mir rein gar nichts bringen, schon gar keinen Frieden, aber ich musste es von ihm selbst hören. Ich musste einfach.

»Warst du das im Theater? Hast du ... meinen Vater getötet, weil er die Wahrheit erzählen wollte?«, wiederholte ich meine Frage.

»Du musst mich verstehen. Er wollte die Geschichte der ganzen Welt erzählen. Ich hatte ihn gewarnt. Ich hatte so oft auf ihn eingeredet. Bis er sich von mir abwandte. Du siehst, wohin ihn das geführt hat.« Wieder drückte er meine Hand, als wäre ich eine Vertraute. Ich kämpfte gleichzeitig gegen meinen Hass, die Kälte und den Ekel, wenn ich ihn ansah. »Lass mich los!«

Johann sah mich nur missbilligend an, dann zeigte er auf den alten Mann hinter uns, der tatenlos die Szene mit ansah, noch immer den Schmetterling in Händen. Seine Augen zuckten nervös zwischen Johann und mir umher, während sein Körper sich vor und zurück bewegte.

»*Er* ist derjenige, dem der Koffer gehört. Es sind *seine* Fotos. Verstehst du es denn nicht? Er hat deinen Vater auf dem Gewissen! Er hat alles begonnen! *Er* ist das Monster!«

»*Du* bist das Monster«, schluchzte ich. »*Du* wirst dafür bezahlen.«

Die Worte verloren sich im Raum und standen zwischen uns wie eine Bombe, die kurz vor dem Explodieren war. Ich rappelte mich auf, aber Johann zog mich wieder zurück. Vor Schmerz schrie ich auf.

»Ich habe mein ganzes Leben für die Schuld anderer bezahlt. Du hast kein Recht, mir mein Leben zu versauen«, schnaubte er. Ich fühlte wieder die gleiche Panik aufsteigen wie im Brunnen. Er war nicht mehr er selbst. Oder jetzt erst recht.

»… bitte lass mich los!«, japste ich, bevor ich auf dem Boden landete. Ich musste versuchen, irgendwie von ihm loszukommen.

»Johann, bitte lass uns zur Polizei gehen. Wir erklären ihnen alles. Du sagst doch, es war ein Unfall.«

»Wir haben einen Jungen umgebracht!« Seine Stimme wurde wieder weinerlich. Ich stockte, als er es ausgesprochen hatte. Er hatte es wirklich zugegeben.

»Er ist gefallen. Er wollte uns angreifen. Ich habe ihn verletzt, und Mikael … er hat ihn hinuntergeworfen. Er hat ihn umgebracht. Er hat uns das alles eingebrockt. Und anstatt alles auszubaden, hat er uns gezwungen, die Klappe zu halten. Und hat mich hintergangen! Mich ausgeschlossen! Wir hatten einen Pakt, verstehst du das? Wenn das nicht zählt, was dann im Leben?«

Pure Verzweiflung stand nun in seinem Gesicht. Die Verrücktheit in seinen Augen machte mich panisch. Auf seine eigene Art und Weise hatte ihr Geheimnis Besitz von ihm ergriffen.

»Verstehst du das nicht … wir hatten niemals eine Chance auf ein normales Leben. Wir waren noch Kinder, als es passiert ist.« Er wischte sich über das Gesicht.

Ich wusste nicht, was ich darauf erwidern sollte. Es war zu viel. In meinem Kopf drehte sich alles. Ich sah das Foto vor mir. Die drei Jungen. Als hätte Johann meine Gedanken erraten, sagte er bitter: »Sei froh, dass du deinen Onkel nicht kennengelernt hast.« Er lachte trocken. »Er war so ein Arschloch. Schlimmer als Tom, wenn du mich fragst. Er hat es richtig genossen, mich fertigzumachen. Und zum Schluss wollte er mich auch noch verarschen ...«

Eine schreckliche Ahnung stieg in mir auf.

»Was hast du mit ihm gemacht?« Meine Stimme versagte.

Johann sah zum Koffer, dann entfuhr ihm ein Laut – irgendwo zwischen Wut und Hysterie. »Ich bin wirklich so blöd. Er war all die Jahre hier. Er hat mich zum Schluss also wirklich noch verarscht.«

»Was meinst du?«, fragte ich und konnte mich vor lauter Zähneklappern schon selbst kaum mehr verstehen.

Er zeigte wieder auf den Koffer. »Sie hatten den verdammten Koffer ohne mich hier versteckt. Und als Mikael in jener Nacht noch einmal herkam, um den Rest hier zu verstecken, bin ich ihm gefolgt. Ich wollte mich nicht abspeisen lassen. Diesmal nicht. Und trotzdem saß er genau hier, wie ein arroganter Gockel«, er zeigte auf den Brunnenrand, »und lachte mich aus. Wie dumm ich sei zu glauben, er würde alles an einem einzigen Ort verstecken. So was würde auch nur einem Versager wie mir einfallen.« Seine Augen blickten durch mich hindurch, als würde er die Szene vor seinem inneren Auge erneut durchleben. »Also habe ich ihn hineingestoßen. In sein dämliches Versteck. Sollte er doch da weiterlachen!«

Bevor ich etwas erwidern konnte, packte er mich jäh am Nacken. Seine Fingernägel gruben sich in meine Haut.

»Es tut mir leid, Lilja. Aber du lässt mir keine Wahl. Du bist wie dein Vater. Stocherst in alten Wunden herum«, flüsterte er, als ich neben dem Brennen einen festen Druck rings um meinen Hals spürte. Ich versuchte ihn davon abzuhalten, mich wegzudrehen, ihn zu treten, aber er ließ nicht locker, sondern wiederholte die Worte immer wieder zwischen seinen Schluchzern. Alle meine Versuche, mich zu befreien, scheiterten. Mir fiel der Stein ein, den ich zuvor in meine Hosentasche gesteckt hatte, doch er rutschte mir durch die klammen Finger, und im nächsten Moment spürte ich es in meiner Kehle brennen, merkte, wie mir vor Sauerstoffmangel schwindelte, während Johann mich runter auf den nassen schlammigen Boden drückte.

»Ich wollte dich retten. Aber da hat dich der Reptilienmann schon umgebracht. Ich konnte nichts tun. *Du* bist schließlich freiwillig mit dem Irren mitgegangen«, flüsterte er immer wieder, während er den Druck auf meinen Hals weiter verstärkte. Das war also sein Plan. Jeder würde denken, der Reptilienmann hätte mich auf dem Gewissen.

Ich wollte ihn anflehen, betteln, aber aus meinem Mund kamen nur kehlige, stumme Schreie. Ich trommelte mit den Füßen auf den Boden, aber trat nur ins Leere. So würde ich also sterben? Meine Sicht wurde immer trüber, Regentropfen fielen wie harte kleine Kugeln auf mein Gesicht nieder, während ich langsam erstickte. Ich griff um mich, aber meine Hände verloren sich nur im Schlamm. Bis ich etwas Glattes zu fassen bekam. Was immer es war, ich würde es nicht mehr fallen lassen. Das Gefühl, in meinem Körper zu implodieren, raubte mir fast den Verstand, als ich den Gegenstand packte und mit aller verbleibender Kraft in Johanns Gesicht schlug.

Plötzlich lockerte sich der Griff um meinen Hals, und etwas Warmes tropfte mir ins Gesicht. Dann spürte ich Johanns schweres Gewicht wie einen Stein auf meinen Körper fallen und sog gierig Luft ein, die endlich durch meinen Hals strömte. Ich stieß Johann von mir weg, und er glitt widerstandslos in den Schlamm. Keuchend wischte ich mir den Dreck aus dem Gesicht und erkannte, womit ich ihn geschlagen hatte. Es war die Pistole aus dem ledernen Koffer. Angewidert ließ ich sie fallen und erhob mich wackelig auf die Beine. Der Reptilienmann stand noch immer nervös an derselben Stelle wie vorher. Noch immer hielt er den Schmetterling in Händen. Ich schrie nach Hilfe und bekam sofort einen fürchterlichen Hustenanfall, doch es kam keine Antwort. Niemand würde mich hier draußen hören.

Wackelig schritt ich zu meiner Tasche und klaubte alle Sachen zusammen, die er vorher herausgeworfen hatte. Johann lag immer noch reglos am Boden, als ich mich kurz umdrehte.

»Bringen Sie mich zum Boot!«

Der Reptilienmann rührte sich nicht. Vorsichtig näherte ich mich ihm. Ich brauchte den Schlüssel vom Boot und der war vermutlich in seiner Manteltasche. Ich ging weiter auf ihn zu und streckte vorsichtig eine Hand aus. Er streichelte immer noch gedankenverloren das Glaskästchen, als ich in seine Tasche griff. Ich hatte noch nie so nahe vor ihm gestanden. Sein zerfurchtes, missgestaltetes Gesicht war vor Angst verzerrt, während er mich gehetzt anstarrte. Als ich den Schlüsselbund hervorholte, krallte er seine Finger um mein Handgelenk.

»Geh nicht weg. Der Teufel ist hier irgendwo!«

»Lassen Sie los!«, schrie ich und versuchte mich loszureißen. Stattdessen zog er mich immer näher an sich. In seinem Gesicht stand der Wahnsinn, während der Regen seine Haarsträhnen wie kleine Adern über sein Gesicht zog.

Mit einem Ruck befreite ich mich aus seiner Umklammerung, noch immer den Bootsschlüssel in der Hand. Er ließ los und fiel nach vorne auf den Boden. Ich hörte ein klirrendes Geräusch, und sein Gesicht verzog sich zu einem stummen Schrei.

Der gläserne Kubus lag zerschlagen auf dem Boden. Er bückte sich, Tränen in den Augen, und versuchte den Schmetterling zusammenzuklauben, doch dessen Flügel waren längst zu Staub zerfallen und lösten sich im Regen und dem Matsch auf. Johanns erschlaffter Körper lag noch immer auf dem schlammigen Boden.

Ich rappelte mich langsam auf. Am ganzen Körper zitternd, setzte ich einen Schritt vor den anderen, ohne dabei den Reptilienmann aus den Augen zu lassen, aber er achtete gar nicht auf mich. Er flüsterte die ganze Zeit, der Teufel sei auf dem Weg. Dann sah er zu mir auf. »Er wird dich auch holen.« Sein Mund verzerrte sich zu einem Grinsen, und sein krächzendes Lachen hallte durch die Bäume.

Ich rannte los. Rannte, fiel hin und stand wieder auf. Inzwischen hatte der Regen auch die Jacke durchnässt und mischte sich mit meinen Tränen. Ich konnte kaum noch zwischen Schlamm und festem Boden unterscheiden.

In mir stieg die pure Verzweiflung, als ich blindlings durch die Sümpfe stolperte. Ich konnte mich noch grob an die Richtung erinnern, aber jeder Baum glich dem nächsten. Ich drehte mich um die eigene Achse, verzweifelt auf der Suche nach einer Orientierung, aber ich erkannte nichts wieder. Die Angst, Johann würde mich jagen, sobald er aufwachte, zwang mich, weiterzulaufen, egal wohin. Hauptsache, weg von ihm. Als sich irgendwann die Bäume lichteten und die Sümpfe immer wässriger wurden, heulte ich vor Erleichterung auf. Ich musste in der Nähe des Ufers sein. Und tatsächlich, wenig später stand ich am Wasser, das vom Prasseln des Regens ganz aufgewühlt war. Ich blickte mich zu den Seiten um und erkannte etwa hundert Meter weiter das Boot des Reptilienmanns.

Meine Hände schlotterten, als ich das Tau löste und ins Boot sprang. Mit zittrigen Fingern ließ ich den Motor an, noch immer das Gefühl von Johanns eisigem Griff um meinen Hals. Erst als ich weit draußen war, traute ich mich zurückzuschauen, aber es war niemand zu sehen.

Daniel – Überbleibsel

Es war der letzte Abend im Sommerhaus. Mein Vater hatte es mir überlassen zu entscheiden, was mit Mikaels Sachen passieren sollte. Er war der Meinung, sie dazulassen sei die beste Lektion für einen undankbaren Sohn. Er war immer noch der festen Überzeugung, Mikael sei abgehauen.

Jere hatte ihn als vermisst gemeldet, aber die Polizei schien ihm nicht zu glauben, weil Mikael kurz vor der Volljährigkeit stand und ihrer Annahme nach einfach nichts mehr mit seinem Elternhaus zu tun haben wollte. Und mein Vater bekräftigte dies bei jeder Gelegenheit. Sobald ich ihn auf Mikael ansprach, kamen nur schreckliche abfällige Worte aus seinem Mund, also ließ ich es irgendwann bleiben. Ich hatte es den ganzen Abend vor unserer Abfahrt nicht über mich gebracht, seine Sachen anzufassen. Es hatte etwas Absolutes, die Klamotten meines Bruders in eine Tasche zu schmeißen. So als herrsche damit Gewissheit, dass er nicht wiederkommen würde, und das wollte ich nicht wahrhaben.

Während ich in unserer Hütte hin und her tigerte, hörte ich ein Motorengeräusch. Ich trat nach draußen und sah gerade noch die hinteren Bremslichter auf dem Weg vom Grundstück verschwinden. Mein Vater war einfach wieder gefahren, ohne mir Bescheid zu geben. Ich war sicher, er würde sich in einer Bar verkriechen und betrinken.

Ich wusste nicht genau, warum ich tat, was ich tat, als ich in seine Hütte ging und die erste Flasche herausholte, die ich im Kühlschrank fand. Es war ein Schnaps, halb geleert. Der erste Schluck brannte in meiner Kehle, und ich verzog angewidert den Mund. Es schmeckte nach einer Mischung aus Lakritz und bitterem Alkohol. Zuerst zwang ich mich, einen Schluck zu nehmen, aber nach dem dritten und vierten ging es etwas leichter. Ich warf mich aufs Bett und starrte zum Schrank. Sollten sie sich doch alle verpissen. Ich würde es schon irgendwie alleine schaffen und nie wieder zurückblicken, sobald ich nur alt genug war, um selbst zu verschwinden.

Ich stand auf und taumelte zum Schrank. Schlagartig spürte ich den Alkohol. Der Raum drehte sich wie ein Karussell. Aber gleichzeitig war alles auch irgendwie ... erträglicher. Unbedeutender. Mit einem Schwung versetzte ich der Schranktür einen Hieb. Die Tür des alten Kiefernschranks gab mit einem müden Quietschen nach, und zum Dank fielen mir einige Klamotten entgegen. Als ich sie aufheben wollte, fiel ich fast seitlich zu Boden wie ein gekentertes Schiff.

Gedankenverloren klaubte ich unsere Sachen vom Boden auf, als etwas aus der Seitentasche eines Pullis fiel. Ein zerknittertes Blatt Papier lag auf dem Boden, und als ich es aufhob, erkannte ich die Broschüre, die Mikael mir in der Höhle gezeigt hatte. Der Touristenkreuzer, der Schweden und Norwegen erreichte und auf dem er arbeiten wollte. Ein Gefühl, als würden in meinem Inneren unzählige Federn meine Haut kitzeln, durchfuhr mich. Plötzlich war alles weniger schwer, nicht mehr aussichtslos. Meine Finger glitten wie von selbst über das Papier. Die Menschen auf den Bildern strahlten um die Wette. Meeresfrüchte auf einem Tablett, im Hintergrund der Horizont und endloses blaues Wasser. Es war ein detaillierter Fährplan mit allen Stationen, und auf einer Bildcollage sah man all die verlockenden Räumlichkeiten und Restaurants des Cruisers.

In die Broschüre eingewickelt fand ich einen weiteren Zettel. Von Hand geschrieben in Mikaels Handschrift. Es waren die genauen Ablegedaten des Cruisers samt Uhrzeit und Anlegeplatz. Meine Sicht verschwamm, und ich hörte mich selbst schluchzen. Der Zettel erzitterte, und ich legte ihn vorsichtig auf den Boden, damit weder meine schweißigen Hände noch meine Tränen die Schrift darauf wegwischten.

Das Datum, das Mikael auf den Zettel in der Broschüre gekritzelt hatte, war genau vier Wochen nach seinem Verschwinden. Genau an diesem Tag stand ich am Steg und beobachtete das Treiben im Hafen. Möwen kreischten gierig über meinem Kopf auf der Suche nach etwas Essbarem. Es hatte mich viel gekostet, heute hier zu sein. Ich musste einen Tag Schule schwänzen, und die Zugfahrt hierher war auch nicht gerade günstig. Von dem Ärger, den ich kassieren würde, sobald meine Lüge auffliegen würde, einmal ganz zu schweigen. Aber das alles war mir egal. Ich blickte erneut auf den mittlerweile völlig zerknüllten Zettel:

26.8. – 09:15 Uhr – Olivia

Ich hätte den Zettel nicht verstanden, wenn ich die *Olivia* nicht kennen würde. Wie oft hatten wir zwei am Hafen gestanden und zugesehen, wie dieser Riese von Kreuzfahrtschiff beladen wurde und schließlich die Passagiere zustiegen. Wir schlossen Wetten ab, wie viele Autos und Lkws in den dicken Bauch hineinpassten. Mikael hatte beinahe jedes Mal gewonnen. Damals hatte ich seine Faszination für die See als Schwärmerei abgetan, aber nun erkannte ich, dass es mehr gewesen sein musste. Seine Liebe zu Booten, seine morgendlichen Schwimmeinheiten. Wasser bedeutete für ihn Freiheit.

Ich stand am Rande des Stegs, etwas abseits der Passagiere, die auf den Einlass warteten. Diesen Zeitpunkt hatte er sich notiert, und ich blickte nervös von Gesicht zu Gesicht, in der Hoffnung, irgendwo dazwischen das viel zu selbstbewusste Grinsen von Mikael zu erkennen. Es war noch zu früh, aber ich wollte keinen einzigen Passagier verpassen.

Nach und nach wurde das Fährschiff beladen, und die Wartenden durften an Deck. Ich tigerte nervös vor dem Eingang herum. Kein Mikael. Ich stand stundenlang am Hafen, bis ich es nicht mehr aushielt und die Rampe zum Passagiereingang hinaufrannte. An der Tür wurde ich bereits von zwei grimmig dreinschauenden Crewmitgliedern empfangen. Ich zeigte ihnen ein Bild von Mikael, es war eines der Polaroids, die mein Onkel von ihm gemacht hatte, aber beide schüttelten nur nichtssagend den Kopf. Einer von ihnen erbarmte sich, den Personalchef anzufunken. Meine letzte Hoffnung starb, als auch er die Lippe kräuselte und mir das Foto mit skeptischem Blick zurückgab.

»Nein, ein Mikael Nygård arbeitet hier nicht. Tut mir

leid.« Das war alles. Tut mir leid. Ich spürte eine sanfte, aber bestimmte Hand im Rücken, die mich Richtung Steg zurückdrängte. Ich hörte das Schiffshorn und trottete zurück an Land. Mit jedem Schritt wurde mein Körper schwerer, als hätte mich vorher die Hoffnung getragen, die nun langsam abblätterte. Ich war so sicher gewesen, ihn wiederzusehen, dass es mich innerlich zerstörte. Kein Mikael. Niemand kannte ihn hier.

Ich verharrte am Anlegesteg, bis das Schiff sich allmählich vom Hafen entfernte und immer kleiner wurde. Irgendwann war es hinter Suomenlinna verschwunden und aufs offene Meer hinausgefahren. Als es schließlich gänzlich von der Aussicht verschwunden war, spürte ich einen heftigen Schmerz in den Eingeweiden, der mich zusammenfahren ließ. Es fühlte sich an, als hätte dieser Schmerz all die Zeit gewartet, um mich endlich mit aller Wucht zu treffen.

Lilja – Premiere

Ich stand in Lünovs Büro vor dem Fenster, vor mir die spektakuläre Aussicht über die Dächer der Stadt. Die ruhige Stimme des Intendanten riss mich aus diesem friedlichen Panorama.

»Danke, dass du gekommen bist.« Er stand neben mir, und wir schauten beide hinunter auf die schaukelnden Boote von Helsinki. Der Himmel verdunkelte sich bereits, und es würde vermutlich noch ein Unwetter geben, die Luft war so dicht und nebelig, dass man nach ihr hätte greifen können.

»Ich wollte es nicht verpassen«, antwortete ich abwesend.

Er fasste mich an der Schulter, und als ich zu ihm herüberschaute, war sein Blick vorsichtig und nachdenklich.

»Hätte ich es geahnt ... glaub mir, ich hätte ihn niemals hier arbeiten lassen. Es ist unbegreiflich für mich.«

Ich nickte nur. Dann ging ich zum Tisch, setzte mich wieder auf den Stuhl, an dem ich zu Anfang gesessen hatte, und nahm meine Kaffeetasse in die Hand.

»Hast du etwas Neues von der Polizei gehört?«

Die Polizei und Suchtrupps durchkämmten immer noch die Sümpfe. Sie hatten im Schacht einen Körper gefunden. Meinen Onkel. Sie sagten, die Überreste würden dort seit mindestens zwei Jahrzehnten liegen, umschlossen von dem kalten Schlamm. Sein Fahrrad wurde in einem Sumpfloch in der Nähe gefunden. Johann muss es dort versenkt haben, nachdem er Mikael in den Brunnen gestoßen hatte. Ich erinnerte mich an das schreckliche Gefühl, in diesem Schacht unterzugehen, und dachte immer wieder daran, ob es die Leiche von Mikael war, die ich dort unten berührt hatte. An das schreckliche Gefühl, dort unten gefangen zu sein. Wie unvorstellbar grausam musste es für Mikael gewesen sein, als Pejo den Steindeckel über ihm geschlossen hatte. Ich schluckte den Kloß im Hals hinunter.

»Sie haben eine Leiche im Schacht in den Sümpfen gefunden. Vermutlich der Bruder meines Vaters, aber das prüfen sie noch.«

»Und von den Kindern?«

Ich stockte. Nach einem kurzen Moment wurde mir klar, dass er auch mit Edith gesprochen hatte. Wir hatten die halbe Nacht hindurch geredet, nachdem sie mich von der Polizeistation abgeholt hatte. Ich hatte ihr alles erzählt. Am Schluss hatten wir beide geweint. Vor Erleichterung und vor Trauer. Und Edith vor Schuldgefühlen, mir nicht geglaubt zu haben. Oder geglaubt haben zu wollen.

»Noch nichts. Aber ich soll sie morgen zu der Höhle auf der Insel führen. Zu dem wahren gemalten Haus.«

»Das wirft natürlich ein ganz anderes Licht auf das Theaterstück. Jetzt verstehe ich, wie sehr dein Vater gelitten haben muss. Solch eine Tragödie zu verschweigen muss grausam gewesen sein. Kein Wunder, dass ihn das sein ganzes Leben lang gequält hat.«

»Johann hat alles gestanden. Er hat ihn all die Jahre zum Schweigen gezwungen, bis mein Vater sich befreien musste. Auf seine eigene Art und Weise diese Geschichte erzählen wollte, aber auch das hatte Johann verhindern wollen. Er hat das Feuer gelegt.« Meine Stimme versagte. Ich versuchte die Tränen zurückzuhalten, aber bei dem Gedanken an die letzten Stunden meines Vaters drehte sich mir der Magen um. Er war verbrannt in dem Wissen, dass sein bester Freund ihn zum Sterben zurückgelassen hatte. Er hatte niemals jemandem wehtun wollen, und doch war der Name Nygård mit unsäglicher Schuld belastet.

Wenn die Wahrheit nach all der Zeit herauskam, würde sie nichts an seinem Tod ändern. Aber für uns änderte es alles. Mein Vater hatte uns nicht im Stich gelassen. Die Frage nach dem Warum war endlich beantwortet, auch wenn die Antwort bitterer war als all die möglichen Antworten, die ich mir über die Jahre hinweg zusammengereimt hatte.

»Dann gab es den Teufel also wirklich. Wie nanntet ihr ihn noch gleich?«

»Den Reptilienmann. Er hatte alle möglichen Tierpräparate in seinem Haus gesammelt.«

Der Intendant musterte mich. »Auch Schmetterlinge?«

Ich nickte langsam. Lünov drehte sich mit dem Stuhl wieder zum Fenster und blickte nachdenklich hinaus.

»Weißt du, mein Großvater hat auch Schmetterlinge präpariert. Ich habe ihm oft dabei zugesehen, und einmal durfte ich es auch unter seiner Aufsicht probieren.« Er schwieg einen Moment, als würde er sich an die Einzelheiten erinnern müssen. »Der Ulysses-Schwalbenschwanz war der erste und einzige Falter, den ich präpariert habe.

Damals war ich fünfzehn Jahre alt. Kommt mir vor wie ein anderes Leben. Hundert Jahre her.« Er schmunzelte. Dann fuhr er fort:

»Er zeigte mir, wie ich den kleinen Körper auf ein Spannbrett aufziehen musste. Ich bog mit der zittrigen Pinzette in der Hand die Flügel in den richtigen Winkel und durchstach den Thorax. Hinter einer Glasscheibe fixiert, konserviert für die Ewigkeit. Das war das einzige Mal, dass ich es ausprobiert habe. Danach hatte ich keine Lust mehr. Mein Großvater hingegen war fasziniert davon. Er liebte seine Sammlung. Manchmal kam es mir vor, als ... seien *das* seine Kinder.«

Ich schauderte. Unwillkürlich kamen mir die Kinder in den Sinn, die der Reptilienmann mit dem gleichen grausamen Interesse bearbeitet hatte. Dass ich ihn für einen harmlosen, verwirrten Mann gehalten hatte, machte mir am meisten Angst. War es das, was mein Vater zeigen wollte? Dass unter den Menschen auch Teufel sind, die uns mit unseren Wünschen locken?

Das Läuten des Telefons brachte mich aus meinem Gedankenstrudel. Lünov hob den Hörer ab, murmelte ein schnelles »Danke« und legte wieder auf.

»Wir müssen runter. Es fängt jetzt an. Mein Angebot steht noch.« Er hatte mir die Königsloge angeboten, doch ich hatte dankend abgelehnt. Stattdessen hatte er einen der Logenplätze auf der linken Seite reserviert. Er begleitete mich bis zum Balkon und öffnete mir die Tür.

»Danke.« Ich nickte ihm zu, betrat den Balkon und setzte mich auf den Platz in der vorderen Mitte. Die Premiere war offensichtlich restlos ausverkauft, denn im Saal war kein leerer Platz zu sehen. Die Einlassklingel läutete zum dritten Mal. Obwohl ich wusste, dass Johann nicht hier war, erfasste mich ein leichtes Schaudern, als die Türen geschlossen wurden. *Ihr werdet brennen.*

Dann wurde das Licht langsam gedimmt.

Lilja – der letzte Traum

Als sich die Schauspieler auf der Bühne verbeugten, brachte der Applaus den Saal zum Vibrieren. Ich stieg mit ein und betrachtete meine Schwester, die sich mit aufgeregtem und unendlich glücklichem Blick vor der Zuschauerreihe verbeugte. Ich spürte etwas Warmes in meiner Brust aufsteigen und gleichzeitig meinen Hals zuschnüren. Unsere Eltern wären bestimmt stolz auf sie gewesen.

Als der Applaus verebbte und die Menschen ihre Sitzplätze nach und nach verließen, bahnte ich mir einen Weg hinter die Bühne, wo meine Schwester mir gleich ein Glas Prosecco in die Hand drückte.

»Du weißt, dass ich das Gesöff hasse.«

Sie verdrehte die Augen. »Halt die Klappe, und stoß mit uns an. Wenn du nicht schon mein Double spielen konntest.«

Ich lächelte und stieß mein Glas an ihres. Sie hatten noch rechtzeitig ein anderes Double gefunden. Ich hätte unmöglich mit dem Teufel tanzen können. Es war, als hätte ich das Theaterstück in Wirklichkeit erlebt.

Lünov hielt noch eine kleine Ansprache, in der er alle Beteiligten lobte. Es würde eine gebührende After-Show-Party geben, an der ich jedoch nicht teilnehmen wollte.

Mir genügte, dass ich die Wahrheit herausgefunden hatte.

»Fährst du gleich los, oder bleibst du noch etwas hier?«

Ediths Lächeln wirkte nicht sehr überzeugend. Wir wussten beide, dass uns die Geschichte einander nicht näherbringen würde. Vielleicht bis zu einem gewissen Punkt, aber ich würde trotzdem nicht bleiben. Ich konnte nicht auf sie aufpassen, und das wusste sie. Vielleicht lag das in unserer Familie. Wir waren alle Einzelgänger voller Geheimnisse und nur mit unserem eigenen Schatten vertraut.

»Nein, nicht gleich.«

Sie nickte wissend. In ihrem Blick lag die altbekannte Traurigkeit. Aber zum ersten Mal, seit ich gegangen war, war es o. k., und zwischen uns herrschte tatsächlich so etwas wie Frieden – und Verständnis für den anderen.

In der Nacht nach der Premiere fand ich mich erneut vor der Insel wieder. Doch diesmal war der Traum anders. Als hätte die Wahrheit das Schloss in meinem Inneren geöffnet, das dieses letzte Geheimnis vor meinem Bewusstsein verbarg. Das letzte Bruchstück, an das ich mich keinesfalls erinnern wollte.

Ich spielte am Ufer nicht weit vom Sommerhaus entfernt, als mich jemand von hinten packte.

»Sei still«, flüsterte eine tiefe Stimme mir ins Ohr und hielt mir den Mund zu. Ich hatte zu große Angst, um mich zu wehren. Die Hand, die sich schmerzhaft in meinen Oberarm drückte, führte mich weg vom Grundstück zu einem anderen Boot, das versteckt hinter dem Schilf lag. »Wenn du schreist, tue ich dir weh«, zischte er mir zu, ich spürte seinen Atem im Nacken.

Ich saß im Boot und schaute den Wellen zu, wie sie sich teilten, während wir uns vom Festland wegbewegten und uns einer kleinen Insel näherten.

Mein Körper war starr vor Angst. Ich versuchte das Spiegelbild des Unbekannten durch das Wasser zu erkennen, aber die Stimme sagte nur wirsch: »Dreh dich nicht um.« Vorsichtig blickte ich zum Ufer, aber an Land war keine Menschenseele zu sehen.

Als wir auf der Insel ankamen, führte er mich durch den Wald. Wir wanderten durch die dichten Bäume, vorbei an Felsengestein, so leise auf einem Teppich aus Moos, dass ich keine Schritte hören konnte. Ich schlotterte und konnte nicht aufhören zu weinen.

»Ich weiß, dass du Angst hast, aber das solltest du nicht. Dir geschieht nichts.«

Wir kamen zu einer großen Felsformation. Ein Eingang, die Höhle. Ein mit Kreide gezeichnetes Haus ragte über mir auf. Der Mann, der mich hergebracht hatte, stellte sich neben mich. Noch immer durfte ich ihn nicht ansehen. Dann nahm er meine Hand, aber nicht wie jemand, der nett sein wollte, sondern er zog mich grob nach vorne zum Eingang.

»Da drinnen wartet ein Geheimnis auf dich.«

Ich wand mich aus seinem Griff, wollte meine Hand befreien, aber er war viel stärker als ich und schob mich tiefer in die Dunkelheit.

»Dir wird nichts passieren«, zischte er mir zu. Dann, als ich mich umdrehte, blickte ich in sein Gesicht, das ich nicht ansehen durfte, und fing an zu schreien. Er trug eine Maske. Eine Maske aus Holzrinde, die sich wie verbrannte Haut über sein Gesicht stülpte. Dahinter starrten mich vor Wut blitzende Augen an.

»Du sollst mich nicht ansehen!«

Ich schrie und lief weg. Lief, stolperte über die Wurzeln, die aus dem Moos herausragten, und versuchte das Wasser zu erreichen, als ich seine Schritte hinter mir hörte. Als ich mich nochmals umdrehte, war er direkt hinter mir und kurz davor, mich zu packen. Ich fiel nach vorne. Mein Kopf tat mir höllisch weh, und alles um mich herum fing an, sich wie ein Karussell zu drehen, sodass ich meine Augen schließen musste. Trotzdem hörte ich ihn weit weg und dumpf flüstern. »Verdammt ...« Dann Schritte, die sich entfernten und wieder näher kamen. Dann flüsterte er mir ins Ohr. »Das nächste Mal verschwindest du für immer.«

Ich spürte, wie ich getragen wurde, und dann irgendwann die Wellen des Wassers. Kalter, harter Boden unter mir. Er hatte mich in das Boot gelegt.

Das nächste Mal, als ich die Augen öffnete, lag ich am Ufer. Mein Kopf tat furchtbar weh, und mein Knie blutete an der Stelle, auf die ich gefallen war. Panisch sah ich mich um, aber der Mann mit der Holzmaske war verschwunden. Ich kannte diesen Ort nicht. Verzweifelt suchte ich nach einem Weg, aber ich war an einem Ufer, das ich nicht kannte. Ich rannte, bis ich einen Menschen an einem hölzernen Bootssteg sah. Erst als ich ganz sicher war, dass es nicht der Maskenmann war, ging ich vorsichtig zu ihm. Er kniete auf den Holzdielen und vertäute sein Boot, sein Gesicht von mir abgewandt.

»Bitte, helfen Sie mir«, flüsterte ich zitternd, als er sich endlich umdrehte. Sein Gesicht ließ mich zurückschrecken. Es war furchtbar entstellt, und seine wirren Haare hingen ihm wie die einer Vogelscheuche ins Gesicht. Er blickte mich verwirrt an. Bevor ich weglaufen konnte, nahm er meine Arme und drückte sie fest.

»Hat dich der Teufel geholt?«, rief er mir aufgeregt zu. Ich roch den Alkohol in seinem Atem. »Er hat dich geholt, nicht wahr? Er hat auch meinen Jungen geholt! Und der Schmetterling, hast du ihn gesehen?«

Ich fing an zu schreien.

Dank

Ich möchte allen danken, die mir bei der Verwirklichung dieser Geschichte geholfen haben.

Franziska Hoffmann, der besten Agentin und unverzichtbaren Freundin mit stets offenem Ohr, die an mich und die Geschichte geglaubt hat.

Dem Piper Verlag und meinem Lektor Tim Müller, der mich beim Buchprozess begleitet und dafür gesorgt hat, dass ich mein eigenes Buch in Händen halte.

Joscha Faralisch, der dem Text Feinschliff verpasst und viele neue Anregungen gebracht hat.

Miriam Kosmale, die ihr Insiderwissen mit mir geteilt und bei der Namensfindung geholfen hat.

Zuletzt gilt mein Dank meinem Mann Christian für seine unendliche Unterstützung. Danke, dass du mich hinter die Theaterkulissen hast blicken lassen und für die wundervolle Reise in jenem Spätsommer.